内蒙古自治区"草原英才"工程
蒙古文学学科史研究创新人才团队项目资助

国家社会科学基金重大项目
《蒙古文学学科史：资料整理与体系构建》阶段性成果
（项目批准号 14ZDB071）

内蒙古自治区高等学校
中国少数民族文学"创新团队发展计划"项目成果
（项目编号 NMGIRT-A1608）

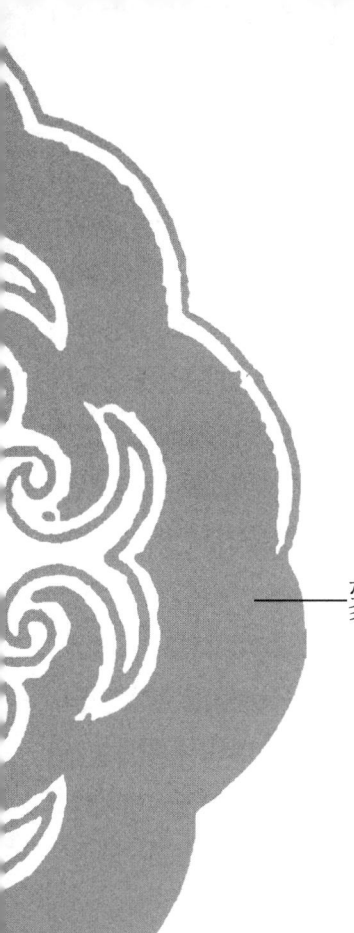

碎片与体系
——蒙古文学学科史相关问题研究

满 全○著

远方出版社

图书在版编目（CIP）数据

碎片与体系：蒙古文学学科史相关问题研究 / 满全著. -- 呼和浩特：远方出版社，2018.6
ISBN 978-7-5555-1126-7

Ⅰ.①碎… Ⅱ.①满… Ⅲ.①蒙古族—少数民族文学—文学史—学科建设—研究—中国 Ⅳ.① I207.912

中国版本图书馆 CIP 数据核字 (2018) 第 120506 号

碎片与体系——蒙古文学学科史相关问题研究
SUIPIAN YU TIXI MENGGU WENXUE XUEKESHI XIANGGUAN WENTI YANJIU

作　　者	满　全（道日那腾格里）
责任编辑	董美鲜　张利君
责任校对	奥丽雅
封面设计	格恩陶丽
版式设计	王改英
出版发行	远方出版社
社　　址	呼和浩特市乌兰察布东路 666 号　邮编：010010
电　　话	（0471）2236470 总编室　2236460 发行部
经　　销	新华书店
印　　刷	内蒙古爱信达教育印务有限责任公司
开　　本	170mm×240mm　1/16
字　　数	340 千
印　　张	21.75
版　　次	2018 年 6 月第 1 版
印　　次	2018 年 9 月第 1 次印刷
印　　数	1—1000 册
标准书号	ISBN 978-7-5555-1126-7
定　　价	45.00 元

如发现印装质量问题，请与出版社联系调换

目 录

知识考察与体系构建

蒙古文学学科史：从明处到学科 /3

蒙古文学学科史：梳理与分析 /22

"道"与尹湛纳希的文艺哲学思想 /34

汉族文论中的"诗味说"对蒙古族文论的影响 /41

神圣化与合法化：草原历史的一种叙述策略 /56

K=（A+B）×Cn/76

继承、创新、建构：对蒙古诗学知识谱系考察 /91

史料整理、文本阐释、理论建构 /104

2011 年蒙古族现当代文学研究综述 /130

2012 年蒙古族现当代文学研究综述 /153

精神地形与诗艺探险

选择与超越：蒙古语诗歌 30 年 /173

现实与理想之间：艺术至境 /188

文化领导权与诗人角色 /208

发现之旅：精神地形与诗艺探险 /218

天、地、人：浑然一体的演说方式 /229

寻找勇士的玫瑰 /235

全民狂欢与群体检阅

全民狂欢：蒙古语网络文学新走向 /245

60 年的坚守：蒙古族当代作家群 /255

草原的故事或故事的草原 /264

21 世纪初蒙古文中篇小说主题论 /272

想象的世界与多彩的叙述

大众立场、文化底蕴、丰满叙述 /283

崛起的代价与文化的力量 /290

向往与苦难：人类恒定的故事 /294

权力想象、文化传统、外乡人 /298

命运的轮回与身份的焦虑 /309

阳光草原的诗意表达 /314

混沌的魅力 /320

蒙古族文学：草原经验的诗意性表达 /325

知识考察与体系构建

知识考察与体系构建

蒙古文学学科史：从明处到学科

一、问题的提出

凡是专家或学者，均隶属于某个专业或学科领域。所谓学科，就是指分类知识、生产知识和规范知识的一种组织系统。

《汉蒙词典》（1964年）中，有"学科"一词条，蒙译为"sinjilegen-nü salaya, surxuxiciyel-ün türül, bolbasural-un türül"（学科、课程门类、研修种类）[1]。汉语的"学科"一词，从辞源学角度说，与拉丁文的"disciplina"一词、德语的"disziplin"一词、法语的"discipline"一词、英语的"discipline"一词相对应[2]。这些词，在其文化语境中有"知识种类""修业门类"或者"知识与权力"之意[3]。毋庸置疑，现代关于"学科"这一概念及其规训是从西方移植过来的有关分类知识的方法。据相关论述，早在明朝时期，欧洲传教士为东方的国邦带来了一种全新的知识体系和教育理念。明朝天启三年（1623年），意大利传教士艾儒略（Giulio ALeni，1582—1649）以汉文出版发行了《职方外纪》《西学凡》两部著作，为明朝民众系统地介绍了欧洲的知识分类法则和教育体系。即：

其小学曰文科有四种，一古贤名训、一各国史书、一各种语文、一文章议论，学者自七八发至十七八学成，而本学之师儒试之，优者进于中学，曰理科，有三家，

---

[1] 内蒙古自治区社会科学院蒙古语言文字研究所.汉蒙词典[M].呼和浩特：内蒙古大学出版社，1983：829.

[2] 杨天平.学科概念的沿演与指谓[J].大学教育科学，2004（1）.

[3] 庞青山.大学学科制度内涵探悉[J].现代大学教育，2004（4）.

初年学落日加,译言,辨是非之法;二年学费而加,译言,察性理之道;三年学默达费而加,译言,察性理;以上之学总名斐·所费亚,学成而本学师儒又试之,优者进于大学,乃分为四科,而听人自择,一曰医科,主疗病疾,一曰治科,主习政事,一曰教科,主守教法,一曰道科,主兴教化,皆学数年而后成,学成而师儒,又严考阅之。[1]

——[意]艾儒略《职方外纪》卷二

据意大利传教士艾儒略介绍,在其小学利用10年左右时间学习文科知识(Rhetorie,Rhetorice——修辞学,指社会科学类知识)。在中学利用3年时间学习理科知识[2](Rhilosophia——哲学,指自然科学类知识),包括逻辑学(Logic)、物理学(physica)、形而上学(Metaphysica)、数学(Mathmatica)等学科。大学有4种专业,即医学(Medicina)、法律学(Leges)、宗教学(Cananis)、神学(Theologia),学习若干年。由此看出,中国的现代学科概念与大洋彼岸——欧洲的知识分类法则和教育体系有着密切关联。

二、古代的形态——明处

西方的学科观念尚未传入蒙古地区之前,蒙古族喇嘛僧侣们早已接受从雪域圣地传入的佛教知识分类法则——五明学说。佛教有五明学说,分为大五明和小五明,统称佛教十明,或十明处。内明、因明、声明、工巧明、医方明为大五明;辞修学、辞藻学、韵律学、戏剧学、历算学为小五明。[3]十明处几乎涵盖了当时所有的知识种类,并且形成了体系,因而佛教传道之处皆有十明学

---

[1] 栗永清.知识生产与学科规训:晚清以来的中国之学科史探微[M].北京:中国社会科学出版社,2015:34.

[2] 《丙寅》杂志第6期第11辑中解释"理科——理学"。额尔德木图,宝音陶克陶.卜和克什克及其蒙古文学会[M].海拉尔:内蒙古文化出版社,1993:435.

[3] 席·却玛,等.佛教文化辞典[M].呼和浩特:内蒙古人民出版社,2003:66.

说传播开来，进而逐渐融入当地文化环境，形成了别具一格的知识体系。

蒙古族喇嘛学者，如札雅班第达罗桑普仁莱（1642—1715）、松巴堪布耶喜班觉（1704—1788）、热绛巴阿旺吐丹（18世纪末至19世纪初）、阿拉善热绛巴阿旺丹达（1759—1840）、索德那木嘉措、江隆班第达阿旺罗桑丹碧坚赞（1770—1845）等对佛教明处进行系统研究，对其属性、归类、内在关系、功能作用加以阐述。蒙古喇嘛学者们基于十明处的基本内涵，将其归纳为平常明处与非常明处，外在明处与内在明处，共同明处与非同明处等类别。如札雅班第达罗桑普仁莱所言"皆闻思通达修行者五明，平常明处及非常明处二者，因明和声明二者，工巧明及医方明二者"[1]为平常明处，内明纳入非常明处。松巴堪布耶喜班觉曰："谓之佛典续论，平常与非常之分，先大小而论。"[2]可见平常明处为"声明、因明二者。工巧明、医方明共四者"[3]及辞修、术语、编纂、易术、历算，且将内明纳入非常明处。平常明处为佛教各学派共同研习修业的知识系统，非常明处为佛教各学派各自尊崇专修的知识体系。蒙古喇嘛僧侣的作品把文学设定为声明、工巧明、辞修学、辞藻学范畴，且认为文学是语言的艺术、辞藻的缀辑。关乎于诸多明处，正如阿旺丹达所说："夫文章而言，系内外之明，更有甚者，印度西藏经典亦文章所承而善，贤达者须笃学潜修挨。"[4]有的佛教经书，如《律藏》将当时的知识种类更加精细区分为十八明处，即式叉论，明六十四种之能法；毗加论，释诸无常之法；柯刺波论，释诸天仙上古以来之因缘名字；坚低沙论，释天文、地理、算数等之法；阐陀论，释作首庐迦之法；尼鹿多论，释一切物之名之因缘；肩亡婆论，简释诸法之是非；那邪毗莎多论，明诸法之道理；伊底迦婆论，明传记宿世之事；僧法论，明二十五

---

[1] 罗桑普仁莱.明镜[M].贡嘎嘉措，译.纸版经书；树林.藏文中的蒙古文学理论体系[D].呼和浩特：内蒙古大学出版社，2012：144—145.

[2] 松巴堪布耶喜班觉.佛教史[M].青格勒，玛·宝柱，校译.呼和浩特：内蒙古人民出版社，1993：310—323.

[3] 松巴堪布耶喜班觉.佛教史[M].青格勒，玛·宝柱，校译.呼和浩特：内蒙古人民出版社，1993：310—323.

[4] 阿旺丹达.珍珠念珠[M].额尔敦白乙，译//巴·格日勒图.蒙古僧侣藏文诗作及诗论选：悦目集.海拉尔：内蒙古文化出版社，1991：482.

谛之义；课伽论，明摄心之事；陀菟论，释用兵杖之法；犍闼婆论，释音乐之法；阿输陀，释医方；耶柔吠陀，即祠祀吠陀；黎俱吠陀，即禳灾明论；阿达婆吠陀，即赞颂明论；娑摩吠陀，即歌咏明论等18个种类。[1]

  蒙古族的喇嘛学者们不仅刻苦钻研由印度传播而来的佛教明学，并且运用其方法规则分类归纳当时的诸多知识类型。例如，1717年由拉希、丹金、阿日毕德呼、阿毕达、僧格、阿日那、色楞、衮都扎布、桑布珠、峻珠、班第、关布、伊德木、苏哈日、道尔吉、宝音图等人对照满文和蒙古文，在北京出版印行了第一部蒙古语辞典。该辞典将"天文、地理、人事、五行、四时、政略、声音、乐曲、兵法、器皿、饮食、禽兽、草木等二百八十余门类"[2]，归类编纂为21卷。虽然该部辞书为语言解释辞典，但是从语言角度对当时的知识类别进行分类。1741—1742年，衮卜扎布、毕力贡达来、阿毕达等人编纂印行了《甘珠尔》《丹珠尔》的内容概要——五明的蒙译辞典《智慧之鉴》，该部辞书包含了内明、因明、声明、工巧明、医方明等诸类[3]。

  从印度、西藏传播而来的明处理念及其规训是古代蒙古民众所接受的早期学科知识。它虽然与现代传入的西方学科理念、规训及方法论格格不入，但不失为一种归纳知识、传播知识、生产知识的学科体系或学科的古代形态，从而长期影响着蒙古民众的生产和生活。

三、现代的形态——学科

  至于现代学科的概念及其含义、名称在何时以何种途径传播到蒙古地区，很难考证。例如，英文的"discipline"一词以及与它相关的术语、概念、方法论、

---

[1] 仁钦嘎瓦，斯钦朝克图. 智慧之鉴 [M]. 呼和浩特：内蒙古人民出版社，1983：44.

[2] 内蒙古蒙古语言文学历史研究所. 二十一卷本辞典 [M]. 呼和浩特：内蒙古人民出版社，1979：1.

[3] 仁钦嘎瓦，斯钦朝克图. 智慧之鉴 [M]. 呼和浩特：内蒙古人民出版社，1983：5—176.

知识分类模式，是以汉语为载体传入到蒙古地区，还是以日语或俄语为媒介，传播到蒙古地区的呢？目前虽然尚未得到充分的依据为其佐证，但是还能找到零星证据。

19世纪中后期，俄罗斯的大学，如喀山大学、彼得堡大学纷纷设立蒙古语系，蒙古语言文学进入大学课堂，成为大学生修读的一门学科。值得一提的是，俄罗斯学者奥·米·考瓦列夫斯基（1800—1878）和阿·玛·波兹德涅耶夫（1851—1920），其中奥·米·考瓦列夫斯基是第一位为大学生编写蒙古文学教科书的大学教授，他编撰的《蒙古文学精品》于1836年在喀山市出版。阿·玛·波兹德涅耶夫是第一位为大学生系统教授蒙古文学史课程的大学教授。由此不难看出，现代的蒙古文学学科不是初步形成于中国高校，而是开始形成于彼邻的俄罗斯高校。[1]

现代的蒙古族文人学士以西方传入的学科理念及其规训来分类知识、归纳著述的记载也不乏一二。如汪国钧所撰写的《蒙古纪闻》（1918年）中记载：

> 光绪二十七年夏，有杭州人陆韬者，承该王之嘱托，草定学堂章程及教授方法。当时有日本人寺田龟之助君，翻译小池万平君，帮同参酌一切章程，於本年十月开办崇正学堂，学生六十名，后增至百二十名。监督汪良辅，汉文教习陆涛，刑宜亭，蒙文教员白文生等。[2]
>
> ——《崇正文学堂之创办》

光绪二十九年正月，该王亲到日本观览博览会，临归，请到陆军大尉伊藤柳太郎君，文学士吉野四郎君，浙江人姚煜为翻译，本年七月开办。挑选附近子弟及府内随侍与马步练军哨官，哨长等二十名为仕官生，又选择马步练军一百名为军队，内分学、术两课；学课则步兵操典、野外要务、射击教范、体

---

[1] 满全.蒙古文学学校教育的体制研究——俄罗斯、日本的学校教材而言[C].内蒙古新文学学会成立大会暨第一次学术研讨会论文集.呼和浩特，2015：17—34.

[2] 汪国钧.蒙古纪闻[M].玛希，徐世明，校注.呼和浩特：内蒙古人民出版社，2006：84.

操教范、算学、日本语、地理、历史；术课系各个教练、分队教练、小队教练、中队教练、徒手体操、器械体操、野外演习，练习三十年式铳射击法。[1]

——《守正武学堂之创办》

根据以上记载，不难得知喀喇沁王贡桑诺尔布于1902年创办的崇正文学堂和于1904年创办的守正武学堂的课程结构及其分类基本上遵循了现代知识归类规训——学科方法论。从守正武学堂课程结构来看，把学堂课程分为学、术两大类，学课又细分为算学、日本语、地理、历史等不同学科课程门类。喀喇沁王贡桑诺尔布创办的新式学堂所使用的教材《蒙文读本》（1907年）的内容亦遵循现代学科的理念、模式及法则，分为修身——行为准则的谏言（涉及伦理学——引者）、地理——本旗地名志（涉及地理学——引者）、长歌——诸类辞藻（涉及文学——引者）[2]等。换言之，《蒙文读本》教材业已覆盖伦理学、地理学、历史学、文学等现代学科的诸多内容。

由此可见，源于西方的现代学科理念及其模式和法则以汉语或日本语为载体，传入到当时的喀喇沁旗。这理所当然与当时的喀喇沁旗新式学堂任教的内地教员和外籍（日本国）教员有关。

喀喇沁旗新式学堂从日本国邀请外教的同时，日本的诸多学校也从中国聘请蒙古语教员[3]。比如罗布桑却丹、韩穆精阿、福隆阿、额尔德木巴特尔等，其中罗布桑却丹是受邀赴日本教授蒙古语的先驱。他于1907—1911年[4]或

---

[1] 汪国钧.蒙古纪闻[M].玛希，徐世明，校注.呼和浩特：内蒙古人民出版社，2006：85.

[2] 蒙文读本.大日本图书株式会社，明治四十年四月二十日:1.

[3] 二木博史，小泽重男.モンゴル语.东京外国语大学史编纂委员会.东京外国语大学史，1999：1006；内田孝.大阪外国语大学にあけるモンゴル人教师（1922—1950）.内陆アヅア史研究，2004（3）：19.

[4] 罗布桑却丹.蒙古风俗鉴[M].哈·丹碧扎拉桑，批注.呼和浩特：内蒙古人民出版社，1981：7.

1909—1912年[1]受聘于东京外国语学校及1912—1914年[2]受聘于京都本原佛学院担任蒙古语教师期间，或许接受日本国或经日本传播而来的西方学科理念及其模式和法则，从而撰写《蒙古风俗鉴》一书。学者满都呼、陈岗龙所编写的《罗布桑却丹研究》一书中，系统地论述了这一观点[3]。

东京外国语大学附属图书馆内至今收藏有罗布桑却丹的《蒙古风俗录》的3种手抄体本。即《有关蒙古人的由来及风俗》（封面上写有《蒙古人の由来と俗に就いて》等日语字样）；《蒙古风俗录略第一卷》《蒙古风俗录略第四卷》《蒙古风俗录略第七卷》（封面上写有《蒙古风俗志》等日语字样）；《蒙古风俗录》汉文译本等。

《蒙古风俗录》汉文手抄体译本的目录如下：

蒙古源来　第一

衣服居室　第二

使用家具　第三

饮食茶酒　第四

分别种族　第五

王公袭爵　第六

比丁承职　第七

古来习惯　第八

王公结婚　第九

民间结婚　第十

新年礼则　第拾一

---

[1] 二木博史，小泽重男.モンゴル语.东京外国语大学史编纂委员会.东京外国语大学史，1999：1006；内田孝.大阪外国语大学にあけるモンゴル人教师（1922—1950）.内陆アヅア史研究，2004（3）：19.

[2] 辻雄二迟，罗布桑却丹.蒙古风俗录[M].琉球大学教育学部纪要：第1部，1998（3）：76.

[3] 满都呼，多兰.罗布桑却丹研究[M].海拉尔：内蒙古文化出版社，2000：147-192.

政署法律　第拾二
赏罚刑具　第拾三
审判规则　第拾四
人民诉讼　第拾五
蒙古规矩　第拾六
家庭教育　第拾七
各种出产　第拾八
牧养节气　第拾九
山川神社　第廿
忌晨祭祀　第二一
结婚定礼　第二二
贺喜礼物　第二三
媒人规条　第二四
火葬土葬　第二五
分家产例　第二六
立国年号　第二七
文字书籍　第二八
对韵说诗　第二九
入喇嘛教　第三拾
库伦喇嘛　第三一
西藏喇嘛　第三二
伟人名仕　第三三
新旧唱歌　第三四
文学习武　第三五
上司纳差　第三六
兵丁规条　第三七
营业生计　第三八

交通贸易　第三九
古语传说　第四拾
女子手工　第四一
行围打猎　第四二
盟长旗务　第四三
会场摔跤　第四四
庙会布札　第四五
鄂博跑马　第四六
边界地图　第四七
山河人名　第四八
长生草木　第四九
耕地新章　第五拾
栽种子量　第五一
医生病症　第五二
寒暑时候　第五三
出荒卖地　第五四
内政外属　第五五
人民性质　第五六
避暑游乐　第五七
用度银钱　第五八
寿数身量　第五九
家庭传授　第六拾
密谋来世　第六一[1]

国内流传的蒙古文版本《蒙古风俗鉴》，由10卷58则条目组成，内容涉

---

[1] 羅子珍.蒙古風俗鉴，東京外国語大学附属圖書館藏本，藏書号molv136，4—7.

猎诸多学科[1]。从《蒙古风俗鉴》的丰富内容、细致分类、系统结构看，无可否认罗布桑却丹接受并运用现代学科理念及其模式和规训，对蒙古民俗进行了科学的归类。关于这一点，有学者曾明确指出："我们对古今中外学者专家所推崇的民俗学归类法则与《蒙古风俗鉴》比较后发现，两者在细节问题上虽存有差异，但内容上基本相同，都隶属于民俗学的体系，内容的范畴、归类的准则基本上是一致的。"[2]

大正四年，即 1915 年，南满洲铁道株式会社出版发行的蒙汉对照词典《蒙古语》（佐藤富江编）中，将常用蒙古语按其学科分为 32 种类别的同时，对每一个蒙汉词条都标注了日语音标。

《蒙古语》（1915 年）的目录如下：

数　目

人　倫

蔬　菜

馬　具

月　日

人

飲食物

樂器遊具類

干　支

家　屋

金石類

学　事

方　角

---

[1] 罗布桑却丹.蒙古风俗鉴[M].哈·丹碧扎拉桑，批注.呼和浩特：内蒙古人民出版社，1981：1—6.

[2] 满都呼，多兰.罗布桑却丹研究[M].海拉尔：内蒙古文化出版社，2000：147—192，206.

知识考察与体系构建

器具物品

鳥　類

醫　事

時　刻

衣服裝飾

獸　類

藥　類

天　文

四季寒暑

魚　類

兵　器

地　理

草　木

蟲　類

神　佛

身　體

果　物

舟车類

修饰語[1]

由此不难看出，起源于西方的现代学科理念及其模式和法则是以俄语、日语及汉语为传播媒介，通过不同途径传入蒙古地区，被逐渐接受和运用。

那么，如今的专家学者如何论述学科这一概念呢？论点颇多。比如黑克豪森（Hechhausen）运用经验和事实分析的方法来考察学科，认为学科是对同类问题所进行的专门的学科研究，以便实现知识的新旧更替、知识的一体化

---

[1]　佐藤富江. 蒙古语 [M]. 南满洲铁道株式会社，大正四年五月三十日：1—3.

以及理论的系统化与再系统化。[1]这一论述包含3个内容：（1）同类的研究对象。隶属同一学科的研究工作围绕同类问题或相同的研究对象而展开，解决问题的途径或方法可以不同，但是研究对象必须是相同的。（2）知识的更新。学科是通过对固定对象进行专门研究，进而更新知识体系及其模式和规训的科学系统。因此，学科与学校教育密不可分。（3）知识的系统化。学科更新现有知识的同时还要明确其千丝万缕般的联系，进而纳入同一个体系。因此，学科具备统筹归纳零散知识的独特功能。

德国学者Guntau和Laitko认为，学科是有具体研究对象的科学工作系统，它具有信息联络共同体、建制的趋势和通过学术教育方式进行自己再生产的特色。[2]这一论述包含4个内容：（1）具体的科研对象。每一个学科的建立都基于具体的研究对象。假如脱离具体的研究对象，学科就失去立足之本。（2）信息的联合体。一个成熟的学科，需要不断地联络相关的知识和信息，充实体系。（3）建制或规训。每一个学科均有属于自己的规训、法则和方法论。（4）学术的培养方式。每一个学科均以学术培养方式来生产新的知识、新的理论、新的规训、新的模式，或者不断地培养学科的新生力量——人才，力求完善自我体系。

概括上述观点，我们可以如下理解学科这一概念：

（1）学科是满足知识分类需求而产生的具有固定研究对象的科学工作系统。

（2）学科是以生产知识、培养人才为目的的一种学术秩序。

（3）学科是有效完成知识的联络，并具有规训和方法论的信息、文献、人才的组织体统。

---

[1] 谭镜星，曾阳素，陈梦迁. 从学科到学科群：知识分类体系和知识政策的视觉[J]. 高等教育研究，2007（7）.

[2] [法]阿梅龙. 建构中国近代学科的分析框架——西方学科史理论的借鉴[J]. 史学月刊，2012（9）.

四、历史发展——蒙古文学学科

德国文物考古队于1902—1914年从吐鲁番发现的回纥蒙古文文献[1]表明蒙古文学研究[2]伊始于13世纪末14世纪初,与搠思吉斡节儿的著作有关。搠思吉斡节儿,别名为佛经之光,元代著名经师学者、翻译家、语言学家和诗人,其生平不详,零星记载散见于《黄金史》(蒙古文)、《益希班觉佛教史》(藏文)和《元史》(汉文)等文献。他精通蒙、藏、畏兀文,著述颇丰,大部散佚。流传至今的有《佛祖释迦牟尼十二行》、《入菩萨行径》(蒙译)、《入菩萨行径释》、《圣五主尊大乘经》(蒙译,其译者有异议)、《〈圣五主尊大乘经〉拔诗》、《摩诃噶剌神颂》等,其文学创作和研究影响深远。如《佛祖释迦牟尼十二行》给蒙古族活佛高僧传记文学提供书写样板[3],《摩诃噶剌神颂》被称为14世纪蒙古族颂赞诗歌的经典之作等。其中《入菩萨行径释》被学界誉为蒙古族高僧喇嘛撰写释文、以诗评诗的源头,是蒙古文学研究的开山之作[4]。《入菩萨行径释》创作完成于1299年,1312年在大都以木刻出版。

在漫长的历史发展过程中,蒙古文学研究曾经受到印藏诗学、汉族诗学和西方文学理论影响,逐渐发展成独具特色的一门学科,即蒙古文学从古代佛学

---

[1] 德国柏林民俗博物馆于1902—1914年组织以A.Gruenwedel和A.V.Le.Cop为首的地质勘探队,先后4次去往新疆考察。他们发掘出10多种语言文字书写的古迹4万余份。除此之外,还大量获得壁画和艺术品。[德]阿尔伯特·冯·勒柯克.新疆的地下文化宝藏[M].陈海涛,译.乌鲁木齐:新疆人民出版社,1999:2;耿世民.德国柏林科学院吐鲁番学研究中心介绍[J].西域研究,2003(2).

[2] 搠思吉斡节儿注释的《入菩萨行径释》为印度作家寂天的梵文作品的注释作品。搠思吉斡节儿于1299年编撰该书,于1312年在元大都以木版印刷发行。学者们视该注释作品为蒙古文学研究的第一部书面作品,很显然是搠思吉斡节儿蒙译《入菩萨行径》及所做的注释为依据的。因此,蒙古文学研究的初始不是以蒙古母语书面作品为研究对象的,而是以佛学经典的翻译揭开序幕的。

[3] 满全.蒙古族书面文学的基本体系研究[M].沈阳:辽宁民族出版社,2007:253—254.

[4] 巴·格日勒图,评注.蒙古文论集录[M].呼和浩特:内蒙古大学出版社,2003:3—4.

的明处范畴发展成现代科学的学科领域。蒙古文学从古代形态——明处到现代形态——学科，经历了3个发展阶段。

（一）萌芽阶段

13世纪末14世纪初至19世纪末，或者于1299年编撰、1312年出版发行的《入菩萨行径释》至1895年俄罗斯学者阿·玛·波兹德涅耶夫在彼得堡大学讲授蒙古文学课程为蒙古文学学科史的萌芽阶段。学科的萌芽期是学科形成的准备期。其特点为以自发的、零散的文本研究为主。诸多学科术语或者学科基本范畴，如好来宝、乌力格尔、诗、歌、祝词、赞词、文章、文学等术语大量出现于史前史阶段。因此，萌芽阶段是学科内在知识谱系初步形成的阶段。

（二）创建阶段

19世纪末至20世纪八九十年代，或者于1895年俄罗斯学者阿·玛·波兹德涅耶夫在彼得堡大学讲授蒙古文学课程开始至20世纪八九十年代，相关国家如中国、蒙古国、日本、俄罗斯以及西方国家的大学中俨然形成蒙古文学方向的"学士—硕士—博士"3个级别的学位体系，此为蒙古文学学科史的创建阶段。创建阶段是学科的诞生期或者形成期。其特点为文学研究开始进入组织化、机构化运作系统，并且文学教育开始进入学校课堂，成为独立自主的知识系统。因此，创建阶段是学科组织管理体制逐步形成的阶段。

（三）发展阶段

20世纪八九十年代至今，或者相关国家如中国、蒙古国、日本、俄罗斯以及西方国家的大学中俨然形成蒙古文学方向的"学士—硕士—博士"3个级别的学位体系至今为蒙古文学学科史的发展阶段。发展阶段是学科的提升期或者完整期。其特点为学科合法地位的提升（如学科目录的颁布、高学历教育的出现）、影响力的扩散、研究领域的拓展、国家权力的介入等。因此，发展阶段是学科外在权力系统逐步拓展的阶段。

德国学者 Guntau 和 Laitko 曾提出成熟学科的 3 个标志，即学科内的沟通、学科再生产、学科建制等。[1] 由此不难看出，蒙古文学学科虽然进入发展阶段，但尚未趋于成熟。其存在的主要问题是学科内部的沟通与信息交流不畅通。国内的专家学者尚不熟悉国外蒙古文学研究和教学情况，并且不善于利用国外资料和前沿信息，同样国外的专家学者也不熟悉国内蒙古文学研究和教学情况，也不善于利用国内资料和前沿信息。

五、6 种研究传统及其方法论

从 13—14 世纪的搠思吉斡节儿撰写的《入菩萨行径释》算起，蒙古文学研究已有 700 多年的历史了。其中既包括蒙古族学者的蒙古文学研究，也包括蒙古族学者的外民族文学研究活动和外民族学者的蒙古文学研究活动。

在 700 多年的历史长河中，蒙古文学研究领域形成了 2 种古代的研究传统和 4 种现代的研究传统及其方法论。

（一）古代的 2 种研究传统

在蒙古古代社会的文化环境中，蒙古文学研究虽然只能在本国或本民族的范围内进行，但是在不同的文化语境中形成了不同的研究传统。

1. 以搠思吉斡节儿、耶喜班觉、阿旺丹达为代表的喇嘛学者的蒙古文学研究传统

据相关资料记载，蒙古文学研究起源于翻译文学的研究，为此搠思吉斡节儿撰写的《入菩萨行径释》可供佐证。喇嘛学者们的蒙古文学研究着重写例诗、附例事和以故释义的方式阐释文本内容、思想以及阐明文学观点，同时探究诗歌的魂魄、体格和修饰等文学理论问题。他们的思想根源、批评术语以及批评方法基本上借鉴于印度及西藏的文学理论。

---

[1] [法] 阿梅龙.建构中国近代学科的分析框架——西方学科史理论的借鉴[J].史学月刊，2012（9）.

由于受古印度《诗镜论》的影响，蒙古族喇嘛学者当中"文章是辞藻的连缀"这一文学观念占据上风，因此，他们的文学研究属于文学形式主义的研究范畴，同时又属于文学阐释学研究领域。

2. 以法式善、哈斯宝、尹湛纳希为代表的贵族文人的蒙古文学研究传统

据相关资料记载，从蒙古社会贵族阶层中涌现出一大批文人，他们在文学创作的同时进行文学研究，留下了宝贵的文化遗产。贵族文人的文学研究着重于以诗话、批注、序跋的方式对作家作品进行讨论，同时积极探寻文学的本质及创作原理。思想根源、批评术语以及批评方法基本上来源于汉族古代文论。

由于汉族古代文论的影响，蒙古族贵族文人当中"文以载道"这一文学观念占据上风，因此，其文学研究属于文学社会历史学研究范畴的同时，又属于文学伦理学研究范围。

蒙古族喇嘛学者的文学研究遗产和蒙古族贵族文人的文学研究遗产构成了蒙古文学研究的古代传统。关于这一点，学者巴·布林贝赫先生曾明确指出，"从文艺美学的基本趋向看，把18、19世纪的蒙古族文学理论可以分为两大流派，即接受印度、西藏文化艺术和《诗镜论》影响的喇嘛学者文艺批评流派和接受汉族文化艺术及文章学影响的哈斯宝、尹湛纳希为代表的贵族文人文艺批评流派"[1]。

不同文化圈中形成的有不同文化底蕴的古代两种文学研究传统，两者相辅相成，极大地丰富了蒙古文学研究的方法、方式和内容。喇嘛学者把文学活动看成佛教活动的一部分，因而他们文学创作的尊崇与效仿性显著，其文学研究突显较强的客观性。贵族文人把文学活动看成是修身、治国之事，因而他们文学创作的革新与创新性显著，其文学研究突显较强的主观性。

（二）现代的4种研究传统

现代世界政治、经济、文化环境中的蒙古文学研究已然跨越国界，发展成为

---

[1] 巴·布林贝赫. 蒙古族诗歌美学史纲 [M]. 呼和浩特：内蒙古人民出版社，1991：6.

国际性研究课题。当然，不同国家或地区的蒙古文学研究状况不均衡、参差不齐，同一区域的蒙古文学研究情况也呈现出起伏不定的局面。

不同地区、不同文化圈中的蒙古文学研究形成了不同的研究传统。

1. 以巴·布林贝赫、巴·格日勒图、苏尤格为代表的国内蒙古文学研究传统

现代蒙古文学研究在继承古代蒙古文学研究传统的同时，大量汲取西方文化及文学理论的精华，从而形成了独具特色的研究体系。巴·苏和教授在其《中国蒙古文学学术史》一书中，从蒙古文学史研究、文学理论遗产研究、"三大巅峰之作"研究、现象研究等方面对此进行了系统的阐述。[1]国内学者以学术专著、学术论文、讲演、评论、序跋、札记等多种形式，对蒙古文学史、文学遗产、作家作品、外部环境、内部机制等全方位、诸环节进行系统研究，力求解答蒙古文学中遇到的诸多问题。其间逐步形成了以历史化——重构历史叙述，理论化——由现象概括本质，阐释性研究——合理性的阐明，比较性研究——独特性的树立为主的学术传统。

2. 以阿·玛·波兹德涅耶夫、策·达木丁苏荣、达·策仁索德纳木为代表的俄罗斯—蒙古国蒙古文学研究传统

俄罗斯的蒙古文学研究曾经一度辉煌，成为国际蒙古文学研究中心，占据过主导性地位。蒙古国独立后，曾有许多学者赴俄罗斯地区深造，同时接受了俄罗斯的蒙古文学研究传统及其方法论。其间逐步形成了以描述——重现原始状态，澄清——理清内在关系，历史化——重构历史叙述为主的学术传统。

3. 以莲见治雄、二木博史、冈田和行为代表的日本蒙古文学研究传统

日本的蒙古学研究伊始于20世纪初。它的奠基者为历史学家那珂通世（1851—1908）[2]。他用日文翻译《蒙古秘史》的汉文版，以《成吉思汗实录》为书名，于1907年在日本出版。大约与此同时，日本东京外国语学校开设蒙古

---

[1] 巴·苏和.中国蒙古文学学术史[M].海拉尔：内蒙古文化出版社，2008：57—353.

[2] 乌·图雅.国际蒙古学研究概况[M].海拉尔：内蒙古文化出版社，1999：2.

语课程，并邀请罗布桑却丹赴日教学。因而，日本的蒙古文学研究工作和教学工作同步进行，在培养蒙古文学研究专业人才的同时，解决蒙古文学研究工作中所遇到的某些难题。其间逐步形成了以考据、考证、澄清为主的学术传统。日本的学者总是以历史的视角去探寻文学问题，在文学研究中较多使用历史学的方法，因此特别注重论据和资料。用论据澄清问题，以资料树立观点是日本蒙古文学研究中的普遍现象。

在日本学习或工作的蒙古族学者是日本蒙古文学研究中不可忽视的一支队伍。比如艾特、杨海英、呼和巴特尔、白嘎拉、布仁赛罕等教授，他们以日本的文学研究的方式方法，积极开展蒙古文学研究，成果颇丰，值得一提。

4. 以托尔德·劳费尔、瓦·海西希为代表的西方国家蒙古文学研究传统

西方学者对蒙古文学的研究状况、前沿信息、教学情况等方面的讯息交流尚未顺畅，对很多国内学者来说，有些陌生和生疏。这一情况大概与蒙古文学学科内部的信息沟通、交流尚未完善有关。根据现有资料，西方蒙古学家所涉猎的内容并不仅仅局限于某一单种学科，而是广泛涉猎于语言、文学、历史、宗教、文献等多个领域，所以，很难找到单一文学学科专家。众所周知，西方是现代学科、现代文学理论和现代文明的发祥地。托尔德·劳费尔、瓦·海西希为代表的学者在现代西方文化环境中接受学术训练，形成了以理论化——由现象概括本质，历史化——重构历史叙述，考据——追溯根源为主的学术传统。

六、总结

蒙古文学学科属于国际性的知识体系，其内容在语言跨度上涉猎蒙古语（包括畏兀儿文、托忒文和基里尔文）、汉语、藏语、满语、日语、英语、俄语、德语等8种语言10种文字资料；在空间跨度上涉猎中国、蒙古国、俄罗斯联邦（布里亚特、卡尔梅克、图瓦等）、日本、美国、德国、瑞典、英国、匈牙利、芬兰等10多个国家。蒙古文学学科从古代文人的零散论述转向现代学者的系统性研究，从古代的形态——明处转向现代的形态——学科，从境内学者的研究

转向境外学者的研究,从知识分类、梳理转向知识生产、人才培养,这一过程经历了700多年。

蒙古文学学科所面临的主要问题是学科内部交流不畅通、信息闭塞,即境内的专家学者尚且不熟悉境外蒙古文学研究状况及前沿信息,并且不擅长利用境外资料,同样境外的专家学者尚且不熟悉境内蒙古文学研究状况及前沿信息,也不擅长利用境内资料等。

蒙古文学研究领域形成了6种研究传统及其方法论。多元一体的存在方式为其基本特征。

蒙古文学研究的最终目的不仅仅是创立学科体系,而是通过学科——这一现代知识体系及其规训,达到蒙古文学研究的4个目的,即引领文学创作,并为其提供理论依据;建立思想传统,只有沉淀为传统方可长存于历史长河;参与人类的文明对话;服务于构建宇宙秩序。

蒙古文学学科史：梳理与分析

德国文物考古队于1902—1914年从吐鲁番发现的蒙古文文献[1]表明，蒙古文学研究伊始于13世纪末14世纪初[2]，与搠思吉斡节儿的著作有关。搠思吉斡节儿，元代著名经师学者、翻译家、语言学家和诗人，精通蒙、藏、畏兀文，著述颇丰，大部散佚。流传至今的有《佛祖释迦牟尼十二行》《入菩萨行径》（蒙译）、《入菩萨行径释》、《圣五主尊大乘经》（蒙译，其译者有异议）、《〈圣五主尊大乘经〉拔诗》、《摩诃噶剌神颂》等，其文学创作与研究影响深远。如《佛祖释迦牟尼十二行》给蒙古族活佛高僧传记文学提供书写样板[3]，《摩诃噶剌神颂》被称为14世纪蒙古族颂赞诗歌的经典之作等。其中《入菩萨行径释》被学界誉为蒙古族高僧喇嘛撰写释文、以诗评诗的源头，是蒙古文学研究的开山之作[4]。

[1] 德国柏林民俗博物馆于1902—1914年组织以A.Gruenwedel和A.V.Le.Cop为首的地质勘探队，先后4次去往新疆考察。他们发掘出10多种语言文字书写的古迹4万余份。除此之外，还大量获得壁画和艺术品。[德]阿尔伯特·冯·勒柯.新疆的地下文化宝藏[M].陈海涛，译.新疆人民出版社，1999：2；耿世民.德国柏林科学院吐鲁番学研究中心介绍[J].西域研究，2003（2）.

[2] 搠思吉斡节儿注释的《入菩萨行径释》为印度作家寂天的梵文作品的注释作品。搠思吉斡节儿于1299年编撰该书，于1312年在元大都以木版印刷发行。学者们视该注释作品为蒙古文学研究的第一部书面作品，很显然是以搠思吉斡节儿蒙译《入菩萨行径释》及所做的注释为依据的。因此，蒙古文学研究的初始不是以蒙古母语书面作品为研究对象的，而是以佛学经典的翻译揭开序幕的。

[3] 满全.蒙古族书面文学的基本体系研究[M].沈阳：辽宁民族出版社，2007：253—254.

[4] 巴·格日勒图，评注.蒙古文论集录[M].呼和浩特：内蒙古大学出版社，2003：3—4.

知识考察与体系构建

在漫长的历史发展过程中，蒙古文学研究曾经受到印藏诗学、汉族诗学和西方文学理论影响，逐渐发展成独具特色的一门学科。学科是有具体研究对象的科学工作系统，也是通过学术教育方式进行知识生产的组织系统。

一、发展阶段

从古代文人的文学研究到现代意义上的文学学科的形成，蒙古文学学科经历了3个发展阶段，即萌芽阶段（13世纪末14世纪初至19世纪末），创建阶段（19世纪末至20世纪八九十年代），发展阶段（20世纪八九十年代至今）。

（一）萌芽阶段

13世纪末14世纪初至19世纪末，或者于1299年编撰、1312年出版发行的《入菩萨行径释》至1895年俄罗斯学者阿·玛·波兹德涅耶夫在彼得堡大学讲授蒙古文学课程，此为蒙古文学学科史的萌芽阶段。学科的萌芽期是学科形成的准备期。其特点为以自发的、零散的文本研究为主。诸多学科术语，或者学科基本范畴，如好来宝、乌力格尔、诗、歌、祝词、赞词、文章、文学等术语大量出现于史前史阶段。因此，萌芽阶段是学科内在知识谱系初步形成的阶段。

（二）创建阶段

19世纪末至20世纪八九十年代，或者于1895年俄罗斯学者阿·玛·波兹德涅耶夫在彼得堡大学讲授蒙古文学课程开始至20世纪八九十年代，相关国家如中国、蒙古国、日本、俄罗斯以及西方国家的大学中俨然形成蒙古文学方向的"学士—硕士—博士"3个级别的学位体系，此为蒙古文学学科史的创建阶段。创建阶段是学科的诞生期或形成期。其特点为文学研究开始进入组织化、机构化运作系统，并且文学教育开始进入学校课堂，成为独立自主的知识系统。因此，创建阶段是学科组织管理体制逐步形成的阶段。

（三）发展阶段

20世纪八九十年代至今，或者相关国家如中国、蒙古国、日本、俄罗斯以及西方国家的大学中俨然形成蒙古文学方向的"学士—硕士—博士"3个级别的学位体系至今为蒙古文学学科史的发展阶段。发展阶段是学科的提升期或完整期。其特点为学科合法地位的提升（如学科目录的颁布、高学历教育的出现）、影响力的扩散、研究领域的拓展、国家权力的介入等。因此，发展阶段是学科外在权力系统逐步拓展的阶段。

二、主题和内容

国内外有关蒙古文学学科史所涉猎主题和内容的研究主要集中于文学史的书写及研究、文论史资料的整理及研究、学术史的梳理及研究等3个领域。

（一）文学史的书写及研究

在蒙古文学史的书写方面，国外学者开创先河并做出了贡献。如俄罗斯学者阿·玛·波兹德涅耶夫（1851—1920）、巴·雅·符拉基米尔佐夫（1884—1931）、格·伊·米哈伊洛夫（1908—1990），德国学者贝·劳费尔（1874—1934）、瓦·海西希（1913—2005），蒙古国学者巴·苏德诺木（1908—1979）、策达木丁苏荣（1908—1986）、达策仁索德纳木（1937—　），日本学者莲见治雄（1941—　）、冈田和行（1954—　）等。

俄罗斯学者阿·玛·波兹德涅耶夫曾经在彼得堡大学讲授过蒙古文学课程，并于1896、1897、1907年把讲义整理后分别出版了《蒙古文学史讲义》三卷本。这一著作是蒙古文学史的开山之作。德国学者贝·劳费尔于1907年在布达佩斯市出版了《蒙古文学概况》（德语版）。在这两部著作中，虽然与蒙古文学相关的内容较少，但是拉开了蒙古文学史书写序幕，意义深远。

学界认为，真正意义上的蒙古文学史著作出现于蒙古国学者笔下。1946年，蒙古国学者巴·苏德诺木在乌兰巴托的《科学》杂志上连载论著《蒙古文学史概要》，于1954年翻译成汉文出版。该论著由3章组成，即1200—1691年的蒙古文学概况，1691—1921年的蒙古文学概况，1921—1946年的蒙古文学概况等。虽然缺乏细微探讨，但是该著作是首部以史学视角观照、梳理蒙古文学发展历程的著作。

此后，国外学者相继出版了蒙古文学史著作，据不完全统计，在国外出版发行的蒙古文学史著作已有30多部。其中俄罗斯学者格·伊·米哈伊洛夫的《现代蒙古文学史纲》（莫斯科，1955年）、《蒙古人的文学遗产》（莫斯科，1969年）、《蒙古文学》（莫斯科，1969年），德国学者瓦·海西希的两卷本《蒙古文学史》（威斯巴登，1972年），蒙古国学者策·达木丁苏荣的三卷本《蒙古文学概论》（与人合著，乌兰巴托，1957、1968、1977年），普·浩日劳、色·劳布桑旺丹、策·孟和、策·呈都编《蒙古现代文学简史》（乌兰巴托，1968年），达·策仁索德纳木的《蒙古佛教文学》（乌兰巴托，1997年），日本学者冈田和行、芝山豊的《蒙古文学之门》（东京，2003年）等著作，个性鲜明、风格各异，代表了国外蒙古文学史研究的最高水平。

在国内，蒙古文学史的书写工作始于20世纪50年代末60年代初。当时在内蒙古出现了3部文学史著作，即陶格图木、纳·赛西雅拉图负责撰写的《蒙古族文学简史·第七卷》（1958年开始以蒙古文撰写，1963年汉译，未出版），内蒙古大学中国语言文学系编《内蒙古自治区文学史》（呼和浩特，汉文版1960年，蒙古文版1962年），陶格图木、纳·赛西雅拉图编《蒙古族现代文学史》（呼和浩特，铅印版教科书，1963年）等。特殊时代的特殊著作，难免有些瑕疵，但是在上述3部文学史著作之中，初步形成了蒙古文学史书写规范，比如在内容的编排、作家作品的选择、叙述模式的建立等方面影响深远。

此后，国内学者陆续出版了蒙古文学史著作。据不完全统计，在国内出版发行的各种版本、各种风格的蒙古文学史著作已有60多部。其中最具代表性的著作有乌·苏古拉编著《蒙古族现代文学史》（呼和浩特，1987年），纳·赛西雅拉图主编《蒙古文学史》（沈阳，1995年），荣苏赫、赵永铣主编的四卷本《蒙古族文学史》（呼和浩特，2000年），苏尤格编著的两卷本《蒙古族现代文学史》

(呼和浩特，2008年）以及乌日斯嘎拉著《蒙古文学史学研究》（沈阳，2011年）等。这些著作代表了国内蒙古文学史书写及研究的水平和方向。

（二）文论史资料的整理及研究

在国外，文论史资料的整理及研究主要集中于蒙古国。如达·策仁索德纳木著《14世纪诗人搠思吉斡节儿》（乌兰巴托，1969年）、《蒙古族诗歌发展概要》（乌兰巴托，1978年），策·孟和著《蒙古文学批评史纲》（乌兰巴托，1982年），勒·呼日勒巴特尔著《东方诗情的审美传统、蒙古诗歌理论》（乌兰巴托，1993年）、《天上的白凤凰》（乌兰巴托，1996年），桑·白嘎勒赛罕著《文学研究导论》（乌兰巴托，1995年）、《艺术形象理论讲稿》（乌兰巴托，1998年），乔·毕力格赛汗著《悟：新时期文学理论》（乌兰巴托，2003年）等著作相继出版，彰显其研究的深度和广度。

在国内，文论史资料的整理及研究工作始于20世纪70年代，以清代蒙古族文论家哈斯宝译著《新译〈红楼梦〉》的校勘、整理为起点，拉开了诗学体系建构和文论史研究的序幕。其中巴·布林贝赫、巴·格日勒图、苏尤格、王满特嘎、朝戈金、额尔敦白音、乌日斯嘎拉等学者做出了突出贡献。

在文论史资料的搜集、整理方面，巴·格日勒图教授先后整理出版了《新译〈红楼梦〉》（呼和浩特，校勘本1975年）、《蒙古族作家文论选（1721—1945）》（呼和浩特，编注本1981年）、《蒙古文论集录》（呼和浩特，评注本2003年）等资料汇编，王满特嘎教授出版了《蒙古国现代文学研究与评论》（海拉尔，1999年）、《蒙古现代文学批评》（呼和浩特，2000年）等资料汇编。这些汇编几乎搜集了国内外重要文论家的代表性作品。

在诗学体系建构和文论史研究方面，相继出现了重要著作。如巴·布林贝赫著《蒙古诗歌美学论纲》（呼和浩特，1991年）、《蒙古英雄史诗的诗学》（呼和浩特，1997年），巴·格日勒图著《蒙古文论史研究》（呼和浩特，1998年），苏尤格著《蒙古诗歌学》（呼和浩特，2000年），王满特嘎著《蒙古文论史：17—20世纪初》（呼和浩特，1996年），朝戈金著《口传史诗诗学：冉皮勒〈江格尔〉程式句法研究》(南宁,2000年)、乌日斯嘎拉著《蒙古诗学体系论》(呼和浩特,2000年)、额尔敦白音著《松巴堪布诗学研究》(呼和浩特,2002年)、斯钦巴图著《蒙古史诗:从程式到隐喻》(北京,2006年)、宏伟著《法式善〈梧门诗话〉研究》(沈阳,2006年)、孟和乌力吉著《蒙古文文论理论建构:1900—1949》(沈阳,2012年)等。这些著作代表了国内学界对蒙古诗学理论、文论史研究的深度和广度。

(三)学术史的梳理及研究

从学术史视角,对蒙古文学研究历程进行梳理、阐释的论文与论著在国内外甚少。其中最具代表性的著作为巴·苏和著《中国蒙古文学学术史》(海拉尔,2008年),这一现象表明了目前为止,国内外学者尚未关注蒙古文学学术史的研究。该著作从学术史的视角,对中国蒙古文学研究历程进行审视和反思,梳理其发展脉络,总结其成就与缺点,提出了蒙古文学学术史创新问题。学术史不等同于学科史,但与文学史、文论史相比,与学科史研究相对接近的一种研究视角和系统就是学术史研究。

另有不可忽视的一部大型辞书——巴·格日勒图主编的《蒙古学百科全书·文学卷》(呼和浩特,蒙古文版2002年,汉文版2010年)的问世。该辞书涉猎内容甚广,参与学者诸多,是一部具有权威性、科学性和应用性的大型辞书。《蒙古学百科全书·文学卷》的问世,标志着蒙古文学学科知识走向规范化、系统化、普及化进程。

总览国内外研究状况,其研究主题和内容主要涉及文学史、文论史和学术史领域,尚未出现学科史研究著作,并且零散化、板块化和专题化的研究导致未形成体系化。国内学者只关注境内研究,国外学者只关注境外研究,母语学者只关注用母语撰写的著作,非母语学者只关注用非母语撰写的著作的现象一直存在,成为学术瓶颈。学科是有具体研究对象的科学工作系统,也是通过学术教育方式进行知识生产的组织系统。蒙古文学学科史体系理应包括3个系统12项内容,一是学科内在知识系统,其中包括学科基本范畴或术语、历史轮廓、主要特点、发展规律、思想体系、方法论等 6 项内容；二是学科组织管理系统，其中包括机构设置、队伍管理、资料建设（图书资料、教科书、期刊）等 3 项内容；三是学科外在权力系统，其中包括学科合法地位、社会影响力、文化环境等 3 项内容。

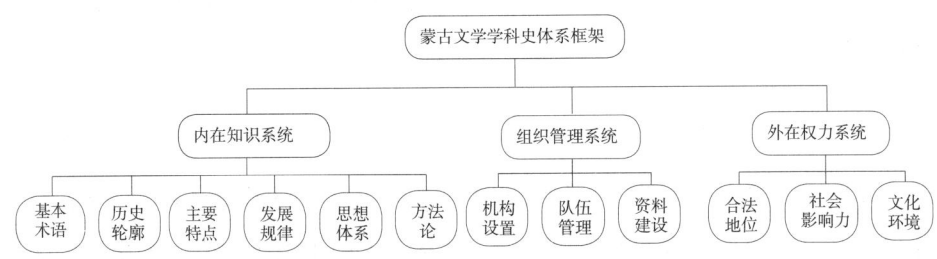

显而易见，国内外学者的文学史研究、文论史研究、学术史研究属于学科内在体系，即学科内在知识系统的研究，未涉猎另外两个系统——学科组织管理系统和学科外在权力系统的研究。

三、代表性成果

国内外有关蒙古文学学科史所涉猎的主题和内容的研究主要集中于文学史的书写及研究，文论史资料的整理及研究，学术史的梳理及研究等 3 个领域。这些研究均属于学科内在知识系统的研究。

（一）《蒙古文学概论》（乌兰巴托，1957、1968、1977 年）

三卷本《蒙古文学概论》是蒙古国著名学者策·达木丁苏荣、策·呈都等编撰的大型文学史著作。该文学史在书写体例、叙述策略、历史断代、史料信息等方面为学界树立了文学史书写的一种典范。其书写体例和叙述策略方面不同于国内学者撰写的文学史著作，而是以专题论文汇编形式勾勒出蒙古文学的发展历程，这一书写体例值得借鉴。

（二）《蒙古族文学史》（呼和浩特，2000年）

四卷本《蒙古族文学史》是荣苏赫、赵永铣等国内学者编撰的大型文学史著作。该书大量应用最新研究成果，全景式展现了蒙古文学的发展历程。在系统性、完整性、学术性、丰富性等方面超越了以往的文学史著作。

（三）《蒙古诗歌美学论纲》（呼和浩特，1991年）

《蒙古诗歌美学论纲》是巴·布林贝赫教授撰写的诗学著作。巴·布林贝赫教授一直致力于从民族文学创作实践及传统中提取民族文学理论资源，为民族文学理论体系的建构提供了新的思考方式。该著作把蒙古诗歌美学体系概括为"四种主义"，即以英雄史诗为代表的英雄主义诗歌；以说教诗歌为代表的厌世主义诗歌；以现代叙事民歌和文人诗作为代表的民主主义诗歌；以当代抒情诗为代表的社会主义诗歌等。学界普遍认可上述观点，并广为引用。

（四）《蒙古英雄史诗的诗学》（呼和浩特，1997年）

《蒙古英雄史诗的诗学》是巴·布林贝赫教授撰写的蒙古英雄史诗研究著作。该著作以宏大的文化视角，对蒙古英雄史诗文本进行概括和阐释，进而试图构建蒙古英雄史诗的诗学体系。其内容涵盖了蒙古英雄史诗特征、蒙古英雄史诗中的宇宙结构、蒙古英雄史诗英雄形象体系、蒙古英雄史诗中的骏马形象、蒙古英雄史诗中的人与自然的神秘关系、文化变迁中的史诗发展以及蒙古英雄史诗的意象、韵律、风格等领域。该专著代表了蒙古英雄史诗研究的最高水准，在国内外产生巨大影响。

（五）《蒙古文论史研究》（呼和浩特，1998年）

《蒙古文论史研究》是巴·格日勒图教授撰写的文论史研究著作。该著作以宏大的文化视野，对蒙古文论包括诗论的发生、发展、演变过程进行描述和概括，从而勾勒出蒙古文论发生发展史概貌。该著作是作者在蒙古族文艺理论研究领域中的标志性成果，是40多年来积累的学术精华所在。此书集中体现了巴·格日勒图教授的学术思想，即融汇古今，贯通内外，立足于本土文化，建构本土文化之学术思想。该著作中作者提出了蒙古族文艺理论的三元结构论及三大学说。以他之见，汉族文化艺术、印度文化艺术、藏族文化艺术是蒙古族文艺理论的起源、生成、发展及壮大的外部文化因素，这3种外来文化在与本土文化的撞击、交流、对话和渗透过程中，逐步形成了蒙古族文艺理论的概貌。这就是蒙古族文艺理论的三元结构论。至于三大学说，即愉悦说、性情说、圆满说，这是巴·格日勒图教授从蒙古族藏文文论、汉文文论和蒙古文文论中概括出来的独特见解。上述观点受到学界的广泛关注。

（六）《蒙古诗歌学》（呼和浩特，2000年）

《蒙古诗歌学》是苏尤格教授撰写的诗歌理论研究著作。该著作以广阔的文化视野、丰富的案例和精准的论述，构建了蒙古诗学体系，包括诗歌内容、情感、形式、语言、灵感、虚构、象征、联想、通感、意象、变形、赏析等。该著作首次系统地讨论了蒙古诗歌本体问题，得到学界的赞誉。

（七）《口传史诗诗学：冉皮勒〈江格尔〉程式句法研究》（南宁，2000年）

《口传史诗诗学：冉皮勒〈江格尔〉程式句法研究》是朝戈金研究员撰写的史诗程式句法研究著作。该著作参照、吸收国际史诗研究领域广泛流行的程式理论，对蒙古英雄史诗的语音、韵式、句法进行梳理和概括，进而提出了程式是蒙古口传史诗的核心要素，它制约着史诗从创作、传播到接受的各个环节，而程式化的根源是它的口头性。这是蒙古英雄史诗程式研究的首部专著，为蒙古族口传文学研究提供了崭新的阐释路径，影响深远。

（八）《蒙古诗学体系论》（呼和浩特，2000年）

《蒙古诗学体系论》是乌日斯嘎拉教授撰写的诗学体系研究著作。该著作以文本叙述与主观评述相结合、复原与现代阐释相结合、宏观把握与微观分析相结合的视角和方法，对蒙古诗学发生、发展及演变过程进行描述和清理，并提出了蒙古诗学发展四阶段论。第一阶段为14至18世纪，以诗境论研究为代表；

第二阶段为19世纪，以文章论研究为代表；第三阶段为19至20世纪，以韵律论研究为代表；第四阶段为20世纪，以整合论研究为代表。这些观点引起学界的关注。

（九）《松巴堪布诗学研究》（呼和浩特，2002年）

《松巴堪布诗学研究》是额尔敦白音教授撰写的文论家研究著作。该著作是18世纪蒙古族高僧松巴堪布及其诗学巨著《诗镜所讲修饰法之比喻论星宿妙和异名简要如意宝坠》和《修辞法简要诗镜入门》的专题研究论著。众所周知，古印度诗论家檀丁的《诗镜论》是蒙古诗歌理论的来源之一，也是历代蒙古族文论研究者的重要研究课题。蒙古族高僧松巴堪布的上述两部著作均属运用藏文撰写的《诗镜论》研究论著。《松巴堪布诗学研究》由导论、松巴堪布诗论著作的2种藏文原文的蒙古文译文和注释3部分组成。作者对原文涉及的佛教、古印藏文化、历史和诗学术语、概念、范畴及所涉及的经文、典故、神佛、人物、事件甚至成语辞藻，逐一予以释解和评述。该专著成为蒙古族古代诗论研究史上的第一部关于蒙古族藏文诗论的专题研究著作。

（十）《中国蒙古文学学术史》（海拉尔，2008年）

《中国蒙古文学学术史》是巴·苏和教授撰写的学术史研究著作。该著作从学术史理论视角和方法论，以个案分析与宏观论述相结合的形式，对蒙古文学研究史进行了全面、系统的阐释和评价，进而勾勒出蒙古文学研究的历史轮廓和发展轨迹。作者认为，蒙古文学发展源远流长，在其发展的历程中形成独具特色的文学主潮、文学现象、文学传统，这是蒙古文学区别于其他民族文学的特色和亮点，也是蒙古文学对中国文学的发展乃至世界文学的发展做出的贡献。该书在研究方法和视角上避免了传统的按体裁分类的模式，而从学术史视角和方法论，根据蒙古文学发展的固有特征或亮点，侧重关注了蒙古族英雄史诗研究之研究、《蒙古秘史》文学研究之研究、史诗《江格尔》研究之研究、蒙古《格斯尔》研究之研究、蒙古族近代文学大师尹湛纳希研究之研究、蒙古族当代诗学研究之研究。这种研究策略完全符合蒙古文学发展特点和蒙古文学研究历史概貌。该专著是首部蒙古文学学术史研究著作，意义深远。

四、突破点或增长点

总览国内外研究状况及相关代表性成果，其研究主题和内容主要涉及文学史、文论史和学术史领域，尚未出现学科史研究著作，并且零散化、板块化和专题化的研究导致未形成体系化。国内学者着重关注境内研究，国外学者着重关注境外研究的现象依旧存在，成为学术瓶颈。

学科是有具体研究对象的科学工作系统，也是通过学术教育方式进行知识生产的组织系统。显而易见，国内外学者的文学史研究、文论史研究、学术史研究均属于学科内在体系，即学科内在知识系统的研究，未涉猎另外两个系统——学科组织管理系统和学科外在权力系统的研究。因此，进一步探讨、发展和突破的空间有：

（一）在学科内在知识系统方面

国内外学者的文学史研究、文论史研究、学术史研究涉猎学科内在知识系统的相关问题，如学科范围、术语、历史轮廓、主要特点、发展规律、思想体系、方法论等问题，并为蒙古文学学科发展及其研究提供了知识资源和研究经验。这些以往的零散化、板块化、专题化研究必将成为今后整体化、系统化、深入化研究的基础。换言之，在学科内在知识系统的整体化、系统化、深入化研究方面还有进一步探讨、发展、突破的余地。

（二）在学科组织管理系统方面

国内外极少数学者的某些论著涉及蒙古文学学科组织管理系统的相关问题。如莲见治雄、二木博史、芝山豊、广川佐保、杨海英、呼和巴特尔、内田孝等学者致力于作家考据、期刊整理、作品发掘、蒙古文学学校教育的研究，发表了高水平学术论文,其代表性成果有《满洲时期蒙古族作家额尔德木特古斯的新发掘作品》(日文,1998年)、《蒙古草原的文人:手抄本中的民族志》(日文,2005年)、《满洲时期蒙古语期刊谱系及其演变》(日文,2007年)、《〈新蒙古〉杂志2号与蒙古族留学生的文艺活动》(日文,2008年)、《二十世纪三四十年代内蒙古中等教育机构组建过程:以兴安学院为例》(日文,2012年)等。日本的研究以细致、考据、史料至上为特征,但缺乏整体考察和系统思考。在国内,期刊考录、蒙古文学的学校教育方面出现了零星研究态势,如忒莫勒编著《内蒙古旧报刊考录(1905—1949)》(呼和浩特,汉文版,2010年),王风雷著《蒙古族全史·教育卷》(呼和浩特,汉文版2014年)等。

上述成果从文献学、传播学、教育学视角,探讨期刊和学校教育相关问题,已经涉猎蒙古文学学科组织管理系统的某些问题。但是学科的机构运行、队伍管理、资料建设方面有进一步系统化、整体化、深入化研究的空间。

(三)在学科外在权力系统方面

西方学界越来越关注学科的政治性和民族性,认为学科是调解政治经济与知识生产之间关系的政治结构(Lenoir,Timothy,InstitutingScience.The Cultural Production of Scientific Disciplines, Stanford: Stanford University Press 1997)。学科发展与国家富强有必然联系,任何学科均受到国家权力的控制、监督、监管或者支持。

国内外学者尚未关注蒙古文学学科的外在权力系统,如对合法地位、社会影响力、文化环境等因素尚未展开梳理和研究,是未开垦的领域,有诸多亟待研究、探讨的空间。

□宣读于中国蒙古文学学会第五次代表大会暨第十次学术研讨会,2016年6月25日,呼和浩特。

"道"与尹湛纳希的文艺哲学思想

19世纪,蒙古族作家尹湛纳希,在其《青史演义》的《要目》中表明了自己的宇宙观念,他认为"我们这个宇宙,从天地日月到万物,都是由阴阳二气形成,由五行之理结合而产生。世界之万物无不具有规律,其唯一的规律就在于偏私。"[1]65 尹湛纳希以这种观念去解释诸多历史文化问题,形成其天道——和谐的文艺哲学思想。

一、气(amisγul)

在古代汉族道教哲学中有气之聚,则为生;气之散,则为死;气之流行万物为生的观点。气是无,无生有,有生无。有是无,无是有,有亦气中生。气聚而成的宇宙中,无是源,是永恒的气。无与有是气的两种体。尹湛纳希接受了这一思想中有关气、无、有的理解,认为:"有无二词相反相成,好比是首尾衔接的链条。就以隐显而论,人活着的时候,便是有;倘若死了,便是无。物成则有,物毁则无……有的后面,伴随着无,无中寓着有。有便是无,无便是有。"[1]66 他持着这种观点,对佛学和儒学进行了评述:"佛学以普度众生为自己的宗旨,而圣人的学说是以子孙满堂、立功晋升为人世间的宗旨。这两家学说,一家主张把人世搞无,而另一家则主张把人世添满。乍看起来,二者是如此不协调,然而其目的都归结于善的结果。"[1]73 尹湛纳希信奉"人间的一切事情都随人心而成"[1]74,把无看作宇宙之源。冯友兰认为:"'老子'的宇

---

[1] 尹湛纳希.青史演义(蒙古文)[M].呼和浩特:内蒙古人民出版社,1991.

宙观中有3个重要范畴——道、有、无。"[1]165 尹湛纳希把老庄哲学中的"道"译成"jǔi"或"yosu"。在1717年首次出版的《二十一卷本辞典》中，把"jǔi"解释为"规则秩序的相辅相成为jǔi（道）。"[2]834 老庄哲学中的"道""有""无"之间的关系极其复杂，对此的解释也各异。《青史演义》中描述的太祖皇帝是作者理想的化身，是理想化的圣人。在蒙古语里所谓圣人是指"独有发自真诚的心"[1]455，藏传佛教中，把"圣人"解释为"各个教徒所崇拜，国家君主加封为圣人的人。圣人在世时做过许多各种各样的善事，他们拥有这样崇高的行为是因为与神有着密切的联系或自身带有神奇的法术。"[3] 尹湛纳希认为，成吉思汗的所作所为都是自发的，因此，可谓圣人。圣人之意便是天意，所以尹湛纳希断定铁木真是"承天启运的英武皇帝"[1]49。

尹湛纳希关于成吉思汗降生在北方有如下解释。我们蒙古的地方有12种不足之处：一是土地贫瘠；二是没有河流；三是天气寒冷；四是阳光较远；五是以肉、血、奶、油为主食；六是以兽皮畜毛为服饰；七是人的性格耿直，但暴躁、鲁莽；八是外貌粗犷，言谈粗野；九是体态丑陋，行为不端，虽有勇气，但缺乏谋略；十是虽有力气，但缺乏耐心；十一是不懂礼、义、廉、耻；十二是连山野之鸟兽，牧人之牛马，其性子都暴躁。但好坏都是宇宙阴阳二气首尾衔接而成的，坏中有好，好中有坏，因此我们的北方地区也有10点可取之处：一是没有骄奢淫逸之乐；二是没有使千百万人暴死之病害；三是没有千百万军队侵略之危险；四是没有洪水泛滥，大河决堤之灾；五是没有天火连城，突发地震之险；六是君子没有大奸大暴之恶习，平民没有暗算结仇之狠心；七是虽然财积很多，然而却没有发难动众之心；八是没有为害虫蜇伤突然夭折之虞；九是没有受恶气毒雾、难以逃脱之患；十是没有成年累月地种田劳累之苦。凡此种种，加在一起，久而久之，此处此地的山野湖泊之灵融汇起来，如铁如石，终于凝为一体。一日突然爆发，宇宙

---

[1] 冯友兰.中国哲学简史[M].北京：北京大学出版社,1985.

[2] 内蒙古语言文学历史研究室.二十一卷本辞典（蒙古文）[M].呼和浩特：内蒙古人民出版社,1979.

[3] 曹都,编著.宗教辞典（蒙古文）[M].呼和浩特：内蒙古教育出版社,1996.

正气四处散发，承天启运的英武皇帝成吉思汗降生于世。在此，尹湛纳希以有、无衔接的观点解释了成吉思汗的降生和北方的兴衰。这 12 种不足之处和 10 种可取之处已包括自然环境、社会环境、文化环境。尹湛纳希认为一个人、一个民族、一个国家的兴衰取决于这些因素。

二、阴阳（arγa bilig）

以阴阳的对立和谐观，解释宇宙起源 γ 论述古已有之。《国语》中有"幽王二年，西周三川皆震。伯阳父曰：……阳伏而不能出，阴迫而不能蒸，于是有地震"的记载。《易经》中也有"--（阴）""—（阳）"两种符号相互重叠和自身重叠，产生了干、坤、震、巽、坎、离、艮、兑的观点。八卦象征 8 种基本物象，即天、地、雷、风、山、火、水、泽，八卦再自身重叠和相互重叠，形成象征宇宙万物的六十四卦的记载。

八卦中就有两种符号，"—"和"--"，被称 jirvhai（卦象）。在蒙古 jirvhai(卦象)中关于"—"和"--"符号的解释颇多。例如："—"符号象征天、阳（arga）、雄性、奇数；"--"符号象征地、阴（bilig）、雌性、偶数等。后来看相者、占卜者、占星术家们更加丰富了八卦的象征内容。例如：八卦象征动物中的马、牛、猪、凤、龙、鸡、狗、羊；器官中的头、腹、耳、眼、脚、腚、手、嘴；方向中的西北、西南、北、南、东南、东北、西、东；天伦中的父、母、次子、次女、长子、长女、季子、季女。除此之外，八卦还象征气候、色彩、九大星座、八门、植物、政治等。八卦进而演变为太极图，太极图凸显出循环的特征以及阳中含阴、阴中含阳的内容。例如：日、天、昼、明、夏、热、火、上、快、硬、清、动态、显、外、雄、积极等代表阳；月、地、夜、暗、冬、冷、水、下、慢、软、浊、静态、隐、里、雌、消极等代表阴。阴阳学说把宇宙世间的诸多现象进行类型化，同时包含了阴阳相互转化的辩证思想。如：昼是阳，午后是阳中的阴；夜是阴，深夜是阴中的阳等。阳使物象成活，阴使物象兴旺。阴阳相辅相成才有万物生长。阳生阴旺，阴灭阳散。这就是阴阳的和谐统一，是蒙古 jirvhai（卦象）的重要思想之一。

尹湛纳希认为，"宇宙是阴阳二气相合而成的，凡有阴阳二气的地方，都有人类的生息繁衍"[1]20，"世间千千万万事情的好与坏，都是宇宙阴阳二气首尾衔接而成"[1]47。因此，尹湛纳希世界观中就形成了劣之极是优、优之极是劣，愚蠢之极是聪明、聪明之极是愚蠢等的辩证观，认为宇宙之道是和谐。他还认为，有的人把满心的幸福变为苦痛，与人斗气，而有的人偏偏把满身的痛苦看作是享福，整天谈笑风生，悠然自得。这两者都"超越了常情"，"不合乎情理"[1]42了。不难看出，尹湛纳希推崇的是中和之美。和谐是宇宙的结构、人世间的结构，因而他以"世界上歪理长不了，异说行不通"[1]67的观点，批评了秦始皇的暴行。那么，谁来保护宇宙和人世间的和谐结构呢？是天神和圣人。太祖成吉思汗不仅是圣人，而且是天神，所以才得以统治了天下。"如果不是天生的圣人，他就治不了天下。如果不是下凡的天神，他就创不了天下"[1]67。暴戾好乱者永远不能号令四海之众，因为他们是世间和谐的扰乱者。尹湛纳希也以阴阳相克相成的观点解释了威与福的循环："如果没有威势，即使有宽仁，别人也不信任；如果没有宽仁，即使有威势，别人也不诚服。……威势在前，为宽仁开辟道路，宽仁随后，消除威势之愤恨。因此，他人才能畏其威势，感其宽仁。"[1]792

以阴阳的观点解释宇宙万物的学说，在蒙古人当中广为流传，清朝之臣松筠、贺什格巴图等人，都以阴阳的观点解释宇宙形成以及世间万物。贺什格巴图在一篇诗中写到宇宙形成的奥秘，认为，宇宙立于无，无的本源是气，气有阴阳二种，阴气与阳气的因缘，自然形成了须弥山、四洲和万物。

三、五行（tabon maxabod）

在佛学中把五行分为两种，即五大：土、水、火、气、空，蒙古人把它称为 čaγan jiruxai-yin tabun maxabod（历法五行）；五行：木、火、土、金、水，

---

[1] 蒙古族哲学社会思想史资料（蒙古文）[G]. 呼和浩特：内蒙古教育出版社, 1989.

蒙古人把它称为 xara jiruxai-yin tabun maxabod（壬历法五行）。这一学说大概是从汉文化中流传来的。在《尚书·洪范》中有"五行：一曰水，二曰火，三曰木，四曰金，五曰土。水曰润下，火曰炎上，木曰曲直，金曰从革，土爰稼穑，润下作咸，炎上作苦，曲直作酸，从革作辛，稼穑作甘"的记载。

五行有母子关系、敌友关系，成为世间万物之根源。母子关系包含创始、繁殖的内容。即木之母为水，水之母为金，金之母为土，土之母为火，火之母为木；木之子为火，火之子为土，土之子为金，金之子为水，水之子为木等。敌友关系包含对立、敌对的内容。即木之友为土，土之友为水，水之友为火，火之友为金，金之友为木；木之敌为金，金之敌为火，火之敌为水，水之敌为土，土之敌为木等。五行学说把宇宙万物汇集于"五"字上。例如五色（甲、丙、戊、庚、壬）、五种气候（暖、热、湿、干、冷）、五味（酸、甜、苦、辣、咸）、五音（宫、商、角、徵、羽）、五常（仁、义、礼、智、信）、五种性情（认真、清晰、温和、宽容、聪明）、五种牲畜（马、骆驼、牛、绵羊、山羊）、五脏（心、肺、肝、脾、肾）、五谷（稻、黍、稷、麦、豆）、五官（耳、目、口、鼻、身）、五种感觉（喜、怒、哀、乐、恐）等。天有丙、戊、甲、庚、壬五种气，地有水、火、木、金、土五行。天上的五气分流成十个天干，演变成五行。五气与五行结合而决定地势，然后万物滋生，以五行为渊源形成了有五脏的人。五行演变为冷、暖、热、湿、气，进而形成喜、怒、思、哀、恐。天的五气随天干而演变，地的五行逆升为三阴、三阳的六种气。因而产生了天人合一的宇宙，并把人天性化，把天人性化了。以阴阳、五行组成的宇宙，不断循环旋转。尹湛纳希认为这就是宇宙之道。

尹湛纳希认为，人生有5种大事，即三宴和二练。三宴指生辰之宴、婚姻之宴、葬礼之宴，二练指男人的成家和男人的立业。这与具备五行形成人体是一样的。他也描述了元朝发源之五行，即（1）君臣之缘；（2）人马之缘；（3）

智能；（4）宽仁；（5）近亲的援助等[1]598。这样一来，气、阴阳、五行的原理成为尹湛纳希解释世间之兴衰，万物之滋生、灭亡的依据，其核心是天道——和谐论。这就是尹湛纳希所说的物之道或物之理。

汉族古代哲学思想中，有道是从天而来，天不变，道则不变的说法。在"人之源为天"的尹湛纳希看来，天道毫无疑问是元道或元理，是"王者之道，从内心自发的宽仁"[1]152。所谓"从内心自发的宽仁"是上帝恩赐的，是按上帝旨意而做的意思。因为尹湛纳希认为，圣人是被天地所信任的人，维护圣人是天意。这样一来圣人与天成为一体，认可了太祖成吉思汗是真命天子。在古代蒙古人的原始理解中，"所谓天子是遵循上帝旨意，治理、纠正万物，使之凝结成一，赋予各自之理，使天做父，使地做母，抚育人间的人，封为天子"[1]638。

天是想象中的绝对理念，是超越经验的元话语。对蒙古人而言，天是最终的崇拜者和最终的审判者。蒙古人把宇宙的和谐寄托于天。这样一来，天自然成为赏赐忠诚、惩罚邪恶的法官，圣人是天之赏惩权的执行者。在当时的蒙古人当中，这种认识是普遍的，尹湛纳希认为由于元朝的君臣没有暴虐之徒，从而上帝恩赐了他们162年的江山，乃曼部落则因未能领悟天意而灭亡。贺什格巴图认为，元朝的灭亡也是天意。妥欢贴睦尔在《答明太祖》诗中写道：

金陵使者渡江来，
漠漠风烟一路开。
王气有时还自息，
皇恩何处不昭回。[2]

在这里，妥欢贴睦尔把元朝灭亡的命运看作"王气有时还自息"。因此，以天地、日月、万物组成的宇宙有了自己的道，这个道就是和谐。所谓宇宙之

---

[1] 蒙古族哲学社会思想史资料（蒙古文）[C].呼和浩特：内蒙古教育出版社,1989.

[2] 王叔磐,孙玉溱.古代蒙古族汉文诗选[C].呼和浩特：内蒙古人民出版社.1984.

道由人道、地道、天道构成。人道，是生活之道、社会之道，其主要内容为人与人之间和睦相处，如伦理学等。地理，是自然之道、万物之道，其主要内容为万物（也包括人）和谐共存，如生态平衡等。天道，是世间之道、宇宙之道，其主要内容为天地、万物、宇宙星辰和睦共存，如天人合一等。这种思想贯穿了整个蒙古族文化的方方面面。

由此可知，天道是万物活动的基本范围，是万物之宪法。天道允许万物生存和发展，但以不破坏宇宙和谐为前提。谁践踏宇宙和谐，就会受到上天的惩罚。

天道——和谐观，是尹湛纳希的文学创作实践中，逐步形成的圆满的艺术哲学。如文艺作品具备四强（南方之强与北方之强、坚固之强与掠夺之强）；酸、甜、苦、辣聚在一章之中；文章中齐备四季（勃特国占有春、唐古达占有夏、金国占有秋、萨日拉嘎占有冬）；文章中自然形成十双（天地、日月、星辰、阴阳、云雨、虹光、真假、有无、仁义、礼智），以及《一层楼》之后续写《泣红亭》，也是由天道——和谐论的圆满艺术思维所决定的。

天道（古代称天命）是在蒙古人当中具有影响力的一种理念。天是蒙古人的元话语，最初天以原始崇拜的形式出现，后来以萨满教和佛教的理念出现。随着科学观念的崛起和宗教信仰的没落，天道在蒙古文化当中自然已成了哲学范畴。

□蒙古文论文发表于《内蒙古师范大学学报》，2000年第2期。
□汉文论文发表于《内蒙古师范大学学报》（汉文版），2003年第3期。
□汉文论文转载于《文艺理论》，2003年第9期。
□汉文论文收录于《中国文学年鉴2004》，中国文学年鉴社，2006年。
□汉文论文收录于青格乐图主编《内蒙古师范大学蒙古学学院学术论文集》，内蒙古人民出版社，2012年。

汉族文论中的"诗味说"对蒙古族文论的影响

在汉族古典文论中很早就有关于"诗味说"的论述,但到了钟嵘、司空图趋于成熟。汉语的"味"与蒙古语的"amta"意义大致相同。《辞源》中把"味"解释为:(1)滋味;(2)一种食物叫一味;(3)辨味;(4)意义、旨趣等。[1] 在诗学中所说的"味"就指意义、旨趣、情味。1717年首次出版的《二十一卷本辞典》中把"amta"("味")解释为"咸、苦、酸、辣、甜,曰:五味""食物之美味或顺心之欢乐,曰:有味"[2]。《二十八卷本辞典》中把"amtatai"("有味")解释为"食物之美味,曰:有味。智者、贤士之教诲和学问,曰:趣闻"[3]。因此,把汉语的"味"可以译成蒙古语的"amta"。诗学中所说的"味"失去了生理学上的意义,已变成了评价审美、情感的符号。

钟嵘奉承五言诗的目的有两种:一是为了反对当时诗坛流行的声病、用典的形式主义;二是为了召唤"建安风骨",进而赞扬五言诗的艺术功德。这些主张表明了钟嵘的艺术观以及艺术追求。他认为"太康中,三张、二陆、两潘、一左、勃尔复兴,踵武前王,风流未沫,亦文章之中兴也。永嘉时,贵黄、老,稍尚

---

[1] 辞源[M]. 北京:商务印书馆,1986:497-498.
[2] 内蒙古语言文学历史研究室. 二十一卷本辞典(蒙古文)[M]. 呼和浩特:内蒙古人民出版社,1979:21.
[3] 内蒙古语言文学历史研究室. 二十一卷本辞典(蒙古文)[M]. 呼和浩特:内蒙古人民出版社,1979:69.

虚谈，于时篇什，理过其辞，淡乎寡味"[1]，进而"风清骨峻、篇体光华"[2]的建安诗风逐渐走向了没落。对此，钟嵘批评的是当时诗坛推崇"理"而忽略"辞"，崇尚韵律而忽视"滋味"的形式主义状况。

钟嵘认为五言诗具有"滋味"，其原因之一，五言诗描写物象，表达情感方面细致深刻，如"指事造形，穷情写物，最为详切者耶"[3]；之二，五言诗并重赋、比、兴，能做到言近旨远，形象鲜明，有风力，有丹彩，如"故诗有三义焉：一曰兴，二曰比，三曰赋。文已尽而意有余，兴也；因物喻志，比也；直书其事，寓言写物，赋也。宏斯三义，酌而用之，干之以风力，润之以丹彩，使味之者无极，闻之者动心，是诗之至也"[4]。从上述论断可以看出，钟嵘的"滋味观"涉及诗歌的形象性和"文已尽而意有余"的诗性境界。"文已尽而意有余"，可以理解为超越语言的意蕴或语言背后的艺术境界。

钟嵘赞扬曹植、王粲、刘桢、阮籍、潘岳、张协、谢灵运、陆机、左思，其原因为他们作诗时不引用典故，不追求韵律，而崇尚心与物、情与景的完美结合，以景象表现情感，这正是"文已尽而意有余"艺术追求的要求。钟嵘的"文已尽而意有余"观点与皎然的"但见情性，不睹文字，盖诗道之极也""文外之旨"[5]"诗情缘境发"[6]的主张一脉相承。皎然是汉族诗歌意境学说的奠基人，他曾经提出过"缘境不尽曰情"的命题。所谓"境"指的是诗作中所描绘的能够表达作者的思想、情感的生活景象或生活画面，是主体与客体相互融合

---

[1] 钟嵘．诗品序[G]// 郭绍虞，主编．中国历代文论选：第1册．上海：上海古籍出版社，1996：308.

[2] 刘勰．文心雕龙·风骨[G]// 郭绍虞，主编．中国历代文论选．上海：第1册．上海：上海古籍出版社，1996：253.

[3] 钟嵘．诗品序[G]// 郭绍虞，主编．中国历代文论选：第1册．上海：上海古籍出版社，1996：309.1

[4] 钟嵘．诗品序[G]// 郭绍虞，主编．中国历代文论选：第1册．上海：上海古籍出版社，1996：309.

[5] 皎然．诗式[G]// 郭绍虞，主编．中国历代文论选：第2册．上海：上海古籍出版社，1996：77.

[6] 皎然．秋日遥和卢使君游何山寺宿扬上人房论涅槃经义[G]// 霍松林，主编．古代文论名篇详注．上海：上海古籍出版社，1991：222.

而成的一种艺术境界，即后人所说的"意境"。情感是艺术的本质，艺术是一种言说方式，是记载或表现情感、思想的方式，即情感的哲学，有艺术必有情感。苏珊·朗格有一句名言：艺术是情感的符号[1]。古希腊哲学家德谟克利特认为，没有热情不能成为大诗人[2]。《毛诗序》中的"情动于中而形于言，言之不足，故嗟叹之，嗟叹之不足，故咏歌之。咏歌之不足，不知手之舞之，足之蹈之也"，"吟咏情性，以风其上"[3]的论述以及陆机"诗缘情而绮靡，赋体物而浏亮"[4]的论述，都触及诗歌与情感的不割因缘关系。古印度戏剧学理论家婆罗多在《舞论》中给"味"（rasa）下的定义是："味产生于情由、情态和不定情的结合""味产生于情"[5]。这些论述都强调情感与艺术作品的密切关系。

司空图的"味论"是钟嵘以来"诗味说"之集成。他在《与李生论诗书》中，以醋之酸味和鹾之咸味来比喻诗味，认为，食物之味在于食物之外，进而探索了诗歌的"味外之旨"和"韵外之致"。他认为，内涵丰富、情感浓郁、思想深奥、意境幽美的诗具有"近而不浮，远而不尽"的艺术魅力。从此看出，司空图把韵味与意境、形象性连在一起，而且多次谈到了"象外之象""景外之景""味外之旨""韵外之致"问题。司空图的这些主张是以诗中的有限景象来表现诗以外的无限情意，即诗人的情意寓于语言、景象之中，而又寄于语言、景象之外。这就是以小见大、以少见多、以象见情的艺术之道。

钟嵘、司空图等人的艺术主张直接或间接地影响了哈斯宝、尹湛纳希等19世纪的蒙古族文论家和作家。他们在误读、误解中接受，并阐发了汉族古典诗

---

[1] 苏珊·郎格. 艺术问题[M]. 北京：中国社会科学出版社，1983：43.

[2] 伍蠡甫，主编. 西方文论：上[M]. 上海：上海译文出版社，1982：6.

[3] 郭绍虞，主编. 中国历代文论选：第1册[G]. 上海：上海古籍出版社，1996：63.

[4] 郭绍虞，主编. 中国历代文论选：第1册[G]. 上海：上海古籍出版社，1996：171.

[5] 金克木，主编. 古代印度文艺理论选[G]. 上海：上海人民出版社，1980：6.

学的某些艺术之道。哈斯宝、尹湛纳希推崇的"臧否全在笔墨之外"[1]"写得过显处，便以假乱真，写得过隐处，则以近指远"[2]"言简意赅"[3]"意义重叠"[4]等艺术追求都与钟嵘、司空图等人的艺术主张一脉相承。

司空图所倡导的"象外之象""景外之景"与"味外之旨""韵外之致"是相互关联的提法，"象外之象""景外之景"是指文艺作品形象的特色，"味外之旨""韵外之致"是指文艺作品可以意会而不可言传的弦外之音。他所探索的是从物象与情意，从外部世界与内部世界的相互交融、相互烘托、相互延续之中创造诗性世界的奥秘。

由于艺术追求、生活经验、社会地位、个体嗜好等因素，司空图在诗歌创作上特别强调韵味和含蓄、冲淡风格，竭力赞扬王维、韦应物等山水诗人的作品，认为他们的作品是"澄澹精致"[5]。司空图的代表作《二十四诗品》是一部讨论风格、意境问题的专著，其中贯穿了"味外之旨""韵外之致"艺术思想。该著作把风格和意境分为24种。如雄浑、冲淡、细浓、沉着、高古、典雅、洗练、劲健、绮丽、自然、含蓄、豪放、精神、缜密、疏野、清奇、委曲、实境、悲慨、形容、超诣、飘逸、旷达、流动等。此分类涉及风格、意境以及艺术技巧等问题。司空图用四言诗对二十四诗品进行了描述和阐释。这种以诗论诗的写作策略，在蒙古族喇嘛僧侣的文论写作实践中也曾风靡一时。

---

[1] 哈斯宝.新译《红楼梦》回批[G]//亦邻真.亦邻真蒙古学文集.呼和浩特：内蒙古人民出版社，2001：869.

[2] 哈斯宝.新译《红楼梦》回批[G]//亦邻真.亦邻真蒙古学文集.呼和浩特：内蒙古人民出版社，2001：830.

[3] 尹湛纳希.一层楼（蒙古文）[M].呼和浩特：内蒙古人民出版社，1980：342.

[4] 尹湛纳希.一层楼（蒙古文）[M].呼和浩特：内蒙古人民出版社，1980：505.

[5] 司空图.与李生论诗书[G]//郭绍虞，主编.中国历代文论选：第2册.上海：上海古籍出版社，1996:196.

> 大用外腓，真体内冲。
> 返虚入浑，积健为雄。
> 具备万物，横绝太空。
> 荒荒油云，寥寥长风。
> 超以象外，得其环中。
> 持之非强，来之无穷。[1]

这是司空图描述的"雄浑"风格。"超以象外，得其环中"是作者所宣扬的"象外之象""景外之景""味外之旨""韵外之致"主张的具体描述。所谓"超以象外"，是诗人通过联想、虚构、想象，对物象与意、场景与情的界线进行模糊，在景象的情意化和情意的景象化中塑造诗性世界。具有创造艺术境界的作品，才能达到内涵丰富、情意无尽、思想深奥、愈品愈有味的美妙境界。

> 素处以默，妙机其微。
> 饮之太和，独鹤与飞。
> 犹之惠风，荏苒在衣。
> 阅音修篁，美曰载归。
> 遇之匪深，即之愈稀。
> 脱有形似，握手已远。[2]

这是司空图描述的"冲淡"风格。其中"遇之匪深，即之愈稀"反映了作者的艺术主张。虽然"遇之匪深"，但能走进"匪深"；虽然有"形似"，但"握手已远"，这是一种飘逸境界。诗人在作品中塑造冲淡、飘逸、童话般的诗性境界，

---

[1] 司空图．诗品[G]// 郭绍虞，主编．中国历代文论选：第2册．上海：上海古籍出版社，1996：203．

[2] 司空图．诗品[G]// 郭绍虞，主编．中国历代文论选：第2册．上海：上海古籍出版社，1996：203．

读者在有意或无意当中聆听弦外之音,领悟"味外之旨""韵外之致"的艺术魅力。"冲淡"风格是司空图推崇的风格,在"冲淡"风格的描述中不仅反映出作者的艺术追求和艺术主张,也表露出隐士的出世心态和逃避红尘、悠闲自在的生活乐趣。

西方文论主张的是逻辑分析、抽象概括、理性雄辩,而汉族古典文论推崇的是朦胧表述、形象概括、感性认识。具有朦胧表述、形象概括的诗论著作是内涵丰富的,自身蕴藏了诸多思想的闪光点。曹丕在《典论·论文》中提出"文以气为主,气之清浊有体,不可力强而致"[1]观点。这也许是风格研究的早期形象化论述。此后,陆机提出:"粲风飞而飙竖,郁云起乎翰林"[2]观点,刘勰也提出:"气有刚柔,学有浅深,习有雅郑,并性情所铄,陶染所凝"[3]观点,并且把风格分为8种,即典雅、远奥、精约、显附、繁缛、壮丽、新奇、轻靡。皎然把风格分为19种,司空图分为24种。诗是诗人情性的表露或记载,以诗人的气度来描述诗的本质,这种风格研究策略深深地影响了蒙古族文论家们的作家风格描述。

檀丁在《诗镜论》中把南方派的诗歌风格概括为和谐、显豁、同一、典雅、柔和、易解、高尚、壮丽、美好、比拟等10种。檀丁认为,诗是词的连缀,词由音和意构成。因此,其风格论涉及语音修饰和意义修饰。如和谐,多用软音字,却不感到有松散;显豁,用通晓词义;同一,连缀无不同,它分刚、柔和中音,刚、柔、中音的诗句就由它们来组成;典雅,不仅在语言上而且在内容上都有味;不粗硬的字句多,就把它称作柔和;易解,就不需要深思;句中说了若干话,领悟高尚品德,这种诗风称作高尚;壮丽中多省略字,这是散文体的生命,这种诗风称作壮丽;美好,不超出世间的事物,美好让世人喜欢;把某事物的特征,

---

[1] 曹丕.典论·论文[G]//郭绍虞,主编.中国历代文论选:第1册.上海:上海古籍出版社,1996:158.

[2] 郭绍虞,主编.中国历代文论选:第1册[G].上海:上海古籍出版社,1996:171.

[3] 刘勰.文心雕龙·体形[G]//郭绍虞,主编.中国历代文论选:第1册.上海:上海古籍出版社,1996:243.

按照世间的常理,正确加于他物上,这就称之为比拟。[1]檀丁在基于诗歌的特性——语音修饰和意义修饰上,把当时诗风分为南方派和东方派。

在汉族的诗言志学说和古印度的诗为词的连缀思想的影响之下,在蒙古族文人和喇嘛当中逐步形成了诗歌风格学说的两种潮流,即以作者气度为主的风格学说和以作品修辞为主的风格学说。其烙印也残留于当代蒙古族诗歌风格研究的有关著作中。

钟嵘、司空图学说影响了后人,如宋代严羽、清代王士祯以及直接或间接受到影响的诸多蒙古族作家和文论家。

严羽在其著名作品《沧浪诗话》中提出了"诗道亦在妙悟"[2]观点。"悟"这一词来源于佛学术语,后来文学批评移用了该术语。严羽所推崇的"悟"有何内涵呢?其一,读者对诗歌作品进行品评时需要"悟",即对前人作品深入体会、反复琢磨的过程;其二,诗人创作诗歌时需要"悟",即诗歌创作要捕捉形象,处理好性情与形象的关系。严羽多次强调诗歌要有"别材""别趣""吟咏情性"等。诗歌要"吟咏情性"的主张可以追溯到《毛诗序》《文心雕龙》《诗式》等著作,如"吟咏情性,以风其上"[3]、"文采所以修言,而辩丽本于情性。故情者,文之经,辞者,理之纬"[4]、"但见情性,不睹文字"[5]等。此后,蒙古族诗论家法式善也曾提出"诗者,情性也"的观点。在诗歌创作上严羽的"妙悟"指寓情于物,塑造内涵丰富的艺术境界。诗歌一旦具备深奥意义和无限意境,就达到诗歌的艺术至境——"入神","诗而入神,至矣,尽矣,蔑以加

---

[1] 王·满特嘎.蒙汉两文合璧檀丁《诗镜论》[M].呼和浩特:内蒙古人民出版社,2000:62—89.

[2] 严羽.沧浪诗话[G]//郭绍虞,主编.中国历代文论选:第2册.上海:上海古籍出版社,1996:424.

[3] 郭绍虞,主编.中国历代文论选:第1册[G].上海:上海古籍出版社,1996:63.

[4] 刘勰.文心雕龙·情采[G].郭绍虞,主编.中国历代文论选:第1册.上海:上海古籍出版社,1996:273.

[5] 皎然.诗式[G]//郭绍虞,主编.中国历代文论选:第2册.上海:上海古籍出版社,1996:77.

矣"[1]达到"入神"的诗犹如"空中之音,相中之色,水中之月,镜中之像"[2],这种绝妙诗篇可以创造"言有尽而意无穷"的艺术神气。

哈斯宝、尹湛纳希多次使用"味"(amta)词批评和鉴赏文学作品,给"味"词赋予了诸多文化信息。"品味"("amtalaxu")是哈斯宝美学思想的基本内容。巴·格日勒图教授把哈斯宝文艺思想概括为"神气""赋本""曲通""品味"[3]等4种。他们把"味"理解为文艺作品的审美效应、艺术境界,以"有味"和"乏味"来衡量文学作品的得失。

一、文理真实:有味(正史)

"后面的读者诸君在读这本书的时候,一定要把前面的要目细读一遍,这样读下去就会容易明白,就觉得有味。否则的话,不如不读,为此,写了这篇要目,放在本书前面。……就是那些不留心于文理而只顾看热闹的读者,也必须读一读这十二篇要目,否则那些热闹场面也很难看懂。"[4]

在这里,尹湛纳希认为正史的"滋味"居于文理的真实,即历史资料的真实,人们仅仅留心于正史文理,才品尝出来正史之味。因此,他提醒读者"如果像阅读演义故事那样,只图消遣,那就毫无兴味"[5]。尹湛纳希把《青史演义》看作正史,说:"这部书不能和那些加枝添叶的华丽故事相提并论,不许只求

---

[1] 严羽.沧浪诗话[G]//郭绍虞,主编.中国历代文论选:第2册.上海:上海古籍出版社,1996:423.

[2] 严羽.沧浪诗话[G]//郭绍虞,主编.中国历代文论选:第2册.上海:上海古籍出版社,1996:424.

[3] 巴·格日勒图.蒙古族文论史研究(蒙古文)[M].呼和浩特:内蒙古大学出版社,1998:558—561.

[4] 尹湛纳希.青史演义:上[M].黑勒,丁师浩,译.呼和浩特:内蒙古人民出版社,1985:18.

[5] 尹湛纳希.青史演义:上[M].黑勒,丁师浩,译.呼和浩特:内蒙古人民出版社,1985:8.

有趣。"[1]蒙古语的"amtatai"可以译成"有趣"或"有味"。从此可以看出，尹湛纳希所理解的正史之"滋味"在于"文理"的"真实"之中。

二、奇妙：有味（诗文、演义、翻译之作）

（一）别具一格的传奇故事：有味

别具一格的传奇故事一类的史书能广泛传布，使人爱不释手，争抢诵读，是因为它有引人入胜的滋味。[2]

在这里，尹湛纳希认为传奇故事的"滋味"居于它"别具一格"的故事之中。平庸、琐碎故事无滋味。"这样毫无意义的人情故事不足挂齿，根本不去读它。勤奋好学之徒也许偶尔过目。然而他看来，这类故事多如牛毛，不足为奇，匆匆一览了事。"[3]哈斯宝在《新译〈红楼梦〉回批》中写道："读诸才子书，见其每回之末定要故作惊人之语，以图读者必欲续读下去。此法屡用，千篇一律，便朽俗无味了。"[4]尹湛纳希、哈斯宝等人强调文学作品的"独特""别具一格"、"怪"，认为"平常无意义""多如牛毛""千篇一律"的故事就无"滋味"可言。要想文章"有味"，就一定把文章写得"独特""别具一格""怪"。而要想文章写得"独特""别具一格""怪"，关键在于"索摸"（尹湛纳希）或"奇妙"（哈斯宝）。哈斯宝认为"有形就有影，有影就有形。有形无影是为晦，有影无形是为怪。晦乃文章所忌，怪则是文章之奇"[5]，进而探索了文章的无穷尽内涵。

---

[1] 尹湛纳希.青史演义：上[M].黑勒，丁师浩，译.呼和浩特：内蒙古人民出版社，1985：8.

[2] 尹湛纳希.青史演义：上[M].黑勒，丁师浩，译.呼和浩特：内蒙古人民出版社，1985：28.

[3] 尹湛纳希.青史演义：上[M].黑勒，丁师浩，译.呼和浩特：内蒙古人民出版社，1985：28.

[4] 哈斯宝.新译《红楼梦》回批[G]//亦邻真.亦邻真蒙古学文集.呼和浩特：内蒙古人民出版社，2001：841.

[5] 哈斯宝.新译《红楼梦》回批[G]//亦邻真.亦邻真蒙古学文集.呼和浩特：内蒙古人民出版社，2001：808.

我们把哈斯宝文艺思想体系可以概括为"奇妙、道、无穷尽、有味"。艾拉姆斯在《镜与灯——浪漫主义文学及批评传统》中把文学现象分为世界、作家、作品、读者4个部分[1]。

哈斯宝对文学本性的认识是比较准确的。他率先选用"文学"（uran joxiyal）一词概括了文学本性。从意义学讲，英文的 Literature 指手写的或印行的文献，德文的 Wortkunst 指词的艺术，俄语的 слоьесность 意为用文字表现的创作，日语的ぶんがく意为学问、文章，汉语的文学指用文字写出来的作品。与上述比较而言，哈斯宝的"uran joxiyal"这一词比较准确地概括了文学的本性。该词的含义是虚构之作。哈斯宝、尹湛纳希认为，文学是虚构的文章、想象的意义，"那些逸史小书，本来都是无稽之谈，然而文人学士却给它加枝添叶，百般藻饰，给它添上数不尽的华丽辞藻，任意卖弄风骚，加进笔者的意图，留给后世之人"[2]的作品。"逸史小书"指具有真实性与虚构性的故事，即小说。蒙古语的"ǰüi"可以译成"道"或"理"。"道"指的是社会生活之道、世间万物之和谐。文学作品可以虚构，但不能随意抛弃生活、世间之道，这是生活真实性与艺术真实性的结合。"无穷尽"（moxudal ügei）指的是虚构作品的内涵，文学是用语言符号记载人类情感的精神劳动，符号是简练、有限、抽象，而情感是复杂、无限、具体，因此就产生了言简意赅的文艺。"奇妙、道、无穷尽"的最终目标是使文艺作品更加"有味"。

（二）通顺、易解：有味

我自幼读先师们译为蒙古文的书，汉字象形会意，全都译音加释，不必说不通汉文的一读而过，不明其奥妙，即使通汉文的读了，也索然乏味。

这一回中，我将需拆解的汉文全都改用蒙古文，并非欲炫耀于贤哲之士，

---

[1] 艾拉姆斯. 镜与灯——浪漫主义文化及批评传统[M]. 北京：北京大学出版社，1993：5.

[2] 尹湛纳希. 青史演义：上[M]. 黑勒，丁师浩，译. 呼和浩特：内蒙古人民出版社，1985：15.

唯求读之有味而已。[1]

把这部书译成汉文时要把那些比喻、对仗等语言沿用汉文的韵律将对仗句译成诗、词、歌、赋、四书、论语那样简明扼要；又根据词意用汉文把人名、地名、国名和部落名加以缩写，那么这部史书必定成为非常有风味的史书。[2]

在这里，哈斯宝和尹湛纳希都强调了翻译史书、文学作品时要按照语言的惯性来和谐、通顺、易解地翻译，这样的翻译之作才有滋味。"和谐观"是蒙古人最原始的世界观或人生态度，对宇宙、自然、社会、生命、艺术，蒙古人都持着和谐态度，认为和谐才是最根本的宇宙之道、自然之道、人生之道、艺术之道。所以，蒙古人通常从和谐的视角出发对问题、现象做出判断。尹湛纳希认为"十种文理中最重要的是完美和谐"[3]，而和谐观在尹湛纳希的文学创作实践中，逐步形成圆满的艺术哲学。如文艺作品具备四强（南方之强与北方之强、坚固之强与掠夺之强）；酸、甜、苦、辣聚在一章之中；文章中齐备四季气势；文章中自然形成十双（天地、日月、星辰、阴阳、云雨、虹光、真假、有无、仁义、礼智）。在《一层楼》之后续写《泣红亭》，也是由和谐论的圆满艺术思维所决定的。哈斯宝在《新译〈红楼梦〉回批》中特别强调了"合乎事理"。如"文章之妙不在于事先可料变化反复，而是在于事出突然且又合乎事理"[4]、"此种妙理，若问我是如何悟出的，是读此书才悟得的"[5]、"副册诸人则只

---

[1] 哈斯宝.新译《红楼梦》回批[G]//亦邻真.亦邻真蒙古学文集.呼和浩特：内蒙古人民出版社，2001：848.

[2] 尹湛纳希.青史演义：上[M].黑勒，丁师浩，译.呼和浩特：内蒙古人民出版社，1985：26.

[3] 巴·格日勒图.蒙古族作家文论选（蒙古文）[M].呼和浩特：内蒙古教育出版社，1986：231.

[4] 哈斯宝.新译《红楼梦》回批[G]//亦邻真.亦邻真蒙古学文集.呼和浩特：内蒙古人民出版社，2001：804.

[5] 哈斯宝.新译《红楼梦》回批[G]//亦邻真.亦邻真蒙古学文集.呼和浩特：内蒙古人民出版社，2001：828.

是据理捕影猜写的，原书哪肯轻易点明"[1]、"乐极生悲，否极泰来，是定理"[2]等。额尔敦哈达博士把哈斯宝、尹湛纳希的小说理念概括为"和谐匀称的小说理论"[3]。

（三）华丽辞藻：有味

那些逸史小书，本来都是无稽之谈，然而文人学士却给它添枝加叶，百般藻饰，给它添上数不尽的华丽辞藻，任意卖弄风骚，加进笔者的意图，留给后世之人，只求有趣，如此而已。[4]

不能像《三国演义》《水浒传》《西游记》《金瓶梅》等那样单纯追求热闹的场面。[5]

在这里，尹湛纳希不仅认同了小说艺术的虚构性和想象性，而添枝加叶的华丽辞藻故事有其滋味或有趣、热闹。尹湛纳希分辨了"正史"与"演义"的审美区别，认为"正史"，文理真实才有味；"演义"，添枝加叶，百般藻饰，华丽辞藻才有味。

（四）神灵微妙：有味

读此书，若探求文章的神灵微妙，便愈读愈得味，愈是入神；若追求热闹骚噪，便愈读愈乏味，愈是生厌。[6]

读这样奇妙的文章，兴味浓郁处，几乎忘其虚构，当作真事，忽见贾雨

---

[1] 哈斯宝.新译《红楼梦》回批[G]// 亦邻真.亦邻真蒙古学文集.呼和浩特：内蒙古人民出版社，2001：867.

[2] 哈斯宝.新译《红楼梦》回批[G]// 亦邻真.亦邻真蒙古学文集.呼和浩特：内蒙古人民出版社，2001：871.

[3] 额尔敦哈达.和谐匀称的创作论[M].呼和浩特：内蒙古教育出版社，2002：1.

[4] 尹湛纳希.青史演义：上[M].黑勒，丁师浩，译.呼和浩特：内蒙古人民出版社，1985：15.

[5] 尹湛纳希.青史演义：上[M].黑勒，丁师浩，译.呼和浩特：内蒙古人民出版社，1985：8.

[6] 哈斯宝.新译《红楼梦》回批[G]// 亦邻真.亦邻真蒙古学文集.呼和浩特：内蒙古人民出版社，2001：782.

村出场，才悟出这是提醒读者，此乃"村假语"——也是避免将贾雨村其人抛在一边，断了他的故事，让他穿插进来。这又是穿针引线之法[1]。

在这里，哈斯宝认为，神灵微妙或奇妙的文章有味。哈斯宝在多处论述了文章之奇妙。文章有奇妙才能达到无穷尽，有无穷尽才能造成神气，有神气才能有滋味。因此，哈斯宝的"滋味观"牵涉到文章之奇妙、文章之神气和文章之无穷尽。"文章必有余味未尽才可谓妙"[2]，"文章中，有笔至意尽的，这不足为奇。笔不至而意已尽，才是奇妙"[3]，"作者凡写事都不止于一，定要再而三，三而四，实有无穷尽的文章"[4]。因文章无穷尽才能品尝，愈品尝愈有味，这才真正的文艺作品。

三、激情：有味（诗歌）

诗歌的品位、气味、气魄在于燃烧的激情和洋溢的抒情之中。[5]诗歌的情感抒情对抒情诗、叙事诗乃至散文体作品都赋予诗性味[6]。

在这里，巴·布林贝赫认为，诗歌的"诗性味"在于其燃烧的激情、洋溢的抒情之中，有激情，就有诗性味。然而强调了叙事作品的滋味也与情感表述有关联。

哈斯宝、尹湛纳希盛赞"有味"文章的同时贬低了"乏味"作品。如："若

---

[1] 哈斯宝. 新译《红楼梦》回批[G]// 亦邻真. 亦邻真蒙古学文集. 呼和浩特：内蒙古人民出版社，2001：810.

[2] 哈斯宝. 新译《红楼梦》回批[G]// 亦邻真. 亦邻真蒙古学文集. 呼和浩特：内蒙古人民出版社，2001：862.

[3] 哈斯宝. 新译《红楼梦》回批[G]// 亦邻真. 亦邻真蒙古学文集. 呼和浩特：内蒙古人民出版社，2001：843.

[4] 哈斯宝. 新译《红楼梦》回批[M]. 呼和浩特：内蒙古人民出版社，2001：843.

[5] 巴·布林贝赫. 心声寻觅者的札记（蒙古文）[M]. 呼和浩特：内蒙古人民出版社，1984：30.

[6] 巴·布林贝赫. 心声寻觅者的札记（蒙古文）[M]. 呼和浩特：内蒙古人民出版社，1984：31.

追求热闹骚噪，便愈读愈乏味，愈是生厌"[1]，"后人以为这样的故事历代都有，这样毫无意义的人情故事不足挂齿，根本不去读它"[2]，"此法屡用，千篇一律，便朽俗无味了，怎及本书务求事实事理，生奇处果有奇，惊人处确属可惊"[3]等。他们认为，"热闹骚噪""毫无意义""千篇一律"之作"乏味"或"不足挂齿"。

　　优秀作品都包含着无穷尽的滋味、丰富而深刻的意蕴和不可抗拒的艺术魅力，历代理论家为这种艺术魅力解释而努力。这种魅力就是审美的感染力——"味"。钟嵘把这种审美感染力从"文已尽而意有余"的诗性世界中进行探索，而司空图把这种审美感染力从"味外之旨""韵外之致"的艺术至境中寻找。皎然从"但见情性，不睹文字"的神秘境界中探询，而严羽从"妙悟"中寻觅。虽然哈斯宝的"无穷尽"论断和尹湛纳希的"言简意赅"追求起源于上述艺术精神，但是他们对"味"的阐释迥然不同，包含了浓郁的现实主义气息。他们从"文理真实""别具一格""通顺、易解""华丽辞藻""神灵微妙"中探索了"滋味"或"风味"。文艺作品是人类的情感符号。用有限、简练、抽象符号或形式来表现无限、丰富、具体情感——这是汉族诗歌、书画意境的追求，也是艺术的永恒精神。有的学者认为，这种艺术追求源于老庄哲学[4]。庄子在《天道》中："世之所贵道者，书也。书不过语，语有贵也；语之所贵者，意也。意有所随；意之所随者，不可以言传也。"由于意不可言传，那么只能用心灵去感悟，用心灵去品评。现代语言学已经证明了语言不可能准确无误地传达审美感受和审美经验。20世纪40年代蒙古族小说家仁沁好日老曾经感叹："日常大众语言……听起来虽然简单粗糙，但蕴涵了不可言传的滋味。对其威力和意

---

[1] 哈斯宝. 新译《红楼梦》回批 [G]// 亦邻真. 亦邻真蒙古学文集. 呼和浩特：内蒙古人民出版社，2001：782.

[2] 尹湛纳希. 青史演义：上 [M]. 黑勒，丁师浩，译. 呼和浩特：内蒙古人民出版社，1985：28.

[3] 哈斯宝. 新译《红楼梦》回批 [G]// 亦邻真. 亦邻真蒙古学文集. 呼和浩特：内蒙古人民出版社，2001：841.

[4] 陶东风. 中国古代心理美学六论 [M]. 天津：百花文艺出版社，1999：60.

义只能用心去领会,不能言传也。"[1]所谓"不可言传的滋味""用心领会"就说明了符号或形式不能准确地表达人类的情感,而只能在模糊中暗示或象征情感。诗歌不能解释,只能领悟。

□蒙古文论文发表于《内蒙古大学学报》,2000年第3期。
□汉文论文发表于《民族文学研究》,2005年第3期。

---

[1] 巴·格日勒图.蒙古族作家文论选(蒙古文)[M].呼和浩特:内蒙古教育出版社,1986:357.

神圣化与合法化：草原历史的一种叙述策略
——以蒙古族史传文学叙述模式为例

历史是一种集体记忆，是对往事的一种叙述，也是精神的资源和思想的源泉。文学不仅担当关注现实的责任，还承担着思考历史、叙述历史的重任。历史事件、历史人物、历史情感为一切文艺的永恒主题，是文艺的原料库。所谓史传文学，就是以文学的形式书写、传播历史的一种文学样式。

蒙古族史传文学文本主要有两类：一是记录帝王贵族的史传文学文本，二是记录高僧活佛的史传文学文本。蒙古语中有诸多"tobčiyan"（脱卜察安）、"tobči"（脱卜赤）、"tuγuǰi"（脱果吉）、"toli"（桃丽）、"erige"（额日格）、"teüxe"（脱赫）、"domoγ"（道木格）、"sastir"（释斯忒力）、"čdig"（察达克）、"namtaγ"（纳木忒力）等术语均与史传文学有关。

历史书写的文学化和文学创作的历史化，是每个民族的历史叙述和文学创作中常出现的普遍现象。所以，蒙古族史传文学与汉族史传文学中存在着可比性。

一、叙述策略

史传文学的叙述策略很大程度上来自于叙述对象。叙述者的叙述态度、叙述格调取决于历史人物和历史事件。因为，所谓人类历史就是帝王、贵族和君主的历史。

意大利社会学家维尔弗雷多·帕累托在其《普通社会学纲要》一书中系统地阐述了精英阶层理论。所谓"精英"，就是指社会上最为杰出的人才，有广义和狭义之分。广义的精英是指那些在各活动部门中得到最高指数的全部人员，如君主、律师、大盗等。狭义的精英是指处于特殊地位的统治者，如部长、参议员、众议员、上诉法院院长、将军等。精英阶层的构成及其地位不是恒定的，随着时间的推移，社会中个人的升迁或沦落都可能发生，而社会的平衡状态则会在这种变动中得以维持稳定。这是帕累托提出的"精英阶层的循环理论"。精英阶层的循环有两种情况，一种是精英被非精英所取代，即下层阶级产生的优秀分子会聚集起来，通过暴力或其他方式去取代上层阶级或其中的某些低劣分子。另一种是一个精英被另一个精英所取代。在帕累托看来，人类的历史是埋葬贵族的坟墓，是少数精英轮回更替的舞台。[1]

（一）神圣化和合法化相结合的叙述原则

蒙古历史是帝王的历史、黄金家族的历史，这是蒙古族史学家对民族历史的一种解读方式。蒙古族文人当中早已确立并流传了"以黄金家族为主线"[2]的历史叙述思想和写作范式。

帝王、贤人、君主、活佛、高僧、圣人、勇士是蒙古族史传文学文本中的核心人物，民族的经验、命运、遭遇与他们的个人经历息息相关。文人们叙述帝王、贤人、君主、活佛、高僧、圣人、勇士的丰功伟绩时，常常运用神圣化或合法化叙述来证明，或炫耀、彰显他们的非凡之处。这也许是祖先崇拜、英雄崇拜和佛教信仰的另一种表现方式吧。

太祖法天启运圣武皇帝，讳铁木真，姓奇渥温氏，蒙古部人。太祖其十世祖孛端义儿，母曰阿兰果火，嫁脱奔咩哩犍，生二子，长曰博寒葛答黑，次曰博合睹撒里直。既而夫亡，阿兰寡居，夜寝帐中，梦白光自天窗中入，化为金色神人，来趋卧榻。阿兰惊觉，遂有娠，产一子，即孛端义儿也。[3]

---

[1] [意]帕累托.普通社会学纲要[M].上海：生活·读书·新知三联书店，2001：302.

[2] 衮布扎布.恒河之流[M].乔吉，校注.呼和浩特：内蒙古人民出版社，1999：3.

[3] 宋濂.元史卷一：本纪第一太祖[M].呼和浩特：内蒙古人民出版社，1998：1.

这是广泛流传的阿阑豁阿（阿兰果火）神话。《蒙古秘史》《黄金史》《蒙古源流》等诸多史书中均有记载。孛端察儿（孛端义儿），天神的儿子就是成吉思汗的始祖。很显然，把成吉思汗的世系与天神相联系，炫耀其显赫世系。

老子者，名重耳，字伯阳，楚国苦县曲仁里人也。其母感大流星而有娠。虽受气天然，见于李家，犹以李为姓。或云，老子先天地生。或云，天之精魄，盖神灵之属 。[1]

高祖，沛丰邑中阳里人也，姓刘氏。母媪尝息大泽之陂，梦与神遇。是时雷电晦暝，父太公往视，则见交龙于上。已而有娠，遂产高祖。[2]

上述论断是史传文学中常出现的叙述方式。诸多史书作者，将要叙述祖先或帝王的出生状况，或叙述世系由来时一般都选择特殊的叙述路径，采用与龙、金色神人、天、战神、佛陀等与超自然力量相关的神话传说，炫耀其非凡身世和显赫世系。这是史传文学作者处理历史素材的一种策略，也是一种叙述方式，其目的是以祖先或帝王的神圣化叙述来给他们的身份、行为提供合法依据。因为在先民的认知中，天、神、佛均代表着至高无上的元存在。

汉族文化和蒙古族文化中把皇帝称为天子，天是主宰万物的领袖，天是不可战胜的经验之外的存在。几乎每个民族的古老传统文化中都有天崇拜的痕迹。《吕氏春秋·有始》中说："天地有始，天微以成，地塞以形，天地合和，生之大经也。"[3]这与汉族古老的一个创世神话是一致的。神话中说，天与地是一对紧紧交合在一起的夫妇。由于这种交合使越来越多的孩子被生下来，这些孩子要走出房子，必须将父亲托得更高一些才行。这样，就将他们的父母分开了，

---

[1] 李昉.太平广记[M].北京：中华书局，1961：1.
[2] 班固.汉书[M].北京：中华书局，1962：1.
[3] 吕不韦.吕氏春秋[M].北京：中华书局，1954：124.

腾出了一个空间以使他们可以生活。[1]

蒙古先民的神话传说中就有人从天降的原始认识。例如：苍天以泥土创造人的神话；[2]天以泥土创造了两个人，把一个扔在北方，与羊交合成为蒙古人，把另一个扔南方，与鸡交合成为了汉人的神话；[3]上天搅拌各种颜色的泥土创造了胡美父亲的神话；[4]根据天女的形象创造了人的神话[5]等，都表明人从天降的原始概念。在佛教经文中也有水从雪来、人从天降的记载。

天在先民们心中是至高无上的神，具有降临人世吉凶祸福、得失成败的权威。民间文化中具有天命的概念。所谓天命，就是指尊贵无比的天主宰着一切生命体的命运与遭遇。"运从天降"的口头格言在民间广泛流传。天、佛、神在蒙古文化中代表着尊贵无比、至高无上、不可冒犯的权威话语。

在蒙古族史传文学中常常彰显和炫耀着黄金家族与长生天、黄金家族与佛祖、黄金家族与印度—西藏王统之关系。如蒙古祖先孛儿帖·赤那为达赉苏宾阿拉坦散达里图王幼子[6]，曼殊室利化身、天子[7]，宝罗尔散达里图王三子[8]，全能的释迦牟尼命令天神的化身——圣主成吉思汗降生人间，治理世界，拯救众生[9]，他（指成吉思汗）从宇宙来到人间，从无过失的光辉的查干腾格里赠予

---

[1] [美]W.爱伯哈德.中国文化象征词典[M].长沙：湖南文艺出版社，1991：151.

[2] 满都夫.中国阿尔泰语系民族神话故事[M].北京：民族出版社，1997：154.

[3] 瓦·赛音朝克图.蒙古人的生命崇拜[M].呼和浩特：内蒙古人民出版社，1998：921.

[4] 阿巴拉嘎兹.蒙古诸王朝史纲[M].海拉尔：内蒙古文化出版社，1999：1—2.

[5] 胡日查.蒙古族民间故事集成[M].海拉尔：内蒙古文化出版社，2000：9.

[6] 宝力高，校注.诸汗源流黄金史纲[M].呼和浩特：内蒙古教育出版社，1989；萨冈彻辰.蒙古源流[M].胡和温都尔，校注.北京：民族出版社，1987：61.

[7] 纳塔.金鬘[M].乔吉，校注.呼和浩特：内蒙古人民出版社，1999：11.

[8] 拉喜彭斯克.水晶珠[M].胡和温都尔，校注.呼和浩特：内蒙古人民出版社，2000：11.

[9] 罗布桑丹津.黄金史[M].乔吉，校注.呼和浩特：内蒙古人民出版社，1999：80.

他35种德行,统率着各族百姓[1],等等。这是文人们对黄金家族的神圣化、合法化、崇高化的叙述策略。

(二)实录与虚构相结合的叙述原则

历史著作的写作原则是"实录",文学作品的写作原则是"虚构",两者恰恰相反、势不两立。但是史传文学中,历史实录与文学虚构和谐统一的局面处处出现。

19世纪蒙古族作家尹湛纳希撰写的《大元盛世青史演义》继承了《蒙古秘史》的写作模式,叙述历史事件、历史人物的同时吸收大量的民间神话、传说、故事、祝赞词来增加历史文本的文学色彩。《蒙古秘史》开创了以历史事件与虚构故事相结合、散文体与韵文体相结合、叙事与抒情相结合的写作模式,影响了几十代文人的写作范式和写作习惯。

蒙古族史传文学在处理历史时间与历史人物的关系时,有两种写法。一是历史人物支配历史时间,以历史人物作为叙述线索,如《蒙古秘史》《黄金史》等。二是历史时间支配历史人物,以历史时间作为叙述线索,如《水晶珠》《大元盛世青史演义》等。后者就是编年史写作体例,来自于汉族史书和史传文学写作经验,包括《大元盛世青史演义》在内的17—19世纪蒙古族史传文学,某些作品采用了逐年叙述故事的编年体形式。

《诸汗源流黄金史纲》中:

孛儿帖·赤那北渡腾吉思海,至浙忒地方,娶了一个唤作豁埃·马阑勒的处女为妻,在浙忒地方定居下来,是为蒙古部落。其子为巴塔赤罕,其子塔马察。其子豁里察儿篾儿干。其子阿兀站孛罗温勒。其子撒里合察兀。其子孛儿只吉歹篾儿干。其子脱罗豁勒真伯颜。此人有妻名孛罗黑臣豁阿。生下都蛙锁豁儿、

---

[1] 罗布桑丹津.黄金史[M].乔吉,校注.呼和浩特:内蒙古人民出版社,1999:369.

朵奔篾儿干两个儿子。都蛙锁豁儿印堂间长着一只眼，能视三程路那么远。[1]

这是以历史人物为线索的叙述体例，或家谱式写作方式，突出的是人物，在这里，历史时间变得很模糊。蒙古国学者乔·毕力格赛汗在其《悟：新时期文学理论》中认为，这种写作手法是家谱（uy-un bicig）的简约修辞方法[2]。

《大元盛世青史演义》在每一回的前面首先排列出宋、金、蒙古帝国的纪年和干支。如第三十二回：宋宁宗嘉泰元年，金章宋泰和元年，岁次辛酉，是年太祖40岁；第三十三回：宋宁宗嘉泰二年，金章宋泰和二年，岁次壬戌，是年太祖41岁；第三十四回：宋宁宗嘉泰三年，金章宋泰和三年，岁次癸亥，是年太祖42岁。[3]这种编年体写作模式，使《大元盛世青史演义》具有强烈的历史感和真实感。

汉族史传文学和蒙古族史传文学中常出现实录与虚构相结合的叙述现象。司马迁所写的《史记》，其中的"本纪""世家"与"列传"都是写历史人物的，他用多种笔法记载了历史上不同阶层的性格各异的历史人物。如《史记·项羽本纪》中：

项籍者，下相人也，字羽。初期时，年二十四。其季父项梁，梁父即楚将项燕，为秦将王翦所戮者也。项氏世世为楚将，封于项，故姓项氏。[4]

该叙述言简意赅，开门见山地介绍主人公项羽的姓氏、籍贯及简单背景。这就是史书的实录叙述。蒙古族史传文学的典型著作，如《蒙古秘史》《诸汗

---

[1] 朱风，贾敬颜，译. 汉译蒙古黄金史纲 [M]. 呼和浩特：内蒙古人民出版社，1987：3.

[2] [蒙古] 乔·毕力格赛汗. 悟：新时期文学理论 [M]. 北京：民族出版社，2008：148.

[3] 尹湛纳希. 大元盛世青史演义 [M]. 沈阳：辽宁民族出版社，2007：916—966.

[4] 司马迁. 史记 [M]. 北京：中华书局，1959：295.

源流黄金史纲》《黄金史》《蒙古源流》，记录了重大历史事件的同时，也记载了诸多历史人物，塑造了性格各异的人物形象。如《蒙古秘史》：

> 当初元朝的人祖。是天生一个苍色的狼。与一个惨白色的鹿相配了。同渡过腾吉思名字的水来。到于斡难名字的河源头。不儿罕名字的山前住着。产了一个人名字唤作巴塔赤罕。[1]

罗布桑丹津所撰的《黄金史》中：

> 孛儿帖·赤那和豁埃·马阑勒二人奉上天之命渡过腾汲思海来到不儿罕·合勒敦山前居住。他们在那里生了个儿子，名叫巴塔赤罕。[2]

孛儿帖·赤那和豁埃·马阑勒既是历史人物，某些著作中描述为部落图腾，也是艺术形象。他们二人奉上天之命渡过腾汲思海来到不儿罕·合勒敦山。这是虚构与实录结合的叙述方法。蒙古国学者乔·毕力格赛汗在其《悟：新时期文学理论》中提出精英文学（elite johiyal 或 songgvmal johiyal）概念，把13—19世纪的史传文学称为精英文学，其书写原则为崇尚真实。[3]

虚构中的真实叙述，或真实中的虚构描写是史传文学处理历史事件、历史人物的通用做法。如唐代传奇作品有不少是以历史事实为基础而创作的，人物、事件皆有历史依据。《长恨歌传》所叙唐玄宗与杨贵妃的爱情故事，是根据历史材料而虚构出来的作品。《长恨歌传》所反映的一种主题是君主荒淫失政而导致天下大乱，以此为诫。这种叙述符合历史真实。在小说的某些细节描写方

---

[1] 额尔登泰，乌云达赉，校勘.蒙古秘史[M].呼和浩特：内蒙古人民出版社，2007：913.

[2] 罗布桑丹津.黄金史[M].乔吉，校注.呼和浩特：内蒙古人民出版社，1999：18.

[3] [蒙古]乔·毕力格赛汗.悟：新时期文学理论[M].北京：民族出版社，2008：154.

面也有史料依据。如杨贵妃赐死情节，《长恨歌传》云：

> 天宝末，兄国忠盗丞相位，愚弄国柄。及安禄山引兵向阙，以讨杨氏为词。潼关不守，翠华南幸，出咸阳，道次马嵬亭。六军徘徊，持戟不进。从官郎吏伏马前，请诛晁错以谢天下。国忠奉牦缨盘水，死于道周。左右之意未快，上问之。当时敢言者，请以贵妃塞天下怨。上知不免，而不忍见其死，反袂掩面，使牵之而去。仓皇展转，竟就死于尺组之下。[1]

这段描写在《新唐书》中有记载。蒙古族史传文学中也可看出类似的叙事策略。如尹湛纳希的《大元盛世青史演义》，其内容、人物、主题思想、故事情节大多来自蒙古历史文献。扎拉嘎在其《比较文学：文学平行本质的比较研究》中说："作为一部历史题材小说，《青史演义》的故事来源，可以分为三个方面，即历史文献记载、民间传说和作者的虚构。其中，历史文献记载是创作的主要资料来源，民间传说是其辅。作者在这些资料基础上，通过自己的选择、加工、改编和虚构，创作出小说中的故事，并赋予时代精神。"[2]

尹湛纳希也在《大元盛世青史演义·要目》中反复提到了《大元盛世青史演义》所依据的10部历史文献。10部历史文献中既有蒙古文典籍，也有汉文典籍和藏文典籍。根据对《大元盛世青史演义》内容分析，可以发现除10部典籍之外，《黄金史》和《蒙古源流》《续资治通鉴》也对《青史演义》的写作产生过较大影响。

大约19世纪上半叶伊始，蒙古地区盛行说唱本子故事活动，这是蒙古族文学和汉族文学交流的产物。根据来源不同，蒙古本子故事分为三大类，即译本、改写本和原创本。其中原创本具有浓郁的民族特色。如蒙古文人撰写的《五

---

[1] 陈鸿.长恨歌传[M]//李昉.太平广记：卷四百八十六.北京：中华书局，1961：3999.

[2] 扎拉嘎.比较诗学：文学平行本质的比较研究[M].呼和浩特：内蒙古教育出版社，2002：208.

传》（作者不清楚）。《五传》也称"唐五传"或"说唐五传"，包括《苦喜传》《全家福》《殇妖传》《契僻传》《羌胡传》5部长篇故事本子。《五传》内容来自于中原史传文学，即借鉴模拟《说唐五传》《说唐三传》等内地史传文学，又继承蒙古英雄史诗传统，叙述了约百年间的唐朝兴衰故事，既有虚构情节，也有历史依据。

二、叙述程式

明、清时期的蒙古族史传文学创作明显受到两种文学传统的影响。一是本民族的说唱艺术，如英雄史诗、民间故事的影响。二是汉族话本、讲史、演义创作的影响。蒙古族说唱艺术，尤其是英雄史诗在其发展过程中早已形成固定的演唱程式。在口传文学理论著作中，把程式解释为一个特定的单元，是特定的含义与词语的组合。它有相对固定的韵式和相对固定的形态，它由歌手群体所共享和传承，反复地出现在演唱文本中。[1]

汉族的说话艺术经过长期发展，就像戏曲和其他说唱艺术一样，形成了一套固定的程式，这也正是它区别于其他艺术的特征。因此，由说话艺术转化而成的话本也形成了独特的叙事程式和结构。从叙述程式结构上看，明、清时期蒙古族史传文学基本由书名和题目、导语或入话、故事或正话、篇末诗组成。

（一）书名和题目

文章有题目，自古已然。如蒙古族史传文学经典著作——《蒙古秘史》《诸汗源流黄金史纲》《黄金史》《蒙古源流》《恒河之流》《水晶珠》《金鬘》等均有题目，且这些题目颇有寓意，都能画龙点睛地概括著作的内容或深远的象征意义。例如：《黄金史》书名中的"黄金"代表高贵、珍惜；皇帝，有时也象征苍天，所谓黄金家族就是指成吉思汗家族。《恒河之流》书名象征成吉思汗开创的伟业永不熄灭，犹如波涛汹涌的恒河之水，源远流长，永远长生之意。

---

[1] 朝戈金. 口传史诗诗学 [M]. 南宁：广西人民出版社，2000：204.

蒙古文人撰写著作时，特别讲究书名，诸多书名均有深远的含义和象征意蕴，一看难忘。

尹湛纳希撰写的历史题材长篇小说《大元盛世青史演义》以及蒙古文人创作的《五传》，不但书有题目，而且每回故事都有题目。这就是汉族古代长篇章回小说的标准结构形式——分回标目的叙述模式。《大元盛世青史演义》和《五传》都采取了汉族古代长篇章回小说体例，把故事内容分为若干回，每回表明题目。把一个故事分成若干部分来讲述，这种讲述方式在民间的长篇口传文学、说书阶段已经自然形成的，故事太长，一次讲不完，下次接着来，自然形成了一个个段落，如长篇英雄史诗、胡仁乌力格尔（说书）等。

汉族古代文献中，现在能见到的最早表明"第×回"的长篇小说是《水浒传》，现存最早的天都外臣序本，是一百二十回[1]。自《水浒传》之后，中国古代小说虽然也有既分回又分卷的，但只分卷不分回的情况就很少见了，进而逐步形成了真正意义上的章回小说。尹湛纳希借鉴、模拟汉族章回小说体撰写了《大元盛世青史演义》《一层楼》《泣红亭》等长篇小说。

早期讲史话本的题目很简单，没有刻意的对仗或修饰，显示出早期白话小说的古朴风格。蒙古文人创作的《五传》，每回均有题目，题目均为单句，文字简单、古朴、明了，与历史题材长篇小说《大元盛世青史演义》不同。《大元盛世青史演义》回目均为两行韵文，有节奏、有诗意。《五传》且几乎以重要人物或重大事件来做回目，如《哭喜传》第四十回题目为《薛嵩带兵征伐辽国》[2]，《全家福》第八回题目为《羌胡军大战阳平关》[3]，等等。汉族史传文学从《三国志通俗演义》起明显讲究题目，用韵文来做每回的题目。这些题目颇有诗意，有节奏，给读者美感，如《祭天地桃园结义》《孔明兴兵征孟获》等。之后的许多章回小说进一步完善了题目，由单句变成了对偶的双句。

---

[1] 孟昭连，宁宗一. 中国小说艺术史[M]. 杭州：浙江古籍出版社，2003：253.

[2] 哭喜传[M]. 呼和浩特：内蒙古人民出版社，1979：277.

[3] 全家福[M]. 呼和浩特：内蒙古人民出版社，1980：50.

《三国演义》：

宴桃园豪杰三结义
斩黄巾英雄首立功（第一回）

张翼德怒鞭督邮
何国舅谋诛宦竖（第二回）

议温明董卓叱丁原
馈金珠李肃说吕布（第三回）

战官渡本初败绩
劫乌巢孟德烧粮（第三十回）

三江口曹操折兵
群英会蒋干中计[1]（第四十五回）

《水浒传》：

张天师祈禳瘟疫
洪太尉误走妖魔（第一回）

王教头私走延安府
九纹龙大闹史家村（第二回）

---

[1] 罗贯中.三国演义：上[M].北京：人民文学出版社，1994：1—386.

史大郎夜走华阴县

鲁提辖拳打镇关西（第三回）

宋江智取无为军

张顺活捉黄文炳（第四十一回）

鲁智深浙江坐化

宋公明衣锦还乡[1]（第一百十九回）

《二刻拍案惊奇》：

进香客莽看金刚经

出狱僧巧完法会分（卷之一）

小道人一着饶天下

女棋童两局注终身[2]（卷之二）

《儒林外史》：

说楔子敷陈大义

借名流隐括全文（第一回）

鲍文卿南京遇旧

---

[1] 施耐庵.水浒传：上[M].北京：北京十月文艺出版社，1993：1—1350.
[2] 凌濛初.二刻拍案惊奇[M].北京：人民出版社，1996：1—21.

倪廷玺安庆招亲[1]（第二十五回）

这些回目不但对仗整齐，铿锵有力，而且画龙点睛地凸显了本回的大略内容。尹湛纳希也借鉴对偶双句式题目，撰写了《大元盛世青史演义》《一层楼》《泣红亭》等长篇著作。《大元盛世青史演义》：

乘天运圣人降生
凭地灵英豪云集（第一回）

击五贼布古尔吉逞英豪
群英会乌优图斯钦论饮酒（第二回）

柳树丛中夜莺啼鸣详讯息
乃蛮国洪格尔珠拉尽孝（第七回）

巫师祈祷作法呼风大战勃特国
毛浩来论事问罚希热呼国克（第八回）

都胡楞河畔射盔震金使
伊吉勒部结亲赐玉枝[2]（第九回）

但需要说明一点的是，蒙古长篇英雄史诗自有分章结构，每章都有题目。如长篇英雄史诗《江格尔》中《飞毛腿赛力罕塔卜克结亲》《美男子明彦活捉昆莫》《洪古尔结亲》等，题目简略明亮，有高度的概括力。这表明蒙古族传统文学

---

[1] 吴敬梓.儒林外史[M].南京：江苏古籍出版社，1998：1—227.
[2] 尹湛纳希.大元盛世青史演义[M].沈阳：辽宁民族出版社，2007：80—294.

作品中也存在分章、分回的叙述程式。

（二）导语或入话

导语或入话，即引入正文的诗词或小故事，与故事或正话相对而言。蒙古族史传文学的导语和汉族话本故事的入话有相似之处。导语或入话是说书人或撰写者的开场白，几首文雅的诗词或有趣的故事以及宇宙形成的神话，直接或间接地寓意、引导正话内容，当作一段序曲。由于印藏佛教典籍叙述程式的影响，蒙古族17—19世纪的诸多史传文学作品几乎都有导语或开篇诗，其内容主要是歌颂诸神和帝王，或讲述宇宙形成的神话故事。这与汉族的话本入话有所不同，如《醒世恒言》第三十八回《李道人独步云门》有一段描写说书场上的情形：

那瞽者听信众人，逐敲动渔鼓简板，先念出四句诗来道：

> 暑往寒来春夏秋，
> 夕阳桥下水东流。
> 将军战马今何在，
> 野草闲花满地愁。

念了这四句诗，次第敷衍正传，乃是"庄子叹骷髅"一段话文，又是道家故事，正合了李清之意。[1]

这里的入话程式比较简单。"暑往寒来春夏秋"四句诗即入话，下面直接进入正话故事。

尹湛纳希所著的《大元盛世青史演义》第一回至第二十九回均采用四句诗来做入话。如第一回《乘天运圣人降生，凭地灵英豪云集》的导语是：

---

[1] 冯梦龙. 醒世恒言[M]. 长春：时代文艺出版社，2001：609.

英雄刀速该降服特默沁，
福人窝格仑幸生圣太祖；
太祖铁木真为父报三军仇，
智士毛浩来慧眼识圣主。

话说，勃特国国君也速该巴特尔在巴拉古浩热勃特国的旧地，选择水草丰美的地方，修筑了土城，建造了栅墙，安下了营寨。[1]

第十四回《英雄布古尔吉渡河火攻索隆古德部，智者毛浩来擒使定计出兵索隆古斯》的导语为：

斩钉截铁的实话虽耐人寻味，
可无知之辈却把它置于脑后。
读书人视史书故事荒庭无稽，
却不知人间万物的深奥含义。

且说太祖点将拨兵亲征鲁特的旺楚克汗，军师毛浩来定夺出征和留守的将士以后，前军由毛浩来率领，中军由太祖率领，后军由布古吉率领，三万人马分路出发。[2]

第二十九回《圣太祖议定赫利特乃蛮亲事，毛浩来智降旺固布布顿二部》的导语为：

父母生成老有靠，
太祖定法要记字。

---

[1] 尹湛纳希．大元盛世青史演义 [M]．沈阳：辽宁民族出版社，2007：80．
[2] 尹湛纳希．大元盛世青史演义 [M]．沈阳：辽宁民族出版社，2007：437．

知识考察与体系构建

鳏寡自应受人怜，

圣主制礼后人效。

且说辛酉年正月初一清晨，勃特国远近亲属聚集一堂，庆贺太祖夫妇二人四十寿辰。[1]

入话诗词概括正话故事内容，给正话故事营造氛围，使读者或听众事先了解故事内容，增加了吸引力。《青史演义补充本》每回都有四句诗作为入话。

藏传佛教色彩较浓的17—19世纪诸多作品均有像章回小说或话本类的导语部分。如《诸汗源流黄金史纲》开篇诗为：

尊贵菩萨后裔，

贤德帝王根基，

起源印度吐蕃，

愿述事迹梗概。

为着拯救世间，

众生免于沉溺，

秉承佛陀旨意，

大三末多降生，

以众敬王显扬。[2]

《蒙古源流》开篇诗为：

南无嘛尼雅祖·固卡阿雅帅，

---

[1] 尹湛纳希. 大元盛世青史演义[M]. 沈阳：辽宁民族出版社，2007：834.
[2] 朱风，贾敬颜，译. 汉译蒙古黄金史纲[M]. 呼和浩特：内蒙古人民出版社，1987：1.

> 三皈依之尊上三宝，
> 三世诸佛之三尊身，
> 三第六金刚救世，
> 顶礼三备三德喇嘛，
> 三顶存在之尊奉者，
> 自奠基外相世界时，
> 生成所依存之生灵，
> 降生接引生灵之诸菩萨，
> 显现极乐世界之诸圣者。[1]

众所周知，17—19 世纪蒙古诸多文献均受到藏传佛教的影响，从叙述策略到叙述模式都发生了与传统叙事文学不同的变化。檀丁在《诗镜论》中有"多章相连成大诗，这里要说其特点。祝愿、敬神的提要，构成大诗的开篇"[2]的记载。

17—19 世纪蒙古历史文献的导语诗或导语故事表述的大概意思是作者对佛祖、诸神、祖先的无比崇敬之情或宇宙形成的奇特过程。在活佛传记中也有类似的导语部分，如《扎雅班第达传》《六世达赖喇嘛传》中均有导语部分。

（三）连接语或习用语及批注

史传文学中常出现连接语或习用语，用于引入故事或正文，衔接前后句子和内容以及提醒听众或读者。如《诸汗源流黄金史纲》《黄金史》《蒙古源流》《大元盛世青史演义》《五传》等史传文学文本中均用 "ügülexü inü" "tegünü xoina" "tendeče" "tegünče" 来引入故事和衔接前后句子。如《大元盛世青史演义》第三十二章：

---

[1] 萨冈彻辰.蒙古源流[M].胡和温都尔，校注.北京：民族出版社，1987：1.
[2] 王满特嘎.蒙汉两文合璧檀丁诗镜论[M].呼和浩特：内蒙古人民出版社，2000：47.

且说太阳罕之子阿拉坦沙嘎病情稍有好转,便咬牙起身,急领心腹忐忑不安地奔向乃蛮国,突然从浩特山谷里闪出一支人马,一时不知何处人马,不禁大惊失色,忙叫左右前去打听。[1]

汉族史传文学受到说书艺术和话本的影响,在叙述程式上常常使用"话说""却说""且说"之类的习用语。如《杨温拦路虎传》:

话说杨令公之孙,重立之子,名温,排行第三,唤作杨三官人。武艺高强,智谋深粹。长成几冠,娶左班殿值太尉冷镇之女为妻。择定良时吉日,娶那冷太尉宅院小娘子归,花烛宴会。[2]

《济公全传》第一回《李节度拜佛求子　真罗汉降世投胎》:

话说南宋自南渡以来,迁都临安,高宗皇帝建炎天于四年,改为绍兴元年。在朝有一位京营节度使,姓李名茂春,原籍浙江台州府天台县人,娶妻王氏,夫妻好善。李大人为人最慈,带兵军令不严,因此罢官回籍,在家中乐善好施,修桥补路,扶危济困,冬施棉衣,夏施汤药。这李大人在街市闲游,人都呼之为李善人。内中就有人说:"李善人不是真善人,要是真善人,怎么会没儿子?"[3]

相对来说,"话说"多用在整个故事开始时使用,这里的"话"指整个故事。"且说""却说"则多用于故事情节转变场合。最初的习用语是说书人的一种习惯性口头语。后来习惯性口头语融入话本、故事演义,成为古代叙事文学叙事程式的一部分。

---

[1] 尹湛纳希. 大元盛世青史演义 [M]. 沈阳:辽宁民族出版社,2007:834.

[2] 孟昭连,宁宗一. 中国小说艺术史 [M]. 杭州:浙江古籍出版社,2003:192.

[3] 郭小亭. 济公全传 [M]. 北京:中华书局,1959:295.

蒙古族作家撰写的某些著作带有批注，如《水晶珠》《大元盛世青史演义》等著作均有批注。批注是文学鉴赏和批评的重要形式，是传统的读书方法。一般情况下，读者或批评者做批注。按批注位置分为眉批（批在书头上）、旁批（字、词、句的旁边，书页右侧）和尾批（批在一段或全文之后）等。拉喜彭斯克、尹湛纳希等作家借鉴汉族文人常用的批评方式——批注，对笔下的人物、事件进行了阐释和批评。

三、总结

从蒙古族史传文学与汉族史传文学叙述模式的比较中看出，诸多方面有相似之处，也有不同之处。面对历史、书写历史时，作家们从信仰、文化精神、集体情感出发歌颂、赞美或批判、思考心目中的人和事。

从比较中看出，在先民的认识中，帝王、贤人、君主、活佛、高僧、圣人、勇士等民族精英代表着权利、威望和智慧，因此，史传文学作家们持着敬畏、仰慕态度，对他们的身世、伟业进行神圣化和合法化叙述，进而发扬光大他们的丰功伟绩。

实录与虚构是蒙汉史传文学的通用写作手法。虚中有实、实中有虚，这种写作手法或叙述策略，有深层含义。一是实录与虚构相结合的叙述原则表明一种史学观念和写作态度，即以修辞方式表达历史感，史传文学就是修辞化的历史，或历史的修辞化。二是实录与虚构相结合的叙述原则与早期文史不分家现象有关。

明、清时期的蒙古族史传文学创作明显受到3种文学传统的影响：一是本民族说唱艺术，如英雄史诗、民间故事、胡仁乌力格尔的影响；二是汉族话本、讲史、演义创作的影响；三是藏传佛教典籍的影响。因此，叙述程式上出现固定的套用格式，即书名、题目、导语、习用语和批注等。

□宣读于内蒙古文学艺术界联合会主办的"草原文化与文学艺术论坛",2012年8月2日至7日,赤峰。

□收录于巴特尔主编《草原文化与文学艺术论丛》(第六辑),内蒙古人民出版社,2012年。

$$K = (A+B) \times C_n$$

蒙古叙事文学具有稳定的故事结构。民间故事中的形象、母题、主题,不仅反复出现于蒙古族现当代文学文本中,而且民间故事的基本结构也在现当代小说中反复叙述。

一、基本模式 K=(A+B)×C_n

通过分析、归纳大量蒙古叙事文学文本后,发现有一种相对稳定的故事结构反复出现于多种文本中。同一故事结构反复出现于不同文本时就形成故事模式。我们把它称为故事基本模式,可以用可变方程式来表述,即 K=(A+B)×C_n。其中,K 代表故事基本模式;A 代表主体,或主要人物,或行动主体;B 代表客体,或次要人物,或行动的对象;C_n 代表可变行动。主人公 A 与 B 的相互行动构成故事结构,并产生意义。

把民间故事假设为多成分句子,能用单句形式来表述其结构,即单句=(主语+宾语)× 谓语。其中 K 是单句——代表故事基本模式;A 是主语——代表行动的主体,或主导者;B 是宾语——代表行动的客体,或接受者;C_n 是可变谓语——代表可变行动。

二、相关文本类型及例子

蒙古叙事文学自古有之,源远流长,有深厚的文化底蕴。其主要类型有神话、传说、英雄史诗、民间故事、叙事民歌、历史散文、本子故事、胡仁乌力格尔、传记、现代小说等。下面选择具体叙事文本，描述其故事基本模式。

（一）神话和传说

神话和传说是蒙古文学之源，浩瀚如海，关于其分类，学者们有不同意见。纳·赛西雅拉图主编的《蒙古文学史》中把蒙古族神话分为创世神话、人类神话和动植物神话，把传说分为祖先传说、历史传说和风物传说等。[1] 满都呼主编的《中国阿尔泰语系民族民间文学概论》中把蒙古族神话分为创世神话、人类起源神话、洪水神话和诸神神话，把传说分为族源传说、历史传说、山水传说、风物传说和动植物传说等。[2]

通过分析、归纳大量蒙古神话、传说文本时，发现有一种相对固定的结构反复出现于不同文本中。我们可以用可变方程式来表述其反复出现的固定结构，即 K=（A+B）×Cn。

蒙古各部落中广为流传的《征服残暴的黑龙王》的神话，讲述的是矮个子老头与黑龙王相互搏斗的故事[3]，该故事为蒙古文学史上首次宣扬以人为中心

---

[1] 纳·赛西雅拉图. 蒙古文学史（蒙古文）[M]. 沈阳：辽宁民族出版社，1995：16—38.

[2] 满都呼. 中国阿尔泰语系民族民间文学概论 [M]. 呼和浩特：内蒙古教育出版社，2005：224—231.

[3] 《征服残暴的黑龙王》故事概要：早先，有个残暴的黑龙王，不在水里而在陆地上危害百姓，无恶不作。人间有个矮个子老头，身高一拃，髯长二拃，他有一条骆驼脖子皮口袋，一把野羊角羹匙和一只公羊。一天，他带着这三件东西踏上了去黑龙王那里的征途。路上遇上大海、狐狸和狼，它们都嘲笑这个矮老头，老头一气之下用羊角匙把它们一一舀入骆驼脖子皮口袋里。到达龙宫，老头登上土岗放开嗓子喊叫。黑龙王出来一见这个只有一拃高的矮老头儿，又好笑又瞧不起他，于是首先放出一万只羊，以为不费吹灰之力就能把老头儿埋葬在羊群掀起的灰尘里。矮老头儿打开口袋放出狼来把羊群赶得无影无踪。黑龙王接着放出两条恶狗，妄图吃掉老头儿，老头儿又放出狐狸，狗见狐狸后拼命地追，最后狗也不知去向了。黑龙王计穷，带领大军围攻上来，老头从皮口袋里倒出滔天大海，把黑龙王和它的军队一起淹没在大海之中。从此，黑龙王只得栖身海底，再也不敢在陆地上胡作非为了。胡尔查. 蒙古族民间文学故事集成（蒙古文）[M]. 海拉尔：内蒙古文化出版社，2000：610—611.

的作品[1]。

其故事基本结构：K=（A+B）×Cn。其中 K 代表故事基本结构，A 代表矮个子老头，B 代表黑龙王，Cn 代表征服行为。

单句形式：矮个子老头征服了黑龙王。

单句结构：单句=（主语+宾语）×谓语。其中主语为矮个子老头，宾语为黑龙王，谓语为征服行为。

说明：本神话中还出现狼、狐狸、大海、羊群、恶狗和大军等形象。这些艺术形象均服从于行为的主导者和接受者，因此，其功能为帮助者或破坏者。狼、狐狸和大海是矮个子老头的帮助者或他的武器，羊群、恶狗和大军是龙王的帮助者或它的武器。这些要素改变不了本神话的基本故事模式，只能发挥完善情节、增加趣味的作用。

广为流传的《额日黑莫尔根》神话也属于征服自然的神话，故事别具特色，扣人心弦。传说远古时，天空出现了 7 个太阳，暴晒成灾，土地龟裂，江河干涸，草木枯萎，饿殍遍野，牲畜倒毙。那时候，一位名叫"额日黑莫尔根"的神箭

---

[1] 满全. 蒙古文学经典作品导读（蒙古文）[M]. 呼和浩特：内蒙古大学出版社，2010：47.

手出来射落了6个太阳。[1]射日神话流传于世界各地,反映出远古时期的自然灾害。那木吉拉博士搜集了蒙古地区流传的6种射日神话。[2]6种变体中出现太阳的数目有所不同,1个太阳、3个太阳、7个太阳、8个太阳和12个太阳等。

其故事基本结构:K=(A+B)×Cn。其中,K代表故事基本结构,A代表额日黑莫尔根,B代表太阳,Cn代表射落行为。

单句形式:额日黑莫尔根射落了太阳。

单句结构:单句=(主语+宾语)×谓语。其中主语为额日黑莫尔根,宾语为太阳,谓语为射落行为。

说明:本神话中还出现另外两个形象,即褐花马和燕子,均为扮演着帮助者或阻碍者角色。褐花马是额日黑莫尔根的帮助者,其功能为帮助额日黑莫尔根

---

[1] 《额日黑莫尔根》故事概要:传说远古时,天空出现了7个太阳,暴晒成灾,土地龟裂,江河干涸,草木枯萎,饿殍遍野,牲畜倒毙,生灵万物简直到了无法生存的境地。那时候,有一位名叫"额日黑莫尔根"的神箭手,大家都去哀求他赶快把空中的太阳射下来,不然就要全部毁灭。额日黑莫尔根发誓说:"我如果不能用7支箭将7个太阳射下来,便割掉自己的食指变成不饮水、不吃宿草的动物,藏在洞里生活。"于是他便开始从东到西依次射太阳,他用6支箭很快射落了6个太阳。当他弯弓正要射第7个太阳时,突然飞来一只燕子,使得射出去的箭只把燕子的尾巴分开一个豁口,却没有射中太阳,因此,燕子的尾巴从此变成两叉。那最后的太阳恐被射落,赶快落入西山躲藏起来。额日黑莫尔根十分气恨燕子作梗,骑上褐花马就要追杀燕子。马也向主人起誓:"从黄昏到拂晓如果我追不上燕子,就把我的腿砍断,扔到旷野上去吧!我将再不做鞍马,甘愿到坑坑洼洼的地方去生活。"额日黑莫尔根骑马追到一个山坡上,差点将燕子捉住,可是天已黎明了。额日黑莫尔根一气之下砍断了褐花马的两条腿,将其扔到草原上,从此,马就变成了跳兔,跳兔的两条前腿短,就是这个缘故。而燕子在天色黄昏时,绕着骑马人前前后后地躲闪飞旋,这是它在嘲弄骑马人:"谁能追上我?谁能追上我?"额日黑莫尔根恪守誓言,砍断了食指,从此变成了不饮水、不吃宿草的旱獭,躲进洞里去了,旱獭的脚只长四趾便由此而来。后来,额日黑莫尔根忘记自己早已变成旱獭,所以,当日出和日落时,还要从洞里爬出来,面向太阳东张西望,那是表示它依然还想射太阳呢。旱獭是由额日黑莫尔根变的,所以,人们一直忌讳吃旱獭肉。再说,那唯一的太阳因为害怕额日黑莫尔根,所以总是往山那边躲藏,从此,世上便有了昼夜的交替轮换。
[蒙] 德·策仁索德那木.蒙古民间文学精华集(蒙古文)[M].呼和浩特:内蒙古人民出版社,1984:731—733.

[2] 那木吉拉.蒙古神话比较研究(蒙古文)[M].北京:民族出版社,2001:243.

射落太阳的行为。燕子是7个太阳的帮助者,其功能为阻碍额日黑莫尔根射落太阳的行为。这些帮助者和阻碍者影响不了故事结构及意义取向,只能发挥增加趣味性作用。

《征服三百泰亦赤兀惕》传说也属于征服敌人的故事类型。该传说讲述的是,有一天成吉思汗领着9员大将——阿尔拉德的博斡儿出札来尔台的木华黎,朱尔其特的朝莫尔根,苏勒丹的陶尔贡迭刺,兀良哈的者勒蔑,巴苏德的者别,维拉特的哈日赫如,朱尔根的孛儿忽刺,塔塔尔的希吉忽图忽,在边境打猎时遇300名泰亦赤兀惕,通过激烈战斗,最后打败了300名泰亦赤兀惕。[1]

其故事基本结构:$K=(A+B) \times C_n$。其中,K代表故事基本结构,A代表成吉思汗及9员大将,B代表300名泰亦赤兀惕,C_n代表征服行为。

单句形式:成吉思汗及9员大将征服了300名泰亦赤兀惕。

单句结构:单句=(主语+宾语)×谓语。其中主语为成吉思汗及9员大将,宾语为300名泰亦赤兀惕,谓语为征服行为。

(二)英雄史诗

英雄史诗以蒙古文学的巅峰、文学的宝贵传统、语言艺术的典范、蒙古氏族的百科全书而享誉海内外。

1.《三岁勇士谷纳罕·乌兰》

英雄史诗《三岁勇士谷纳罕·乌兰》是有多变体的短篇史诗。仁钦道尔吉主编的《蒙古英雄史诗大系》中收录了6种变体。其史诗讲述的是,3岁勇士谷纳罕·乌兰在外出打猎时,有12个头的蟒古思闯进其领地夺走妻子。3岁勇士谷纳罕·乌兰得知消息后,追到蟒古思,进行搏斗。最后3岁勇士谷纳罕·乌兰消灭蟒古思夺回妻子,平安返乡。[2]

---

[1] [蒙古]策·达木丁苏荣.蒙古古代文学一百编[M].呼和浩特:内蒙古人民出版社,1982:84—106.

[2] 仁钦道尔吉.蒙古英雄史诗大系(蒙古文)[M].北京:民族出版社,2007:623—631.

其故事基本结构：K=（A+B）×Cn。

本史诗是单元情节史诗，故事非常简约。K 代表故事基本结构，A 代表 3 岁勇士谷纳罕·乌兰，B 代表魔王蟒古思，Cn 代表消灭行为。

单句形式：谷纳罕·乌兰消灭了蟒古思。

单句结构：单句=（主语+宾语）× 谓语。主语为谷纳罕·乌兰，宾语为蟒古思，谓语为消灭行为。

本史诗中，除谷纳罕·乌兰、蟒古思以外，还出现勇士的妻子、群众、骏马和乌鸦等形象。这些形象在文本中仅扮演勇士消灭蟒古思行为的帮助者或阻碍者角色，改变不了文本故事结构及意义取向。

2.《江格尔》

长篇史诗《江格尔》的故事情节有些复杂，但也能找到其基本故事结构。根据《江格尔》相对独立的章节人物、主题思想，大体可以划分为 3 类故事，即部落联盟故事、婚姻故事和征战故事，其中征战故事在全诗中占据主要地位。

部落联盟故事：《江格尔和阿拉谭策吉的战斗》

本章讲述的是江格尔在赶马群的途中遇到阿拉谭策吉，通过殊死搏斗，最后两个勇士结盟安达（兄弟）的故事。[1]

其故事基本结构：K=（A+B）×Cn。其中 K 代表故事基本结构，A 代表江格尔，B 代表阿拉谭策吉，Cn 代表联盟行为。

单句形式：江格尔结盟了阿拉谭策吉。

单句结构：单句=（主语+宾语）× 谓语。主语为江格尔，宾语为阿拉谭策吉，谓语为结盟行为。

婚姻故事：《雄狮洪古尔娶亲》

本章讲述的是洪古尔到扎木巴拉汗那里去娶亲时，途中遇到诸多考验、阻碍和困难，但在坐骑铁青马的帮助下，闯出种种关口，打败对手，娶亲回乡的故事。

其故事基本结构：K=（A+B）×Cn。其中 K 代表故事基本结构，A 代表洪

---

[1] [俄罗斯] 阿·科契克夫, 诺·毕提盖夫, 鄂·奥瓦洛夫. 卡尔梅克《江格尔》校注 [M]. 旦布尔加甫, 校注. 北京：民族出版社, 2002：291—295.

古尔，B 代表格莲吉勒，Cn 代表娶亲行为。

单句形式：洪古尔娶了格莲吉勒。

单句结构：单句=（主语+宾语）×谓语。主语为洪古尔，宾语为格莲吉勒，谓语为娶亲行为。

征战故事：15 章《江格尔》本中，属于征战故事的有 9 章。叙述着以江格尔为首的宝木巴勇士们征伐敌人的故事。

其故事基本结构：K=（A+B）×Cn。其中 K 代表故事基本结构，A 代表宝木巴勇士，B 代表敌人，Cn 代表征伐行为。

单句形式：宝木巴勇士征伐了敌人（蟒古思）。

单句结构：单句=（主语+宾语）×谓语。主语为宝木巴勇士，宾语为敌人，谓语为征伐行为。

（三）民间故事

蒙古民间故事是一种浩瀚、磅礴的叙事系统。诸多文本均叙述与征战、斗争、磨炼相关的故事，如魔法故事、征战故事、复仇故事、孤儿故事、婚配故事等，主要讲述的都是英雄闯关故事。

英雄闯关，这一故事母题，频繁出现于蒙古文学叙述文本中，其具体内容为英雄遇到考验，经过出生入死的搏斗，有时借助外界力量，最终英雄能闯关取得胜利。例如，巴拉根仓系列故事，叙述的是主人公巴拉根仓，通过斗智斗勇，戏弄诺彦、巴彦、喇嘛和奸商的故事。[1]

其故事基本结构：K=（A+B）×Cn。其中 K 代表故事基本结构，A 代表巴拉根仓，B 代表诺彦、巴彦、喇嘛和奸商，Cn 代表戏弄行为。

单句形式：巴拉根仓戏弄了诺彦、巴彦、喇嘛和奸商。

单句结构：单句=（主语+宾语）×谓语。主语为巴拉根仓，宾语为诺彦、

---

[1] 胡尔查.蒙古族民间文学故事集成(蒙古文)[M].海拉尔：内蒙古文化出版社，2000：377—430.

巴彦、喇嘛和奸商，谓语为戏弄行为。

（四）叙事民歌

随着社会变革、文化变迁，在东部蒙古地区涌现出了大量的叙事民歌。叙事民歌是蒙古文学审美转型期，即从戏剧转向悲剧时期的经典范式。蒙古叙事民歌浩如烟海，其内容牵涉到社会生活的各个层面。反封建、反压迫为蒙古叙事民歌的思想主线，其中追求自由爱情和反抗封建婚姻制度，批判封建礼教对妇女的奴虐迫害，揭露王公贵族喇嘛的腐化堕落，歌颂农牧民反压迫反剥削的起义斗争尤为突出。《嘎达梅林》就是歌颂反抗开垦的起义英雄嘎达梅林的叙事民歌。[1]

其故事基本结构：K=（A+B）×Cn。其中 K 代表故事基本结构，A 代表嘎达梅林，B 代表达尔罕王爷，Cn 代表反抗行为。

单句形式：嘎达梅林反抗达尔罕王爷。

单句结构：单句=（主语+宾语）×谓语。主语为嘎达梅林，宾语为达尔罕王爷，谓语为反抗。

（五）本子故事

说唱本子故事活动出现于 19 世纪上半叶，是蒙汉文学交流的产物。根据来源不同，蒙古本子故事分为三大类，即译本、改写本和原创本。其中原创本具有浓郁的民族特色，如《五传》。

《五传》也称"唐五传"或"说唐五传"，包括《哭喜传》《全家福》《殇妖传》《契僻传》《羌胡传》5 部长篇故事本子。《五传》继承蒙古英雄史诗主题，叙述反抗侵略保卫社稷的故事。

其故事基本结构：K=（A+B）×Cn。其中 K 代表故事基本结构，A 代表忠实英雄，B 代表敌人（邻国的将领），Cn 代表交战行为。

单句形式：忠实英雄交战敌人（邻国的将领）。

---

[1] 仁钦道尔基，道尼日布扎木苏，丁守璞.蒙古民歌一千首（蒙古文）[M].呼和浩特：内蒙古人民出版社，1979：10—33.

单句结构：单句=（主语+宾语）×谓语。主语为忠实英雄，宾语为敌人（邻国的将领），谓语为交战行为。

（六）佛教传记文学

随着印藏佛教的传入，蒙古高僧中间盛行撰写传记的活动，出现大量的活佛、高僧传。其叙事模式来自蒙古史传文学和印藏高僧传，主要讲述高僧一生的宗教活动，如《乃吉托音传》等。

《乃吉托音传》汇集诸多相对独立完整的传奇故事，可以说传奇故事汇集。这些传奇故事来自寺院和民间，记述主人公一生的宗教活动。[1]

其故事基本结构：K=（A+B）×Cn。其中K代表故事基本结构，A代表乃吉托音，B代表信徒，Cn代表传教行为。

单句形式：乃吉托音给信徒传教了。

单句结构：单句=（主语+宾语）×谓语。主语为乃吉托音，宾语为信徒，谓语为传教行为。

（七）现代小说

现代小说的主题千姿百态，以现代人的叙事视角讲述人生故事。革命历史题材小说、改革题材小说、生态题材小说、婚姻爱情题材小说、公安题材小说中常出现主人公闯关母题。

1.《茫茫的草原》

玛拉沁夫的革命历史题材长篇小说《茫茫的草原》，讲述了以萨仁高娃为首的村民们抓住国民党特务宝路的故事。[2] 长篇小说题材虽然来自于现实中的革命斗争，但作者利用了蒙古文学传统中的英雄闯关模式。

---

[1] 金峰.呼和浩特历史蒙古文文献：6（蒙古文）[M].海拉尔：内蒙古文化出版社，1989：99—184.

[2] 玛拉沁夫.玛拉沁夫作品集[M].巴·敖斯尔，译.呼和浩特：内蒙古人民出版社，1989：401—434.

其故事基本结构：K=（A+B）×Cn。其中 K 代表故事基本结构，A 代表革命者，B 代表反革命分子，Cn 代表斗争行为。

单句形式：革命者斗争了反革命分子。

单句结构：单句=（主语+宾语）×谓语。主语为革命者，宾语为反革命分子，谓语为斗争行为。

本小说中，除萨仁高娃、宝路以外，还出现桑布、阿木古楞书记、巴雅尔、嘎鲁等形象。这些形象对主人公萨仁高娃抓住国民党特务宝路的行为仅有帮助作用，改变不了故事结构和意义取向。

2.《命运峡谷》

青年作家杭锦·那顺乌力吉的长篇小说《命运峡谷》描写了名叫扎布斯尔地带发生的革命战争和革命斗争。[1]小说中出现桑党泥玛、猎人佟贵和革命者嘎日迪等 3 种英雄。桑党泥玛是理想化的、象征性的英雄，他是家乡的精神支柱，代表着扎布斯尔家乡的威严。长篇小说以桑党泥玛之死为开端，具有讽刺意义。猎人佟贵是侠义英雄、悲剧英雄，具有传统色彩的英雄，他代表着扎布斯尔家乡的精神。革命者嘎日迪是在革命年代成长的新型英雄、革命英雄，他代表着扎布斯尔家乡的自由、幸福和理想。

其故事基本结构：K=（A+B）×Cn。其中 K 代表故事基本结构，A 代表英雄（3 种英雄），B 代表敌人（国民党军队、地主武装势力、反革命分子、暴乱分子等），Cn 代表斗争行为。

单句形式：英雄同敌人斗争。

单句结构：单句=（主语+宾语）×谓语。主语为英雄，宾语为敌人，谓语为斗争行为。

3.《鬼城》

前锋小说家乌力吉布林的中篇小说《鬼城》是批判都市文明的作品。作者以英雄消灭吸血鬼的故事形式，对都市文明进行了批判。

---

[1] 杭锦·那顺乌力吉.命运峡谷（蒙古文）[M].呼和浩特：内蒙古人民出版社，2005：1—378.

其故事基本结构：$K=(A+B)×C_n$。其中 K 代表故事基本结构，A 代表英雄，B 代表吸血鬼，C_n 代表消灭行为。

单句形式：英雄消灭了鬼。

单句结构：单句＝（主语＋宾语）×谓语。主语为英雄，宾语为鬼，谓语为消灭行为。

总结：$K=(A+B)×C_n$ 为蒙古叙事文学文本中反复出现的故事基本模式。

三、几点说明

1. $K=(A+B)×C_n$ 仅仅是基本模式，不是变幻莫测的故事本身。

2. 篇幅较长的作品，如复合式史诗、本子故事、胡仁乌力格尔（说唱故事）、长篇小说，人物繁多、情节复杂、故事曲折，因此，除基本结构以外还存在诸多分支结构。如：$K=(A \sum A_1、A_2、A_3……A_n+B \sum B_1、B_2、B_3……B_n)×C_n$，或 $K=(A+B)×C+(A_1+B_1)×C_1+(A_2+B_2)×C_2+(A_3+B_3)×C_3+(A_n+B_n)×C_n$。其中 A 代表主体或主要形象，$A_1、A_2、A_3……A_n$ 为服从主体的若干个形象，有帮助主体完成目标的功能，是主体的帮助者。B 代表客体或次要形象，$B_1、B_2、B_3……B_n$ 为服从客体的若干个形象，有帮助客体完成目标的功能，是客体的帮助者。各种人物形象错综复杂的关系和行动构成复杂多变的故事。

3. 基本模式是组织情节、人物的基本要素，分支模式服从于基本模式，并排序于基本模式周围。

4. 叙事文学所表达的中心意义来自故事基本模式，即故事基本模式产生中心意义。

四、基本模式与文化传统

民间口传文学和文人书面文学中为何反复出现同一结构呢？澄清这一问题必须从文化传统中寻找答案。因为，文学是文化的细胞和载体，文化是文学的土壤、灵魂和内涵。

（一）目标与结果

蒙古叙事文学的故事总是朝着一个或多个目标展开，诸多文本均叙述较完整的故事，每个故事均是有始有终的叙述系统。一般情况下，故事结果出现3种情况。

1. 主体打败客体或主体的胜利＝喜剧。故事以喜剧形式结束的情况常出现于古代叙事文本中。

2. 客体打败主体或主体的失败＝悲剧。故事以悲剧相识结束的情况常出现于19世纪以来的叙事文本中。

3. 主客体行动无结果＝正剧。故事以正剧形式结束的情况偶尔出现于现代小说中。这表明了现代社会的宽容度和现代文化的交融。

（二）英雄的赞歌与英雄的终结

蒙古族是崇拜英雄的民族，蒙古文学的一部分是英雄的赞歌，蒙古人千年绝唱了英雄赞歌。一般情况下，所谓故事就是指英雄的故事，英雄的故事就是英雄打败敌人的故事。假设A代表英雄，B代表敌人，其结果为A打败B，即英雄打败敌人。这是英雄赞歌的叙事模式。

随着社会变革、文化变迁，英雄故事的故事结束形式发生了变化。从故事结束形式看，不同年代的蒙古艺人，对英雄的想象有所不同。从胜利者到失败者，从失败者到普通人，寓意着蒙古叙事文学的审美转型和蒙古文化的变迁。

从英雄的不同遭遇和不同结果中，我们能看出现代文明的规范无法容纳传统意义上的英雄，现代社会和文明的规范终结了对传统英雄的想象，或者说文明的规范破坏了传统英雄赖以生存的土壤。因此，传统英雄早已退出了规范化的现代社会舞台，取而代之的是革命英雄、真理的探索者、正义人士和道德模范人物等。

英雄的终结意味着敌人的遮蔽和消解。有了敌人才有勇士，失去敌人意味着勇士的存在失去意义。在蒙古叙事文学中，塑造英雄形象时，通常以敌人的描写来烘托英雄。换言之，在与敌人的殊死搏斗中塑造英雄形象。文明的规范消解了敌人的存在，导致了英雄的终结。

（三）被复制的结构：一种文化积淀

从民间文学到书面文学，从上古神话到后现代小说，都能找到同一的故事结构反复出现于不同的文本中，即 K=（A+B）×Cn。一种结构反复出现于不同文本时就形成固定模式，成为叙事传统。

固定模式或叙事传统，是一种传播契约、文化积淀和文化记忆。换言之，是演唱者（作者）与听众（读者）之间的契约。演唱者和听众遵循固定模式时，故事才能传播开来。在很多情况下，演唱者采用同一模式演唱不同故事，或以熟悉的形式演唱不熟悉的故事，听众仍然喜欢接受。因此，故事基本模式：K=（A+B）×Cn，是集体共同拥有的一种传播契约、文化积淀和文化记忆。

（四）故事基本模式与文化深层结构

故事基本模式与文化结构有关。文化结构，即文化诸要素的排列组合秩序，有表层结构和深层结构之分。表层结构，即现象群的排列组合；深层结构，即意义群的排列组合。

对于文化结构，也许有诸多描述视角和策略。从文化创造源和意义排序看，蒙古文化深层结构为二元一体。二元一体结构，在不同文化语境和不同历史阶段有不同的表现形式。

二元一体结构的不同表现形式：

1. 宫廷文化与民间文化

宫廷文化与民间文化，即贵族和庶民创造的文化，其意义产生于贵族与庶民相互对立、相互统一、相互作用中。贵族与庶民的互动作用产生其文化意义群和文化现象群，其结构为贵族—庶民，或宫廷—民间，文化诸要素遵循贵族—庶民，或宫廷—民间体系来排列组合。这是二元一体结构的一种表现形式。

2. 寺庙文化与世俗文化

寺庙文化与世俗文化，即喇嘛和俗人（百姓）创造的文化，其意义产生于喇嘛与俗人相互对立、相互统一、相互作用中。喇嘛与俗人的互动作用产生其文化意义群和文化现象群，其结构为喇嘛—俗人，或寺庙—民间，文化诸要素遵循喇嘛—俗人，或寺庙—民间体系来排列组合。这是二元一体结构的又一种表现形式。

3. 精英文化与大众文化

精英文化与大众文化，即精英和大众创造的文化，其意义产生于精英与大众相互对立、相互统一、相互作用中。精英与大众的互动作用产生其文化意义群和文化现象群，其结构为精英—大众，或体制内—体制外，文化诸要素遵循精英—大众，或体制内—体制外体系来排列组合。这是二元一体结构的另一种表现形式。

二元一体结构来自天与地的想象，也许天地一体是二元一体结构的原型。在《蒙古秘史》中有天地融合的记载。[1]

在蒙古叙事文学中常常出现相互对抗（有时对立统一）的两种力量，通常称之为英雄与敌人，文本情节、故事和意义，均发生在相互对抗的两种或若干力量之间。

蒙古文学的悲剧不同于西方文学的悲剧，悲剧不是来自于灵魂与肉体的分裂，而是来自于相互对抗力量的胜败，这与游牧文化有关。

蒙古叙事文学的故事基本模式来自于蒙古文化的深层结构，并受到其支配。

□汉文论文宣读于第六届中国内蒙古草原文化主题论坛，2009年7月11—12日，呼和浩特。

□蒙古文论文宣读于"纪念内蒙古师范大学蒙古语言文学研究所成立30

---

[1] 巴雅尔，注释校勘. 蒙古秘史（蒙古文）[M]. 呼和浩特：内蒙古人民出版社，1998：359.

周年学术会议",2009年11月21日,呼和浩特。

□蒙古文论文发表于《内蒙古师范大学学报》,2011年第3期。

□摘录于《蒙古学研究年鉴》(2011年卷),2012年11月。

继承、创新、建构：对蒙古诗学知识谱系考察

改革开放以来，蒙古诗学研究得到迅速发展。人们把这段时期称为"新时期"。新时期的蒙古诗学研究在开放性、对话性和兼容性的平台上进行的。诗学研究者们继承发扬民族诗学传统的同时，借鉴吸收了世界各民族诗学传统，并逐步构建了民族诗学体系。

一、基本概念

蒙古语中的"silüg"（诗）这一词来源于古梵语"sloka"（输洛迦）。其意义为悲伤或悲悯。古印度史诗《罗摩衍那》（Ramayana）中记载了蚁垤仙人创造输洛迦诗体的传说[1]。蒙古语的"silug"（诗）一词最早出现于《入菩萨行径释》，该书于1321年，由元代著名经师学者搠思吉斡节儿奉皇帝圣旨，在大都大白塔寺撰写完成，最初仅指四行韵文。

（一）诗学

诗学（Poetics）这一概念起源于亚里士多德的《诗学》，后来成了西方学术史上文学理论的通称。亚里士多德的诗学理念中就包含把戏剧（诗歌）知识从人类其他知识中分离开来的企图。换言之，在亚里士多德著作中，诗学被视为与伦理学、形而上学、政治学、修辞学、动物学学科迥然有别的科目。这意

---

[1] 季羡林，译. 罗摩衍那：第1卷[M]. 北京：人民文学出版社，1980：17—26.

味着文学科学化研究或学科化研究的开始。

目前,在蒙古族文学研究中诗学有3种概念。一是诗学即诗歌理论,是关于诗歌概念、本质、原理或系统进行探讨的学科。如苏尤格撰写的《蒙古诗歌学》中认为诗学等同于诗歌理论,其研究范畴为诗体、诗歌创作和鉴赏问题。[1] 诗学即文学理论,是关于文学概念、本质特点、原理、功能、要素或系统进行探讨的学科。如巴·布林贝赫在其《蒙古英雄史诗的诗学》前言中写道:"诗学就文学理论的总称,其内涵包括文学本质、内容形式、目的功能、种类和创作原理等。"[2] 当下诗学概念的外延还有扩大的趋势。在某些学者的论文和著作中,诗学变成了理论的同义词,出现了文化诗学概念。所谓文化诗学就是对各种文化现象、事件、行为、方式进行理论阐释的学科。

(二)诗学种类

近30年,在蒙古诗学(诗歌理论)研究领域出现了诸多经典著作。可以说,硕果累累。根据诗学研究对象的不同,可分为4种。

理论诗学:所谓理论诗学就是把关于诗歌本质、特征、结构、程式、韵律及创作等一般原理作为研究对象的诗学。如《心声寻觅者的札记》(巴·布林贝赫,1984)、《蒙古诗歌学》(苏尤格,2000)、《口头诗学:帕里—洛德理论》(约翰·迈尔斯·弗里著,朝戈金译,2000)均属于理论诗学著作。

文本诗学:文本诗学就是把关于诗人和诗歌文本作为研究对象的诗学。如《蒙古英雄史诗的诗学》(巴·布林贝赫,1997)、《口传史诗诗学:冉皮勒〈江格尔〉程式句法研究》(朝戈金,2000)、《蒙古史诗:从程式到隐喻》(斯钦巴图,2006)均属于文本诗学著作。

历史诗学:历史诗学内涵有两种。其一,诗史研究,即关于诗歌的发展、流变、历史规律的研究。其二,诗论史研究,即关于历代诗论、诗歌批评的发

---

[1] 苏尤格.蒙古诗歌学[M].呼和浩特:内蒙古大学出版社,2000:55.
[2] 巴·布林贝赫.蒙古英雄史诗的诗学[M].呼和浩特:内蒙古教育出版社,1997:1.

展、演变的研究。如《蒙古诗歌美学论纲》（巴·布林贝赫，1991）、《蒙古文论史研究》（巴·格日勒图，1998）、《蒙古诗学体系论》（舍·乌日斯嘎拉，2000）、《批评的功能》（满全，2002）均属于理论诗学著作。

比较诗学：关于世界各国、各民族间的诗论、诗史、诗论史的比较研究。其中包括平行研究和影响研究。如《松巴堪布诗学研究》（额尔敦白音，2002年）、《法式善〈梧门诗话〉研究》（宏伟，2006）均属于比较诗学著作。

（三）蒙古诗学

德国文物考古队于1902从吐鲁番发现的蒙古文文献表明蒙古诗歌研究始于14世纪，与搠思吉斡节儿著作有关。搠思吉斡节儿，元代著名经师学者、翻译家、语言学家和诗人，精通蒙、藏、畏兀文，著述颇丰，大部散佚。流传至今的有《佛祖释迦牟尼十二行》、《入菩萨行径》（蒙译）、《入菩萨行径释》、《圣五主尊大乘经》（蒙译，其译者有异议）、《〈圣五主尊大乘经〉拔诗》、《摩诃噶剌神颂》等。其文学创作与研究影响深远。如《佛祖释迦牟尼十二行》给蒙古族活佛高僧传记文学提供书写样板，《摩诃噶剌神颂》被称为14世纪蒙古族颂赞诗歌的经典之作，《入菩萨行径释》被誉为蒙古族高僧喇嘛撰写释文、以诗评诗的源头，等等。[1]在漫长历史发展中蒙古诗学曾经受到印藏诗学、汉族诗学和西方诗学影响，逐渐发展成独具特色的诗学体系。

蒙古诗学内涵：所谓蒙古诗学，即蒙古族文人对民族诗歌（或文学，或文化）相关的研究活动。诗歌相关的研究，包括诗人、诗作、诗论和诗史研究。这就是蒙古诗学概念的内涵。其中研究主体为蒙古族文人，研究客体为蒙古族诗歌（包括母语与非母语诗歌）实践。如《蒙古英雄史诗的诗学》（巴·布林贝赫，1997）、《蒙古文论史研究》（巴·格日勒图，1998）、《蒙古诗歌学》（苏尤格，2000）等。

蒙古诗学外延：外延之一，蒙古族文人对其他民族诗歌（或文学，或文化）

---

[1] 满全.蒙古族书面文学的基本体系研究[M].沈阳：辽宁民族出版社，2007：254.

相关的研究活动。其中研究主体为蒙古族文人，研究客体为非蒙古族诗歌实践。如苏尤格编辑整理的《诗镜》（1986年）、王·满特嘎编注的《蒙汉两文合璧檀丁〈诗镜论〉》等。外延之二，非蒙古族文人对蒙古族诗歌（或文学，或文化）相关的研究活动。其中研究主体为非蒙古族文人，研究客体为蒙古族诗歌（包括母语与非母语）实践。如俄罗斯学者谢·尤·涅克留多夫的《蒙古人民的英雄史诗》（1991年）、日本学者莲见治雄的《〈英雄希林嘎拉珠〉词语注释》（2001年）、日本学者冈田和行的《后社会主义时期的蒙古国文学传统与革新问题》（2009年）等。

二、蒙古诗学知识资源

诗学知识谱系应包括诗学基本范畴、理论体系、方法论和逻辑法则等内容。纵看近30年蒙古诗学知识资源，有两种资源值得关注，即本土（或本土化）资源和外来资源。

（一）本土或本土化资源（知识传统或传统知识）

近30年蒙古诗学知识资源库中传统诗学知识占很大比重，其中包括蒙古族古近代诗学知识和现当代诗学知识。这就是传统的继承。

蒙古族古近代诗学知识资源库由三方面内容构成。蒙古本土诗学知识，如文（udγa uyangγa）、故事（üliger）、品味（amtalaxu）、神奇（uran）、豪放（sürlixün）等诸多基本概念和范畴；文以载史、文以抒发情性等文学理念；社会历史批评方法以及伦理哲学为基础的圆满说（xotala tegürder），等等；印藏诗学知识，如诗（silüg）、传记（čadiγ）、滋味（rasa）、庄严（čimeg）、空灵（xoγusun）等诸多基本概念和范畴；文以愉悦诸神、诗为词的连缀等文学理念；阐释学批评方法；以佛教哲学为基础的愉悦说（bayasγan üiledxü），等等；这些诗学知识随着佛教的传入，逐渐渗透到蒙古族诗学体系，从而丰富和发展了民族诗学知识宝库。汉族诗学知识，如词（daγulal）、变文（yerü-yin üliger）、韵味（amta）、飘逸（ečine）、骨气（jibxuγa）等诸多基本范畴和概念；文以载道、诗言志等文学理念；评点批评方法；以儒家道家哲学为基础的性情说（jang sedgilge）等。这些诗学知识随着蒙汉民族文化的交流，逐渐进入到蒙古族诗学体系，进而丰富和发展了民族诗学知识宝库。

蒙古族古近代诗学知识资源

种类与体系	蒙古本土诗学知识	印藏诗学知识	汉族诗学知识
基本范畴	文 udxa uyangγa	诗 silüg	词 daγulal
	故事 üliger	传记 čadig	变文 yerü-yin üliger
	品味 amtalaxu	滋味 rasa	韵味 amta
	神奇 uran	庄严 čimeg	飘逸 ečine
	豪放 sürlixün	空灵 xoγusun	骨气 jibxuγa
基本理念	文以载史	文以愉悦诸神	文以载道
	文以抒发情性	诗为词的连缀	诗言志
主要方法	社会历史批评	阐释学批评	评点批评
理论体系	圆满说 xotala tegülder	愉悦说 bayasxan üiledxü	性情说 jang sedgilge
逻辑法则	伦理哲学	佛教哲学	儒家道家哲学

蒙古族现当代诗学知识资源主要来自于西方古典诗学知识和马克思主义诗学知识。比如社会主义现实主义、典型人物、人民性、阶级性、悲剧、喜剧、抒情文学、叙事文学、社会学批评，等等。西方诗学知识由两个渠道传入内蒙古文坛。一是通过蒙古国文学及理论批评作品的转写（从基里尔蒙古文转写回纥蒙古文）传入内蒙古文学领域。二是通过汉族文学作品及理论批评作品的翻译传入内蒙古文学领域。[1] 20 世纪 20 年代末 30 年代初，蒙古国地区已经出现

---

[1] 满全.批评的功能[M].呼和浩特：内蒙古人民出版社，2002：402—406.

了具有真正人民性的社会主义现实主义作品。从30年代开始，苏联和欧洲作家经典作品陆续翻译成蒙古文，广泛流传于蒙古国地区，如普希金、高尔基、果戈理、屠格涅夫、涅克拉索夫、托尔斯泰、契科夫、奥斯特洛夫斯基、富尔曼诺夫及欧洲先进作家的作品被译成蒙古文，从而使"翻译文学学科"[1]得到迅速发展。从20世纪40年代末开始，内蒙古文坛大量转写、介绍蒙古国及蒙古国翻译的苏联文学作品和理论评论作品，丰富了蒙古族诗学宝库。据记载，从20世纪40年代起汉族现代文学作品及理论批评作品翻译成蒙古文，流入内蒙古文坛，传播了西方诗学知识，其中包括马克思主义诗学知识。

这些印藏诗学、汉族古典诗学和西方诗学知识，通过不同途径传入蒙古文学领域，与本土诗学体系相互交融，形成独具特色的诗学知识谱系。这就是外来知识的本土化过程。

（二）外来知识

对于近30年蒙古族诗歌及诗歌理论研究来说，西方现代主义诗学和后现代主义诗学提供了大量的理论知识和研究视角，值得关注和肯定。如诗歌理念、批评方法、批评术语多来自西方现代主义和后现代主义诗学知识谱系。

三、逻辑法则

蒙古诗学知识体系背后有遵循的逻辑法则。有什么样的逻辑法则，就有什么样的诗学体系。逻辑法则为诗学知识体系的基石和思想发源地。宇人合一、文人合一、二元对立、否定之否定为蒙古诗学知识体系逻辑法则。

（一）宇人合一

对于蒙古人来说，宇宙是万物的家园，是元存在。宇宙与万物合一，生命

---

[1] [蒙古]浩日老，劳布桑旺丹，孟和，呈都.蒙古近代文学简史[M].呼和浩特：内蒙古人民出版社，1985：67.

来自宇宙，也回归宇宙，宇宙之起源即万物之起源、知识之起源。宇宙之变化影响于万物之变化，万物之变化影响于宇宙之变化。因此，宇宙之道即天之道，天之道即人之道，人之道即诗之道。这种思维方式源远流长，根深蒂固。

在蒙古族诗歌研究中以宇宙之体系、知识来阐释诗歌写作和诗歌文本的现象常常出现。诗论家们认为，诗学体系就来自宇宙体系，宇宙体系为诗学的元体系。诗歌在内的诸多文学体裁以感性的方式书写宇宙万物和生命的存在，因此，文学批评即人的批评、生命的批评和宇宙的批评。批评的目的就是对宇宙、万物和生命的存在加以规范和阐释。

诗道即人道，人道即天道（自然），天道即宇宙之道。

（二）文人合一

在汉族的诗言志学说、古印度的诗为词的连缀思想的影响之下，蒙古族古近代文坛上逐步形成了诗歌风格学说的两种潮流，即作者气度、风骨为主的风格学说和作品修辞、语言为主的风格学说。其烙印也残留于当代蒙古族诗歌风格研究的有关著作中。在诸多诗歌风格研究论著中始终贯穿着诗风即人风，人风即天地之风的思想。对蒙古族文人来说，诗风来自人风，人风来自天地之风。因此，以人论诗，以人比拟诗歌的现象，常见于蒙古族诗歌研究作品中，如豁达、明朗、朴素、豪放、刚劲等与诗人精神气度相关的批评话语，还有诗眼、诗体、诗魂、诗情、诗象等以人体来比拟诗体的批评话语，等等。

诗风即人风，人风即天地之风。

（三）二元对立

在蒙古族民间文学、民俗中经常出现二元对立描述。如天与地、父与母、黑与白、东与西、阳与阴、刚与柔、高贵与卑鄙、正与邪，等等。其实二元对立是蒙古人的一种原始思维方式，散见于蒙古民族日常生活习俗及文学艺术的各个角落。

在蒙古族诗歌研究及诗论著作中，很容易发现二元对立思维的痕迹及相关话语。如英雄与敌人（蟒古斯）、男巫与女巫、太阳出来的方向与太阳落山的方向、豪性与柔性、叙述与抒情、格律体与自由体，等等。

四、研究模块

自改革开放以来，蒙古族诗歌及诗论研究主要关注的领域或模块是创作论、本体论、文本论、思潮论、批评论、发生发展论。在这些研究领域中，已相继出版许多富有特色的研究专著。

（一）创作论

诗人的诗歌创作达到一定程度之后，回顾、总结创作经验是理所当然之事。近30年谈论探索创作技巧、总结归纳创作经验的文章及著作不少。其中具有代表性的作品有《心声寻觅者的札记》（巴·布林贝赫，1984）、《直觉的诗学》（巴·布林贝赫，2001）、《诗话集》（阿尔泰，2004）、《诗苑春潮》（特·思沁，2003），等等。这些作品，以不同的视角、不同的话语系统以及丰富的中外诗歌创作案例，对诗歌创作、诗人修养、文化环境和生活积累等诸多方面进行了探讨和评述，如模仿、意境、深思、拟人化、暗示与象征、抒情、叙事、诗歌语言、好来宝与诗歌、政治激情、积累、灵感、独特感悟、联想、第二自然、虚构、风格、民族特征、文化传统、外来影响，等等。

（二）本体论

诗歌本体研究属于诗学研究核心内容之一。早在18世纪蒙古喇嘛们编写的《智慧之鉴》中就有蒙古诗歌本体的相关论述[1]。纳·赛希亚拉图教授撰写的《论蒙文诗的形式》（1981）及相关论文就涉及蒙古语诗歌韵律和形式问题，特别是《论蒙文诗的形式》专著，以格律体与自由体之间、内容与形式的互动

---

[1] 仁钦嘎瓦，斯琴朝格图. 智慧之鉴[M]. 呼和浩特：内蒙古人民出版社，1983：16.

之间探讨了蒙古语诗歌韵律,是20世纪80年代蒙古语诗歌韵律研究的代表之作。苏尤格教授撰写出版的两部专著《蒙古诗歌学》(2000)和《蒙古诗歌理论研究》(2005)均属诗歌本体论研究著作。《蒙古诗歌学》,以广阔的文化视野、丰富的案例和精准的论述,构建了蒙古语诗学体系,其内容包括诗歌内容、情感、形式、语言、灵感、虚构、象征、联想、通感、意象、变形、赏析,等等。

(三)文本论

文本研究为改革开放30年蒙古诗歌研究的重要领域,出现诸多论文和论著。这些作品,以文艺学、文化学、社会学等不同视角,对不同时期的文本进行概括和阐释,进而构建了蒙古诗歌思想体系。其中具有代表性的成果有《蒙古英雄史诗的诗学》(巴·布林贝赫,1997)、《口传史诗诗学:冉皮勒〈江格尔〉程式句法研究》(朝戈金,2000)、《知识分子与民众的对话——文化变迁中的诗歌象征》(满全,2002)等。

巴·布林贝赫教授撰写的《蒙古英雄史诗的诗学》,以宏大的文化视角,对蒙古英雄史诗文本进行概括和阐释,进而试图构建蒙古英雄史诗的诗学体系。其内容涵盖了蒙古英雄史诗特征,蒙古英雄史诗中的宇宙结构,蒙古英雄史诗英雄形象体系,蒙古英雄史诗中的骏马形象,蒙古英雄史诗中的人与自然的神秘关系,文化变迁中的史诗发展以及蒙古英雄史诗的意象、韵律、风格等问题。该专著代表着目前蒙古英雄史诗研究的最高水准,在国内外产生巨大影响。朝戈金教授的博士学位论文《口传史诗诗学:冉皮勒〈江格尔〉程式句法研究》,参照、吸收国际史诗研究领域广泛流行的程式理论,对蒙古英雄史诗的语音、韵式、句法进行梳理和概括,进而提出了程式是蒙古口传史诗的核心要素,它制约着史诗从创作、传播到接受的各个环节,而程式化的根源是它的口头性。这是蒙古英雄史诗程式研究的第一部专著,影响深远。满全教授撰写的《知识分子与民众的对话——文化变迁中的诗歌象征》,以传统文化与现代文化的对话、民间文化与精英文化的对话、本土文化与外来文化的对话立场,对20世纪蒙古诗歌中独具特色的原始意象(原型或母题)——石头、剑、鹰、水、马、四季等6种原型进行文化阐释，进而探究了现代文化语境中的象征意蕴。该专著首次把文化学视角引入现代诗歌研究领域，考察、梳理和描述了现代文化意境中的原型意蕴的变化。

（四）思潮论

蒙古诗歌思潮研究近几年得到学术界的关注。陆续出现相关论文和论著。其中《蒙古诗歌美学论纲》（巴·布林贝赫，1991）和《蒙古诗歌中的现代流派》（海日瀚，2003）值得关注。巴·布林贝赫教授的《蒙古诗歌美学论纲》，从美学视角，对蒙古诗歌审美取向和思潮进行概括和描述，认为英雄主义诗歌、厌世主义诗歌、民主主义诗歌和社会主义诗歌是蒙古诗歌的四大潮流。海日瀚博士的《蒙古诗歌中的现代流派》，从蒙古诗歌中现代派的发生发展、思维形式和艺术形式等方面，对蒙古语新时期现代派诗歌进行了研究。

（五）批评论

蒙古诗歌发展历程中出现过独具特色的现象，即非母语诗歌创作及研究。据记载，蒙古族文人从元朝开始用汉语和藏语创作并研究诗歌，丰富了民族诗学体系。近年来，内蒙古学者开始关注非母语诗歌创作及诗歌研究著作，拓宽了民族诗学领域。比如，额尔敦白音教授的博士学位论文《松巴堪布诗学研究》（2002）和宏伟的博士学位论文《法式善〈梧门诗话〉研究》（2006）具有代表性。

《松巴堪布诗学研究》是对18世纪蒙古族高僧松巴堪布及其诗学巨著《诗镜所讲修饰法之比喻论星宿妙和异名简要如意宝坠》和《修辞法简要诗镜入门》的专题研究。众所周知，古印度诗论家檀丁的《诗镜论》是蒙古诗歌理论的来源之一，也是历代蒙古族文论研究者的重要研究课题。蒙古族高僧松巴堪布的上述两部著作均属运用藏文撰写的《诗镜论》研究论著。《松巴堪布诗学研究》由导论、松巴堪布诗论著作的两种藏文原文的蒙古文译文和注释三部分组成。作者对原文涉及的佛教、古印藏文化、历史和诗学术语、概念、范畴及所涉及的经文、典故、神佛、人物、事件甚至成语辞藻，逐一予以释解和评述。该专著成为蒙古族古代诗论研究史上的第一部对蒙古族藏文诗论的专题研究著作。

《法式善〈梧门诗话〉研究》,以注释形式对《梧门诗话》所涉及的诗学概念、命题、观点及历史实践和人物予以阐释和评述。《梧门诗话》是蒙古族古代汉文诗学专著。清代乾隆、嘉庆年间,著名的蒙古族汉文诗人、诗歌理论家法式善在其晚年撰写完成了这部诗话体专著。

（六）发生发展论

蒙古诗歌及诗学发生发展研究为诗学研究的重要内容之一,这方面近几年发表、出版了不少论文和论著。其中具有代表性的著作有《蒙古文论史研究》（巴·格日勒图,1998）、《蒙古诗学体系论》（舍·乌日斯嘎拉,2000）和《古代蒙古族诗歌发展概述》（哈斯高娃,1998）等。

巴·格日勒图撰写的《蒙古文论史研究》,以宏大的文化视野,对蒙古文论,其中包括诗论发生、发展、演变过程进行描述和概括,从而勾勒出蒙古文论发生发展史概貌。《蒙古文论史研究》是巴·格日勒图教授在蒙古族文艺理论研究领域中的标志性成果,是作者40多年来积累的学术精华所在。此书集中体现了巴·格日勒图的学术研究方法,即融汇古今,贯通内外,立足于本土文化而构建本土文化。[1]舍·乌日斯嘎拉教授的博士学位论文《蒙古诗学体系论》,以文本叙述与主观评述相结合、复原与现代阐释相结合、宏观把握与微观分析相结合的视角和方法,对蒙古诗学发生、发展及演变过程进行描述和清理,从而试图构建蒙古诗学体系。哈斯高娃撰写的硕士学位论文《古代蒙古族诗歌发展概述》,从发生学视角,对蒙古诗歌发生、发展过程进行了细致的论述和描述。

纵观改革开放30年,蒙古诗学研究,很显然,焦点问题有几种。即对诗歌形式、韵律的关注,是属于本体论研究范畴,其代表成果为以蒙古诗歌本体研究为主的系列成果;对诗歌结构、程式的关注,是属于语言论研究范畴,其代表性成果为以英雄史诗、叙事民歌研究为主的系列成果;对诗歌、诗论历史概貌、

---

[1] 满全.蒙古族文艺理论学科的奠基人——巴·格日勒图教授的文艺理论研究述评[J].创作评谭,2005（8）.

理论体系的关注,是属于认识论研究范畴,其代表性成果为以诗人、诗作、诗评、诗史、诗论研究为主的系列成果;对诗歌思潮、审美取向、文化寓意的关注,是属于认识论研究范畴,其代表性成果为以诗歌文本研究为主的系列成果。

这些诗学成果的主要研究范式为描述、分类、归纳和阐释。

五、主要成就

回顾、总结蒙古诗学研究 30 年历程,我们不难看出,成绩喜人,很多问题得到答案,民族诗学体系逐步形成。其主要成就体现于蒙古诗歌美学体系、结构体系的勾勒和描述以及蒙古诗歌本质特点的概括、史诗程式体系的发现等。

蒙古诗歌美学体系的描述,其代表性成果为《蒙古诗歌美学论纲》(巴·布林贝赫,1991)。该专著把蒙古诗歌美学体系描述为英雄主义诗歌,以英雄史诗为代表;厌世主义诗歌,以说教诗歌为代表;民主主义诗歌,以现代叙事民歌和文人诗作为代表;社会主义诗歌,以当代抒情诗为代表。这些观点得到学界普遍认可,并广为引用。

蒙古诗学结构体系的描述,其代表性成果为《蒙古文论史研究》(巴·格日勒图,1998)和《蒙古诗学体系论》(舍·乌日斯嘎拉,2000)。巴·格日勒图教授在其《蒙古文论史研究》中提出了蒙古族文艺理论的三元结构论及三大学说。三元结构论是对于蒙古族文艺理论历史渊源和结构形态的准确把握和概括。以他之见,汉族文化艺术、印度文化艺术、藏族文化艺术是蒙古族文艺理论的起源、生成、发展及壮大的外部文化因素,这 3 种外来文化在与本土文化的撞击、交流、对话、渗透过程中,逐步形成了蒙古族文艺理论的概貌。这种描述的合理性来自于民族历史和民族文化,因而具有较强的说服力。蒙古族文艺理论三元结构的主要内容为:一、使用的语言文字方面,历代蒙古族文论家应用了蒙古语言文字、汉语言文字、藏语言文字;二、思想资源方面,历代蒙古族文论家采取了儒、道、释三家学说;三、代表作家方面,有以藏文写作的元、明、清代的蒙古喇嘛僧侣——搠思吉斡节儿、洛桑普日赖、松巴堪布·耶喜班觉、察哈儿格西·洛桑楚臣、阿旺丹达、阿旺吐丹等，有以汉文写作的古代蒙古族文人——萨都拉、蒲松龄、法式善、那逊兰保、锡镇等，有以蒙古文写作的清代蒙古族文人——哈斯宝、尹湛纳希、贡纳楚克、阿日纳、洛桑楚丹等。三大学说，即愉悦说、性情说、圆满说，这是巴·格日勒图在《蒙古文论史研究》中用重笔概括出的独特见解。在他的学术视野中，愉悦说、性情说、圆满说是蒙古族文艺理论的独特形态。巴·格日勒图教授所提出的三元结构论及三大学说受到学界的广泛关注。舍·乌日斯嘎拉教授在其《蒙古诗学体系论》中提出了蒙古诗学发展四阶段论，即第一阶段为14至18世纪，以诗境论研究为代表；第二阶段为19世纪，以文章论研究为代表；第三阶段为19至20世纪，以韵律论研究为代表；第四阶段为20世纪，以整合论研究为代表。

蒙古诗歌本体研究，其代表性成果为《蒙古诗歌学》（苏尤格，2000）。该专著由本体论、创作论和鉴赏论构成，首次系统地讨论了蒙古诗歌本体问题，得到学界的好评。

蒙古史诗程式研究，其代表性成果为《口传史诗诗学：冉皮勒〈江格尔〉程式句法研究》（朝戈金，2000）。该专著对蒙古英雄史诗语词程式，传统句法，程式的类型、系统及功能进行研究，发现千古流传的奥秘。

总之，近30年蒙古诗学研究得到迅速发展，硕果累累，成绩喜人。但也面临着不少问题，比如：转向问题，即从文学诗学转向文化诗学，从经典诗学转向非经典诗学等；还有边缘化问题，即从中心转移边缘，从边缘转移无边缘等。其原因诸多，比如市民阶层与诗歌消费越来越脱节，个人写作与公共领域越来越分裂，科学化研究和学科化建设愈演愈烈，等等。

□蒙古文论文宣读于"新时期三十年蒙古文学研究：回顾与展望"全国学术研讨会，2008年11月29—30日。

□汉文论文发表于《内蒙古师范大学学报》，2009年第1期。

□蒙古文论文发表于《内蒙古大学学报》，2012年第4期。

史料整理、文本阐释、理论建构
——巴·格日勒图的蒙古族文艺理论研究

巴·格日勒图,笔名纳尔罕,蒙古族,1937年出生,内蒙古奈曼旗人。1955至1957年就读于内蒙古蒙文专科学校,1957至1962年就读于内蒙古大学蒙古语言文学专业,毕业后留校任教至今,现为内蒙古大学教授、博士生导师。系中国作家协会会员、国际蒙古学学者协会(IAMS)和国际阿尔泰学会(PIAS)会员、国务院学位委员会第四届、第五届中国语言文学学科评议组成员等。著有《新译〈红楼梦〉》(校勘整理,1975)、《蒙古族作家文论选(1721—1945)》(编注,1981,1986,2006)、《蒙古文论精粹》(1985)、《创作论》(1985)、《文学理论简编》(1989)、《蒙古族僧侣藏文诗作及诗论选:悦目集》(编注,1991)、《辑注1931—1945年蒙古文学作品选:异草集》(1998)、《蒙古文论史研究》(1998)、《蒙古文论集录》(评注,2003)、《文学评论:吮乳集》(2009)、《校注清季蒙古操章:瓣螺集》(2010)。主持国家社会科学"八·五"规划项目《挖掘与整理蒙古族历代文论》,主编国家社会科学重点项目《蒙古学百科全书·文学卷》(1998)。译著有《莎士比亚戏剧故事集》(1982)、《美学概论》(王朝闻著,合译,1987)、《美学知识丛书》(蔡议主编,合译,1992)、《白话聊斋》(合译,1993)等,另有《巴·格日勒图文学作品选》(一、二集,2006)等作品行世。

巴·格日勒图教授早在内蒙古大学蒙古语言文学专业学习时,就曾在老师的指导下,参与编写《蒙古族文学史》,并搜集到蒙古族文学相关史料。但严格地讲,他的蒙古族文学理论史料的整理与研究,起步于20世纪70年代。在此之前，他曾经主讲蒙古族文学史、毛泽东文艺思想、马克思主义文艺学原理、文学理论等课程，并且先后出版了蒙古文版的《创作论》《文学理论简编》等颇具民族特色的教材。其中《文学理论简编》（1989）一书回答了文学的本质，文学的发生、发展，文学的结构体系，文学的创作、鉴赏、批评等诸多问题。与以往通行的同类教材不同，该书在坚持文学的意识形态本性论的同时，又汲取了新时期文学理论研究的新成果，强调了文学的审美特性论。它既有传承又有发展；既坚持文学的意识形态论，也强调文学的审美价值观，并使二者有机结合给文学以明晰鉴定；既坚持唯物史观的认识论又肯定创作主体的能动功能，成为文学生存发展的主客观动力。其中马克思主义文论的、西方现代文论的、中外传统文论的、民族自身创始的文学遗产和思维空间，都围绕文学这个客观存在而较有说服力。1992年，《文学理论简编》获全国普通高校优秀教材奖，2001年被教育部批准为"普通高等学校十·五国家级规划教材"予以修订再版。巴·格日勒图20世纪70年代前的教学工作，为他后来从事蒙古族文学理论研究奠定了较为坚实的基础。

一、蒙古族文论史料的整理

巴·格日勒图的蒙古族文学理论史料发掘与整理工作起始于1972年，以清代蒙古族文人哈斯宝译著《新译〈红楼梦〉》的校勘、整理为起点，经过30多年的不懈努力，他先后出版了4部史料汇编。

（一）《新译〈红楼梦〉》校勘本

清代蒙古族文人哈斯宝译著《新译〈红楼梦〉》，是曹雪芹120回《红楼梦》节译而成的蒙古文手抄本，现存3种版本。巴·格日勒图在"文革"期间，以道光二十七年（1847年）手抄本为底本，参考光绪五年（1879年）手抄本和甲寅年手抄本，并与1959年人民文学出版社出版的120回汉文本《红楼梦》进行逐字逐句对照、校勘后，于1975年作为教学科研内部资料影印出版。

哈斯宝是清代蒙古族著名的文论家和文学翻译家，也是《红楼梦》评点派的代表人物之一。其生卒年月及生平事迹均不详，根据《新译〈红楼梦〉》所提供的信息，哈斯宝大致生活在清朝嘉庆、道光、咸丰年间，家乡为原卓索图盟，精通蒙汉文，熟悉《格斯尔传》《论语》《孟子》《史记》《汉书》和唐诗、宋词、明清小说以及《红楼梦》等历史典籍和文学著作。其现存译著有《新译〈红楼梦〉》、《镇抚事宜》（清代松筠著）、《今古奇观》、《七训书》等，以及与此相关的序言、回批、评点、读法、总录等评论文章。巴·格日勒图校勘、整理、出版《新译〈红楼梦〉》后，连续发表《关于哈斯宝的新译〈红楼梦〉及其他》[1]、《哈斯宝之文学论》[2]、《论哈斯宝在蒙古文学中的历史地位》[3]，向全国同行介绍了哈斯宝的红学研究成果，开辟了哈斯宝研究的先河。

（二）《蒙古族作家文论选（1721—1945）》编注本

中外历代文论于20世纪50年代末60年代初，在国家教育部指示下，以本科课程形式进入高校课堂，并出版相关教材。巴·格日勒图顺应高校本科教学的需求，着手搜集整理蒙古族历代文艺理论遗产，通过多年的努力，于1981年以蒙古语言文学本科专业《文艺理论》课程辅助材料形式出版了《蒙古族作家文论选（1721—1945）》编注本。目前，该史料汇编在国内有3种版本，国外有1种版本，即1981年版本、1986年版本、2006年版本，2006年蒙古国同行撰写成基里尔蒙古文在乌兰巴托出版。1981年的版本共收录27篇文章，时间跨度为1721—1945年；1986年的版本共收录37篇文章，时间跨度为1721—1945年；2006年的版本共收录43篇文章，时间跨度为1721—1945年。根据上述，随着时间的推移，该汇编的内容在增加，它所涉猎的文章有蒙古族历代文人撰写的蒙古文、汉文和藏文序跋、批注以及专题论文。在内容排序方面，紧紧围绕蒙古族历代文艺理论发展脉络，采取以时间顺序编排文章，以史料编排

---

[1] 巴·格日勒图.关于哈斯宝的新译《红楼梦》[J].内蒙古大学学报，1976（1）.

[2] 巴·格日勒图.哈斯宝之文学论[J].内蒙古大学学报，1981（1）.

[3] 巴·格日勒图.论哈斯宝在蒙古文学中的历史地位[J].内蒙古大学学报，1988（2）.

展示文论史发展轮廓之策略。在文章首尾及中间均做了相关注释,如文章作者、文本产生的年代、地点、历史语境的考据以及特殊概念、文本来历的说明和解析,等等。因此,虽然是史料汇编,但能从内容编排中大致了解到蒙古族历代文艺理论的发展轮廓,成为蒙古族历代文学理论研究者的首选必读史料集。

(三)《蒙古族僧侣藏文诗作及诗论选:悦目集》编注本

非母语创作现象是蒙古族文学史上的一大景观,也是蒙古族文学的宝贵遗产。藏传佛教在蒙古地区鼎盛时期,有诸多僧侣、活佛熟练掌握藏语,并运用藏语创作文学作品及文学研究著作,藏语成为寺庙语言,或者说成为主流学术语言。在国内,巴·格日勒图率先倡导蒙古族作家藏文作品及文论的发掘与研究,并于1991年出版了国内首部蒙古族作家藏文诗作及诗论选——《悦目集》。该编注本由3个汇编组成,第一汇编是诗歌、赞词、训词,第二汇编是祝祷词、祭词、酒祭词,第三汇编是诗歌理论、评论、例文等。文章后面附注解,主要是对佛教术语的解释、作家作品的说明以及考据。该著作开辟了国内学者对蒙古族作家藏文作品及文论整理与研究的先河,并向研究者们提供了珍贵的史料。

(四)《蒙古文论集录》评注本

《蒙古文论集录》评注本,出版于2003年,是巴·格日勒图的蒙古族文学理论史料挖掘整理工作的总结性汇编。全书分为5章,近40万字。在内容篇幅、时间跨度、文字种类、作家队伍等方面远远超出前3本汇编,成为蒙古族文学理论史料的一大集成。在内容篇幅上,不拘泥于文学理论、文学评论方面的史料,还收录了与文学理论相关的哲学、美学、宗教学、艺术学、语言学和历史学史料,这符合蒙古族古代文论的存在方式和基本特征。在时间跨度上,该汇编囊括了从14世纪至20世纪40年代的作品,即从元代著名经师学者掷思吉斡节儿撰写完成的《入菩萨行径释》到20世纪蒙古族文豪赛春阿的早期作品。在语言种类上,该汇编收录了蒙、汉、藏、满4种文字的文论史料。在作家群方面,囊括了掷思吉斡节儿、洛桑普日赖、松巴堪布·耶喜班觉、察哈儿格西·洛桑楚臣、阿旺丹达、阿旺吐丹等享誉海内外的经学大师、活佛、僧侣，还有蒲松龄、法式善、松筠、松年等精通汉族语言文化的封建士大夫，以及哈斯宝、尹湛纳希、贡纳楚克、阿日纳、洛桑楚丹、赛春阿等母语文论家。《蒙古文论集录》评注本，具有内容庞大、编排思路清晰、注文注解精当到位等特点，是一部蒙古族文学理论史料集成之作。

对于蒙古族文学学科来说，民族文学理论史料的发掘、整理工作是一项开拓性的宏大工程，其困难来自多方。其一，蒙古族文艺理论遗产牵涉到多种语言文本。由于民族历史、命运之缘故，蒙古族文艺理论遗产曾以母语和非母语载体流传下来，其中以蒙古文、汉文、藏文和满文文本为多。因而，民族文艺理论遗产的挖掘、整理工作中首先遇到的困难就是语言问题。其二，蒙古族文艺理论遗产跨越了多种学科。因古文化的特殊存在方式，蒙古族文艺理论史料覆盖了政治学、哲学、宗教学、语言学、民俗学、文化学等诸多学科。学科覆盖面之广、年限跨度之长等特点，给民族文艺理论遗产挖掘、整理工作带来了繁重的阅读任务。其三，蒙古族文艺理论遗产有多种多样的存在形式。有专著专论形式，也有批文批注、序、跋、笔记形式，还有诗话形式等，其流传方式为手抄本、木刻本、印刷本。对这一问题，巴·格日勒图在其《蒙古族作家文论选（1721—1945）》中称："考察我们已搜集到的这些资料，形式体裁是多种多样的，有些是以专文形式写的，还有些是以批注形式夹杂于文章书籍中间，还有些是散见于书信的序跋及笔记之中，还有些是流散于报纸杂志中间。"[1] 其四，蒙古族文艺理论遗产的挖掘、整理是开拓性的新工作。新工作的开展遇到新难题是显而易见的。巴·格日勒图曾感慨道："对我来说，挖掘、搜集这些零散的东西，史无前例且遇到了诸多困难，整理、编辑这些零散东西的过程中，有因缺乏经验而碰到无从下手的时刻。"[2] 在浩如烟海的文史典籍中，

---

[1] 巴·格日勒图.蒙古族作家文论选（1721—1945）[M].呼和浩特：内蒙古教育出版社，1986：2.

[2] 巴·格日勒图.蒙古族作家文论选（1721—1945）[M].呼和浩特：内蒙古教育出版社，1986：2.

怎样探寻和考据有关蒙古族文艺理论的"蛛丝马迹",这对刚刚步入搜集、整理历代民族文艺理论遗产的新手来说,也是一种挑战。

巴·格日勒图克服了来自多方的困难,经过30多年的不懈努力,先后出版4部史料汇编,丰富了我国民族文学宝库,并开创了蒙古族文学理论学科。巴·格日勒图的蒙古族文艺理论史料挖掘、整理工作有以下特点,(一)博采精选的操作原则;(二)以史料编排展示文论史发展轮廓之编辑策略;(三)工作流程为发掘—考据—整理—出版。换言之,通过阅读浩如烟海的多种文字、多种学科的文本,挖掘出文论文本和信息,然后对挖掘出来的文本信息做出判断,如对作者、产生时间、地点、历史语境进行考据判断,然后对文本书写语言、历史语境、史料来源、重要理论观点做出解析,最后出版发行。

二、蒙古族文论文本的阐释

古代文论的研究工作主要由史料搜集和文本阐释两个部分构成,前者是后者的基础,后者是在前者基础上进行的研究工作。假如没有史料就无从谈起文本阐释。假如没有阐释、归纳和研究,史料就是一堆旧书,缺少灵魂和生命价值。巴·格日勒图一边发掘、搜集史料,一边研究搜集到的史料,先后出版《蒙古文论精粹》(1985年)、《蒙古文论史研究》(1998年)等专著,发表学术论文数十篇,其研究重点为文本阐释和文论家研究。

(一)文本阐释

在巴·格日勒图的蒙古族文学理论研究中,文本还原与阐释占据一定比重。如他的《蒙古人艺术理论一杰作——〈颐园论画〉及其作者松年》一文,以古代画论与现代文论的对话、民族文化与世界文化的对话立场,对清代蒙古族画家、画论家松年及其《颐园论画》进行论述和阐释。[1]作者从创作风格、文艺功能、

---

[1] 巴·格日勒图.蒙古人艺术理论一杰作——《颐园论画》及其作者松年[J].内蒙古大学学报,1992(2).

艺术规律、人物形象、艺术家的基本功等方面着手，在现代文艺理论平台上对《颐园论画》的重要论断进行阐发，进而概括出其主要观点，完成了古代文论的现代转换。这里充分体现了巴·格日勒图融汇古今、贯通内外的研究方法。《丹达拉然巴诗学论》一文，对阿拉善拉然巴·阿旺丹达的3部著作《诗镜三品之引喻·智者项饰明点美鬘》（1829年）、《加持之邀·诗歌之欢》（1829年）和《依譬喻修词法作上师赞·功德海中流出之信泉》（1830年）进行了现代阐释。[1]上述3部著作是阿拉善拉然巴·阿旺丹达的古稀之作，是其学术精华所在。巴·格日勒图在印度古典诗学、藏族古典诗学、藏传佛教理论语境中，对上述3部著作的理论晶体、学术观点、诗歌观念逐一阐释和评述，认为阿旺丹达的《诗镜三品之引喻·智者项饰明点美鬘》是蒙古僧侣《诗镜论》研究中的重要著作。该著作以优雅流畅之语言、作比喻诗之形式，形象地诠释了《诗镜论》3章的内容。例如：解（tailxu）、类（joxisto）、库藏（sang）、集聚（xuriyaxu）等4种诗歌，祝愿（üljei ügülexü）、敬神（mürgül ügülexü）、提要（bodas-imaγad ügülexü）等大诗的开篇，法（nom）、财（ed）、欲（xüsel）、解脱（getülgexü）等四大业之果，和谐（barildulra）、显豁（masi tungyalar）、同一（tegüs činardu）、典雅（iraγu）、柔和（masi jalaγu）、易于理解（todorxai udγatu）、高尚（aγuu yexe činardu）、壮丽（jibxulangtu）、美好（üjesgülengtü）、比拟（samadi）等10种南方诗派风格，以及35种意义修饰、3种字音修饰，均做了幽美诗句。

巴·格日勒图对蒙古族文艺理论重要论著的阐释，主要围绕文本中具有指导实践意义的理论晶体进行还原和现代转换，其目的是古为今用、汲古润今。

（二）文论家研究

巴·格日勒图曾经以浓墨重笔专题研究察哈儿格西·洛桑楚臣、阿拉善拉然巴·阿旺丹达等清代喇嘛僧侣，法式善、松年等封建士大夫以及哈斯宝、尹湛纳希、洛桑却丹、特睦格图、赛春阿等清代和民国时期进步文论家。其笔墨触及文论家生平行踪、文论作品、文学活动的考据以及文艺思想的归纳和阐释。

---

[1] 巴·格日勒图.丹达拉然巴诗学论[J].内蒙古大学学报，1997（1）.

例如：《论哈斯宝在蒙古文学中的历史地位》一文，从历史学和比较诗学视角对哈斯宝的生平及其文学活动予以论述[1]。其实，蒙古族近代文学研究领域中，哈斯宝的生平、传记存在着诸多争论和疑点，学者们持不同观点。诸如哈斯宝是旺钦巴勒说[2]，哈斯宝是古拉兰萨说[3]，哈斯宝是尹湛纳希说[4]，哈斯宝是贡纳楚克说[5]，哈斯宝就是哈斯宝，与忠信府人无关说[6]，等等。巴·格日勒图通过对史料、档案文书的综合考察和具体分析，认为哈斯宝是生活于清朝嘉庆时期至道光时期的文人，其《新译〈红楼梦〉》于嘉庆己卯年（1819年）成书，在批注评点中贯穿着哈斯宝的核心文艺思想"奇妙说"。其他译著均为这一时期至1834年之前完成。上述观点引起广泛关注，并逐渐被学术界接受。《尹湛纳希文学观及其哲学依据》一文，从文艺学、历史学和哲学视角，对尹湛纳希的文学观及其哲学基础进行系统、细致的评述，认为尹湛纳希文学观主要体现于文学特点、文学社会功能、文学创作、文学风格及文学民族特征方面的论述，其哲学依据来自于古代印度、汉族的阴阳五行学说、儒家正统思想以及当时半殖民地半封建的社会生活[7]。尹湛纳希是19世纪蒙古族文豪，以往的研究主要集中于对其生平、文学作品的考证和阐释方面。巴·格日勒图则另辟新路，从文艺学、文化学、美学视角，对尹湛纳希文学思想加以论述，并阐明其在蒙古族文艺理论中的重要地位。

---

[1] 巴·格日勒图.论哈斯宝在蒙古文学中的历史地位[J].内蒙古大学学报，1988（2）.

[2] 达日罕.文学家哈斯宝初考[J].内蒙古日报，1986；纳仁满都拉.哈斯宝＝旺钦巴勒[J].蒙古语言文学，1986（2）.

[3] 格日勒图.哈斯宝和古拉兰萨是同一人[J].蒙古语言文学，1986（2）.

[4] 哈斯敖日格勒.试论新译《红楼梦》译者[J].内蒙古社会科学，1986（3）.

[5] 阿茹军.哈斯宝之我见[J].内蒙古社会科学，1987（3）.

[6] 那木吉拉查旺.尹湛纳希及其作品相关的争论问题[J].内蒙古大学学报，1987（1）；玛·乌尼乌兰.还是论哈斯宝[J].蒙古语言文学，1987（2）.

[7] 巴·格日勒图.尹湛纳希文学观及其哲学依据[M]//蒙古文论精髓.呼和浩特：内蒙古教育出版社，1986：158—190.

三、研究视角和研究策略

（一）研究视角

视角取决于对象。合适、恰当、宽域的视角给研究工作带来宽度、深度和新结论。巴·格日勒图在文本阐释、文论家研究时，时常采取文化学、比较诗学和历史诗学角度审视对象。久而久之，形成其独特的研究范式。

巴·格日勒图在考察不同文论家和文论著作时，往往根据其文化特点，将其放置于不同文化语境中加以论述，如论述蒙古族藏文文论家及其著作时，常与藏传佛教文化、印藏文艺理论体系联系起来，在互文性中进行现代阐释。他在论述法式善、松筠、松年、哈斯宝、尹湛纳希和赛春阿时，常以儒家思想、老庄哲学以及本民族传统文化的大背景中予以考察。同一理论在不同文化环境中有不同形态，这是文论文化学研究的理论依据。

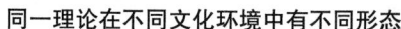
同一理论在不同文化环境中有不同形态

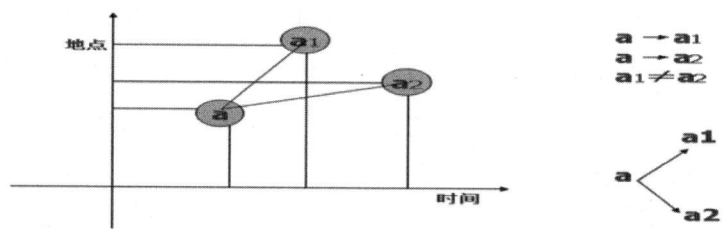

假设 a 是一种理论,在不同时间、不同地点、不同文化环境中有 a1 和 a2 形态。要说明从 a 到 a1 或 a2 的理论形态变化，必须采用文论文化学才得以解决。由于蒙古族文学理论的特殊性，常常遇到同一理论形态在不同文化环境中有不同的形态。

巴·格日勒图是蒙古族文学研究领域中较早采取文化学视角、倡导文学文化学的学者之一。其文学文化学具有启示意义，因为文学是文化的一种载体，文化是文学的内涵和灵魂，文学文化学能够解决一些问题。（一）对文化现象、文化行为、文化事件的解读提供理论依据，并为理论扩张提供一种渠道；（二）对文学理论转向文化理论、经典诗学转向非经典诗学提供一种经验。

蒙古族文学理论是特殊的文论形态，由于民族历史发展的曲折艰难、民族经济的单一落后、民族文化的频繁变迁，导致蒙古族文学及文论在不同历史语境中较早接触古代印度、古代汉族和西方等世界三大文艺理论体系，并吸收其养分，为我所用。因此，蒙古族文学理论自形成之日起就包含了比较诗学特质。

不同语境中的不同表述

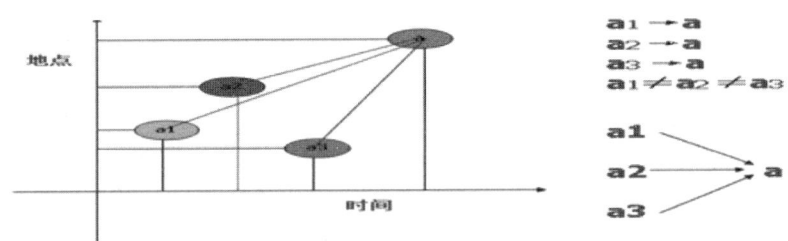

假如 a 是蒙古族文学理论形态，在不同时间、不同地点、不同文化环境中吸收 a1、a2、a3 等外来的文学理论养分，充实自身。虽然 a1、a2、a3 均属于文学理论形态，但文化环境不同，其表述形式、存在方式、形态特质均不同。巴·格日勒图的诸多论文、论著中始终贯穿着比较视角和比较诗学的方法，如蒙古族文论与印藏文论的比较、蒙古族文论与汉族文论的比较、蒙古族文论与西方文论的比较，等等。他在《蒙古文论史研究》一书中称："在蒙古族文学理论研究中，从古至今存在着能以比较研究来澄清的诸多研究问题。"[1] 比较视角和比较诗学，给蒙古族文学理论研究带来方法论启示，即颠覆单一概念世界和打破一体化研究格局，确立众多诗学原则及其相互沟通渠道,提供多元阐释的方法、规则、视角及范式，在补充本土诗学的知识谱系等方面均有开拓性意义。

巴·格日勒图的历史视角和历史诗学体现在史料整理和文论史研究方面，以史料编排展示文论史发展轮廓策略，始终贯穿于他的蒙古族文学理论史料的搜集、挖掘和整理工作中。例如，在《蒙古族作家文论选（1721—1945）》编注本《蒙古文论集录》评注本中，都能看到以史料编排展示文论史发展轮廓策略。他在

---

[1] 巴·格日勒图. 蒙古文论史研究[M]. 呼和浩特：内蒙古大学出版社，1998：613.

研究蒙古族文学理论时，始终强调点与线、微观与宏观、纬度与经度相结合的方法。所谓线，或者宏观，或者经度就是指蒙古族文学理论发生发展的历史进程。因此，巴·格日勒图的历史视角和历史诗学，为文论体系整体把握提供了一种理论视角，并为文论知识谱系考古提供了一种经验。

（二）研究策略

巴·格日勒图的《蒙古文论史研究》是蒙古族文艺理论研究领域中的标志性成果，也是作者40多年积累的学术精华所在。此书集中体现了巴·格日勒图的学术研究策略和思想，即融汇古今、贯通内外、立足于本土建构本土文化的研究策略。巴·格日勒图指出："诠释、解读古人或前人的某些理论论述和重要学说，这是必不可少的工作。但在还原它的时候——在恢复原形或以现代话语重新解读时，假如以文学理论的某一形态来把握古代文论，并以其历史含义发掘其历史价值，点燃其艺术思想之火，那它就不容怀疑了。"[1]在他看来，要正确解读、诠释古代文论家的文艺思想，必须首先做还原工作。只有将古代文论文本置于其产生的历史语境中，我们才能准确把握其真实含义。对于研究者而言，复原重要学说的元存在不是他的目的所在，而基于重要学说的准确还原，激活其内在的具有生命力的元素，才是最终之目的所在，即"点燃艺术思想之火"。因为存在于重要理论晶体中的具有生命力的元素，蕴涵着当时文化信息和超越时空的价值能量。先进性学说生成时期的文化环境已随着时光的流逝而消亡，然而其中隐藏的能量始终保持着指导实践的意义，这是因为先进性理论生成的时候已经把当时文化语境中的具有先进性、积极性、有生命力的能量带入了自己的机制中。巴·格日勒图坚持融汇古今的研究策略，其目的就在于以前人的经验解决今天的问题，实现古为今用之目的。

巴·格日勒图在学理层面上提倡"融汇古今"的同时，在具体研究工作中也始终贯穿了这一策略。在《蒙古文论精粹》和《蒙古文论史研究》中，他在

---

[1] 巴·格日勒图.蒙古文论史研究[M].呼和浩特：内蒙古大学出版社，1998：611.

阐发蒙古族古代文论家的重要观点时,首先阐明其生成的历史背景和文化语境。其次,以现代文艺理论资源对蒙古族古代文论家的重要观点进行解析,其目的是构建当代中国的文艺理论体系。因为,人总是按自己的意愿和需求解读世界。古代文论的现代转换也是一种文化的传承和创新。《蒙古文论史研究》中在解读蒙古族古代喇嘛僧侣的文艺理论时,首先分析、考察、描述了当时印藏文化环境,然后以现代文艺理论学说对蒙古族古代喇嘛僧侣的文本进行阐发,并概括出其重要学说和思想。

巴·格日勒图在《蒙古文论史研究》中指出:"在蒙古族文艺理论研究中,从古至今存在着能以比较研究来澄清的诸多研究问题。假如我们的比较研究工作能达到从相似中发现差异,从相近中找出不同,这便是通往真理的正确道路。"[1]他在其1985年出版的《蒙古文论精粹》前言中,曾提出了蒙古族文论与印、藏、汉以及西方文论进行比较研究的建议。[2]这是文学理论的跨文化研究——比较诗学的提倡。

比较研究的目的在于,在比较中探寻诸多诗学体系的个性与共性,在比较中借鉴其他民族诗学经验,而为本民族诗学体系的蓬勃发展提供经验教训和参照资源,而不是还原外来观念的努力。比较研究和比较诗学给蒙古族文学和文论研究带来诸多可能性和研究路径。比较的最基本原则是平等对话,对话的目的在于求同存异。巴·格日勒图教授的研究实践证明,蒙古族文艺理论与汉族文艺理论、藏族文艺理论、印度文艺理论、满族文艺理论、西方文艺理论之间均有可比性。只有贯通内外、相互比较,才能打破一体化研究格局,颠覆一元理念世界,吸进新鲜气息而补充本民族的文论体系。厄尔·迈纳在《比较诗学》中认为,"研究诗学,如果仅仅局限于一种文化传统,无论其多复杂、微妙和丰富,也只是对单一的某一概念世界的考察。考察其他诗学体系本质上就是要探究完全不同的概念世界,对文学的各种可能性做出充分的探讨,做这样的比

---

[1] 巴·格日勒图.蒙古文论史研究[M].呼和浩特:内蒙古大学出版社,1998:613.

[2] 巴·格日勒图.蒙古文论精粹[M].海拉尔:内蒙古文化出版社,1985:9.

较是为了确立那些众多的诗学世界的原则和联系。"[1]这是富有启发性意义的见解。比较的前提首先是理解自我,理解自我后才能理解他者。对于这一点,巴·格日勒图说:"一种文化的生长、发育不只是依靠遗传基因的纯洁,纵观各国各民族的比较文学研究,首先充分认识本民族的文学(包括文论)本身,然后探究本民族文学与邻国、邻民族文学的关系和影响,为丰富自己的文学资源,加快它的发展而服务。"[2]巴·格日勒图的民族文艺理论研究实践充分证明这一点,他站在蒙古文化体系中,以蒙古文化思想和话语,把蒙古族文艺理论与汉族、藏族以及西方文艺理论进行比较,为建立民族文艺理论体系而努力,这是建设性的工作。只有理解自己的文化才能估量其他文化的哪一部分可取或不可取,有自己的选择。选择就是创造。

巴·格日勒图指出:"今天我们研究的目的在于筛选历代人民以智慧和精神劳动所创造的理论遗产,取其精华,作为后来发展的一种养分,建设具有民族特色的文学理论并推动它的发展。我们所有研究应该都为这一个总的方向服务。"[3]这是巴·格日勒图始终坚持的"立足于本土文化、构建于本土文化"的学术思想的体现。历史主要由一些文本和一些阅读、诠释这些文本的策略组成。[4]对于诠释者来说,有不同的需要就有不同的解读视角。蒙古族文艺理论形成于不同文明、不同文化、不同学说相互碰撞、交流、融合的语境中,这方面不同于汉族文论,没有一脉相承的完整体系。印度的、藏族的、汉族的、满族的以及西方文论影子或隐或显地经常出现于蒙古族文论的各个角落。因此,蒙古族文艺理论资源本身蕴涵了多重解读立场。这也是蒙古族文艺理论的一种特征。以法式善的诗歌理论为例,至少有3种不同的解读立场。从汉族文艺理论立场

---

[1] [美]厄尔·迈纳.比较诗学[M].北京:中央编译出版社,1998:7.

[2] 巴·格日勒图.蒙古文论史研究[M].呼和浩特:内蒙古大学出版社,1998:613.

[3] 巴·格日勒图.蒙古文论史研究[M].呼和浩特:内蒙古大学出版社,1998:613—614.

[4] [美]海登·怀特.元历史:19世纪的欧洲的历史想象[M]//张京媛.新历史主义与文学批评.北京:北京大学出版社,1997:56.

解读时，法式善的诗歌理论是汉族文论的一种外延——在这种解读中法式善的诗歌理论被描述为汉族文论的分支；从蒙古族文艺理论立场解读时，法式善的诗歌理论是蒙古族诗学的一种创造或革新——在这种解读中法式善的诗歌理论描述为蒙古族文艺理论的一朵奇葩；从中间立场出发，把法式善的诗歌理论看作汉族文论与蒙古族文论对话、交流的结晶——这种解读中法式善的诗歌理论被描述为文化对话、文论交流的产物。上述 3 种解读立场均有自身的合理性和合法性。但是哪一种解读立场有利于民族文艺理论建设？我们的价值尺度从何而来？巴·格日勒图认为，内蒙古的现实生活是衡量好与坏、善与恶的标准，一切目的之起点，同时也是一切目的之终点。只要有利于当代国际政治、经济格局中的内蒙古现实生活，只要有利于内蒙古社会文化的发展，这些研究就是正确的研究，有价值的研究。巴·格日勒图的这一观点是可贵的，因为借鉴、继承、创新都以现实生活为中心——这才是有价值的研究。这正如黑格尔所指出的那样："研究逻辑不只是为了应用，而是为了这个科学本身。因为探索最优秀的东西不只是为了目的。这话没错，但另一面，最优秀的东西是最有用的东西。"[1]

　　巴·格日勒图的研究工作起点为蒙古文化，终点也是蒙古文化。内蒙古文化艺术生活所面临的实际问题激励了他的研究兴趣，他为解决这些问题而挖掘、整理史料，在蒙古族文艺理论园地辛勤耕耘了 30 多年。从《新译〈红楼梦〉》（1975）到《蒙古文论集录》（2003），从《创作论》（1985）到《文学理论简编》（1989），从《蒙古文论精粹》（1985）到《蒙古文论史研究》（1998）均贯穿了融汇古今、贯通内外、立足于本土文化、建设本土文化的研究策略和学术思想。这正是他取得丰硕成果的重要原因。

---

[1] 黑格尔. 小逻辑[M]. 北京：商务印书馆，1980：73.

四、蒙古族文艺理论的建构

巴·格日勒图教授在其《蒙古文论史研究》中提出了蒙古族文艺理论的"三元结构论"和"四种学说"。这是蒙古族文学理论研究领域中的重大成果,是一种理论创新和理论建构。

(一)三元结构论

三元结构论是巴·格日勒图对蒙古族文艺理论的历史渊源和结构形态的准确把握和概括。以他之见,汉族文化艺术、印度文化艺术、藏族文化艺术是蒙古族文艺理论的起源、生成、发展及壮大的外部文化因素,这3种外来文化与本土文化相互撞击、交流、对话、渗透过程中,逐步形成了蒙古族文艺理论的框架。其合理性来自于民族历史和民族文化,因而具有较强的说服力。蒙古族文艺理论三元结构的主要内容为:一是语言载体方面,蒙古族历代文论家们主要操用蒙古语言文字、汉语言文字、藏语言文字进行文论研究。二是思想资源方面,蒙古族历代文论家在文化碰撞、交流、对话中继承蒙古族天人合一思想传统的同时,汲取了孔孟教化思想和印藏佛教文学资源的养分。三是代表作家方面,有以藏文写作的元、明、清代的蒙古喇嘛僧侣——搠思吉斡节儿、洛桑普日赖、松巴堪布·耶喜班觉、察哈儿格西·洛桑楚臣、阿旺丹达、阿旺吐丹等;有以汉文写作的古代蒙古族文人——萨都拉、蒲松龄、法式善、松筠、松年、那逊兰保、锡镇等;有以蒙古文写作的清代蒙古族文人——哈斯宝、尹湛纳希、贡纳楚克、阿日纳、洛桑楚丹等。

历史起源的地方就是思想起源的地方。有什么样的民族历史就有什么样的民族文学。文学是社会的镜子,情感的哲学,时代的记录本。社会生活的发展、演变不仅促进文学的发展、演变,而且影响文人的写作欲望、写作目的和写作方式。巴·格日勒图提出的"三元结构论"符合蒙古族文学及文论的历史形态和结构体系。他在敏锐观察民族历史与民族文学、民族文化与民族文学、民族精神与民族文学的相互关系,深刻思考社会变革、文化转型中跌宕起伏的文人命运、存在方式后，提出蒙古族文学理论形态的三元结构。其合理性来自于蒙古社会的三大转型及蒙古文化的三大变迁。

纵观民族历史，有三大社会转型和三大文化变迁深刻地影响了蒙古族书面文学及文论的发展方向和形态。蒙古语的bicigten，叫文人，家的处世方式、生存意义随着时代变迁而有所不同。贵族方式，指黄金家族以及元明清的王公子孙；喇嘛方式，指寺庙里的喇嘛僧侣；知识分子方式，指20世纪现代文人。来自不同社会环境、不同文化语境、不同生活阅历的作家和文论家们用汗水和辛勤劳动谱写了蒙古族作家文学史及文论史，塑造了蒙古族书面文学正统。其一，蒙古帝国的建立。蒙古帝国的建立及频繁持续的侵略战争，把原始游牧部落推出人类历史舞台，从此草原部落接受、鉴赏、学习诸多外域文化，逐步打造出了民族文化。文学界形成了贵族作家群及贵族文学，如《蒙古秘史》的作者、罗布桑丹津、萨囊彻辰、忽必烈、图帖睦尔、妥欢帖睦尔、爱猷识理达腊、伯颜、泰不华、聂镛、月鲁不花、萨都拉、奈曼、法式善、尹湛纳希等。贵族作家用蒙、汉两种文字进行文学创作及文学研究，徘徊在朝廷梦想与百姓关怀之间，描写政治风云和宫廷生活的千姿百态以及关注民间社会，极大地丰富了蒙古族作家文学及文论。其二，佛教的传播。藏传佛教使尚武民族变成了虔诚的佛教信徒，从而逐渐形成了政教合一的权力体系和寺庙文化。文学界里出现了喇嘛作家群及喇嘛文学，如捆思吉斡节儿、洛桑普日赖、松巴堪布·耶喜班觉、察哈儿格西·洛桑楚臣、阿旺丹达、阿旺吐丹、罗桑丹毕坚赞、丹津热杰、耶喜丹津旺坚等。喇嘛作家用蒙、藏两种文字进行文学翻译、文学创作及文学研究，蹒跚在宗教信仰与世俗欲望之间，追求深奥、空灵、神秘世界和来世，描绘彼岸世界，宣扬佛教信念，极大地发展了蒙古族作家文学及文论。其三，民主革命的胜利。民主革命的发生和胜利使落后愚昧的民族踏上了现代文明的广阔道路，获得了自由、平等、幸福和民主。文学界里崛起了知识分子作家群及知识分子文学，如赛春阿、卜和克什克、贺兴格、哈达、宝音德力格尔、额尔德木特古斯等。知识分子作家用蒙、汉两种文字进行文学创作及文学研究，在现代文明与传统文明之间扮演着狂欢、挣扎、喧嚣之角色。寻觅、维护个体生命的意义、尊严、价值，创造出具有现代精神的文学神话，极大地丰富和发展了蒙古族作家文学及文论。

巴·格日勒图的"三元结构论"就来自于民族文学及文论的历史实践。他认为，三元结构决定了蒙古族文艺理论的起源、形成和发展的特征。

（二）四种学说

愉悦说、性情说、圆满说、奇妙说，是巴·格日勒图教授在《蒙古文论史研究》中用重笔概括出的独特见解。在他的学术视野中，愉悦说、性情说、圆满说、奇妙说是蒙古族文艺理论的独特历史形态。它们分别来自于蒙古族文论的藏文著作、汉文著作和蒙古文著作。

1. 愉悦说

蒙古喇嘛僧侣们为传播、阐发、发扬佛教理念，创造了许多大小五明之作。他们认为包括诗歌在内的文学艺术是佛祖的惠赐，作诗可以喜悦佛祖。巴·格日勒图在《蒙古文论史研究》一书中，将愉悦说纳入古印度、古藏族文化艺术环境中加以考察，从中探寻其历史渊源。这符合愉悦说的历史来历。

早在7世纪，印度作家、文艺理论家檀丁在其《诗镜论》中，就提出了"诗章缺少某部分，如若描写生动，赢得行家的喜爱，这就不算是诗病"[1]的观点。所谓行家指智者、哲人、帝王、领袖。赢得智者、哲人、帝王和领袖的喜爱，这就是《诗镜论》提倡的作诗准则。《诗镜论》中还记载："所有章节之末尾，格律多变喜人心，诗篇若具妙修饰，永远流传到劫尽"[2]之论断。檀丁认为，恒世之作，必有愉悦人间、美化世间的魔力和功能，此书中所举的例句多是华丽、绝妙词语和对帝王、领袖的颂赞。在《诗镜论》中诗歌成为愉悦世间的工具。檀丁之后，古印度文艺理论家新护认为，吠陀的教诲犹如主人，历史传说的教诲犹如朋友，唯一诗的教诲犹如爱人。因此，在古印度，诸多智者普遍认同愉

---

[1] 王满特嘎，编注．蒙汉两文合璧檀丁"诗镜论"[M]．呼和浩特：内蒙古人民出版社，2000：50．

[2] 王满特嘎，编注．蒙汉两文合璧檀丁"诗镜论"[M]．呼和浩特：内蒙古人民出版社，2000：50．

悦为诗的主要特征，也是诗的最重要的功能。在古印度，诗文是妙音天女的恩赐，这种观点广泛流传。檀丁曾提醒人们："为此追求声望的人们，要不懈地侍奉妙音天。"[1]《诗镜论》开篇就有"向圣者妙吉祥童子致敬。愿四面神的颜面，莲池中的天鹅女，极纯洁的妙音天，在我心中永栖息"[2]之记载。这是具有宗教色彩的古老诗歌观念。巴·格日勒图认为，随着印度佛教在藏蒙地区传播，藏蒙喇嘛僧侣作为作诗的一种准则而接受了愉悦说。他在其《蒙古文论史研究》一书中说："五世达赖喇嘛在其《诗镜论》研究著作中把诗的定义描写成愉悦扬吉妈（yangjim_a）的妙音。藏族的 yangjim_a 或 yangjinqamu 就是古印度的赋予诗歌、赋予语言的神灵 saraswadi 或妙音天女。"[3]这段话是有其根据的。诸多佛教典籍记载了这样的一个传说。据说在远古的传说中清风吹过南海时，海里的无生命物都发出美妙声音，玉皇大帝恭听这种声音总是陶醉，久而久之诸多声音融为合声变成了妙音天女。这一传说表明了古代人对文艺娱乐功能的一种认识，即音乐能陶醉玉皇大帝。蒙藏地区的喇嘛们供奉妙音天女，将其肖像描绘为犹如身倚莲花宝座、两手抚弄长柄琵琶的天女。

在巴·格日勒图看来，蒙古喇嘛僧侣们的愉悦说虽然起源于古印度用诗歌来愉悦玉皇大帝、妙音天女、智者哲人一类说法，但更是由于受蒙古族古老文化习俗中就存在崇尚诗歌愉悦功能的观念的影响而形成的。从远古起，蒙古人为了表达崇拜自然、崇拜万物的心愿，创造了浩瀚如海的颂赞词、祭祀诗文，并且反复进行祭奠神灵图腾、天主地神的古老仪式。从心理渊源上考察，这种古老习俗起源于恐惧心理，但是反映了蒙古先民们与大自然和谐共存的愿望。从古至今，在蒙古人当中广泛流传崇拜自然、爱护自然、善待自然、天人合一的理念。蒙古先民们认为反自然、破坏自然、践踏自然是不道德、无人性行为，

---

[1] 王满特嘎，编注．蒙汉两文合璧檀丁"诗镜论"[M]．呼和浩特：内蒙古人民出版社，2000：95．

[2] 王满特嘎，编注．蒙汉两文合璧檀丁"诗镜论"[M]．呼和浩特：内蒙古人民出版社，2000：40．

[3] 巴·格日勒图．蒙古文论史研究[M]．呼和浩特：内蒙古大学出版社，1998：104．

长生天会惩罚他们。

依巴·格日勒图之见,崇尚诗歌愉悦功能的原始认识还体现在蒙古族叙事文学中。英雄史诗、民间故事作品中不约而同地形成了"圆满结局模式"。史诗歌手和乌力格尔齐(讲故事者)以圆满故事结局来愉悦听众。这是重视文艺愉悦功能的一种表现。蒙古人盛办喜宴、婚礼、那达慕大会上常常用音乐、诗歌、舞蹈来表现欢快、兴奋、愉悦的心情。罗布桑却丹在其《蒙古风俗鉴》中记载了"酒宴上必须咏诗唱歌"[1]之习俗。这表明了蒙古人很早就认识了诗、歌、舞的愉悦作用。

巴·格日勒图认为,蒙古喇嘛僧侣们将古印度、古藏族的以诗愉悦玉皇大帝、妙音天女、智者哲人的思想,扩展到愉悦全体佛神。[2]这种判断是准确的。蒙古喇嘛僧侣们的"愉悦说"虽然起源于古印度、古藏族以诗愉悦玉皇大帝、妙音天女、智者哲人的思想,但他们认为诗歌在内的佛教文艺是愉悦诸神、诸佛的盛世伟业。这种认识与蒙古人的原始泛神论有关。如洛桑普日赖把诗称作"愉悦梵天的韵音"。蒙古人将婆罗门叫 eserwa(梵天),即创造万物的祖先。据《摩奴法典》记载,梵天出自"金胎",把卵壳分成两半,创造了天和地,然后创造了10个生主。婆罗门原有5个头,据说湿婆毁了1个头,余下的4张脸变成了四方。洛桑普日赖所讲的愉悦梵天就是指愉悦10个生主。

阿旺丹达在其《诗镜三品之引喻·智者项饰明点美鬘》(1829)中提出"美妙的韵律,流畅的连声中感受欢乐",诗歌为"众智者喜悦之尊"[3]的观点。他认为诗同乐、歌、师者的教诲一样都用甜蜜的音调和抒情的韵律来感受欢乐。所谓甜蜜就是指"诗味",这"诗味"如同花的芳香使蜜蜂迷醉,让智者陶醉。阿旺丹达所提出的"用甜蜜的音调和抒情的韵律来感受欢乐"之观点,可看作

---

[1] 罗布桑却丹.蒙古风俗鉴[M].呼和浩特:内蒙古人民出版社,1993:191.

[2] 巴·格日勒图.蒙古文论史研究[M].呼和浩特:内蒙古大学出版社,1998:105.

[3] 巴·格日勒图,整理.悦目集[M].海拉尔:内蒙古文化出版社,1991:486.

是蒙古喇嘛僧侣们的愉悦说的经典论述。

为何喇嘛僧侣的文论中盛行愉悦说？巴·格日勒图认为，这与藏传佛教的基本理念有关。佛教学说把现实人生断定为无边之"苦海"。"苦海"之根源由每人自身的"或""业"所致。所谓"或"指贪、嗔、痴等烦恼，所谓"业"指身、口、心的活动。以"或""业"为因，造成生死不息之果。根据善恶行为，轮回报应，欲摆脱痛苦之路，唯有依经、律、论三藏，修持戒、定、慧三学，彻底转变自己世俗欲望和处世态度，超出生死轮回范围。达到这种转变的最大目标，叫作"涅槃"或者"解脱"。所以喇嘛僧侣们的诗歌创作倾向于宣扬佛教信念，厌视红尘，巩固善性。超出苦海的彼岸，得到成佛之道是人生的终极目标。他们相信苦海彼岸是极乐世界，为了解脱苦难，到达极乐世界，喇嘛僧侣们用跳神、祭典、作诗来愉悦佛祖。

愉悦说反映了蒙古族的文化心理、审美追求，并触及美学问题。它与汉族文论及西方文论中关于文学审美功能的论述，有着某些相通之处。

2. 性情说

性情说是汉族古典诗学中的重要观点之一。如诗言志、吟咏情性、诗缘情、性灵说等，主张在作品中表现作者的思想、感情。将情感理解为诗的本质是正确的。情感是"有价值的行为"[1]，没有它的参与很难产生诗歌。"情"是蒙古语的"sedhilge"，指人的情感、情绪、愿望。"性"是蒙古语的"jang"或"cinar"，指人的性情、性格、品质。巴·格日勒图教授认为，法式善应用"情性"来论述诗歌本质，表明了其诗学理论的理性成分。[2] 性情说，在汉族古典诗学中源远流长，诸多诗论家均接触到。如宋代诗论家严羽在其《沧浪诗话》中提出了"诗道亦在妙悟"[3]之观点。"悟"这一词来源于佛学术语，后来文学批评移用了该术语。严羽所推崇的"悟"有何内涵呢？其一，读者对诗歌作品进行品评时

---

[1] [日]浜田正秀. 文艺学概论[M]. 北京：中央戏剧出版社，1985：19.

[2] 巴·格日勒图. 蒙古文论史研究[M]. 呼和浩特：内蒙古大学出版社，1998：190.

[3] 严羽. 沧浪诗话[G]// 郭绍虞，主编. 中国历代文论选：第2册. 上海：上海古籍出版社，1996：424.

需要"悟"，即对前人作品深入体会、反复琢磨的过程；其二，诗人创作诗歌时需要"悟"，即诗歌创作要捕捉形象，处理好性情与形象的关系。严羽多次强调诗歌要有"别材""别趣""吟咏情性"等。诗歌要"吟咏情性"主张可以追溯到《毛诗序》《文心雕龙》《诗式》等著作。如"吟咏情性，以风其上"[1]，"文采所以修言，而辩丽本于情性。故情者，文之经，辞者，理之纬"[2]，"但见情性，不睹文字"[3]等。法式善为代表的蒙古族诗论家接受汉族古典诗学中的"性情说"，并运用其论述了诗歌本质。巴·格日勒图认为，法式善的诗论中，情性是相互联系对等的两个概念，情性的真实性才能给诗歌的真实性赋予永恒的生命力。蒙古族汉文文论普遍接受了古代汉族文人的艺术、哲学、美学思想，并从汉族古典文论体系中汲取了文学批评话语、文学批评模式和方法，如气魄、内涵、意境、意象、飘逸、秀丽、高古、幽静、滋味、气魄等术语以及序跋、评点、诗话等。元、明、清时期蒙古族文人虽然深陷于汉族文化领域，并从其文化体系中汲取了思想、语言、方法，但却未接受汉族文化传统中的诗文服务于封建王朝的功利思想。[4]

3. 圆满说

圆满是一种美学准则，也是一种艺术思维模式。巴·格日勒图认为，蒙古人崇尚圆满、追求圆满，蒙古原始文化的诸多系统中都渗透着圆满思维的痕迹。作为一种美学原则和思维方式，古今中外的诸多文论家从不同视角涉及圆满说，如柏拉图的"有机结合"[5]、亚里士多德的"整一性"[6]、贺拉斯的"和谐原则"[7]、

---

[1] 毛诗序[G]// 郭绍虞，主编. 中国历代文论选：第1册. 上海：上海古籍出版社，1996：63.

[2] 刘勰. 文心雕龙·情采[G]// 郭绍虞，主编. 中国历代文论选：第1册. 上海：上海古籍出版社，1996：273.

[3] 皎然. 诗式[G]// 郭绍虞，主编. 中国历代文论选：第2册. 上海：上海古籍出版社，1996：77.

[4] 巴·格日勒图. 蒙古文论史研究[M]. 呼和浩特：内蒙古大学出版社，1998：209.

[5] 胡经之. 西方文艺理论名著教程[M]. 北京：北京大学出版社，1995：49.

[6] 伍蠡甫. 西方文论选[M]. 上海：上海译文出版社，1982：62.

[7] 胡经之. 西方文艺理论名著教程[M]. 北京：北京大学出版社，1995：85.

黑格尔的"活的整体"[1]、孔子的"文质彬彬"[2]说等，都与圆满艺术思维有关。巴·格日勒图在《蒙古文论史研究》一书中记载了蒙古族文论家们继承或接受了蒙古原始文化、佛教文化、汉族古代文化中的圆满艺术思维，并将它理解为文艺之道，用它来评述文艺现象。

蒙古人历来崇尚天道或天命，把它作为生存、生活的依据。对于信仰"人从天降"观念的蒙古人来说，天道是元道、元存在、元话语。在《青史演义》中尹湛纳希记载了"所谓王者之道就是内心中自然涌现的仁爱"[3]。所谓"内心中自然涌现的仁爱"，就是指天赐给的仁爱，以天意做出的行为。尹湛纳希认为，圣人信任天地，天地也保佑圣人，因此圣人与天融为一体，承认太祖成吉思汗为无与伦比的天子。古代蒙古人当中普遍存在"继承天的意志，治理一些，把一些合为一体，赋予条条之道，天为父地为母，养育人间之人称天子"[4]的认识。天是超出经验之上的元存在，是想象的智慧。对于蒙古人来说，天是最终的审判者，它们把世间的和睦委托于天。因此，天道乃是圆满艺术思维的哲学基础。

巴·格日勒图分析众多文艺现象、文化案例后指出，蒙古族文人的文艺最高审美标准是圆满。这一总结性论断具有说服力，也有阐释功能。所谓圆满就是和谐。蒙古人通常从和谐的视角出发对问题、现象做出判断。尹湛纳希认为，"十种文理中最重要的是完美和谐"[5]，而且和谐观在尹湛纳希的文学创作实践中，逐步形成为圆满的艺术哲学。如文艺作品具备四强（南方之强与北方之强、坚固之强与掠夺之强）；酸、甜、苦、辣聚在一章之中；文章中齐备四季气势；文章中自然形成十双（天地、日月、星辰、阴阳、云雨、虹光、真假、有无、仁义、礼智）。在《一层楼》之后续写《泣红亭》，也是由和谐论的圆满艺术

---

[1] 胡经之.西方文艺理论名著教程[M].北京：北京大学出版社，1995：336.
[2] 王运熙，顾易生.中国文学批评史：上[M].上海：上海古籍出版社，1991：17.
[3] 尹湛纳希.青史演义[M].呼和浩特：内蒙古人民出版社，1991：152.
[4] 二十一卷本词典[M].呼和浩特：内蒙古人民出版社，1979：638.
[5] 巴·格日勒图.蒙古族作家文论选[M].呼和浩特：内蒙古教育出版社，1986：231.

思维所决定的。哈斯宝在其《新译〈红楼梦〉》回批中,特别强调了"合乎事理"。如"文章之妙不在于事先可料变化反复,而是在于事出突然且又合乎事理"[1],"此种妙理,若问我是如何悟出的,是读此书才悟得的"[2],"副册诸人则只是据理捕影猜写的,原书哪肯轻易点明"[3],"乐极生悲,否极泰来,是定理"[4]等等。青年学者额尔敦哈达博士把哈斯宝、尹湛纳希的小说理念概括为"和谐匀称的小说理论"[5],从另一个方面证明了巴·格日勒图教授的圆满说。

4. 奇妙说

奇妙是蒙古族美学思想中的重要范畴。奇为 GaiqamsiG 或 Gaiqaltai,奇特、奇妙、绝妙、出奇、精彩、美妙之意。妙为 uran,巧妙、精美、精致、雅致、幽美、典雅之意。巴·格日勒图认为,文章之奇妙是母语文论家们推崇的一种尊贵之美的表现,在他们笔下"妙"成为创作准则,"奇"成为欣赏规则,前者属于创作主体范畴,后者属于接受主体范畴。的确,奇妙是蒙古族生产、生活中源远流长的审美标准和美学思想。说事讲究妙,做事讲究妙,作文讲究妙,因此,蒙古族日常生活中"妙"是出现频率最多的词之一,但成为文艺理论思想却是在 19 世纪文论家哈斯宝和尹湛纳希的笔下。

哈斯宝、尹湛纳希多次使用奇妙概念来论述文学创作和文学鉴赏。在巴·格日勒图看来,妙是哈斯宝的文艺思想之核心。哈斯宝在其《新译〈红楼梦〉》中写道:"读此书,若探求文章的神灵微妙,便愈读愈得味,愈是入神;若追求热闹骚噪,便愈读愈乏味,愈是生厌"[6],"读这样奇妙文章,兴味浓郁处,

---

[1] 哈斯宝. 新译《红楼梦》回批 [G]// 亦邻真. 亦邻真蒙古学文集. 呼和浩特:内蒙古人民出版社,2001:804.

[2] 哈斯宝. 新译《红楼梦》回批 [G]// 亦邻真. 亦邻真蒙古学文集. 呼和浩特:内蒙古人民出版社,2001:828.。

[3] 哈斯宝. 新译《红楼梦》回批 [G]// 亦邻真. 亦邻真蒙古学文集. 呼和浩特:内蒙古人民出版社,2001:867.

[4] 哈斯宝. 新译《红楼梦》回批 [G]// 亦邻真. 亦邻真蒙古学文集. 呼和浩特:内蒙古人民出版社,2001:871.

[5] 额尔敦哈达. 和谐匀称的创作论 [M]. 呼和浩特:内蒙古教育出版社,2002:1.

[6] 哈斯宝. 新译《红楼梦》回批 [G]// 亦邻真. 亦邻真蒙古学文集. 呼和浩特:内蒙古人民出版社,2001:782.

几乎忘其虚构,当作真事,忽见贾雨村出场,才悟这是提醒读者,此乃'村假语'——也是避免将贾雨村其人抛在一边,断了他的故事,让他穿插进来。这又是穿针引线之法。"[1]在这里,哈斯宝认为,神灵微妙或奇妙的文章有味。哈斯宝在多处论述了文章之奇妙。文章有奇妙才能达到无穷尽,有无穷尽才能造成神气,有神气才能有滋味。"文章必有余味未尽才可谓妙"[2],"文章中,有笔至意尽的,这不足为奇。笔不至而意已尽,才是奇妙"[3]。可见,哈斯宝的《新译〈红楼梦〉》回批中频繁出现"奇妙"二字。

据巴·格日勒图的考察,19世纪蒙古族著名作家尹湛纳希也格外提倡文章之奇妙,并提出"天之妙"美学概念。天之妙,就是元存在之道,或自然之道,做文章不许凭空乱造,必须遵循天之妙,自然之道。的确,在哈斯宝、尹湛纳希笔下,"奇妙"升华为蒙古族母语文艺理论中心话语。依他的观察,在哈斯宝、尹湛纳希的论述中,奇妙与滋味是相辅相成的概念。文章有奇妙之处,便有滋味。文章有滋味,便有奇妙之处。"别具一格的传奇故事一类的史书才能广泛传布,使人爱不释手,争抢诵读。这是因为它有引人入胜的滋味。"[4]在这里,尹湛纳希认为传奇故事的"滋味"居于它"别具一格"的故事之中。平庸、琐碎故事无滋味。"这样毫无意义的人情故事不足挂齿,根本不去读它。勤奋好学之徒也许偶尔过目。然而在他看来,这类故事多如牛毛,不足为奇,匆匆一览了事。"[5]哈斯宝在其《新译〈红楼梦〉》回批中写道:"读诸才子书,见其每回之末定要故作惊人之语,以图读者必欲续读下去。此法屡用,千篇一

---

[1] 哈斯宝.新译《红楼梦》回批[G]// 亦邻真.亦邻真蒙古学文集.呼和浩特:内蒙古人民出版社,2001:810.

[2] 哈斯宝.新译《红楼梦》回批[G]// 亦邻真.亦邻真蒙古学文集.呼和浩特:内蒙古人民出版社,2001:862.

[3] 哈斯宝.新译《红楼梦》回批[G]// 亦邻真.亦邻真蒙古学文集.呼和浩特:内蒙古人民出版社,2001:843.

[4] 尹湛纳希.青史演义:上[M].黑勒,丁师浩,译.呼和浩特:内蒙古人民出版社,1985:28.

[5] 尹湛纳希.青史演义:上[M].黑勒,丁师浩,译.呼和浩特:内蒙古人民出版社,1985:28.

律，便朽俗无味了。"[1] 尹湛纳希、哈斯宝等人强调文学作品的"独特""别具一格""怪"，认为"平常无意义""多如牛毛""千篇一律"的故事就无"滋味"可言。要想文章"有味"，一定要把文章写成"独特""别具一格""怪"。而要想使文章"独特""别具一格""怪"的关键在于"索摸"（尹湛纳希）或"奇妙"（哈斯宝）。哈斯宝认为"有形就有影，有影就有形。有形无影是为晦，有影无形是为怪。晦乃文章所忌，怪则是文章之奇"[2]，进而探索了文章无穷尽的内涵。我们可以把哈斯宝文艺思想体系概括为"奇妙、道、无穷尽、有味"。巴·格日勒图认为，哈斯宝对文学本性的认识是比较准确的。他率先选用"文学"（uran joqiyal）一词概括了文学本性。从意义学讲，英文的 Literature 指手写的或印行的文献，德文的 Wortkunst 指词的艺术，俄语的 слъесность 意为用文字表现的创作，日语的ぶんがく意为学问、文章，汉语的文学指用文字写出来的作品。与上述比较而言，哈斯宝的"uran joqiyal"（文学）这一词比较准确地概括了文学的本性，该词的含义是虚构之作。哈斯宝、尹湛纳希认为，文学是虚构的文章、想象的意义，"那些逸史小书，本来都是无稽之谈，然而文人学士却给它加枝添叶，百般藻饰，给它添上数不尽的华丽辞藻，任意卖弄风骚，加进笔者的意图，留给后世之人"[3]的作品。"逸史小书"指具有真实性与虚构性的故事，即小说。蒙古语的"jUi"可以译成"道"或"理"。"道"指的是社会生活之道、世间万物之和谐。文学作品可以虚构，但不能随意抛弃生活、世间之道，这是生活真实性与艺术真实性的结合。"无穷尽"（moqodal Ugei）指的是虚构作品的内涵，文学是用语言符号记载人类情感的精神劳动，号是简练、有限、抽象，而情感是复杂、无限、具体，因此就产生了言简意赅的文艺。

---

[1] 哈斯宝. 新译《红楼梦》回批 [G]// 亦邻真. 亦邻真蒙古学文集. 呼和浩特：内蒙古人民出版社，2001：841.

[2] 哈斯宝. 新译《红楼梦》回批 [G]// 亦邻真. 亦邻真蒙古学文集. 呼和浩特：内蒙古人民出版社，2001：808.

[3] 尹湛纳希. 青史演义：上 [M]. 黑勒，丁师浩，译. 呼和浩特：内蒙古人民出版社，1985：15.

我国是多民族国家，各民族人民在长期的历史发展中，创造了独特而灿烂的文化。发掘、整理各民族古代文化遗产，对于繁荣社会主义文艺，加强"三个文明"建设，具有重要的意义。然而，过去在这方面存在重大缺憾，一些中国文学史著作，基本上是中国汉民族文学史，一些中国文学理论批评史著作，也基本上是中国汉民族文学理论批评史。这种局面应当尽快改变。从这一意义上说，巴·格日勒图教授对蒙古族文论史料的发掘整理和在蒙古族文艺理论建设方面取得的成绩，具有重大的理论价值和重要的现实意义。

□蒙古文论文宣读于"巴·格日勒图教授学术研究与文学创作学术研讨会"，2008年11月28日，呼和浩特。

□收录于刘文斌主编《中国新时期文艺理论家研究》，中央民族大学出版社，2012年。

□发表于《内蒙古民族大学学报》（汉文版），2014年第2期。

碎片与体系——蒙古文学学科史相关问题研究

2011年蒙古族现当代文学研究综述

2011年已经成为历史。历史需要梳理和叙述。历史者，叙述进化之现象也；进化者，往而不返者也，进而无极者也。百年前，浩浩荡荡的革命烈火，烧尽了几千年的封建君主制，开启了通向民主国家的大门。从此历史打开了崭新的一页，蒙古族文学也步入了现代化进程。随着社会历史的发展，蒙古族文学中的现代性越来越凸显于文学活动的各个环节，在交流、碰撞、借鉴过程中，蒙古族文学逐渐融入世界文学行列。

综观2011年的蒙古族现当代文学研究，应该用异彩纷呈、突飞猛进、硕果累累等词来形容。在史料发掘、经典重读、理论建构、生态批评、重点作家作品评述、地域文学探析等方面取得了持续进展，展现出强劲的态势。

一、史料发掘：试图建设完整的史料平台

史料发掘和搜集是学科建设和学术研究的基础性工作。有了完整的史料平台才有完整的学科史。从某种意义上讲，史料是研究者的空气或翅膀。没有空气或翅膀哪儿有自由翱翔。对于蒙古族现当代文学研究，特别是蒙古族现代文学研究来说，建设完整的史料平台是至关重要的。由于战乱、社会动荡、政治不稳定等诸多因素，与蒙古族现代文学有关的报纸、杂志、书籍、信件、日志、记载失散居多。因此，20世纪80年代开始，内蒙古学界意识到蒙古族现代文学史料建设的重要性，开始文学史料的搜集、发掘和整理工作，其中学者额尔敦陶克陶、乌·苏古拉以及巴·格日勒图教授做出了巨大贡献。2011年在蒙古

知识考察与体系构建

族现当代文学史料发掘方面又有了新收获。

巴·格日勒图的《浅析额尔敦陶克陶青年时期的诗文》[1]一文，以社会历史批评方法，将额尔敦陶克陶早期作品放置于当时文化语境，对其进行了深度阐释和细微分析。值得一提的是作者首次披露了当时的青年作家额尔敦陶克陶在《丙寅》杂志和《青旗报》上发表的两组翻译作品。额尔敦陶克陶在《丙寅》杂志第6期3号上以《亚洲人民的诗歌》为题发表了9首诗作，其中3首为蒙古族诗作品，其余6首均为翻译作品，即日本诗歌作品3首，汉族古代诗歌作品3首。1942年2月，额尔敦陶克陶在《青旗报》上以《世界名诗》为题发表了21首诗作，其中5首为蒙古族诗歌作品，其余16首均为翻译作品，即日本诗歌作品4首，汉族古代诗歌作品5首，德国诗歌作品3首，法国诗歌作品3首，英国诗歌作品1首。对于蒙古族现代翻译文学来说，这些发掘具有重大意义。

特古斯巴雅尔的《内蒙古第一部〈文艺作品选集〉的版本和作品内容》[2]一文，关注、分析、评价了一直被学术界忽略的一部珍贵史料汇编《文艺作品选集》。该作品选集于1950年在张家口由内蒙古日报社印行，共收录了额尔敦陶克陶、赛音朝克图、杜嘎尔苏伦、玛尼扎布在内的19名作者的27篇作品（其中诗歌作品23首、其他作品3篇）。这些作品原先在1947年初至1950年4月间被《内蒙古日报》刊载。笔者认为，《文艺作品选集》所收录的作品内容大致分4类，即歌颂革命领导人的作品、宣传政治口号的作品、响应政策运动的作品、消灭迷信普及科学知识的作品等。值得关注的是，该作品选集中的两大主题——歌颂乌兰夫和歌颂平等自治的主题，在之后的社会主义文学作品中逐渐消失，取而代之的是歌颂毛泽东和歌颂民族团结主题。《文艺作品选集》是内蒙古蒙古族文学的首部作品集，反映了内蒙古自治区成立初期蒙古族文学的思想倾向、价值取向和审美

---

[1] 巴·格日勒图.浅析额尔敦陶克陶青年时期的诗文[J].内蒙古大学学报（蒙古文）·哲学社会科学版，2011（1）.

[2] 特古斯巴雅尔.内蒙古第一部《文艺作品选集》的版本和作品内容[J].内蒙古大学学报（蒙古文）·哲学社会科学版，2011（2）.

追求。这一发掘对蒙古族当代文学的起源、发展研究具有重大意义。

娜仁格日勒的《阿成嘎及扎兰屯师道学校史事片断——日藏文献探史录》[1]一文，基于蒙、汉、日文献档案，向学术界披露了现代知识分子、教育家，扎兰屯师道学校校长阿成嘎的生平片断。本文为阿成嘎研究的首篇论文，除《扎赉特旗地方志》中零星提到过阿成嘎之外，学术界一直未发现这位为民族教育文化事业做出巨大贡献的现代知识分子。据作者考证，阿成嘎是扎赉特旗人，生于清朝光绪32年（1906年）1月18日，曾经留学日本，1932至1942年担任扎兰屯师道学校校长职务。在留日期间曾在蒙古留日学生会机关刊物《祖国》上发表过作品。在阿成嘎校长的努力之下，当时的扎兰屯师道学校名声大噪，成为蒙古青年学子们梦寐以求的名校。扎兰屯师道学校有自己的校歌，作者认为，虽然无法考证该校歌的具体创作过程，但离不开阿成嘎先生的参与和领导。该论文为蒙古族现代文学思想史研究以及现代教育、现代知识分子研究提供了宝贵史料和信息。

乌云高娃的《克兴额作品的新发现》[2]一文，澄清、甄别蒙古族现代作家克兴额作品的同时，向学术界提供了新发现的作品。据作者考察，到目前为止，人们已发现克兴额作品50篇，其中额尔敦陶克陶、巴·格日勒图、克·莫日根、二木博史做出了贡献。50篇作品中原创作品有35篇，其中蒙古文作品有33篇，汉文作品有2篇，翻译作品有15篇，其中满文译蒙古文作品1篇，汉文译蒙古文作品14篇。作者在日本大阪大学图书馆馆藏文献《奉天蒙文报》第20号（1918年12月21日）上发现了克兴额的一首五言诗。作者认为，在《奉天蒙文报》上刊发的克兴额作品中，这首是早期作品，大约于1912年完成，该作品反映了辛亥革命之后的蒙古盟旗的社会状况。

---

[1] 娜仁格日勒.阿成嘎及扎兰屯师道学校史事片断——日藏文献探史录[J].内蒙古大学学报（蒙古文）·哲学社会科学报，2011（2）.

[2] 乌云高娃.克兴额作品的新发现[J].内蒙古师范大学学报（蒙古文）·哲学社会科学版，2011（2）.

二、经典重读：寻找永恒的艺术魅力

经典是经久不衰的传世之作，是一个时代、一个民族的思想、情感、价值观和审美观的载体。阅读与阐释是发现、重构经典的一种过程，伟大的作品都是尚未完成的作品，在阅读和阐释中获得永恒的艺术生命。综观蒙古族现当代文学坛，有4座峻峰灿烂夺目，巍峨在崇山峻岭之中，以无可非议的功勋和荣耀捍卫着蒙古族现当代文学的尊严和高度。那就是纳·赛音朝克图、巴·布林贝赫、阿·敖德斯尔、玛拉沁夫等四大文豪，其人其作依然影响着蒙古族文学的存在方式和发展方向。

（一）纳·赛音朝克图研究

2011年，纳·赛音朝克图研究迎来了新的局面，乌·纳钦撰写的《纳·赛音朝克图研究：人类学民俗学视野中的作家新阐释与研究词典》（民族出版社，2011年7月）一书，以人类学、民俗学视角，对纳·赛音朝克图的作品进行解读和阐释，挖掘和梳理了其作品中的人类学、民俗学内涵，并试图阐明其作品中的民间隐形结构。全书分上下编，共10章，70万字，上编为研究专著，下编为研究词典，二者互为关联，互为补充。上编《赛春嘎新阐释：人类学与民俗学视野中的研究》分4章，旨在质疑以往的一些主流观点，采用文艺学、人类学、民俗学的跨学科研究方法，重释经典，探讨和梳理赛春嘎（纳·赛音朝克图）作品中人类学与民俗学内涵及其贯穿脉络，对那些曾经忽略的思想因子做学理上的品评，阐明它们给予赛春嘎一生的文学主张与文学创作的影响。下编《纳·赛音朝克图研究词典》分6章，1060多条，在以往众多研究成果基础上，参阅甄别千余种资料，结合田野调查，采用文学研究与词典编纂方法，力图归纳、澄清与纳·赛音朝克图相关的全部信息，为其研究提供翔实的信息路径和资料平台。本书创新点有4个。一是研究视角的拓展，本书首次把人类学与民俗学视角引入纳·赛音朝克图研究，提出了一系列新观点。二是从纳·赛音朝克图作品中总结出几种模式，如"对立并行的意象体系""意象叙事的民俗隐喻""以家乡为中心的环形描写模式""搓线叙事法""诗歌意境中的民俗仪式深层现场"等。对于蒙古族文学研究来说，这些模式具有普遍意义。三是发现了新领域，本书开启了纳·赛音朝克图作品的另一个世界，即人类学与民俗学世界。四是开启编纂作家研究词典的路子，本书的下编是蒙古族文学史上首部作家研究词典，对纳·赛音朝克图研究以及蒙古族文学研究具有一定的启发意义和实用价值。

（二）巴·布林贝赫研究

巴·布林贝赫是享誉海内外的著名诗人和诗学专家，是以毕生的精力和才华缔造文学传奇的人，是20世纪蒙古族文坛上出现的最具影响力的作家之一。他的贡献主要体现于引领当代诗歌的发展，探索诗歌艺术的新领域，建构当代诗学体系等方面。满全（道日那腾格里）的《论巴·布林贝赫诗歌的抒情模式——阴阳组合》[1]、《论巴·布林贝赫诗歌的抒情模式——人与自然的统一》[2]、《论巴·布林贝赫诗歌的抒情模式——时空的模糊化处理和景与情的相互融合》[3]等3篇论文，以外部考察与内部研究相结合、宏观把握与微观分析相结合、现代性视角与理论审视相结合的学术立场，对巴·布林贝赫教授的诗歌创作进行考察，总结出其抒情模式。所谓抒情模式就是指抒情诗人把握世界、感悟世界、思考世界和书写世界的方式。抒情模式也是一种隐蔽的艺术思维，受制于文化传统。作者认为，阴阳组合、人与自然的统一、时空的模糊化处理和景与情的相互融合是巴·布林贝赫诗歌中常出现的抒情模式，其来自于文化传统。作者的另一篇论文《论巴·布林贝赫的文学成就》[4]，基于巴·布林贝赫诗歌实践和具体案例，

---

[1] 满全.论巴·布林贝赫诗歌的抒情模式——阴阳组合[J].中国蒙古学，2011（2）.

[2] 满全.论巴·布林贝赫诗歌的抒情模式——人与自然的统一[J].内蒙古民族大学学报（蒙古文）·哲学社会科学版，2011（2）.

[3] 满全.论巴·布林贝赫诗歌的抒情模式——时空的模糊化处理和景与情的相互融合[J].金钥匙，2011（6）.

[4] 满全.论巴·布林贝赫的文学成就[J].内蒙古大学学报（蒙古文）·哲学社会科学版，2011（3）.

论述了一代文学宗师巴·布林贝赫的文学成就。作者认为，巴·布林贝赫以卓越的智慧、非凡的才气、孜孜不倦的努力缔造了文学传奇，他的文学经验、美学追求、人格魅力引领着当代诗歌的发展。首先，巴·布林贝赫是蒙古族当代诗歌的奠基人，其诗作《心与乳》《生命的礼花》《阳光下的孩子》《银色世界的主人》《命运之马》是一个诗歌时代的标志，代表了一代诗风。其次，巴·布林贝赫是蒙古族诗歌艺术的探索者，主要体现于意境诗的创作及意境学说的建立、散文诗创作、抒情型叙事诗的创作、自由抒情方法的应用等方面。再次，巴·布林贝赫是蒙古族诗学体系的建构者，其诗学著作《心声寻觅者的札记》《蒙古诗歌美学论纲》《蒙古英雄史诗的诗学》《直觉的诗学》，勾勒出了蒙古诗学基本体系。

海日寒的《巴·布林贝赫诗歌创作新论》[1]一文，从现代诗学视野对巴·布林贝赫的诗歌创作进行了一次全面解读和深层梳理。作者认为，巴·布林贝赫创作心理中的"大自然"情结，使他的创作超越了当时的艺术规范，获得了长久的艺术魅力；情思的象征化表述是巴·布林贝赫艺术思维的特质，他将典型理论创造性地运用到诗歌创作中，开创了蒙古族诗歌中意象化、象征化抒情的艺术方式；巴·布林贝赫是精于重构传统的诗人，他通过"运思潜在模式"这个中介继承并改造了蒙古族的诗歌传统；他从其他民族诗歌艺术中借鉴了意境、自由抒情和巧思等艺术经验，经过创造性改造后整合进蒙古族诗歌传统中，成为诗歌史的一部分。

（三）玛拉沁夫研究

玛拉沁夫研究已有60多年的历史，相关论文已有220多篇，研究专著有3部。2011年，玛拉沁夫研究在前人研究的基础上，从国家文学或草原文学视角对其相关问题进行了梳理和探讨。李晓峰的《重读玛拉沁夫》[2]一文，在回顾玛拉沁夫研究历史的基础上，重新讨论了其小说中的"祖国"和"民

---

[1] 海日寒.巴·布林贝赫诗歌创作新论 [J].民族文学研究，2011（1）.
[2] 李晓峰.重读玛拉沁夫 [J].南方文坛，2011（5）.

族"认同问题。作者认为,对于中华人民共和国,有两种表述方式,一种是"统一的多民族国家",一种是"社会主义国家"。前者强调了国家的多民族共同体属性;后者强调了国家的政治共同体属性。前者建构的是"民族——民族共同体"的认同,属于民族主义范畴;后者建构的是"国家——公民(人民)认同",属于国家主义范畴。在20世纪五六十年代特殊的历史语境中,无论在合理性还是客观性上,对"社会主义国家"的强调明显高于"统一的多民族国家",而二者本来应该是不可或缺和不可分割的一体两面。这就是说,国家将各民族成员一律认同为"人民"(国家公民)的同时,也在客观上遮蔽了"人民"的民族身份和民族认同,表现出"去民族主义化"的倾向。所以,仅仅从20世纪五六十年代"歌颂"的主题形态来解读玛拉沁夫祖国和民族团结主题,完全是一种误读。因为,从更深的层面上,将祖国认同为"母亲",表达的是蒙古族对国家的归属感。但是,如果我们回到20世纪五六十年代的历史现场,又会发现,对新中国而言,祖国认同依然是正在建构的现代性过程,远不是现代性的终点。准确地说,民族团结的主题表达的正是祖国认同过程的焦虑。这种焦虑,一方面源于历史上各民族的不平等,特别是汉族对少数民族的歧视和各民族间的隔膜;另一方面源于各民族对被国家认同的渴望。只不过,玛拉沁夫没有用焦虑的直接方式表达而已。

李晓梅的《玛拉沁夫对蒙古族民间文学传统的继承》[1]一文,从描写具有英雄气息的人物形象、壮美的审美风格和多用谚语、韵白相间的创作技巧等方面,讨论、考察了玛拉沁夫小说创作中的蒙古民间文化资源。作者认为,玛拉沁夫是草原文学的杰出代表,一直被称为"文坛千里马",虽然其作品描写的主要着眼点在中华人民共和国成立后这样一个"新"时期,但是民间文学传统文化的优秀合理成分还是极具诱惑力地吸引了作家的目光。玛拉沁夫的创作也正是因为这种民间文学传统的继承,才使得他的作品成为真正的草原文学而独具特色。

《茫茫的草原》是玛拉沁夫的代表作,也是其创作生涯中最具生命力的作

---

[1] 李晓梅.玛拉沁夫对蒙古族民间文学传统的继承[J].白城师范学院学报,2011(1).

品。长期以来，这部小说作为书写蒙古族革命斗争历史的优秀之作，产生了比较大的影响，具备了一定的经典性。乔以刚、宝天花的《民族·性别·历史叙事——重读玛拉沁夫〈茫茫的草原〉》[1]一文，从民族和性别的角度对革命历史长篇小说《茫茫的草原》进行了考察和分析，认为小说中的蒙古族女性形象及其性别表述，敞开了文本在多重话语缠绕下的文化内涵和精神诉求。一方面，小说对主要人物的塑造体现了传统的性别定位。另一方面，作者在修改版中借助于对人物民族身份和性别身份的置换传达出一定的民族自我认同意识。小说以朴素的女性关怀再现了处于历史边缘的蒙古族女性的生命境遇。作者对特殊身份女性形象的艺术处理，显示了民族—性别深层审美心理的外化。

佟额尔敦仓的博士学位论文《玛拉沁夫小说创作民族文化解读》[2]，以玛拉沁夫小说创作为研究对象，采用文学文化学、社会历史批评、文本分析、比较文学研究方法，试图从民族文化视角，对其小说创作进行全方位的文化探究和文化解读。该论文为蒙古族学者撰写的首部研究玛拉沁夫的博士学位论文。论文由导论、正文5章、结语等7个部分组成。导论部分主要由文献综述、选题缘由、研究价值和意义、研究对象、研究方法等几项内容构成。第一章玛拉沁夫与草原文化小说，由蒙古族作家汉文创作述评、草原文化小说解读、玛拉沁夫——蒙古族草原文化小说的开拓者等3个内容构成。这一章节中，以诸多实例力求印证玛拉沁夫是蒙古族草原文化小说的开拓者和践行者之一。第二章玛拉沁夫作品的文化渊源解读，由蒙古民族传统文化对作家的熏染与陶冶、内蒙古草原的博大胸怀及革命斗争生活造就了一位作家、外来文化的间接影响及作家的积极借鉴等3个内容构成。作者认为，内蒙古草原的博大胸怀及革命斗争生活造就了这位民族作家，他深受蒙古族传统文学的熏染与陶冶，积极地从本民族民间文学中汲取有益的养分，同时借鉴外来文学经验。第三章玛拉沁夫小说的民族文化内涵（一），由独特的地理人文景观——风景画与风俗画的描写、

---

[1] 乔以刚，宝天花.民族·性别·历史叙事——重新玛拉沁夫《茫茫的草原》[J].社会科学，2011（10）.

[2] 佟额尔敦仓.玛拉沁夫小说创作民族文化解读[G].内蒙古大学，2011.10.

现当代蒙古族现实生活画卷的艺术再现等两个内容构成。作者认为，风景画、风俗画也是小说民族文化内涵的有机组成部分。玛拉沁夫特别擅长和注重风景画、风俗画描写，把它作为小说作品中体现民族文化特征的一种追求。玛拉沁夫的小说作品极为广阔地反映了内蒙古草原人民崭新生活的各个方面，并全面地展现了各项事业和各类人物的巨大变化，多侧面地、纵横地反映出蒙古民众社会生活的历史进程。第四章玛拉沁夫小说的民族文化内涵（二），由玛拉沁夫小说中的蒙古族人物形象画廊，对蒙古族审美观、宗教观等观念文化的形象再现等两个内容构成。作者认为，玛拉沁夫在小说人物形象的民族化方面做出了可贵的努力和探索，真实而生动地塑造了一个个当代蒙古人的典型形象，为蒙古族文学的"形象画廊"又增添了一组新人物。玛拉沁夫对本民族的传统文化心理有深刻的理解，并准确地再现了蒙古族审美心理、宗教观念以及生活理念，使小说作品获得了鲜明的民族文化特色。第五章玛拉沁夫小说艺术形式的传统文化渊源，由对蒙古族英雄史诗与民歌传统的传承与发扬，对蒙古族传统文学独特意象的继承与发展，小说语言的民族化探索及成就，在表现方法、艺术技巧等方面的传承与创新等4个部分组成。结语部分，主要对论文中阐述的观点进行了总结，并对玛拉沁夫小说研究提出了一些展望。作者认为，时至今日，虽然说关于玛拉沁夫及其创作的研究取得了可喜的成就，但是有些领域尚待开掘或重点研究。例如，玛拉沁夫散文研究、玛拉沁夫电影文学研究等。

三、学理思考：力图建构民族文学理论体系

民族文学理论来自于民族文学实践。从20世纪80年代伊始，学术界为建构民族文学理论体系而不懈努力，在研究过程中自然形成3种学理范式，即从民族文学创作实践中归纳出民族文学理论体系；在对民族古代文论的整理、阐发中建构民族文学理论体系；在不同民族文论的交流以及传统与现代的对话中建构民族文学理论体系等。2011年，蒙古族文学的学理化和理论化研究取得了一定的进展。

知识考察与体系构建

阿民的《论文学民族性内涵》[1]一文,在学理层面上讨论了文学民族性问题。作者认为,目前在国内学术界混乱应用文学的民族性、文学的民族特点、文学的民族化和文学的民族风格等概念,以及存在着文学的民族性等同于民族文学,民族文学等同于少数民族文学等错误认识。所谓文学民族性内涵就是指通过艺术形象、审美模式、作品语言表现出来的民族文化独特性和一种文化态度。

满全的《蒙古族文学作品中的狼及其相关叙述》[2]和《蒙古族叙事作品中的故事结构》[3]两篇论文均打破民间文学与书面文学、古代文学与现代文学之界限,试图探寻蒙古族文学从古至今,从口传到书面传播始终遵循的某些规律。前一篇论文,以文学文化人类学视角,考察与狼有关的文学作品和民间习俗禁忌,概括出蒙古人对狼的叙述和复杂的文化情结。笔者认为,对于蒙古人来说狼是特殊的动物,也是一种文化符号。从古至今,蒙古人对狼的态度随着社会文化的变迁而有所变化,概括起来主要有3种叙述系统,即狼是至高无上的神祇,狼是所向披靡的英雄,狼是恶毒凶残的敌人,这是蒙古人对狼的全部想象。后一篇论文,通过分析、归纳大量蒙古叙事文学文本,如神话、传说、英雄史诗、民间故事、叙事民歌、本子故事、活佛传记、现代小说,发现有一种相对稳定的故事结构反复出现于多种文本中。笔者认为,同一故事结构反复出现于不同文本时就形成故事模式,称为故事基本模式,可以用可变方程式来表述。即:$K=(A+B)\times Cn$。其中,K代表故事基本模式;A代表主体,或主要人物,或行动主体;B代表客体,或次要人物,或行动的对象;Cn代表可变行动。主人公A与B的相互行动构成故事结构,并产生意义。把民间故事假设为多成分句子,能用单句形式来表述其结构,即单句=(主语+宾语)×谓语。其中K是单句——代表故事基本模式;A是主语——代表行动的主体,或主导者;B是宾语——代表行动的客体,或接受者;Cn是可变谓语——代表可变行动。从民间文学到

---

[1] 阿民. 论文学民族性内涵 [J]. 中国蒙古学,2011(4).
[2] 满全. 蒙古族文学作品中的狼及其相关叙述 [J]. 内蒙古社会科学(蒙古文),2011(2).
[3] 满全. 蒙古族叙事作品中的故事结构 [J]. 内蒙古师范大学学报(蒙古文)·哲学社会科学版,2011(3).

书面文学,从上古时期神话到后现代小说,都能找到同一的故事结构反复出现于不同的文本中。一种结构反复出现于不同文本时就形成固定模式,成为叙事传统。固定模式或叙事传统,是一种传播契约、文化积淀和文化记忆。换言之,是演唱者(作者)与听众(读者)之间的契约。演唱者和听众遵循固定模式时,故事才能传播开来。在很多情况下,演唱者采用同一模式演唱不同故事,或以熟悉的形式演唱不熟悉的故事,听众仍然喜欢接受。因此,故事基本模式:$K=(A+B) \times C_n$,是集体共同拥有的一种传播契约、文化积淀和文化记忆。故事基本模式与文化结构有关。所谓文化结构,就是文化诸要素的排列组合秩序,有表层结构和深层结构之分。从文化创造源和意义排序看,蒙古文化深层结构为二元一体。二元一体结构,在不同文化语境和不同历史阶段有不同的表现形式。在蒙古叙事文学中常常出现相互对抗(有时对立统一)的两种力量,通常称之为英雄与敌人,文本情节、故事和意义均发生在相互对抗的两种或若干力量之间。蒙古叙事文学的故事基本模式来自于蒙古文化的深层结构,并受其支配。

海日寒的《蒙古族当代诗歌中的抒情主义》[1]一文,以世界现代诗歌理论为背景,在抒情主义的渊源、形成、发展及扩张等4个知识点上,全面、系统地梳理和探讨了蒙古族当代诗歌创作中抒情主义的发生、发展和演变轨迹。作者认为,诗叙事、诗言智、诗抒情为蒙古族诗歌三大传统,其中诗抒情传统不是那么强有力。在蒙古语诗坛上大规模出现抒情诗,形成抒情主义属于20世纪后半叶之事。纳·赛音朝克图、巴·布林贝赫是蒙古族当代抒情主义的奠基者和建构者,他们给蒙古族诗坛留下了自由抒情、意境、巧妙叙事、细腻描述等宝贵的诗学遗产。敖力玛苏荣、勒·敖斯尔继承发展了蒙古族当代诗歌中的抒情主义,阿尔泰、道日那腾格里充实和扩展了蒙古族当代诗歌中的抒情主义。阿尔泰的诗内涵丰富,以抒情——沉思诗学,以及对复杂经验的有效处理,对叙事、戏剧性描写、细节的巧妙应用等新手段,更新和扩充了抒情诗理念和内涵。道日那腾格里的诗歌以情思化的生命体验、情绪化的意象叙述、浪漫化的

---

[1] 海日寒.蒙古族当代诗歌中的抒情主义[J].内蒙古大学学报(蒙古文)·哲学社会科学版,2011(1).

想象力开启了蒙古族抒情诗的新空间。他的另一篇论文《当代蒙古语诗歌中的意象主义》[1]，基于蒙古语诗歌创作实践，总结出了当代蒙古语诗歌中的意象主义特点。作者认为，当代蒙古语诗歌创作实践中逐步形成了抒情主义、意象主义和语言诗学等三大诗学思想体系。从抒情向展示，从情感中心向感性显现，从平面思维向归纳思维的转型以及技巧含量的提升是意象主义带来的变化。但是意象主义诗歌中存在着很难处理复杂经验，意与象的脱节等不足之处。

孙高娃、巨宝山的《新时期科尔沁蒙古文乡土小说研究综述》[2]一文认为，新时期科尔沁蒙古文乡土小说研究已经渗透到形象学、民俗学、审美学、心理学、文本学、阐释学、叙事学、文学文化学、文学语言学等多学科领域，研究取得了令人瞩目的成就，大力推动了蒙古族当代文学研究，其研究前景令人期待。虽然新时期科尔沁当代乡土小说研究取得了显著的成就，但以下几个方面仍有待于突破。一是以往的研究主要集中于个案研究，缺乏系统性和乡土文化视野，进行跨学科综合研究的专著还未出现；二是由于科尔沁区域丰富的文化土壤，有待于挖掘科尔沁乡土小说民间文化蕴含；三是研究视野或方法上急需突破。文学语言学是蒙古族文学领域内新兴起的研究方法。文学语言学将给我们带来新的可能性。蒙古族文学中的言语系统研究是尚未深入展开的新课题。深入探究科尔沁当代乡土小说中体现的言语共性特点以及受个体的职业、身份、经历、语言习惯、交际的任务、时间、场所、环境等的影响而产生的个性特征，将是今后研究科尔沁当代乡土小说的重要突破点之一。

梅花的《论新时期蒙古文历史题材长篇小说中的佛教意识》[3]一文，着重分析了20多篇新时期蒙古文历史题材长篇小说中的佛教意识，根据对佛教的叙述，作者概括出了3种叙述范式，即真实叙述、客观叙述和忠诚评价。对佛教的不同叙述态度，反映了新时期作家的不同价值取向和不同审美判断。其另一

---

[1] 海日寒.当代蒙古族诗歌中的意象主义[J].中国蒙古学，2011（1）.

[2] 孙高娃，巨宝山.新时期科尔沁蒙古文乡土小说研究综述[J].内蒙古民族大学学报·哲学社会科学版，2011（5）.

[3] 梅花.论新时期蒙古文历史题材长篇小说中的佛教意识[J].中国蒙古学，2011（1）.

篇论文《现代历史题材长篇小说所反映的蒙古喇嘛形象》[1]，也讨论了历史题材长篇小说中塑造的喇嘛形象。文章认为，不同作家对喇嘛形象持着不同态度和不同处理方式，概括起来喇嘛形象有3种，即作为宗教徒形象的喇嘛，作家们对其普遍持着批评和指责的态度；作为有血有肉的人，作家们对其表达吝惜和关怀之情；作为集体形象出现的喇嘛，作家们对其普遍持着肯定和认可的态度。

斯琴的《蒙古语城镇小说中的大自然形态》[2]一文，在小说中被描写的大自然的具象、大自然的表现形式、大自然的文化内涵等3个知识点上，对汉族城镇题材小说与蒙古族蒙古语城镇题材小说进行了比较分析。笔者认为，蒙古语城镇题材小说中出现的大自然有两种具象，即原始自然和被破坏的自然，其表现形式为作者的直接描述或主人公的回忆和反思。在蒙古族作家笔下大自然是具有审美内涵和生命灵性的客体，这一方面有别于汉族作家对大自然的描写。批判是现实主义小说的核心精神，她的另一篇论文《现实主义手法在新时期蒙古语城镇题材小说中的运用》[3]，就讨论了小说的批判精神。作者考察了新时期蒙古语城镇题材小说后指出，现实主义创作原则是当代蒙古语小说的审美主线，在新时期蒙古语城镇题材小说中现实主义手法得到广泛运用，如描写转型期的各种社会问题、传统价值观的解体、金钱崇拜的泛滥等消极、灰暗现象时作家们往往运用现实主义手法，实现深刻批判的目的。

李超的《蒙古族民间叙事诗〈嘎达梅林〉程式分析》[4]一文，尝试运用美国学者帕里和洛德所创立的"口头程式理论"，从语言程式和典型场景程式两个方面归纳出其程式特点，并与蒙古族史诗中的程式进行比较，发现其共同点，从而指出程式在蒙古族民间口头文学中的重要作用。

---

[1] 梅花.现代历史题材长篇小说所反映的蒙古喇嘛形象[J].内蒙古社会科学（蒙古文），2011（3）.

[2] 斯琴.蒙古语城镇小说中的大自然形态[J].中国蒙古学，2011（4）.

[3] 斯琴.现实主义手法在新时期蒙古语城镇题材小说中的运用[J].内蒙古社会科学（蒙古文），2011（3）.

[4] 李超.蒙古族民间叙事诗《嘎达梅林》程式分析[J].剑南文学,2011(8).

红霞的《新时期蒙古文小说叙事学研究简论》[1]一文，基于新时期蒙古文小说理论与批评现状，在叙事视角、叙事时间、叙事结构等3个点上考察了蒙古文小说叙事学研究，认为学界在叙事视角的内化、叙事时间的自由变动、叙事结构的层次化方面达成意见。

带兄的《当代蒙古族汉文小说研究概述》[2]一文，根据不同研究理念和视角，把蒙古族当代汉文小说研究分为三个板块，并予以总结归纳，即中国当代文学领域之内的蒙古族当代汉文小说研究，蒙古学领域之内的蒙古族当代汉文小说研究，中国少数民族文学领域之内的蒙古族当代汉文小说研究等。作者认为，蒙古族汉文创作研究未能形成独立的学科，并存在以下问题：一是未搭建完整的史料平台；二是作品研究主要集中于代表作家和代表作品，未能涵盖所有作家作品。

四、生态批评：对诗意栖居的想象

从主题学视角看，近几年的蒙古语小说创作热门主题有3种，一是民族历史的重新审视和叙述，二是传统文化的梳理和记录，三是生态保护的宣传和关注。随着现代化进程的深入、生产方式的转型、地球气候的异常、人为活动的频繁，草原生态日愈恶化，引起多方的关注。有良知的作家拿起手中的笔，书写着保护草原生态的作品，试图唤醒人们的生态意识。

丁琪的《游牧文化与诗意栖居的想象》[3]一文，从文本分析、文化学阐释、生态批评等视角，对蒙古族草原生态小说中的自然描写和动物叙述进行考察和梳理，概括出其思想倾向和价值取向。作者认为，在文本中重新恢复

---

[1] 红霞.新时期蒙古文小说叙事学研究简论[J].内蒙古大学学报（蒙古文）·哲学社会科学版，2011（5）.

[2] 带兄.当代蒙古族汉文小说研究概述[J].内蒙古大学学报（蒙古文）·哲学社会科学版，2011（1）.

[3] 丁琪.游牧文化与诗意栖居的想象[J].内蒙古民族大学学报·哲学社会科学版，2011（3）.

自然的魅力以及自然对人的模塑和反作用力，并赋予自然仁慈和狂暴的双重隐喻，以召唤人类对自我之外广阔世界的谦逊和敬畏情怀；灵异动物形象的塑造是对人与自然关系的一个深度书写，突出动物的荒野品性和自然与人类之间通灵者的角色特征，传达了作家文化反思和文明批判的价值立场。这些自然书写联系着作家对人类诗意栖居的哲学思考，折射出民族认同思想背景下，作家对生态型游牧文明的深沉怀念。她的另一篇论文《蒙古族生态小说中的科技想象》[1]，对蒙古族生态小说文本进行分析，总结出其科技想象。作者认为，科技的发展无疑在总体进程上标志着人类的进步，但以反思人与自然的关系、倡导生态伦理为宗旨的蒙古族生态小说，却对它有许多无情的解构，它的本质不是对科技的排斥，而是对被科技异化的社会文化的反思；在现代语境下，民族自我现代化诉求同时催生了文学中的科学利用和科技治理思想。这种杂糅式的科技想象，是现代化进程中少数族裔对民族文化发展的一种焦虑表达和诗性创造，是对现代性反思的集中体现，它说明在文化互动中，少数族裔完全可以通过主动的对异文化的本土化实现民族文化的动态建构，从而使民族文化成为凝聚多元的一种独特性，以保持自己在多民族文化发展中的自主性和生存能力。

形象是小说艺术的首要叙述对象。小说中被描写的形象分为二种，一是狭义上的形象，就是指人物形象；二是广义上的形象，包括人物、动物、风景、场景等具有形象的物体都能成为小说形象。额尔敦格日乐的《新世纪蒙古语生态小说形象分类》[2]一文，以文本分析和形象学视角，对新世纪蒙古语生态小说中的人物形象进行了分类和阐释。作者认为，根据新世纪蒙古语生态小说人物形象的生活环境，可分为本地人和外地人，本地人在小说中被描写为生态的捍卫者、故土的主人，作家们给他赋予了保护生态的责任；外地人在小说中被描写为另一种文化的符号，他代表着另一种价值取向，是生态的破坏者形象。根据新世纪蒙古语生态小说人物形象的年龄差距，可分为长辈人物和晚辈人物，

---

[1] 丁琪.蒙古族生态小说中的科技想象[J].黑龙江民族丛刊，2011（4）.

[2] 额尔敦格日乐.新世纪蒙古语生态小说形象分类[J].内蒙古师范大学学报（蒙古文）·哲学社会科学版，2011（2）.

在小说叙事中长辈人物代表着传统文化的核心价值，是自然生态的捍卫者；晚辈人物代表着新文化的价值取向，是传统生活方式的革新者。根据新世纪蒙古语生态小说人物形象的权力掌控情况，可分为平民百姓和官僚阶层，平民百姓是无权无势的人群，是非权力掌控群体，在小说中被描写为弱势群体，代表着生存的基本诉求和道德规范；官僚阶层是有权有势的人群，是权力操控群体，在小说中被描写为强势群体，是权力的象征，很多作家对其持有批评态度。

新时期蒙古语文学中"狼"常常被叙述为野性和生态的标志。舍·敖特根巴雅尔的《狼形象的三重性》[1]一文，着重分析"八骏杯"蒙古文作品大赛中的狼题材小说，概括出狼形象的三重性，即狼是崇拜动物、象征动物和现实动物。崇拜意义和象征意义上的狼形象是文化生态的符号，现实意义上的狼形象是自然生态的符号。

小说之外纪实文学也担着关注生态、宣传保护生态、唤醒生态意识的重任。敖敦的《生态之史、平民之史、个人之史》[2]一文，着重讨论了老一辈记者阿拉坦桑布的4部纪实文学作品集。作者认为，所谓历史意识就是过去、现在和未来融为一体的心理活动，换言之，总结过去，思考当下，展望未来以及重新设定、修正人生规划的一种心理活动。作者的4部作品以不同视角回顾了生态、平民和个人的有关历史记忆，值得关注和肯定。

孛儿只斤·哈斯额尔敦的《蒙古族生态文学的社会文化根源探析》[3]一文，从意识形态、民风民俗、宗教信仰、法律制度等4个方面分析、总结了蒙古族生态文学发生发展的社会文化根源。

---

[1] 舍·敖特根巴雅尔. 狼形象的三重性 [J]. 金钥匙，2011（4）.
[2] 敖敦. 生态之史、平民之史、个人之史 [J]. 金钥匙，2011（4）.
[3] 孛儿只斤·哈斯额尔敦. 蒙古语生态文学的社会文化根源探析 [J]. 金钥匙，2011（4）.

五、重点作家作品的评述：建构异彩纷呈的个体世界

重点作家、重点作品是一个时代的标志。所谓文学史就是重点作家和重点作品的历史。因此，重点作家、重点作品的评述和阐释是文学批评的常态工作。2011年的文学批评和研究，围绕老、中、青三代作家的重点作品进行多视角讨论，阐明其思想内涵和艺术创新，令人耳目一新。

（一）老一代作家的作品研究

老一代作家是蒙古族当代文学的奠基者和建构者，他们用毕生的智慧和精力谱写了传世作品，为蒙古族文学事业的发展做出了贡献。在2011年，学者们关注了额尔敦陶格陶、杜嘎尔苏伦、纳·赛西亚拉图等老一代作家的作品，并以虔诚、谨慎、客观的态度对其进行了梳理和评述。

楚鲁的《额尔敦陶格陶诗歌作品的主题思想》[1]一文，以社会历史学视角，对额尔敦陶格套诗歌进行分析，概括其主题思想。作者认为，额尔敦陶格套诗歌作品中贯穿着启蒙思想、政治情感和本土情结，社会转型、文化变迁、政治风云始终未能改变作者对继承发扬民族文化和民族语言的理想。

海日寒的《主流、个人化写作、迟来的评价》[2]一文，从历史遭遇，从主流到个人化写作、抒情范式，经验之上的诗歌写作、文化心理，文人风度和文化性格、艺术贡献，意境、意象和新绝句等4个方面，系统、细致地分析和评价了老一代诗人杜嘎尔苏伦6年多的诗歌创作。

多兰的《论纳·赛西亚拉图的儿童诗歌创作》[3]一文，介绍老一辈诗人纳·赛西亚拉图的儿童诗歌创作基本概况后具体分析了几篇代表作。作者认为，诗人纳·赛西亚拉图的儿童诗歌均来自于诗人孩提时所见所闻和亲身经历的真实生

---

[1] 楚鲁.额尔敦陶格陶诗歌作品的主题思想[J].中国蒙古学，2011（5）.
[2] 海日寒.主流、个人化写作、迟来的评价[J].中国蒙古学，2011（5）.
[3] 多兰.论纳·赛西亚拉图的儿童诗歌创作[J].内蒙古师范大学学报（蒙古文）·哲学社会科学版，2011（2）.

活,作者以现实主义手法真实地描写了蒙古儿童的形象和蒙古族生活画卷。

花拉、孟根其其格、哈斯巴根的《纳·赛西亚拉图系列散文〈童年〉的民族植物学研究》[1]一文,以现代植物学角度,对纳·赛西亚拉图系列散文进行分析,找出巴林地区植物19类14种。作者认为,纳·赛西亚拉图系列散文作品记载了20世纪三四十年代巴林地区生长的多种植物名称及其相关传统知识,为植物资源勘察、民族植物调查、民族地区生态研究提供了珍贵的材料。该篇论文视角独特,以植物学视域探讨文学作品,开启蒙古族文学研究新路径,值得关注。

（二）中间代作家的作品研究

郭雪波是蒙古族中间代作家的优秀代表,以生态小说闻名于国内外文坛。丁琪、包薇的《郭雪波小说中的魔幻与现实》[2]一文,从魔幻之源、魔幻中的现实和文学中的魔幻传统等三个方面,讨论了郭雪波小说中魔幻手法的运用。作者认为,郭雪波小说中的魔幻与作者的故土情结和族裔身份密不可分。科尔沁沙地的自然地理、蒙古族原始宗教文化、东蒙地区丰富的巫术鬼神风俗等,为其小说铺垫了魔幻文化底色;个体民族文化在现代化、全球化语境中不断消解带给郭雪波的忧患意识与惶惑感,草原生态恶化的现实,是魔幻叙事的指向,郭雪波的拯救意识中暗含着欲望批判、找回民族神性信仰的努力;魔幻是民族文化与现代文学的共生,它汲取中国现代文学中的隐性巫文化表达传统,同时这种魔幻风格对中国主流现实主义文学创作有一种反哺作用。

杨玉梅的《郭雪波小说里的歌谣与魔幻》[3]一文,采用文本细读和文化人类学方法,对郭雪波小说进行分析,概括出其小说文本中的民间文化资源。作者认为,郭雪波的草原题材小说关注现实,反思民族历史文化,探索人类未来的命运走向。深刻的思想内容与独特的形式探索密不可分,郭雪波将民间歌谣、

---

[1] 花拉,孟根其其格,哈斯巴根.纳·赛西亚拉图系列散文《童年》的民族植物学研究[J].中国蒙古学,2011（2）.

[2] 丁琪,包薇.郭雪波小说中的魔幻与现实[J].内蒙古师范大学学报·哲学社会科学版,2011（6）.

[3] 杨玉梅.郭雪波小说里的歌谣与魔幻[J].民族文学研究,2011（6）.

传说故事以及魔幻现实主义手法巧妙地运用于创作当中，深化了主题，增强了作品的震撼力和感染力。

阿尤尔扎纳是富有实力的小说作家，他的作品充满戈壁荒漠色彩和本土文化气息，其长篇小说《远古的戈壁》曾摘得首届"朵日纳文学奖"。他的中篇小说《生命之水》发表后引起批评家们的热议，出现有分量的几篇评论文章。如海日寒的《心灵的治疗与戈壁的节奏》[1]、额·乌日根的《原生态文化及其重生的甘露》[2]、亚·查干木林的《叙事的新迹象与主题的新突破》[3]等文章，围绕戈壁与城市、传统与现代、主题与叙事、现实与寓言话题展开讨论，充分肯定了该小说带来的新迹象、新突破。

乌力吉布林是蒙古语小说世界中的另类，他追求小说的另一种表达功能，以荒诞、反讽、古怪、魔幻、超现实的手法讲述着怪异、反常、离奇的故事。沙日娜的《怪诞小说现象研究》[4]，基于民间文化和现代文艺理论资源，对乌力吉布林小说中具有代表性的意象以及意义结构进行了深度阐释，并探究了内蒙古蒙古语小说创作中出现的怪诞现象的意义倾向、文化底蕴和创作手法。作者认为，怪诞小说现象是在社会转型时期内蒙古蒙古语文学创作中出现的重要现象之一，这一现象在意义倾向方面，着重关注族群生存处境，在文化底蕴方面，着重吸收本土文化养分，在创作手法方面，着重借鉴现代派表现手法。她的另一篇文章《现代意识与族群文化的对接》[5]，把乌力吉布林小说创作定格为魔幻小说范畴，并对其进行了文化学阐释。作者认为，乌力吉布林小说在主题思想方面观照现实中的族群，表达忧患意识；在文化底蕴方面继承和汲取了族群文化精髓，丰富了小说文本的内涵；在表现手法方面广泛应用现代主义手法，提升了小说表现力，其中现代意识和族群文化的对接是出现乌力吉布林小说现

---

[1] 海日寒.心灵的治疗与戈壁的节奏[J].金钥匙，2011（1）.

[2] 额·乌日根.原生态文化及其重生的甘露[J].金钥匙，2011（1）.

[3] 亚·查干木林.叙事的新迹象与主题的新突破[J].金钥匙，2011（1）.

[4] 沙日娜.怪诞小说现象研究[J].内蒙古大学学报（蒙古文）·哲学社会科学版，2011（4—5）.

[5] 沙日娜.现代意识与族群文化的对接[J].金钥匙，2011（3）.

象的根本原因。

近年来扎哈诺提·贺西格图的小说创作进入旺盛期，并赢得批评界的好评。如中篇小说《雕花的马鞍》刊登后引起热议。苏尤格的《〈雕花的马鞍〉文化符号解析》[1]、海日寒的《小说概念的更新与实验写作》[2]、策·朝鲁门的《〈雕花的马鞍〉的精雕细刻》[3]、达尔扈特·兴安的《灵魂的观照》[4]、褚丽格尔的《读〈雕花的马鞍〉有感》[5]等文章，以不同视角对文本进行讨论和阐释，一致认为，该小说在文化传承、叙事探索、观念更新、意义建构等方面取得新突破，为蒙古语小说创作营造新鲜氛围。

（三）新生代作家的作品研究

新生代作家是当下蒙古族文坛的主力军，是创作激情最为旺盛的一群人。仁钦道尔吉的《包·青格勒图、色·哈斯朝伦诗歌创作刍议》[6]、策·朝鲁门的《声光为翼，翱翔于〈光年之外〉》[7]、海日寒的《挑战之前》[8]、巴苏岱·哈斯毕格的《关于包·青格勒图的诗集〈光年之外〉》[9]等文章，围绕鄂尔多斯新生代诗人包·青格勒图、色·哈斯朝伦诗歌创作，对传统与革新、本土经验与外来经验、物象捕捉与内心感悟、主题与技巧、借鉴与超越等诸多问题展开讨论，总结其得失。

舍·敖特根巴雅尔的《〈蒙古人在北京〉之盈亏圆缺》[10]、海日寒的《现代转型、为商之道、叙事与写实》[11]两篇文章，着重探讨了新生代女作家策·格

---

[1]　苏尤格.《雕花的马鞍》文化符号解析[J].金钥匙，2011（3）.
[2]　海日寒.小说概念的更新与实验写作[J].金钥匙，2011（3）.
[3]　策·朝鲁门.《雕花的马鞍》的精雕细刻[J].金钥匙，2011（3）.
[4]　达尔扈特·兴安.灵魂的观照[J].金钥匙，2011（3）.
[5]　褚丽格尔.读《雕花的马鞍》有感[J].金钥匙，2011（1）.
[6]　仁钦道尔吉.包·青格勒图、色·哈斯朝伦诗歌创作刍议[J].金钥匙，2011（4）.
[7]　策·朝鲁门.声光为翼，翱翔于《光年之外》[J].金钥匙，2011（4）.
[8]　海日寒.挑战之前[J].金钥匙，2011（4）.
[9]　巴苏岱·哈斯毕格.关于包·青格勒图的诗集《光年之年》[J].金钥匙，2011（4）.
[10]　舍·敖特根巴雅尔.《蒙古人在北京》之盈亏圆缺[J].金钥匙，2011（5）.
[11]　海日寒.现代转型、为商之道、叙事与写实[J].金钥匙，2011（5）.

根其木格的长篇小说《蒙古人在北京》的得失。前一篇评论从题材选择、叙事节奏、意义层次和叙事语言等方面着手，深入浅出地阐释了文本结构。后一篇评论以文本细读、比较文学、女性批评等视角，对作品进行阐释和评述，总结出其成功之处和失败之处。

策·朝鲁门的《汲取传统文化的养分、探寻表现手法的奥妙》[1]、珀·朝克图纳仁的《感性体验中的理性眼光》[2]、敖·查赫轮的《从笔尖喷涌的生态意识》[3]等评论文章从不同视角讨论了新生代诗人乌·乌日图那斯吐的诗歌创作，总结出其审美追求、艺术特色和思想内涵。

六、地域文学探析：绘画文学地理学的努力

天下万事万物，皆在空间，又在时间。空间者，宇也；时间者，宙也。很显然，文学也有两种概念，一种是时间概念，属于文学历史学范畴，研究时间之文学现象；另一种是空间概念，属于文学地理学范畴，研究空间之文学现象。从空间之文学概念或地理学视角划分，也可将中国蒙古族文学分几个板块，如西部蒙古族文学和东部蒙古族文学；内蒙古蒙古族文学、卫拉特文学、青海蒙古族文学、甘肃蒙古族文学；科尔沁蒙古族文学、鄂尔多斯蒙古族文学、阿拉善蒙古族文学、锡林郭勒蒙古族文学等。

查·乔旦德尔的《卫拉特新文学奠基者之一额·刊摘创作历程》[4]一文是地域文学研究的论文。作者以文学史研究和地域文化研究视角，对卫拉特新文学奠基人额·刊摘的创作历程进行了分阶段研究。据作者的论述，额·刊摘的文学创作经历了3个阶段，即20世纪30年代末期至1955年为文学创作准备期或文学创作第一阶段，这一阶段的作品在题材方面以民主、自由为主，形式方

---

[1] 策·朝鲁门.汲取传统文化的养分、探寻表现手法的奥妙 [J].金钥匙，2011（5）.
[2] 珀·朝克图纳仁.感性体验中的理性眼光 [J].金钥匙，2011（5）.
[3] 敖·查赫轮.从笔尖喷涌的生态意识 [J].金钥匙，2011（5）.
[4] 查·乔旦德尔.卫拉特新文学奠基者之一额·刊摘创作历程 [J].内蒙古社会科学（蒙古文），2011（1）.

面从故事形式逐渐过渡到小说形式,并在人民群众中广泛流传;1955 至 1966 年为风格形成期或文学创作第二阶段,这一阶段的作品真挚、朴素,充满生活气息,并积极汲取卫拉特文化精髓,彰显了地域特色;1976 至 1994 年为多声部期或文学创作第三阶段,这一阶段作者的风格趋于稳定,作品题材内容稳步扩展,出现了反映人性、改革、历史风云的作品,在艺术追求上实现了跨越式突破。在中国蒙古族文学版图上,卫拉特文学是不可或缺的文学风景,今后的蒙古族文学研究理应关注中国蒙古族西部文学,这样才形成完整的中国蒙古族文学版图。作者的另一篇评论文章《雪域高原的大爱之歌》[1],从主题学视角,分析、讨论了甘肃省肃北蒙古族自治县的青年诗人策·乌兰敖都的诗歌创作。

才仁巴力的论文《青海蒙古族藏文作家次仁顿珠的文学作品初探》[2]和娜木斯尔的论文《卡木特尔与他的诗歌创作》[3],均属于地域文学研究范畴。上述两篇论文,采用文学史研究方法,对青海蒙古族作家次仁顿珠和卡木特尔的生平事迹、创作道路、代表作品、艺术特征进行梳理和探讨,试图概括出其艺术风格和蒙古文学中的地位。

其布日哈斯的《二十世纪昭乌达蒙古文小说中的文化变异》[4]一文,从社会文化学视角,考察了建国以后的昭乌达蒙古文小说,概括出其演变轨迹。作者认为,昭乌达蒙古文小说的演变轨迹反映了内蒙古社会、文化以及情感世界的变化。

孙高娃的《科尔沁现代地方小说中的种植风俗析》[5]一文,以民俗学视角,对科尔沁现代地方小说中描写的种植风俗进行了分析和梳理。作者认为,经济

---

[1] 查·乔旦德尔.雪域高原的大爱之歌 [J].金钥匙,2011(4).

[2] 才仁巴力.青海蒙古族藏文作家次仁顿珠的文学作品初探 [J].内蒙古社会科学(蒙古文),2011(5).

[3] 娜木斯尔.卡木特尔与他的诗歌创作 [J].内蒙古社会科学(蒙古文),2011(5).

[4] 其布日哈斯.二十世纪昭乌达蒙古文小说中的文化变异 [J].内蒙古大学学报(蒙古文)·哲学社会科学版,2011(5).

[5] 孙高娃.科尔沁现代地方小说中的种植风俗析 [J].内蒙古社会科学(蒙古文),2011(1).

风俗是地域文学的肥沃土壤，科尔沁地域小说作家在描写经济风俗方面取得了可喜的成就，但普遍存在着简单化处理和忽略现象。在小说作品中细致描写经济风俗，有利于表现人物形象的象征意义和内心世界，有利于增加小说的生活气息和文化内涵。其另一篇论文《科尔沁地区当代乡土小说的话语节奏探析》[1]，分析、总结了科尔沁当代乡土小说的话语系统，认为科尔沁当代作家从胡仁·乌力格尔、好来宝那里吸收了语言技巧，从而提升了乡土色彩。

总之，2011年的蒙古族现当代文学研究，在史料发掘、经典重读、理论建构、生态批评、重点作家作品评述、地域文学探析等方面取得了持续进展，出现了大量值得关注的成果，令人欣喜。从研究广度、深度和厚度看，某些作品已突破原有水平线，达到了新高度。从研究队伍看，有两支力量活跃于全国各地的报纸杂志上，一是蒙古族研究团队，二是汉族研究团队，特别值得一提的是蒙古族现当代文学研究越来越受到外族学者们的关注和加入。

路漫漫其修远兮。

□发表于《蒙古学研究年鉴》（2011年卷），2012年11月。

---

[1] 孙高娃.科尔沁地区当代乡土小说的话语节奏探析[J].中国蒙古学,2011(2).

2012年蒙古族现当代文学研究综述

回顾2012年,蒙古族现当代文学研究在理论建构、经典作家作品重释、地域文学研究以及文本阐释方面取得了持续进展,呈现出强劲态势。

一、理论建构:民族文学研究的宏大目标

学理思考、现象概括、本质探讨、理论创新乃是民族文学研究的宏大目标,所有文学研究活动和实践均服务于民族文学理论体系的建构和完善,有了理论体系或理论化的学说才能恒定存在,成为永恒的文化传统。

舍·乌日斯嘎拉教授一直推崇蒙古族现当代文学的史料建设和统计学研究,试图用数据探讨文学的发展、演变规律,为蒙古文学研究提供另一种解读路径。在其《2009年蒙古族文学研究热点与主要进展》[1]一文,运用统计学方法,对2009年以来58家机构的233位作者在45家期刊上发表的346篇论文进行了分类和分析。作者认为,高校教师是蒙古族文学研究队伍中的主力军,有37所高校的教师撰写了299篇论文,占总量的86%。在发表蒙古族文学研究成果的45家期刊中,高校学报22家,占49%;综合期刊19家,占42%;专业期刊仅4家,占9%。而期刊中尤以《中国蒙古学》、《内蒙古社会科学》(蒙古文版)和《内蒙古大学学报》(哲学社会科学蒙古文版)等10种期刊为蒙古族文学研究活跃的期刊,总计发表论文258篇,占全年总量的75%。在研究主体所处地域中,

---

[1] 舍·乌日斯嘎拉.2009年蒙古族文学研究热点与主要进展[J].内蒙古大学学报·哲学社会科学版,2011(1).

内蒙古为蒙古族文学研究的核心地区，总计发表论文234篇，占总量的67%。在研究蒙古族文学的人员中，从事现当代文学和民间文学研究者占了近80%，而蒙古族古代、近代文学研究却相对冷清，其研究成果仅占16%，研究主题也相对分散。现当代作家作品、英雄史诗、民间故事、神话传说、蒙古民歌、异域因素成为当年蒙古族文学的研究热点。在回顾总结、文学思潮、报刊文学、作家研究、诗歌小说、地域文学、叙事民歌、民间艺人研究等领域取得了新的进展，但在史料挖掘、理论探索、汉语创作以及学术批评等研究领域亟须深化和扩展。

宝音涛克陶教授是地域文化、文学研究专家，长期从事科尔沁文化和文学研究，取得引人注目的成绩。他的《蒙古族乡土文化与乡土文学》[1]一文，基于蒙古族地理位置、部落分布、地域经济社会以及蒙古文化的发展状况等综合因素，把中国蒙古族地域文学分为西部带文学、中部带文学、东部带文学等3个文化区域。西部带文学，包括卫拉特——新疆文学、和硕特——青海文学、肃北——甘肃文学、阿拉善——额济纳文学；中部带文学，包括鄂尔多斯——伊克昭文学、乌拉特——乌兰察布（巴音淖尔）文学、察哈尔——锡林郭勒文学、巴林——昭乌达文学、巴尔虎布里亚特——呼伦贝尔文学；东部带文学，包括科尔沁——哲理木（兴安）文学、土默特蒙古贞（喀喇沁）——卓索图文学、郭尔罗斯——吉林文学、杜尔伯特——黑龙江文学等。这种地域文学的分类虽然有待商榷，但也为蒙古族地域文学研究领域抛出了重磅炸弹。

满全（道日那腾格里）的《有关内蒙古现代文学的几个问题》[2]一文，基于蒙古人的自身发展特点、蒙古社会的转型、游牧文化的变迁、文学发展演变规律，将蒙古文学发展历程分为3个阶段，提出了三段发展论的新观点。一是古代蒙古文学——从未知时期至13世纪初。所谓古代，指的就是文字产生之前的阶段，也可以把它称为神的时代，或者原始崇拜主宰的时代。原始崇拜是古代蒙古文学的核心精神。该时期的文学是原始崇拜活动的一种附属品，即以原

---

[1] 宝音涛克陶.蒙古族乡土文化与乡土文学[J].中国蒙古学，2012（4）.

[2] 满全.有关内蒙古现代文学的几个问题[J].中国蒙古学，2012（5）.

始崇拜——仪式、祭祀活动的一种形式而存在。文学、仪式、祭祀融为一体，构成了原始崇拜形式。此时的文学创作不是为了满足古人的审美需求而进行，而是为了现实需求——完成古老仪式、祭祀而进行。古代，又是口传时代。所有的知识、经验、文学均为口耳相传。因此，古代蒙古文学便是口传文学，《江格尔》是其代表作。二是近代蒙古文学——从13世纪至20世纪初（1911年）。所谓近代，指的就是文字产生之后的阶段。有证据表明，蒙古族至少于13世纪初就有了文字，文字给蒙古族带来了文明的曙光。近代，也可以称为半神半人的时代，或者启蒙的时代。启蒙思想是近代蒙古文学的核心精神。该时期的文学是历史叙述的一种附属品，即文学是以叙述传说、记录历史的一种形式而存在。文学、传说和历史融为一体，构成了历史叙述形式。此时的文学创作不是为了满足近代人的审美需求而进行，而是为了现实需求——叙述历史而进行。近代，又是口传传统逐渐减少，书面传统逐渐增多的时代，《蒙古秘史》是其代表作。三是现代蒙古文学——从20世纪初（1911年）至今。所谓现代，指的就是工业化、现代化的阶段。也可以把它称为人的时代，或者科学主宰的时代。现代化或现代性是现代蒙古文学的核心精神。该时期的文学是共同体权力的一种附属品，即文学服务于共同体想象的利益和权力而存在。这期间形成文学与政治联盟，随着时政的变迁，时而紧张时而宽松，但是现代文学从未摆脱权力的控制。因此，出现了作家是党的喉舌、民族的代言人之类提法，从中不难看出，现代人把文学活动理解为与国家、民族利益有关的事业。现代，又是现代媒介主宰的时代。

他的另一篇论文《蒙古诗学：创新与建构——以基本概念、知识谱系为中心》[1]，从基本概念的清理着手，对新时期蒙古诗学知识资源、逻辑法则、研究模块、主要成就进行了考察和阐释。作者认为，目前在蒙古族文学研究中诗学有3种概念，即诗歌理论、文学理论和文化理论。根据诗学研究对象的不同，便分为4种：理论诗学、文本诗学、历史诗学和比较诗学等。蒙古诗学概念理应有内涵与外延之分，蒙古诗学内涵，即蒙古族文人对民族诗歌（或文学，或

---

[1] 满全.蒙古诗学：创新与建构——以基本概念、知识谱系为中心[J].内蒙古大学学报（蒙古文）·哲学社会科学版，2012（4）.

文化）相关的研究活动，其中研究主体为蒙古族文人，研究客体为蒙古族诗歌实践。蒙古诗学外延，即蒙古族文人对其他民族诗歌（或文学，或文化）相关的研究活动，其中研究主体为蒙古族文人，研究客体为非蒙古族诗歌实践，或者非蒙古族文人对蒙古族诗歌（或文学，或文化）相关的研究活动，其中研究主体为非蒙古族文人，研究客体为蒙古族诗歌实践。作者还指出，本土资源和外来知识构成了蒙古诗学知识谱系，宇人合一、文人合一、二元对立为蒙古诗学知识体系背后的逻辑法则。自改革开放以来，蒙古族诗歌及诗论研究主要关注的领域是创作论、本体论、文本论、思潮论、批评论、发生发展论等6种模块。在这些研究领域中，已相继出版许多富有特色的研究专著，其主要成就体现于蒙古诗歌美学体系、结构体系的勾勒和描述以及蒙古诗歌本质特点的概括、史诗程式体系的发现等。

海日寒的《现代转型与蒙古族文学》[1]一文，从澄清现代化、现代性、现代转型等基本概念着手，对蒙古族文学的现代转型进行了考察和分析。作者认为，蒙古族文学的现代转型经历了3个阶段，即萌芽期（1902—1946）、调整期（1947—1978）和繁荣期（1979—至今），其间产生了启蒙主义文学、国家文学、民族化与大众化文学、文学启蒙、多元化、网络化等文学现象。意识形态的现代转型、诗学规则的现代转型、美学理念的现代转型、文化经验的现代转型、文学存在方式的现代转型为蒙古族文学现代转型中出现的5个新特点。

孟和乌力吉著《蒙古文文论理论建构》一书，着眼于宏观的文化视角，审视、梳理了20世纪前半叶蒙古族文学理论遗产，对其文化语境、理论思考以及文学创作、思想改良等进行了全面、系统、深刻的阐释和评述，从而基本勾勒出其历史发展概貌。该书有以下特点：一是选题具有学术价值并富有挑战性。20世纪前半叶是蒙古社会光明与黑暗、危机与拼搏共存的特殊年代。对其文学理论遗产的搜集、整理乃至研究，难度大、困难多。具体表现为资料匮乏，有限资料的存在方式既复杂又多样，因此研究手段和内容涉及多学科、诸领域。

---

[1] 海日寒.现代转型与蒙古族文学[J].内蒙古大学学报（蒙古文）·哲学社会科学版，2012（3）.

二是该书解决了蒙古族文学理论研究中的几个重大问题。(一)对其历史概貌与发展规律的描述、概括:笔者通过敏锐观察、细致思考、严谨推理,准确地描述了 20 世纪前半叶蒙古族文学理论的历史概貌并科学地概括了"文学创作—综合研究—作品研究—理论探究"的发展轨迹。(二)对经典观点的挖掘与阐释:20 世纪前半叶是蒙古社会的转折期,从传统社会转向现代社会,统治地位的宗教思想和信仰逐步走向没落,是新兴的科学思想和观念迅猛传播的历史转型期。诸多文献资料表明,20 世纪蒙古族文学理论在发展历程中受到强烈而巨大的功利主义干扰,使得文学理论遗产的存在方式既复杂又多样。作者通过挖掘、清理,对代表性观点予以阐释。其阐释依据来自于文化学、文艺学、政治学、论理学、心理学、生态学、生理学、宗教学、医学、人类学、经济学、逻辑学、社会学、传播学等诸多学科。这符合现代文学理论遗产的存在方式和现代知识结构的混合性。(三)对理论术语和话语的还原与解释:术语是一种命名,命名代表对事物的认知度。命名的准确与否直接影响研究结果的对错。所谓文学理论体系就是成千上万术语联合体,从这种意义上讲,术语代表着一种思想、一种倾向、一种策略。该专著采用探源、考证、描述手段,对诸多理论术语和话语的发生、发展、演变进行还原、描述和解释。术语或话语均隐含着文化历史内涵,其发展过程中文化内涵亦发生变化。所以,还原其原义,阐释其派生义,描述其发展轨迹也是一项建设性的工作。(四)对文化语境和文化精神的描述与总结:文化语境是已消失的现实或被破坏了的现实。20 世纪前 50 年是蒙古族新文化或现代文化的发生期,科学、民主、启蒙、开放、革新成为时代主题。论文基于大量可靠资料,准确地勾勒出 20 世纪上半叶的文化语境,认为"承接、探索、选择"是贯穿于蒙古族现代文学理论的基本思想。三是研究立场、方法得当。该专著着重选择人文主义研究立场,对文学理论遗产进行了人文化的评述和阐释。对 20 世纪前 50 年蒙古族文学理论而言,人文主义研究立场最为贴切。因为,当时的很多文人不是为了文学而研究文学,而是为了文学以外的东西,即为新文化建设,偶尔谈及了文学相关的问题。与之相反,以往的蒙古族文学理论研究成果以突出外来影响居多,其结论认为外来文化塑造了蒙古族文学理论历概貌。该书克服这种研究立场，重视传统文化，用蒙古文化思想与话语评述了本民族的文学理论遗产。另外研究方法上也有所突破，交错运用了阐释学方法、接受美学方法、社会学方法、心理分析法、比较研究法等诸多方法。

包英华的《蒙古族现代小说社会性别研究》，以社会性别视角，结合现代认同问题，研究了内蒙古地区蒙古族现代小说叙事中的性别意蕴。作者从4个方面论述了现代小说叙事中的性别问题。一是论述了启蒙话语中，提倡女性教育的精英分子（男性知识分子），在小说叙事中以"外来者"的主体身份形象，引领传统女性步入现代社会（1903—1949）的过程。二是阐释了现代国家主义（1949—1980）政治话语中，"外来者"以共产党或革命人士身份出现，女性用情爱方式步入革命行列；一切听从党的安排，党成为"象征性父亲"，引领人民步入强盛时代。因此，小说叙事中塑造了数量可观的"铁姑娘"形象。政治引领一切的时代，传统性别秩序受到冲击，象征着性别的模糊甚至性别被否定。三是探讨了随着"拨乱反正"，知识分子的社会地位的提高，小说叙事中"外来者"身份又转换为男性知识分子。民族认同意识的复苏催生了男性知识分子主体身份的回归，女性的自然功能受到前所未有的重视，女性身体（1980年以来）成为欲望的对象。四是讲述了20世纪80年代之后，男性叙事中为了塑造男性形象，唤醒民族精神，使女性形象自然而然参与进来，并显现出回归传统的特征；20世纪80年代以来的女性叙事中未否定传统女性形象，并结合传统与现代精神，塑造了新时代的"知识型铁姑娘"形象。这意味着蒙古族女性叙事中女性意识尚未凸显出来。作者通过大量具体文本分析，提出了社会性别的解构是表面、强化是本质的见解。该专著是蒙古族文学研究中首次引入性别视角的论著。

南丁的《新时期以来蒙古族作家的"边界写作"特征》[1]一文，以新时期蒙古族汉语小说家为研究对象，从民族意识、创作语言和文化身份方面对其进行考察，把他们的写作状态描述为"边界写作"。作者认为，处于现代化和全球化的今天，人们在文化心理上的不确定性日益增多，各种文化景观改变着人

---

[1] 南丁.新时期以来蒙古族作家的"边界写作"特征[J].作家，2012（18）.

们的思维模式。在多元的文化交流以及"大—小"文化的碰撞中,"漂泊""中间状态"已不再是单纯的外在习俗和语言的"杂糅"了,而是更能体现出深层的心理结构与民族意识。这种漂泊的状态既是政治统一体的文化格局所造成的必然结果,也是作家自身要求符合文化格局的主动行为心理。此种临界创作文本也成了作家本身追求创作突破的窗口。这种主流文化氛围让少数民族作家与其民族身份之间有了一定的疏离效果,形成一种批判审视的距离。让他们具有了观察事物的另一种视角,即从古老的民族传统观察今天的现代社会,从他者的眼光来审视自身民族的现状及未来。

二、经典作家作品重释:描绘民族精神地形

经典作家作品代表着一个时代、一个民族的精神地形。重读、重释、重构经典作家作品是文学研究的永恒主题,在不同时代、不同文化语境中的重读、重释、重构活动将激发和传播经典作家作品的艺术魅力,使它永远伴随于民族共同体,这就是经典化过程。

巴·格日勒图的《20世纪科尔沁籍三位文学家》[1]一文指出,在内蒙古现当代文学创作领域中有不少科尔沁籍文人,其中不乏影响于整个民族母语文学发展走向的大作家。根据他们的社会影响、文化地位、作品质量和影响力、艺术成就以及对民族文学做出的贡献来看,克兴额、葛尔乐朝克图、杜嘎尔苏伦为其中的代表。克兴额是创作与翻译兼备的启蒙家,他为蒙古族文学做出如下贡献:一是撰写精短、尖锐的评论、论文,或者序跋之类的文章,探讨了时政、文学、教育等诸多问题;二是撰写了反映汉族古近代政治、哲学、伦理以及学问方面的散文;三是创作了不少精美短诗。葛尔乐朝克图是蒙古语文学中的现实主义军旅作家,是善于写作、评论、翻译、编辑的多面手优秀作家,还是对民族文学事业培养出诸多新人的文化巨匠。他的小说以语言精练、构思巧妙、

---

[1] 巴·格日勒图.20世纪科尔沁籍三位文学家[J].内蒙古大学学报(蒙古文)·哲学社会科学版,2012(1).

意蕴深刻而著称。杜嘎尔苏伦是创造独特艺术世界的老诗人，其诗歌具有精短、有力、悠扬、深意等特点，为蒙古语诗歌质量的提升做出了举足轻重的贡献。

额尔敦哈达的《情至意尽——文学恒久的追求》[1]一文，对老一辈诗人杜嘎尔苏伦的诗歌创作进行梳理和评述。作者认为，杜嘎尔苏伦的诗构思巧妙，题材广泛，富有古典诗歌的韵味，在蒙古族当代文学中占据重要地位。他的另一篇论文《巴·格日勒图的文学创作之路》，以传记学和文本细读方法，对作家、学者巴·格日勒图的文学创作道路予以梳理和评述。作者从生活道路、学校教育、读书阅历、时代语境中寻求巴·格日勒图步入文学创作行列的原因，并指出1957至1966年为其文学创作初步阶段，1966至1979年为其文学创作发展阶段，1979年至今为其文学创作深化阶段。

满全的《文化领导权与诗人角色》[2]一文，以社会主义蒙古族诗歌的巅峰之作——《生命的礼花》为经典重释对象，在其文本意义结构——新秩序与新文化、文本审美特点——抒情模式与抒情风格予以重新解读。作者认为，毫无疑问，当时的内蒙古文坛进行着浩浩荡荡的一体化、规范化工程。在这过程中知识分子作家们来到人民中间，与他们一起唱起了欢庆的赞歌。当时诗人虽然面对人民大众的喧嚣、狂欢而作诗，但他的诗作明显流露着知识分子特有的清新、典雅、凝练和理性气质，有别于人民大众那种欣喜激昂、欢呼喧腾的歌声。该长诗彰显着清新、灵巧、细腻的风韵。文学是时代的镜子，每个时代有每个时代的文学。抒情长诗《生命的礼花》代表了社会主义蒙古族诗歌的顶峰，时代塑造了诗人，社会主义文化领导权既定了诗人角色。

杨晓华的《玛拉沁夫〈茫茫的草原〉版本考证》[3]一文，从版本学的角度对《在茫茫的草原上》和《茫茫的草原》的版本及其副文本（包括封面、扉页、版权页等）的流变进行考证，力图分析其流变的意义。作者选择其初版（1957年版）和修

---

[1] 额尔敦哈达.情至意尽——文学恒久的追求[J].金钥匙，2012（1）.

[2] 满全.文化领导权与诗人角色[J].草原·文化论坛，2012（1）.

[3] 杨晓华.玛拉沁夫《茫茫的草原》版本考证[J].青海师范大学学报·哲学社会科学版，2012（4）.

改版（1963年版）予以核对、比较，认为修改达230多处（统计方法是：重复修改未单独计算，如洪涛被苏荣代替处很多，只计其一；大面积修改或重写的与某一词、句子的修改一样皆计为一处）。结论是修改版主要集中于删除洪涛、淡化情爱、模糊部分史实、加大阶级意识和民族团结等4个方面，其背后捉弄的是当时的政治风云。

田丽的《葛尔乐朝克图启蒙思想论》[1]一文，以葛日勒朝克图启蒙思想的形成及表现形式为探讨对象，对已故作家葛日勒朝克图社会思想予以考察和梳理。作者认为，葛日勒朝克图的启蒙思想表现于对民族处境的正确判断、勿忘本思想以及民族平等观、民族昌盛观方面。

查娜的《郭雪波小说中的生态意识》[2]一文，以文本细读、社会批评方法，对蒙古族汉语作家郭雪波小说进行了探讨。作者指出，郭雪波在其小说中描写了自然生态、文化生态和精神生态，并试图从民族传统文化中寻找人类如何克服生态危机，走向保护生态的可持续发展道路，这一努力反映了生态小说家高度的社会责任感和对人类生存状况的深切关注。

三、地域文学研究：试图完善民族文学的地理版图

有的学者指出，文学史书写或者研究有3个纬度，即时间纬度、空间纬度和语言纬度。很显然，地域文学研究属于空间纬度，彰显地理环境、地域元素。如果将要完整描绘民族文学的完整版图，必须事前细致研究地域文学。2012年不少学者关注了地域文学的发展现状。

斯琴夫的《德都蒙古当代文学发展综述》[3]一文，从文学期刊、作家队伍以及母语、汉语、藏语创作情况等方面，综合分析了青海蒙古族文学现存状况。

---

[1] 田丽.葛尔乐朝克图启蒙思想论[J].金钥匙，2012（4）.

[2] 查娜.郭雪波小说中的生态意识[J].内蒙古大学学报（蒙古文）·哲学社会科学版，2012（3）.

[3] 斯琴夫.德都蒙古当代文学发展综述[J].柴达木开发研究，2012（6）.

值得关注的是，本文写到当代蒙古族作家的藏语创作情况。如自20世纪80年代开始，河南县出现了10多位比较有名的作家，他们大部分仍然主要用藏语进行创作，也有一部分同时用蒙、英、汉等语种进行创作。其代表性作家为龙智博、次仁顿珠、江瀑（原名道尔基次仁）、德吉卓玛、达赞布（原名才让扎西）、乐·孟克（原名夵布曾）等，他们为青海民族文学史留下了浓重的一笔。

勒·乌苏荣贵的《评历史长篇小说〈神奇的青海湖〉》[1]一文，从人物、社会环境的塑造，民族传统习俗的展示，方言的使用，民间文学的吸收，宗教文化历史的挖掘，民族团结主题的弘扬等方面，对青海省首部蒙古语长篇小说进行分析和解读。作者认为，长篇小说《神奇的青海湖》引起众多读者的关注，社会反响强烈，其主要原因为该小说反映了青海蒙古人艰辛而独特的一段历史，在读者中产生了强烈共鸣。

格·金肯的《崛起的阿拉善诗群》[2]一文，集中讨论了阿拉善9位诗人的9部诗集。作者认为，9位诗人的诗作既有个性，又有共性。如有积极向上的主题思想，正在逐步形成各自的艺术风格，诗歌内容没有空洞的歌颂，内敛而饱满等。

阿拉坦巴根的《新疆卫拉特蒙古族小说批评初探》[3]一文认为，30多年的新疆卫拉特蒙古族小说批评不仅在小说主题、小说人物形象研究方面得到深入和突破，并对批评模式、叙事结构、叙事视角、地域文化心理、小说语言修辞等研究方面有所进展。

艾美华的《传播与发展：新疆蒙古族文学的当代传承与演进》[4]一文，以传播学和统计学视角，对新疆蒙古族作家队伍进行了统计和分析。作者认为可将新疆蒙古族当代文学大致分为"'文革'前的19年文学""'文革'时期文

---

[1] 勒·乌苏荣贵.评历史长篇小说《神奇的青海湖》[J].金钥匙，2012（3）.

[2] 格·金肯.崛起的阿拉善诗群[J].金钥匙，2012（3）.

[3] 阿拉坦巴根.新疆卫拉特蒙古族小说批评初探[J].内蒙古大学学报（蒙古文）·哲学社会科学版，2012（3）.

[4] 艾美华.传播与发展：新疆蒙古族文学的当代传承与演进[J].文学界，2012（3）.

学""新时期文学"3个阶段。从20世纪50年代至今,共有116位作家在各类刊物上发表过文学作品。其中,20世纪50年代有21位,六七十年代有25位,80年代增至43位,到90年代则达到110位。进入新世纪后,又有一些新生代作家崭露头角。新疆蒙古族当代文学表现出具有强烈的爱国情感、民族特色、游牧文化特色等,成为人们关注的文学奇葩。

四、文本阐释:挖掘文字背后的精神内涵

文本阐释是文学研究中最常见的一种解读形式。2012年出现了数量可观的文本阐释文章,研究者们运用不同视角和方法,考察、解读、梳理、判断、挖掘文字背后的精神内涵、艺术特征和审美追求,试图寻找规律性的东西。

巴·苏和、特日乐的《论蒙古族文学的大自然及生态主题》[1]一文,以主题学视角,对蒙古族文学作品中的大自然及生态主题进行分析和梳理,认为从萨满教祭词、神歌到蒙古族长调民歌,再到蒙古族现当代文学创作中,始终贯彻着一种主题,即敬畏大自然,爱护大自然,追求人与大自然和谐共生的生态主题。

敖敦教授是为数不多的散文研究专家,其文以精锐、前卫、扎实著称。她的《从文化危机到文化战略》[2]一文,运用统计学、文本阐释、社会历史批评等方法和视角,基于2010年各文学期刊上刊载的348篇散文作品,对近几年的蒙古语散文创作现象进行全面、系统的考察和解读。该文指出,2010年的散文创作,以明快的叙述、朴实的笔调反映了现实困境、文化转型和心灵创伤,为继承、保护、发展日愈萎缩的本土文化敲起了警钟。从这些散文作者成分看,除诗人、小说家以外,工人、学者、牧民、农民、大学生以及中学生都参与了散文写作,让人感觉到大众化时代全民写作的浩瀚氛

---

[1] 巴·苏和,特日乐.论蒙古族文学的大自然及生态主题[J].中南民族大学学报·人文社会科学版,2012(5).

[2] 敖敦.从文化危机到文化战略[J].金钥匙,2012(1).

围。某些期刊开辟新专栏，提供了对社会热点、历史盲区、文化现象发表自由言说的平台。

娜弥雅的《论蒙古族生态小说的特色——以新时期以来代表性的小说作品为例》[1]一文，以生态学、叙事学、社会学视角和方法，对蒙古族蒙古语生态主题小说兴起的深层原因，生态主题小说中出现的富有民族特色的思维定式，以及生态作家的社会责任感进行了梳理和分析。

满全的《蒙古语诗歌：2011年》[2]一文，以2011年《花的原野》所刊载的诗歌为中心，着眼于3个中心、3股潮流、3个主题词，梳理、阐释和总结了2011年度的蒙古语诗歌创作基本状况和总体趋势。作者认为，根据统计数字来看，当下蒙古语诗歌创作势力集中分布在呼和浩特、赤峰和锡林郭勒地区，这就是当下蒙古语诗歌创作的3个中心。呼和浩特是有悠久的文化传统、富有文人气派和理想色彩的城市，这里居住着来自四面八方的文艺青年。赤峰是养育文学巨匠的故乡，有厚重的文学底蕴。锡林郭勒是游牧文化的北花园，其诗歌以天人合一、中和之美、幽美语言而著称，保存着蒙古语诗歌的原汁原味。作者通过考察、分析、归纳大量文本资料和创作信息后指出，在2011年蒙古语诗坛上有蠢蠢欲动的3股潮流，那就是嘎查、苏木诗人的创作热情，文学研究班学员的创作冲动和异军突起的网络文学书写等。作者还认为，文化认同、现代经验、叙述主义是2011年蒙古语诗歌的3个主题词。纵览2011年蒙古语诗坛，诗人们以不同视角、不同风格的文本表达了对民族文化的关注和思考。民族文化、传统文化、土著文化自然成为2011年诗人们备受关注的诗歌话语和诗歌主题。在2011年蒙古语诗歌创作中，书写现代人的生活方式、生存困惑、内心世界的作品占据相当大的比重。社会转型、文化变迁、现实困境，逐渐冲击着现代人的精神堡垒、价值体系、道德规范和审美追求，一切仿佛都处在被重新设计、从头再来的过程中。求变，成为时代的一种标签。因此，从20世纪90年代开始，

---

[1] 娜弥雅.论蒙古族生态小说的特色——从新时期以来代表性的小说作品为例[J].内蒙古大学学报（蒙古文）·哲学社会科学版，2012（6）.

[2] 满全.蒙古族诗歌：2011年[J].文艺报，2012-03-02；花的原野，2012（4）.

蒙古语诗歌着力表现复杂、不安、骚动的现代人的社会心理,记录着时代变迁。在抒情诗中如何处理现代经验,如何运用新的叙述手法,是当下蒙古语诗歌创作的两条探索路径。蒙古语诗歌中叙述主义的盛行,与后现代主义思潮的涌入和现代经验的书写有关。叙述主义,虽然为诗歌内容的扩展、张力以及处理现代经验提供了一种可能,但是损毁了诗歌的崇高性、音乐性和情感色彩。

哈申高娃著《蒙古文历史题材长篇小说与蒙古人的历史意识》一书,采用社会历史研究方法和阐释学方法,对从1984—2008年公开发表、出版的43篇蒙古文历史题材长篇小说进行系统梳理和分析,概括出其承载的历史意识。作者根据长篇小说叙述内容,将其分为4类予以考察。其一是蒙古帝王丰功伟绩的叙述,这些长篇小说承载着崇拜黄金家族、可汗、帝王的历史意识;其二是萨满、喇嘛宗教活动的叙述,这些长篇小说在价值判断上基本持否定宗教活动的态度,表露出消解宗教迷信的历史意识;其三是王公贵族历史命运的叙述,这些长篇小说一方面批判和痛斥残暴、贪婪的王公贵族,另一方面流露出拥戴和期盼英明、清廉王公贵族的历史意识;其四是起义英雄的反抗斗争的叙述,这些长篇小说反映了崇尚英雄主义、崇拜勇士的历史意识。

黄金著《蒙古族现代诗歌研究》一书,采用诗学、文艺学、美学、社会学、传播学理论与方法,以蒙古族现代诗歌文本为研究对象,追寻蒙古族现代诗歌的发展轨迹,探讨蒙古族现代诗歌之文化多元意识、审美追求、形式创新、外来影响以及发展变化的总体特征。作者认为,蒙古族现代诗歌通过发生(1921—1930)、形成(1931—1945)、发展(1946—1949)等3个阶段构筑了自身独特的体系。现代蒙古文报刊是现代诗歌研究中不可忽视的重要载体。现代蒙古文报刊不仅为蒙古族现代诗歌的生成、传播、发展提供了必要的条件,而且对它的艺术审美、艺术风格的形成和诗人队伍的壮大产生了重要影响。蒙古族现代诗歌文化意识在现代社会历史背景中形成了自身特有的丰富内涵。在艺术审美方面,现代诗歌中出现了具有深层次意义的象征诗,对抒发内心情感的表现方式有了新探索,使得现代诗歌的审美追求提升到了新的层面。启蒙意识以自己特有的倾向性和鼓动性,影响了蒙古族现代诗歌形成和发展的整个过程。现代蒙古族诗人的启蒙思想为现代诗歌启蒙主题的形成提供了丰富的思想内涵。该书作者还指出，蒙古族现代诗歌在形成和发展过程中，吸收了蒙古族民间诗歌曲调形式和传统训谕诗的哲理意蕴，并在一定程度上受到汉藏古代诗、日本、苏联及蒙古国诗歌的滋养，逐步形成了自己艺术风格。蒙古族现代人群在继承本民族诗歌传统的基础上，大胆探索新的艺术形式，为蒙古族诗歌艺术的发展做出了新的贡献。该专著是蒙古族现代诗歌整体研究的首部著作。作者发现、运用大量新史料，准确地概括蒙古族现代诗歌发生、发展轨迹，并回答了蒙古族诗歌从古代形态走向现代形态过程中出现的诸多问题，扩充了蒙古族现代诗歌史料与理论维度。

蒙古族文学研究中戏剧、影视文学研究历来处于薄弱状态。达·毕力格图是为数不多的戏剧研究专家之一，他的《有志者事竟成》[1]一文，以全区首届蒙古短剧有奖比赛参赛作品为研究对象，从主题思想、艺术追求、审美特点等方面进行梳理和探讨。本次比赛中参赛作品共84部，其中现实题材的作品有56部，历史题材的作品有28部。其特点：一是弘扬时代主旋律，反映草原文化核心价值观，与人民大众、时代、现实生活密切贴近的作品；二是构思新鲜，形式新颖，有创新意识，提高和发展了民族传统文艺的作品；三是突出地域特色、民族特色，丰富了蒙古剧表现手法的作品。

玉兰的《性别视阈下的英雄救美人母题》[2]一文，从性别视角、性别理论，对当代蒙古语小说男性叙事中出现的英雄救美人母题进行了广泛考察和深度阐释。作者认为，英雄救美人母题受制于男性性别群体潜意识，或者深层心理结构，并以救赎困境中的女人、惩罚"出轨"女人和消灭外来血统的隐患等过程来完成叙事。

韩晗的《论当代蒙古族小说的审美特色》[3]一文，结合对一系列蒙古族当

---

[1] 达·毕力格图.有志者事竟成[J].金钥匙，2012（3）.
[2] 玉兰.性别视阈下的英雄救美人母题[J].内蒙古大学学报（蒙古文）·哲学社会科学版，2012（5）.
[3] 韩晗.论当代蒙古族小说的审美特色[J].兰州学刊，2012（2）.

代小说名篇的分析与总结,从审美主体、审美对象和审美追求3点出发,总结出蒙古族当代小说的审美特色。作者认为,蒙古族当代小说的审美主体有着豪迈、朴实与辽阔的特质,审美对象则是以草原风景、战争与民族现代性这三重民族性元素为主,而"民谣风格与史诗叙事的结合"与"历史思考与现实批判的交错"则构成了当下蒙古族小说的审美追求。借此,作者进一步推断:蒙古族当代小说在审美特色上呈现出长于抒情、自然清丽、正义果敢的特点。

莎日娜的《探求史实真谛的孤独智叟——月光》[1]一文,从纯爱之光芒、心底流淌出来的哭泪、文化之旅的美文等3个方面,对青年作家、学者叶尔达的长篇散文《宇宙尽头的月光》进行了解读。作者认为,宇宙尽头既是永恒之真,又是永恒之无。永恒之无归宿于永恒之真或真实,因为永恒之真或真实永远存在于无限时空中。

策·朝鲁门的《游牧人的情怀、知识分子的忧患》[2]一文,以从心灵深处涌溢出来的挚爱之情,对历史与现实的思考中流露出来的知识分子忧患,对故土的思恋中涌现出来的游牧人情怀,从传统思维中凝练出来的语言技巧等4个点上,对已故青年诗人、节目主持人嘎·青巴特尔的文学作品予以分析和阐释。作者认为,其作品有柔美而内敛、悠扬而深刻、朴素而深沉的特点。

《金钥匙》2012年第5期以专辑形式,刊载了青年诗人宝龙作品研讨会的一组文章。其中海日寒的《理想之光照亮生命之旅》一文,以生命日志、人与诗的合一、对自我的想象、从抒情陈述道理性沉思等4个点上,对其诗歌创作予以梳理和解读。仁钦道尔吉的《科尔沁诗歌中的地理景观》一文,以乡土文学理论、方法和视角,对宝龙诗歌创作进行了评述。作者认为,宝龙的诗歌具有浓郁的科尔沁乡土特色,是科尔沁诗歌文本的一种典型。其诗歌在关注现实的疾苦、表现内心的忧伤、寻觅精神家园、交错运用叙述与抒情方面独具特色。色·敖特根巴雅尔的《孤独悲伤的存在,或者自由言说》一文认为,孤独悲伤是抒情主体的存在方式,诗性王国中的自由言说是克制、超越孤独悲伤现实的

---

[1] 莎日娜.探求史实真谛的孤独智叟——月光[J].金钥匙,2012(6).
[2] 策·朝鲁门.游牧人的情怀、知识分子的忧患[J].金钥匙,2012(3).

路径，从而诗人在理想化境界中得到了超脱和满足。雅·查干牧人的《逆向思维及颠倒的世界》《金钥匙》，2012年第5期一文，从创作心理视角，对宝龙诗歌创作历程进行了分析和解读。作者认为，诗人宝龙的艺术思维是逆向思维，其诗作产生于逆向思维，因此，其诗歌世界是颠倒的世界。逆向思维是宝龙诗歌创作的内核元素，又是其诗歌与众不同的原因，进而探讨了逆向思维的形成、逆向思维的表现形式以及逆向思维的局限性。

内蒙古文学艺术界联合会主办的《草原·文艺论坛》，于2012年秋季创刊，对于内蒙古文学艺术界来说，这是一则喜事、大事、盛事，从此，包括蒙古族文学研究在内的内蒙古文学艺术研究又有了新平台。

铁木日真的《震撼心灵的生命诗章——评瓦·赛音朝克图的诗歌》[1]一文，从作为文化寓言的诗歌、作为个体反抗的诗歌和作为灵魂剖白的诗歌3个方面，对青年诗人、学者瓦·赛音朝克图的诗歌进行了整体考察和分析。作者认为，瓦·赛音朝克图的诗歌既是个体反抗的文化寓言，更是表现灵魂的苦痛，挖掘丰富复杂的人性的富有内省精神的本我镜像，其中渗透着诗人的独特生命哲学和深邃的存在主义关怀。

查娜的《抒情选择与心灵镜像——满全诗歌中的精神建构》[2]一文，从诗、史与思的交融，灵性的呼唤与理性的回归，理想、现实与坚持等3个方面，对青年诗人、学者满全（道日那腾格里）的诗歌进行了整体评估和阐释。作者认为，满全的诗歌兼具浪漫情怀和尚智追求。他对事物本质的智性把握，使诗歌在历史文化、社会现实和生命价值的沉思中自由穿梭，在纵横捭阖几千年的同时，打开了作品的广阔空间和深厚意蕴。

纵览2012年的蒙古族现当代文学研究，在理论建构、经典作家作品重释、地域文学研究以及文本阐释方面取得进展和收获，但是总体上有所乏力，低水

---

[1] 铁木日真.震撼心灵的生命诗章——评瓦·赛音朝克图的诗歌[J].草原·文艺论坛，2012（1）.

[2] 查娜.抒情选择与心灵镜像——满全诗歌中的精神建构[J].草原·文艺论坛，2012（1）.

平重复研究文章占据不少期刊版面,有新观点、新思想、新方法、新理论的论文为数不多。

□发表于《蒙古学研究年鉴》(2012年卷),2013年11月。

精神地形与诗艺探险

精神地形与诗艺探险

选择与超越：蒙古语诗歌 30 年

众所周知，蒙古语诗歌最繁荣时期为改革开放 30 年，人们把这一时期的文学称为新时期文学。所谓新时期文学，是指新历史条件或新历史语境中的文学，其中已包含了与旧时代或过去的文学隔开之含义。文学是社会生活的镜子、文化的载体和情感的文本。社会政治、历史文化的变迁，影响着文学的存在及其体系，进而出现新特征、新形式和新景象。

对于新时期蒙古语诗歌来说，有诸多评估标准和评价体系。诸如文化环境的变迁，诗人队伍的壮大，作品数量的猛增，题材内容的扩展，创作方法的多元化，表现手法的多样性，地域特色的彰显，文化记忆的渗透，抒情视角的转换，形式韵律的创新，等等。

一、文化环境与诗歌选择

文化环境不仅塑造着诗人，也塑造着作品风格、气度、韵味和灵魂等重要元素。随着改革开放的深化、市场经济体制的确立、全球化步伐的加快、大众文化的繁荣、消费主义的兴起、市民社会的形成，文学外部环境和内部结构发生变化的同时也出现了诸多新问题和特点。如政治与文学的关系、现代性与传统性、全球化与民族化、文学生产与商业运作、数字化时代与文学存在方式等一系列问题浮现于历史表层。

政治信念与诗歌书写：诗人是舞台之下的鼓掌者。自古以来，诗歌附属于习俗仪式、宗教信仰和政治活动，扮演着参与者、宣传者、保护者、服务者的形象。

以往的智者，把诗歌描述为"经国之大业，不朽之盛世"[1]、治理天下之伟业[2]，只是夸大其词而已，但诗歌的确起着启迪的作用，表达了世人治理天下的诉求。

20世纪40年代末，在内蒙古文坛上出现了政治与文学关系的新设想和新阐释。这种新设想和新阐释强有力地影响了内蒙古文学的主题题材、写作目的、审美追求、出版审查，以及作家生存方式、政治理想、价值判断等诸多领域，从而决定了内蒙古文学的外部特性。[3]政治与文学关系的新阐释和新理论来自于权威文献《讲话》。该文献于1948年译成蒙古文，流传于内蒙古地区，进而开创了蒙古族文学艺术的新纪元。在20世纪后半叶，内蒙古文学的政治方针、路线及要求基本未变，但其强弱度因时代的不同而有所变化。在新时期"文学为人民服务、为社会主义服务"方针的指导下，为非主流文学提供了生存的机遇和空间。这是新时期诗歌发展进步的一项标志。在开放兼容的文化氛围中，滋生了一批灰色、冷酷、荒诞、放荡、散漫的作品，给蒙古语诗歌文坛带来新迹象。人们把这种创作倾向称为后现代主义创作[4]。但是诗坛背后早已定型了健康原则或健康标准，即公开发表作品的内容必须健康，否则剥夺公开发表的权利。健康原则或健康标准的主要内容包括不许违背政治信念，不许破坏社会稳定，不许污染心灵的纯洁。这些原则通过出版检查来落实。因此，任何历史阶段的反动作品、淫秽作品、危害人民身心健康的作品均受到严厉打击。

诗歌生产与诗歌消费：从20世纪90年代开始，市场经济的某些方法、规则、体制渗透到蒙古族文学的生产、经营、传播和消费等各个环节，进而改变了文学的体制，如出版策划、销售预测、广告宣传、营造消费热点、培养市场、允许个人投资和追求利润等。这些手段和规则极大地刺激了诗歌创作在内的蒙

---

[1] 曹丕.典论·论文[G]//霍松林.古代文论名篇详注.上海：上海古籍出版社，1991：67.

[2] 哈斯宝.《今古奇观》蒙译本增写的序[G]//巴格日勒图.蒙古族作家文论选.呼和浩特：内蒙古教育出版社，2006：121.

[3] 满全.20世纪八九十年代蒙古族文学研究[M].呼和浩特：内蒙古人民出版社，2008：2.

[4] 满全.绝望背后[J].花的原野，1999（6）.

精神地形与诗艺探险

古族文学的生产、经营和传播。其结果，诗歌集（特别是青年诗人的诗歌集）基本依靠个人出资或民间融资来出版发行。由于个人出资出版的诗集大量涌现，强有力地推动了蒙古语诗坛的繁荣发展，增加了阅读渠道。后来人们普遍认同，不仅政治能刺激文学生产，而市场也能刺激文学生产。因此，国家消费与民间消费，政治需求与市场需求已经成为当下民族文学的消费现状。

文学是特殊的精神产品，是民族灵魂的写照。但是，事实证明，蒙古族文学的生产、经营和消费，无法纳入到市场规则和市场体制中来运作。因为，民族语言的读者群不能满足市场需求，蒙古族文学的市场体制尚未成熟，市场运作尚未规范，有力运作的出版商尚未出现，文学作品转化为影视作品的例子不多，文学作品的商品化程度不高，以及由于民族语言应用范围的限制导致市场开发的潜力不大，等等。因此，蒙古族文学的生产、经营、流通在继续依靠党的民族政策的同时，建立国家投资与民间投资相结合的市场机制，才是符合当下文化环境的一种战略。

世俗化与道德精英：在西方现代主义、后现代主义的渗透及影响下，新时期蒙古语诗歌不同于20世纪50—70年代的蒙古语诗歌，其主要表现于开放性、创新性、兼容性和多元性。新时期蒙古语诗歌创作，从诗歌理念、创作原则、创作方法、审美追求到诗歌批评和诗歌研究均受到西方现代主义及后现代主义思潮的影响。由此蒙古语诗歌创作得到繁荣发展，同时也掀起了一场诗歌革命，或者说诗歌启蒙运动。

社会转型、文化变迁，消费主义、大众文化的迅速滋生和蔓延，给诗歌生存带来了冲击和危机。在喧嚣、浮躁、物化、媚俗化、世俗化的语境中，民族诗人用诗歌文本参与社会实践，自觉地担负着捍卫正义、坚守灵魂、维护心灵的职责。他们通过既有民族形式又有现代倾向的作品，猛烈抨击和批判现代文明带来的消极、诙谐、极端、庸俗及不和谐元素，面对文化传统的消亡，唱出了悲壮凄凉的挽歌。因此，文化批判、文化启蒙、文化留恋，已经成为新时期蒙古语诗歌当中最耀眼的一抹云霞。在潮水般涌入的西方文化面前，民族诗人将自己描写成抵抗、阻挡西方文化的殖民潮流，捍卫、坚守本土文化的孤单英雄，因而，在民族读者眼里，新时期民族诗人是头顶道德光环的群体，是文化精英。后几年的诗歌基本反映了灵魂的污秽与反灵魂污秽的主题。换言之，反对、批判灵魂的践踏与捍卫，坚守灵魂的神圣为近几年诗歌的重要社会职责。

20世纪90年代开始，在内蒙古地区兴起的消费主义、大众文化和高新技术深深地影响了诗歌创作、消费群体和诗歌处境。资本、媒体和技术，已经成为支配社会生活及生命内容和意义的元素，并逐渐决定着大众的审美、价值及精神趋向。诗歌与高新技术联手，出现了摄影诗歌、电视诗歌、广播诗歌、网络诗歌和手机诗歌等新类型，进而改变了写作方式、传播方式、欣赏方式和评价方式。因此，诗歌在内的民族文学与媒体、网络以及高新技术的联合是时代的要求。

内部基因与外部环境：新时期蒙古语诗歌是开放性的诗歌，其产生、发展、繁荣不仅离不开本民族的文化基因，也需要世界各民族文学的养分。继承与革新是诗歌发展、繁荣的内部规律，新时期蒙古语诗歌在继承民族文化基因的同时，吸收了世界各民族文学、文化的优秀传统，其代表性例子为现代主义的民族化倾向和民族文学的世界化趋势。

目前，内蒙古社会文化中，前工业文明、工业文明、后工业文明三种元素共存，游牧文化、农耕文化、工业文化并存，进而形成了多元文化体系和格局。当下民族诗人的主要职责是描述和展现内蒙古社会、文化中遇到的新问题及多元文化并存的社会生活，为建立新的民族文化体系铺平道路。

二、文化记忆与诗歌地形

地域自然、地域生活和地域文化已成为新时期蒙古语诗歌的文化学特色，进而逐渐形成了地域诗歌圈或地域诗群。显而易见，诗歌不仅能记录情感的流露，还能传承文化记忆和文化经验。

回归地域文化、展现地域文化、重估地域文化、书写地域文化，成为新时期蒙古语诗歌创作的一道亮丽风景。以诗歌文本形式传承和书写地域文化记忆、地域经验、地域文化气派和地域文化情感已成为许多诗人的审美追求，这是文化的觉醒。在新时期蒙古语诗坛上已经形成了显著地域特色的诗群，即科尔沁诗群、巴林诗群和锡林郭勒诗群等。

地域诗群的形成有诸多原因。例如：现代化进程的加速和全球化趋势的突起，创作环境的宽松和诗坛的分化，价值取向的多元化和审美追求的多样化，主体意识的复苏和文化的觉醒，等等。在现代与传统的冲突，全球化与民族化的矛盾中，民族诗人已自觉地关注起传统文化和民族文化。

（一）科尔沁诗群

主要诗人：纳·松岱、勒·敖德斯尔、苏尤格、道·德力格尔仓、仁钦道尔吉、特古斯、特·官布扎布、波·宝音贺希格、色·敖特根白拉、阿·套格涛夫、瓦·哈斯、包·乌尼尔、马·额尔敦巴图、那·呼和诗贵、多兰、满全（道日那腾格里）、海日寒、特·布和毕力格、叶·巴拉吉尼玛、特·孟和扎布、亚·查干木林、孛尔只斤·龙等。其中年轻一代诗人的作品中地域特色或科尔沁风格尤为显著，如满全、海日寒、特·布和毕力格、查干木林、孛尔只斤·龙等青年诗人的大多数作品题材均来自于科尔沁农民生活和农耕文化，他们以深重的笔调、朴素的文字和伤感的情怀抚摸大地，描写科尔沁蒙古农民的苦难生活、不幸遭遇和文化伤痕，给新时期蒙古语诗坛带来了另一种审美范式。

代表作：《忆·坟·鸟》[1]（诗集）、《勒·敖德斯尔诗选》[2]（诗集）、《阴山魂》[3]（诗集）、《二十一世纪钟声》[4]（诗集）、《另一种月亮》[5]（诗

---

[1] 纳·松岱.忆·坟·鸟[M].呼和浩特：内蒙古人民出版社，1988.

[2] 勒·敖德斯尔.勒·敖德斯尔诗选[M].呼和浩特：内蒙古人民出版社，1985.

[3] 苏尤格.阴山魂[M].呼和浩特：内蒙古人民出版社，2008.

[4] 特·官布扎布.二十一世纪的钟声[M].呼和浩特：内蒙古人民出版社，1991.

[5] 波·宝音贺希格.另一种月亮[M].呼和浩特：内蒙古人民出版社，1990.

集)、《温馨时光》[1](诗集)、《遥远的雪山》[2](诗集)、《蒙古人》[3](诗集)、《天地男人》[4](诗集)、《右臂之风》[5](诗集)、《人约黄昏时》[6](诗集)、《敖包片石》[7](诗集)等。这些诗集或诗集中的某些诗作从不同层面、不同视角对科尔沁农耕生活进行描写,彰显了科尔沁风格,即农耕文化色彩、悲剧意识、英雄情结、土地眷恋、苦难的书写等。这就是内蒙古诗歌中的科尔沁风味。

地理环境:科尔沁,蒙古语意为射手。元代时是成吉思汗仲弟哈布图哈萨尔管辖的游牧区之一,位于北纬42°5′~43°5′,东经117°30′~123°30′。海拔250~650米,处于西拉木伦河西岸和老哈河之间的三角地带。气候冬季寒冷、夏季炎热,冬季以西北风为主,春秋则为西南风。科尔沁草原曾是河川众多、水草丰茂之地。19世纪后期,因滥垦沙质草地,砍伐森林,已成为一片茫茫沙地。

文化渊源:科尔沁草原是以兴隆洼文化、红山文化、夏家店下层文化为代表的辽河文明的发祥地。据史料记载,鲜卑、契丹、蒙古、女真、满族曾经在这片神奇的土地上成长壮大,并次第打入中原建立了一个又一个封建王朝。

在科尔沁诗群的诗歌文本中,很容易找到古老文明的残留痕迹,即原始崇拜、萨满教、安代、民间故事、本子故事、胡仁乌力格尔、叙事民歌、好来宝、文人诗歌以及农耕生产、生活习俗、村落景象,等等。

随着改革开放的深入、现代化进程的加快和外来文化的侵入,加强了文化交流、合作和对话活动,科尔沁地区的半农半牧文化模式逐渐被打破,形成游牧文化、农耕文化和工业文化三足鼎立的文化格局。虽然从科尔沁诗人的作品

---

[1] 满全.温馨时光[M].呼和浩特:内蒙古大学出版社,1998.
[2] 海日寒.遥远的雪山[M].呼和浩特:内蒙古人民出版社,2007.
[3] 多兰.蒙古人[M].北京:民族出版社,2004.
[4] 特·布和毕力格.天地男人[M].通辽:内蒙古少年儿童出版社,2004.
[5] 特·孟和扎布.右臂之风[M].呼和浩特:内蒙古人民出版社,2004.
[6] 亚·查干木林.人约黄昏时[M].呼和浩特:内蒙古人民出版社,2000.
[7] 孛尔只斤·龙.敖包片石[M].通辽:内蒙古少年儿童出版社,2003.

当中不难找到带有游牧文化和工业文化特色的意象,以及游牧生活和都市生活题材的作品,但这不是科尔沁诗歌的特点或追求。能够代表科尔沁诗歌特点的作品,是那些对农耕文化和农耕生活进行书写的作品。值得肯定的是,年轻一代的诗人,如满全、海日寒、特·布和毕力格、亚·查干木林、李尔只斤·龙等人有意识地追求、书写和展现科尔沁农耕生活及科尔沁农民。这些诗人关注科尔沁蒙古农民的苦难生活和不幸命运,并从社会变革、文化变迁中寻找着苦难和不幸的缘由,因此,诗作就具有了浓郁的地域特色和地域文化意蕴。

重要特征:农耕文化色彩、悲剧意识、英雄情结、土地眷恋、苦难的关怀,等等。

(二)巴林诗群

主要诗人:巴·布林贝赫、其木德道尔吉、那·赛西雅拉图、哈·丹碧扎拉森、敖力玛苏荣、那·乌力吉德力格尔、敖·朝洛蒙、普·萨那嘎日布、乌·纳钦、斯·德力格尔、斯·哈斯乌力吉、齐·那顺达赉等。其中年轻一代的作品中巴林风格更浓郁。

代表作:《敖力玛苏荣诗选》(诗集)[1]、《在成吉思汗的故乡》(诗集)[2]、《太阳石》[3](诗集)、《普·萨那嘎日布诗选》[4](诗集)、《月光碗》[5](诗集)、《火鬃》[6](诗集)等。这些诗集从不同视角对巴林文化、巴林经验进行书写,彰显了巴林地域风格。作品字里行间流露出对语言的崇拜、中和之美、传统文化的眷恋、乡土记忆、和谐坦然心境、崇尚世间的美好等,这就是内蒙古诗歌中的巴林风格。

地理环境:巴林草原地处赤峰市北部,西拉木伦河北岸,大兴安岭南麓,

---

[1] 敖力玛苏荣.敖力玛苏荣诗选[M].呼和浩特:内蒙古人民出版社,1985.

[2] 那·乌力吉德力格.在成吉思汗的故乡[M].呼和浩特:内蒙古人民出版社,2003.

[3] 敖·朝洛蒙.太阳石[M].海拉尔:内蒙古文化出版社,2000.

[4] 普·萨那嘎日布.普·萨那嘎日布诗选[M].呼和浩特:内蒙古人民出版社,2005.

[5] 斯·德力格尔.月光碗[M].北京:民族出版社,2005.

[6] 斯·哈斯乌力吉.火鬃[M].北京:民族出版社,2007.

位于北纬43°36′~48°48′，东经118°44′~120°05′。地势西北高，东南低，北部为山地，中部为丘陵，南部为平原区。巴林草原属温带半干旱大陆性季风气候，四季分明。春季干旱，多大风。夏季短促炎热，雨量集中。秋季气温下降快，霜冻降临早。冬季漫长而寒冷，降雪量少。

文化渊源：巴林草原历史悠久，远古时代，就有人类在这片土地上繁衍生息。考古发现，有新石器时代和青铜器时代文化遗存。东胡、乌桓、鲜卑、契丹都曾在这片土地上繁衍生息。元代后巴林草原属中书省全宁路，为鲁王分地。明清属全宁卫地，后为兀良哈北境，属诺颜卫。后金天聪八年（1634年）朝廷划分蒙古诸部牧地，巴林部始定居于此。清顺治五年（1648年）清政府设理藩院，统管边疆地区，在蒙古建旗制，编佐领。将巴林部分为巴林右翼旗和巴林左翼旗，旗下设佐领，亦称"箭"或"苏木"。

巴林草原是智慧的草原，是文人墨客的故乡。诸如：元朝丞相诗人伯颜，清代史学家拉希朋斯格，现代民间即兴诗人沙格德尔，当代著名作家阿·敖德斯尔，诗人巴·布林贝赫、其木德道尔吉、那·赛西雅拉图、哈·丹碧扎拉森、敖力玛苏荣等，都是从巴林草原走出来的文人。因此，巴林地域文坛上已经形成文人传统，这一传统影响着巴林青年作家的文学创作。

重要特征：语言的崇拜、中和之美、传统文化的眷恋、乡土记忆、和谐坦然心境、崇尚世间的美好，等等。

（三）锡林郭勒诗群

主要诗人：高·仁钦那木吉拉、高·拉希扎布、阿尔泰、塔·额勒恒格、特·思沁、仁·斯琴朝克图、德·斯楞王吉拉、那·熙乐、策·朝鲁门、道·斯琴巴雅尔、优·额尔敦套格涛、普·朝格图那仁、普·乌力吉那仁，等等。

代表作：《内蒙古的微笑》[1]（诗集）、《心灵的报春花》[2]（诗集）、《失

---

[1] 高·拉希扎布.内蒙古的微笑[M].呼和浩特：内蒙古人民出版社，1999.
[2] 阿尔泰.心灵的报春花[M].呼和浩特：内蒙古人民出版社，1990.

落的天堂》[1]（诗集）、《男人的季节》[2]（诗集）、《倾听寂静》[3]（诗集）、《道·斯琴巴雅尔诗选》[4]（诗集）、《英雄的鹰》[5]（诗集）、《大地的脊梁》[6]（诗集）、《太阳母亲》[7]（诗集）等。

地理环境：锡林郭勒草原地处东经115°13′~117°06′，北纬43°02′~44°52′之间。地势由东南向西北方向倾斜，东南部多低山丘陵，盆地错落，西北部地形平坦。东北部为乌珠穆沁盆地，河网密布，水源丰富。西南部为浑善达克沙地，由一系列沙带组成，多为固定和半固定沙丘。属中温带半干旱、干旱大陆性季风气候，寒冷、多风、干旱。

文化渊源：锡林郭勒草原自古以来就是北方各族人民劳动、生活、繁衍生息的地方。苏尼特右旗、镶黄旗和东乌珠穆沁旗境内都发现了旧石器时代人类生存的遗址。在苏尼特左旗、阿巴嘎旗、锡林浩特市境内都发现了原始文化遗迹。据历史记载，匈奴、东胡、乌桓、鲜卑、柔然、契丹、蒙古、女真部落曾经居住于锡林郭勒草原。13世纪中叶，蒙古人在锡林郭勒草原正蓝旗境内建起元代第一都城——元上都。清朝康熙十四年（1675年）把察哈尔部原辖区划分为蓝、白、黄、红各分正、镶二旗，称蒙古八旗。

辽阔的草原，由来已久的游牧生活，浓厚的文化传统哺育着一代又一代的文学青年。在锡林郭勒诗群的诗歌文本中能看到远古草原的气息、游牧生活的景象、悠扬豪放的草原情怀等。

重要特点：草原情结、游牧生活场景、豪放舒展的格调、民间文艺的养分、传统诗歌的抒情模式、自由流畅的情感方式、纯正流利的语言，等等。

随着现代化、全球化进程，民族诗人自然而然地关注于地域文化记忆和文

---

[1] 仁·斯琴朝克图.失落的天堂[M].呼和浩特：内蒙古人民出版社，2001.
[2] 那·熙乐.男人的季节[M].呼和浩特：内蒙古人民出版社，1997.
[3] 策·朝鲁门.倾听寂静[M].呼和浩特：内蒙古人民出版社，2006.
[4] 道·斯琴巴雅尔.道·斯琴巴雅尔诗选[M].呼和浩特：内蒙古人民出版社，2007.
[5] 优·额尔敦套格涛.英雄的鹰[M].呼和浩特：内蒙古人民出版社，2004.
[6] 普·朝格图那仁.大地的脊梁[M].呼和浩特：内蒙古人民出版社，2000.
[7] 普·乌力吉那仁.太阳母亲[M].呼和浩特：内蒙古人民出版社，2006.

化经验。因此，书写、记录地域文化、生活、经验已成为民族诗人的自觉追求。从某种意义上看，批判主义文学作品均来自于对历史发展趋势的对抗。在现代化、全球化主题成为时代潮流、历史发展趋势的情况下，民族诗人重新返回，或关注地域文化土壤，或传承地域文化记忆、地域文化经验，以此来克制或治疗现代化和全球化带来的病痛和不良影响。在世界性的现代文化与地域性的传统文化之间，民族诗人们正在寻找着属于自己的平衡点。

在新时期内蒙古蒙古语诗坛上，不仅形成独具特色的科尔沁诗群、巴林诗群和锡林郭勒诗群，阿拉善和鄂尔多斯诗歌也日益呈现地域特色，受到人们的关注。如莫·策登巴拉、勒·恩和哈达、额·宝勒德、宝音巴图、吉格登旺吉拉、背苏迪·哈斯毕力格、昂格图、波·青格勒图、阿·宝音敖其尔等诗人的作品。

三、文化权力与诗歌活动

从文化权力视角观看，有两种文化元素缔造了内蒙古文化权力机制，即国家文化元素（体制文化元素或官方文化元素）和民间文化元素（市民文化元素或大众文化元素）。因此，文化权力机制，由国家文化元素和民间文化元素构成，即文化权力机制＝国家文化元素＋民间文化元素，或文化权力机制＝体制文化元素＋市民文化元素，或文化权力机制＝官方文化元素＋大众文化元素，等等。

新时期蒙古语诗歌的显著特点之一，就是民间文化元素、能量和权力，以不同方式和不同途径渗透到诗歌生产，乃至于消费的全过程，进而改变诗歌书写方式、存在方式和传播方式。这就是我们所说的民间型诗歌活动（irgen-nüsin ǰidei iraγu nairaγ-un aǰilaγa），或者说民间型诗歌运动（irgen-nü sinǰidei iraγu nairaγ-un xüdelgegen）[1]。因此，当下诗歌和文学创作中，国家话语模式与民间话语模式、国家投资与民间投资、国家消费与民间消费、国家美学范式与民间美学范式、国家书写与民间书写、官方型诗歌活动与民间型诗歌活动并存。但是，民间型诗歌运动或民间型文学活动，在发起、投资、影响、发行、目的、等级

---

[1] 满全.宇宙、生命、时间[J].锡林郭勒，2007（3）.

等诸多方面不同于官方承办的文学活动。[1]

（一）诗歌奖：官方奖和民间奖

内蒙古蒙古语诗歌奖项有两种，即官方奖和民间奖。官方奖，有明显的行政等级。如国家级奖骏马奖、"五个一工程"奖，省部级奖索龙嘎奖和"五个一工程"奖，以及盟市级奖、旗县级奖等。除此之外，在内蒙古蒙古语诗歌和文学中，有个人或民间团体颁发的奖项，如孛尔只斤蒙古文学奖和敖德斯尔文学奖等。其中索龙嘎奖的影响力具有代表性。

从1984年开始，索龙嘎奖8次颁奖，62篇蒙古语诗歌作品获此殊荣。

内蒙古自治区首届蒙古语诗歌创作索龙嘎奖获奖名单（1984年12月）

作者	作品名称	等次	类型
阿·巴雅尔	《眼睛》	一等	短诗
勒·敖德斯尔	《青青的孤岩》	二等	长诗
雅林匹勒	《乌鸦外传》	二等	长诗
巴·敖斯尔	《草原诗抄》	二等	短诗
纳·阿拉坦莎	《边疆哨所》	二等	短诗
阿尔泰	《生活呀，美好》	二等	短诗
查干	《为世界增添一份欢乐》	二等	短诗
敖力玛苏荣	《翁贡山上的明月》	二等	短诗
恩和布图新	《骑手》	三等	长诗
都古尔苏荣	《西行诗抄》	三等	短诗
高·仁钦那木吉拉	《草原颂》	三等	短诗
啊拉坦嘎尔迪	《春》	三等	短诗
纳斯图	《纳斯图》	三等	短诗
沙仁其其格	《故乡三宝》	三等	短诗

---

[1] 满全.二元对立模式——底层与精英[C].内蒙古大学研究生周末学术讲座讲义，2007-11-24.

| 阿尔泰 | 《心灵的报春花》 | 一等 | 短诗 |
| 勒·敖德斯尔 | 《牧马人之歌》 | 一等 | 短诗 |

内蒙古自治区第二届蒙古语诗歌创作索龙嘎奖获奖名单（1987年7月）

作者	作品名称	等次	类型
阿尔泰	《心灵的报春花》	一等	短诗
勒·敖德斯尔	《牧马人之歌》	一等	短诗
巴·敖斯尔	《举重者之歌》	二等	长诗
额力恒格	《路》	二等	长诗
齐·莫尔根	《枷锁》	二等	长诗
达·斯仁旺吉拉	《马镫上崛起的世界》	二等	长诗
那·松迪	《大漠里的小草》	二等	短诗
阿·巴雅尔	《祖国颂》	二等	短诗
斯·乌云	《雄鹰》	二等	短诗
赞达来	《故乡的青山》	二等	短诗
巴·哈斯木仁	《我的诗神》	二等	短诗
特·官布扎布	《男人的神威》	二等	短诗
巴·布林贝赫	《荒冢》	二等	短诗
策·乌力吉	《哦，时间》	二等	短诗

内蒙古自治区第三届蒙古语诗歌创作索龙嘎奖获奖名单（1990年12月）

作者	作品名称	等次	类型
阿尔泰	《放牛人》	一等	长诗
齐·莫尔根	《"都瓦苏霍"的眼睛》	一等	短诗
特·官布扎布	《岩石之啸》	二等	长诗
哈斯巴根	《我那吉祥的蓝色故土》	二等	长诗
朝·布和朝鲁	《乡土神威》	二等	短诗
巴·哈斯牧人	《大地之心》	二等	短诗
乌兰托娅	《震颤》	二等	短诗

道·德力格尔仓	《南国异风》	二等	短诗
那·松迪	《致父亲和那一颗老松树》	二等	短诗
勒·敖德斯尔	《我心中的高原》	二等	短诗
斯·札木苏	《呐喊》	二等	短诗
特·思沁	《神圣的誓言》	二等	短诗
仁·斯钦朝克图	《花蕊》	二等	短诗
乌云格日勒	《女人们,我们阅读着》	二等	短诗

内蒙古自治区第四届蒙古语诗歌创作索龙嘎奖获奖名单(1993年11月)

作者	作品名称	类型
纳·赛西雅拉图	《老伴的皱纹》	短诗

内蒙古自治区第五届蒙古语诗歌创作索龙嘎奖获奖名单(1996年6月)

作者	作品名称
高·仁钦纳木吉拉	《故乡明月》
齐·那楚克道尔吉	《乳香飘飘》
那·熙乐	《诗歌没有眼泪》

内蒙古自治区第六届蒙古语诗歌创作索龙嘎奖获奖名单(1999年11月)

作者	作品名称
贺希格陶高	《我的宝力格山》
策·乌力吉	《巴日达暮哈拉》
满全(道日那腾格里)	《远方的豆田与父亲的祖国》

内蒙古自治区第七届蒙古语诗歌创作索龙嘎奖获奖名单（2002 年 11 月）

作者	作品名称
热·图门乌力吉	《苏醒的高原》
亚·巴拉吉尼玛	《童年的回忆》
哈·巴图吉日嘎拉	《童话中的孩子》
那·呼和诗贵	《展望新世纪》

内蒙古自治区第八届蒙古语诗歌创作索龙嘎奖获奖名单（2005 年 12 月）

作者	作品名称
达·斯仁旺吉乐	《秘史突出的马群》
策·朝鲁门	《骏马》
普·朝克图那仁	《广袤的内蒙古》
特·布和毕力格	《沧海桑田》
贺其勒图	《我永远的山川》
萨·乌兰巴图	《军人男子汉》
沙·莫日根	《心中的呼唤》

荣获 8 次索龙嘎奖的 62 篇作品，从某一角度反映了改革开放 30 年蒙古语诗歌发展、繁荣的历史概貌。

（二）诗歌传播渠道：官方渠道和民间渠道

新时期蒙古语诗歌的传播渠道有两种，即官方渠道和民间渠道。所谓官方渠道，指国家财政投资主办的各类传播媒体，即各级各类文学刊物、报纸副刊，各级广播电视和出版社等。这种传播渠道，是国家体制的一部分，有明确的行政等级和人事名额。一方面得到国家财政的支持，另一方面受到国家意识的支配。所谓民间渠道，指个人或民间团体投资主办的各类传播媒体和传播方式，即各种文学刊物、报纸、文学网站、博客空间及个人出资出版的诗集等。这种传播渠道，不依靠国家财政的投资，不受国家意识的支配，但有遵守国家法律法规的义务。近几年，民间传播渠道得到迅速发展，据不完全统计，个人或民间团体投资主办的无刊号各类报纸杂志高达百余种。

（三）诗歌比赛：官方主办的比赛和民间组织的比赛

蒙古语诗歌比赛已成为内蒙古文坛的一道风景。近几年，嘎查、苏木、旗县、盟市、自治区级各类相关单位积极组织蒙古语诗歌比赛。此外，个人或民间团体频繁出资举办各类诗歌比赛活动，其中包括作品比赛和朗诵比赛。

据不完全统计，从1995年4月至2008年5月，全国各地举办的蒙古语诗歌比赛高达283场[1]，其中就有官方主办的比赛和民间组织的比赛。这些比赛，基本打着"振奋民族精神、捍卫精神家园、重新塑造民族形象、发展民族传统文化、建设文化大区"的旗号，因此获得了道义上的认可，也得到广大民众的支持。

新时期蒙古语诗歌是开放性的诗歌，其产生、发展、繁荣不仅离不开本民族的文化传统，也需要世界各民族文学的养分。继承与革新是诗歌发展、繁荣的内部规律，新时期蒙古语诗歌在继承民族文化传统的同时，吸收了世界各民族文学、文化的优秀传统。

□蒙古文论文发表于《金钥匙》，2009年第1期。
□汉文论文发表于《中央民族大学学报》，2010年第5期。
□汉文论文收录于宋生贵主编《走进花的原野》，内蒙古大学出版社，2016年。

---

[1] 鲍兴安."蒙古诗歌那达慕"研究[D].呼和浩特：内蒙古大学蒙古学学院，2008：131—154.

现实与理想之间：艺术至境
——对达·那楚克道尔吉《渴望自由》一诗的文化解读

蒙古国著名诗人，现代文学奠基者之一达·那楚克道尔吉（1906—1937），倾其毕生精力，以其超人的才气，在绵延多姿的蒙古文学史山脉中树立起一座高峰。诗人于1932年在狱中时，曾在糖块包装纸上写下10首诗，其中有一首《渴望自由》。该诗由12段、48行、约150个蒙文字构成。拙论拟对这首狱中诗从以下几方面加以解读、分析。

一、悲观情绪的流露

《渴望自由》以其弥漫的悲观、凄凉情绪和宗教色彩，明显有别于诗人其他诗作，从而背离了诗作者基本审美取向和总体风格。

达·那楚克道尔吉诗歌创作数量年表

年	诗（篇）	年	诗（篇）
1923	1	1930	14
1924	—	1931	10
1925	1	1932	14
1926	1	1933	8
1927	2	1934	13
1928	—	1935	35
1929	—	1936	3
14年		共102篇	

精神地形与诗艺探险

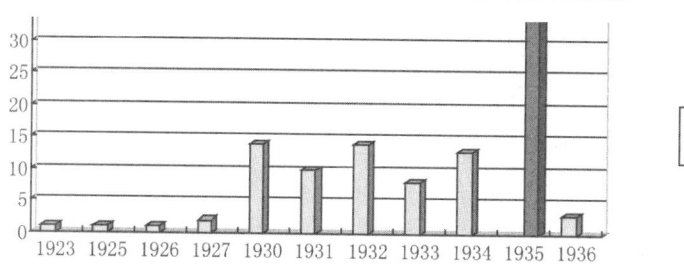

达·那楚克道尔吉诗歌创作量年度图形

达·那楚克道尔吉，1923—1936 年，作诗共 102 篇，年均 7.3 篇，其中 1935 年为高峰期，仅一年作诗 35 篇。

诗歌基本题材：

1. 政治题材，如《十月》（1931 年）。

2. 安康题材，如《健康》（1935 年）。

3. 爱情题材，如《印度女人》（1930 年）。

4. 乡土题材，如《四季》（1934 年）。

5. 现实题材，如《从乌兰巴托到柏林》（1926 年）。

诗歌基本抒情模式：

1. 记录－表现模式

2. 歌颂－批判模式

据我们分析观察，达·那楚克道尔吉诗歌创作形成了两种模式，即"记录－表现模式"和"歌颂－批判模式"。我们是基于其诗作抒情方式、表现的情绪以及审美取向加以如是概括的。

（一）记录－表现模式

以诗的形式记录人物、事件、现实生活，在蒙古诗歌创作中早已有之，可谓源远流长，如是诗作俗称为记录诗（蒙古语称为：temdeglel silüg）。与达·那楚克道尔吉同一时期的内蒙古现代诗人嘎玛拉所著长诗《骚乱中》，克兴额所著短诗《南郭尔罗斯游记》等，均属记录诗。达·那楚克道尔吉以记录社会生

189

活中的某些人和事为目的，也创作了一些记录诗，如长诗《从乌兰巴托到柏林》（1926年）、短诗《女婿》（1931年）等。

诗歌不仅要记录现实生活中的人和事，还要捕捉、发现、揭露社会生活中出现的问题、现象和事件，将其展现于读者面前。这可谓诗歌的另一种功能。我们一般称这种诗为表现诗或问题诗，即以发现问题、捕捉问题、展现问题为其目的。达·那楚克道尔吉后期所作安康题材诗基本上以展现各种疾病、病菌（包括肉体和精神的）对健康生活的破坏和对生命的吞噬为其目的。如《瘟疫》（1935年）、《花柳病》（1935年）等。为此，蒙古国著名学者巴·曹都那木先生，将达·那楚克道尔吉这类诗作称为宣传 – 介绍诗（蒙古语称为：uxaγulγa-tanilč aγulγa-inasilüg）[1]。

（二）歌颂 – 批判模式

蒙古国著名学者策·达姆丁苏荣在阐述达·那楚克道尔吉诗作总体特征时说："其作品倾向在于，通过批判封建顽固势力，歌颂人民国家革新事业，掀起爱国主义热潮。"[2]达·那楚克道尔吉身为与那个时代同时成长的诗人，伴随着政权的更迭、社会的转型以及文化的变迁，在其诗歌创作中自然形成了"歌颂 – 批判模式"。具体体现在，旗帜鲜明地歌颂人民国家诸多革新事业，歌颂新生活，歌颂美丽的故乡，鞭挞封建顽固势力、宗教迷信思想和旧制度的一切残喉余音。

我们有理由将这一歌颂 – 批判模式视为对民族文艺传统的一种延续。因为，在蒙古诗歌历史舞台上曾有过"颂赞诗体"（蒙古语称为：maydayal silüg）和"批判诗体"（蒙古语称为：boruyusiyal silüg）。歌颂 – 批判模式，表现了作家生活态度、价值判断和审美取向。如是抒情模式无不贯穿着迄今蒙古诗歌创作全部历史过程。

---

[1] 达·那楚克道尔吉.达·那楚克道尔吉文集（蒙古文）[M].北京：民族出版社，1989：26.

[2] П.浩日劳，С.劳布桑旺丹，Ц.孟和，Д.呈都.蒙古近代文学简史（蒙古文）[M].呼和浩特：内蒙古人民出版社，1985：234.

其诗歌基本情绪类型：

（1）常情，如《革命前期健康状况》（1934年）。

（2）喜情，如《我的故乡》（1933年）。

（3）悲情，如《渴望自由》（1932年）。

古印度文论家婆罗多在其《舞论》中指出："味产生于情"[1]。诗情来自于诗人的遭遇、所处的环境和本人性格。因此，诗情的演变则是展现诗人内心世界、情感波动、人生遭遇的一面镜子。我们可用下图进一步说明：

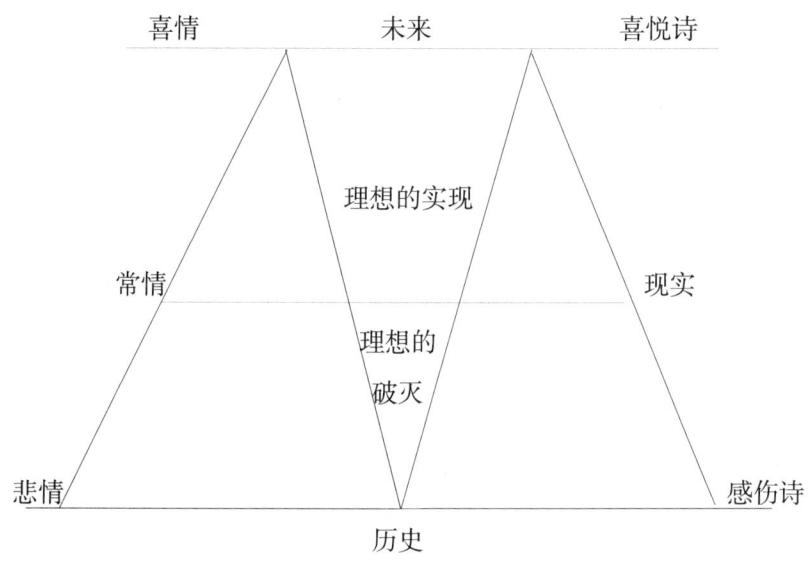

1. 常情

所谓常情即为平素心情，情感波动相对平稳，一种无喜无忧的客观心情或零度心情。我们若将常情设定为一种历史的尺码或衡量生活、存在以及道德的公共标准。那么，常情便可理解为与现实世界或经验世界相重叠的一种情感，这种情感较接近客观存在。因常情较接近于客观存在或能相对准确地反映客观现实，因此，常情具备了接近真实存在的可能性。常见的诸如流浪故事、正剧、继续z哲理诗、宣传诗、医药题材诗歌等作品，都是伴随着作者常情状态产生的。达·那

---

[1] 黄宝生.印度古典史诗学[M].北京：北京大学出版社，1993：49.

楚克道尔吉在 1935 年创作的安康题材诗歌，可被视作在常情状态中写下的。

2. 喜情

所谓喜情或喜悦之情，乃指高于现实世界或经验世界的情感，是一种亢奋心情。喜悦之情发自于理想的实现或对未来信心满怀，并体现理想的高尚、人生的尊贵和现实的美好。喜悦之情也表示心灵的暖色和积极进取的精神面貌。诸如英雄故事、喜剧、好汉小说、颂赞诗、传奇传记等，均传达喜悦之情。

婆罗多认为，喜情发自如愿以偿、与心爱之人相会、精神的满足，受宠于天神、老师、国王，赢得配偶的欢喜，享有食物、衣物或拥有财富等等[1]。达·那楚克道尔吉诗歌中的自豪、喜悦之情，无疑发自对故乡秀美山川、如画自然风景的由衷赞美，以及对人民政权的拥护和对幸福生活的憧憬。

3. 悲情

所谓悲情，指的是依照我们上述设定的原则，因某种原因其情感经萎缩、下滑到小于、低于现实世界或经验世界的一种感伤的、低落的心情。悲情发自理想的破灭或对以往痛苦的回忆，并展现人生、生命和一切美好事物的被毁灭。悲情表示心灵的灰色。悲剧、伤感诗、悲观小说均传达悲情。

婆罗多认为，悲情产生于被诅咒的折磨、灾厄、与心爱之人分离、失去财富、杀害、囚禁、逃跑、打击和落难等。毫无疑问，达·那楚克道尔吉诗歌中的悲情发自于他被诬陷和牢狱生活。从 1930 年开始，他被"极左"势力图谋陷害，遂于 1931 年 12 月 31 日，以其迎新年礼拜一事为由，终于达到诬陷的目的，将其囚禁于牢狱。达·那楚克道尔吉在狱中写于糖块包装纸上的诗多达 10 篇，包括：

《erxe čilüge-yi xüsexüi》（《渴望自由》）

《oidɣar ǰobalang-i saɣataɣulxui》（《消遣忧愁》）

《toor-un dotura oidɣarlaxui》（《笼子里的烦恼》）

《orčilang-un ǰam-i tanixui》（《感悟世间之道》）

《inaɣ amaraɣ-yian mürügedxü》（《思念情人》）

《urɣumal bodas-i mürügedxü》（《向往万物》）

---

[1] 黄宝生. 印度古典史诗学[M]. 北京：北京大学出版社，1993：58.

《tergel sara-yi üjexüi》（《盼望圆月》）

《xan yirdinču-in sara》（《世界之月亮》）

《jalaγu beye γanirxaxui》（《青春在苦闷》）

《aγasi ǰang xobiraxui》（《性格的蜕变》）

上述 10 篇狱中诗作，内容可归纳为：

（1）监狱状况

（2）诗人的烦恼与忧愁

（3）诗人的向往与追求

因狱中所写，在内容、情绪、氛围和语调等方面均不同于他本人其他诗作，显然背离了他诗歌创作的总体风格、情绪和审美取向，可谓一组特殊环境中的特殊作品。这一情形，可用以下图形表示：

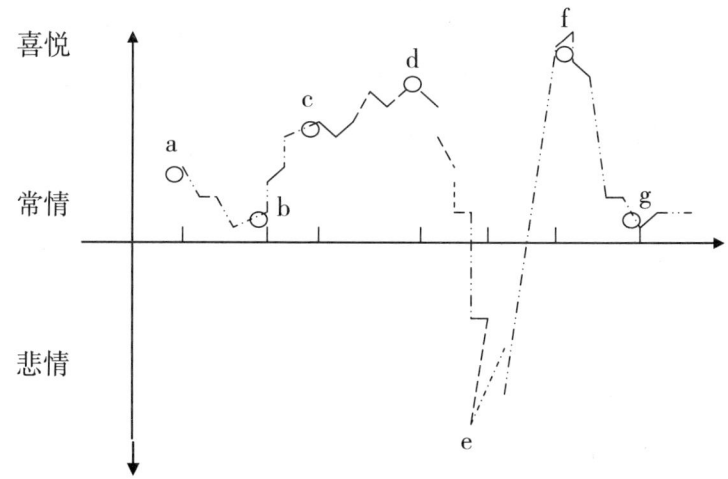

a.《青青远山》（1923 年）

b.《从乌兰巴托到柏林》（1926 年）

c.《赴远方的学子》（1927 年）

d.《十月》（1931 年）

e.《渴望自由》（1932 年）

f.《我的故乡》（1933 年）

g.《卫生所》（1935 年）

狱中诗表现了如下特点：

（1）内容——狱中生活及其引发的忧愁和向往。

（2）情绪——悲观、郁闷之情。

（3）语调——深沉。

（4）描述的环境——狱中环境。

（5）意象——消极、灰色、冷酷。

（6）题目构词——多用现在、未来时态无主谓语形动词。

二、堪忍态度

考察达·那楚克道尔吉入狱前的诗作，有一条明显的轨迹，那就是从批判封建顽固思想、宗教的虚无，进而歌颂、肯定、宣传人民政权的革新事业。这是亲身体验政权更迭、社会转型、文化变迁的所有作家共同的选择。例如，20世纪五六十年代内蒙古作家同样采取了从否定到肯定的方式，即否定过去——旧社会，肯定当时——新社会。然而特殊环境——入狱生活为诗人带来无比痛苦和折磨时，他不得不选择超现实的心灵力量——用宗教祈祷来抗衡残酷的现实。

苦难牢狱中，
企盼救命人。
悲痛无奈时，
眼前有宗教。

渴望宽恕者，
企盼美好事。
陷入困境时，
心中现迷信。

——《性格的蜕变》（1932年）[1]

10篇狱中诗稿所具有的浓重的宗教色彩，也表现在语言表层和深层上。

（一）在语言表层上

《渴望自由》（1932年）中，可见以下具有宗教色彩的话语，如：xiǰaγalasi ügei（无际/无界/无极/无限）、xemǰeyelesi ugei（无量/无数）、müngxe（常/常恒）、yirtincu（世界/世间）、nigülesxü（慈悲/恩惠）等。

1.xiǰaγalasi ügei（无际/无界/无极/无限）

xiǰaγalasi ügei，这是藏传佛教文献中常出现的语言，它有几种含义。最早在印度仙女的名字，梵语称为 Aditi，汉译为阿底提，有无际、无界、无边、无拘无束之意，是为孩童和牛寄予恩赐，赋予人们自由的仙女。藏传佛教文献和作品中经常用"xiǰaγalasi ügei"一词表示数不清、量不尽、说不清的无边、无界、无量的事物。如"宇宙无际、想象无限"[2]。本诗中有"xüsexü mürügedxü xiǰgaγalasi ügei/ 向往无边"这样的表述。藏传佛教中有"二际"或"二边"的概念，即"常际"与"断际"或"常边"与"断边"。"一涅槃际，二生死际，际者界之义。视生死涅槃有别际者，小乘也。大乘则生死即涅槃，本无际畔"[3]。人身为"断际"，当属"有"的范畴，欲望为"常际"，当属"无"的范畴。有边的具体人身可以延续到无边的虚妄世界。人身有边，但向往无边，这是为宗教式的时空概念。

2.xemǰiyelesi ügei（无量/无数）

xemǰiyelesi ügei，表示无限、无际、无量之意。在挂象和藏传佛教文献中广泛使用数字名称，而且数字名称很发达，不同位数都有专门名称。阿毗达

---

[1] 达·那楚克道尔吉. 达·那楚克道尔吉文集（蒙古文）[M].北京：民族出版社，1989：175.

[2] 松巴堪布·益希班觉. 益希班觉佛教史（蒙古文）[M].青格乐，莫宝柱，校注. 呼和浩特：内蒙古人民出版社，1993：16.

[3] 专题文献·大家书房·丁福保·佛学大辞典·名数·二际·龙语翰堂数据库.

摩俱舍论中就记载了好多数字名称。例如：（1）nigen 个，（2）arban 十，（3）ǰaγun 百，（4）mingγan 千，（5）tümen 万，（6）laγsan 十万，（7）saya 百万，（8）küldi 千万，（9）düngsigür 亿，（10）tirbom 十亿，（11）yexe tirbom 百亿，（12）nayud 千亿，（13）yexe nayud 兆，（14）masi delgemel 京，（15）yexe masi delgemel 垓，（16）tunumal 秭，（17）yexe tunumal 穰，（18）iggümel 沟，（19）yexe iggümel 涧，（20）ximürel ügei 正，（21）yexe ximürel ügei 载，（22）ilγararulugči 二十二位数，（23）yexe ilγararulugči 二十三位数，（24）ebür degere 二十四位数，（25）yexe ebür degere 二十五位数，（26）xüxin odoridoγči 二十六位数，（27）yexe xüxin odoridorči 二十七位数，（28）xiǰaγar üǰegdel 二十八位数，（29）yexe xiǰaγar üǰegdel 二十九位数，（30）siltaran-nü ǰüil 三十位数，（31）yexe siltaγan-nuǰüil 三十一位数，（32）üǰesgüleng gereldu 三十二位数，（33）yexe üǰesgülengdü gereldü 三十三位数，（34）erxetü 三十四位数，（35）yexe erxetü 三十五位数，（36）saidur xürügsen 三十六位数，（37）yexe saidur xürügsen 三十七位数，（38）onon odxu 三十八位数，（39）yexe onon odxu 三十九位数，（40）čibbu toγusun 四十位数，（41）yexe čibbu toγusun 四十一位数，（42）belge temdeg 四十二位数，（43）yexe belge temdeg 四十三位数，（44）xüčün nüxür 四十四位数，（45）yexe xüčün nüxür 四十五位数，（46）doxiya medehü 四十六位数，（47）yexe doxiya medehü 四十七位数，（48）tein bolorsan 四十八位数，（49）yexe tein bolorsan 四十九位数，（50）xüčün nidün 五十位数，（51）yexe xüčün nidün 五十一位数，（52）asaraxui 五十二位数，（53）yexe asaraxui 五十三位数，（54）nigülesxüi 五十四位数，（55）yexe nigülesxüi 五十五位数，（56）bayasxui 五十六位数，（57）yexe bayasxui 五十七位数，（58）tegsi 五十八位数，（59）yexe tegsi 五十九位数，（60）xemǰiyelesi ügei 六十位数。[1]在挂象和藏传佛教文献中所谓"无量"或"无数"相当于六十位数。

《渴望自由》诗中有"xümün-nü eremelǰel xemǰiyelesi ügei 人的欲望无量"

---

[1] 仁钦嘎瓦，斯琴朝克图. 智慧之鉴（蒙古文）[M]. 呼和浩特：内蒙古人民出版社，1983：175—176.

这样的描述。反映了作者对人的一种思考或理解，具有浓郁的宗教色彩。从无量的欲望中滋生无量的罪恶，这是佛教的一种说法。

3.müngxe（常/常恒）

müngxe，在藏传佛教文献和作品中，将不从属于原因与条件的现象称为müngxe（常/常恒），指无边的空间和无限的时间。"常"或"常恒"指"不可磨灭""无变易"[1]。佛教以因果、因缘的轮回来解释世间万物的同时，宣传无常（müngxe bosu）、彼岸的永恒。在佛教"中观"（正观）中有对"二际"的论述，所谓"常际"指的是将"无"认为"有"，所谓"断际"指的是把"有"认为"无"。不在"二际"、摆脱"二际"是所有中观者的追求。佛教信徒的诗作中常出现有："因无行邪道而涅槃常恒，因无回忍受而业果常恒"[2]等说教。

《渴望自由》中有"müngxe-in ciluge/常恒的自由"这样的描述。所谓常恒或永恒的自由，指的是无存在的自由，属于"无"的范畴，是一种宗教的境界。诗中表露出，死亡乃为永恒自由的思想。如诗中写道："遭遇毁灭的我，向往永恒的自由。"诗人所期盼的就是"无常"——死亡背后的永恒，是宗教的无边的空间、无限的时间和无极的延续。藏传佛教认为，通过解脱，涅槃才能获得常恒的自由。佛获得了常恒的自由，因此，佛有如来（tegüncilen iregsen）、应供（tain-i daruγsan）、正等觉（ünexer torulursan）、明行是（xül-ün mür-i todurxai ailadurči）、善逝（saibar odursan）、世间解（yirdinču-yi ailadurči）、无上士（saidur uduridun tonilrarči）、天人师（tegri xümün-nü baγsi）、佛和世尊（borxan ilejü tegüs nügcigsen）等十号。

4.yirdinču（世界/世间）

yirdinču，六道众生的生存条件和环境被称为世界。在藏传佛教文献和作品中有对世界结构的独特描述.将世界分为器世界（saba yirdinču）和众生世界（sime yirdinču），众生世界又细分为欲界、色界和无色界。如图所示：

---

[1] 任继愈.中国佛教史：第3卷[M].北京：中国社会科学出版社，1997：170.

[2] 策·达木丁苏.蒙古古代文学一百篇（蒙古文）[M].呼和浩特：内蒙古人民出版社，1982：1526.

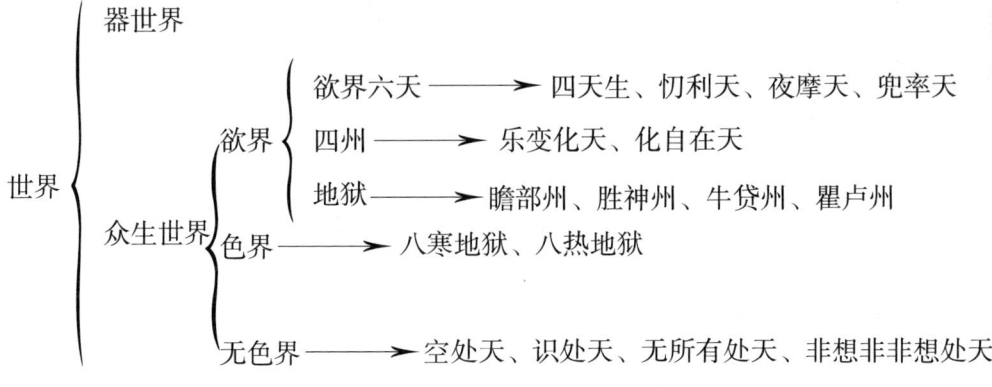

蒙古人撰写的很多历史文献、宗教文献中,有对器世界、众生世界形成过程和结构特点的描述,这一宇宙观来自于古印度阿毗达摩俱舍论。世界是苦海、六道众生均有苦,苦来自于贪、嗔、痴。"贪令人患得患失,为得失的疑虑所缚,心中常起牵挂、丧失和平安乐。嗔令人气量狭窄,愤恨不满,伤害自他,恒为世间人事所激怒,丧失内心的和平安乐。痴令人执着虚妄为真实,真实为虚妄,应舍弃的却坚持,应坚持的却又舍弃,心思紊乱颠倒,常白吃苦果,丧失和平安乐。"[1]这是佛教的中心理念。根据佛教文献记载,"三界弥漫着痴,无主的宇宙中生老病死轮回,就像净水壶里的水一样旋转"[2]。

达·那楚克道尔吉在狱中诗中,把当时的地牢生活状况描绘成苦难的世界、煎熬的场所和罪恶的地狱。

5.nigülesxü(慈悲/恩惠）

nigülesxü,指恩惠、仁慈、发善心。在藏传佛教文献和作品中,观世音菩萨叫作 yexete nigülesügči, nigülesxüi,也指五十四位数。佛教追求修心、养心,因此,善心、菩提心深为佛教信徒所推崇。宗喀巴大师在其《菩提道次第广论》中说教:"菩萨善心所至,即为佛法降临。"[3]据佛教作品记载,修炼善心有"说

---

[1] 净行法师.佛法——解脱的原理和行法[M/OL].http://www.bfnn.org/bookgb/books2/1619.htm.

[2] 圣者大喜悦大乘经.甘珠尔（蒙古文）：上128卷,内蒙古图书馆藏品.

[3] 宗喀巴大师.菩提道次第广论（蒙古文）[M].丹迥·冉纳班杂大师,等译.北京：民族出版社,2003：69.

恩"和"报恩"的内容。达·那楚克道尔吉当时向政府求情,并相信政府的保佑,表现了宗教式的善心,其中包含有报恩思想。如《青春在苦闷》一诗:

> 在监狱中囚禁时,
> 这世界毫无用处。
> 想起自己的学识,
> 理应报答祖国。[1]
> ——《青春在苦闷》(1932年)

诗人虽受诽谤、折磨,但报答祖国、人民的心情依旧,表现了宗教式的宽恕思想。

(二)在语言深层上

《渴望自由》,通篇贯穿着具有宗教色彩的堪忍态度与宽恕思想以及厌世、求世的复杂情绪。

1. 忍耐与宽恕

宽恕众生、忍耐一切罪恶,是佛教的基本思想。有说教者道:忍耐陷害,接受苦难和忠心敬仰佛法,乃堪忍的本质。[2] 以忍耐心态化解一切陷害是佛教信徒们共同的追求。据宗教的说法,所谓堪忍有3种,即容忍陷害者之堪忍,接受苦难之堪忍,忠心佛法之堪忍。

达·那楚克道尔吉在其《渴望自由》诗中如实地记录了受到"极左"势力的陷害和狱中生活的艰难。

---

[1] 达·那楚克道尔吉.达·那楚克道尔吉文集(蒙古文)[M].北京:民族出版社,1989:171.

[2] 宗喀巴大师.菩提道次第广论(蒙古文)[M].丹迥·冉纳班杂大师,等译.北京:民族出版社,2003:227.

走动受限，
　有兵跟随。
话语寥寥，
　多有挨骂。

少小身心，
从属刺刀。
总有暴军，
不打便骂。[1]
　　——《渴望自由》（1932年）

  以上诗行中诗人如实地记录了监狱残暴军人的怒喝、殴打、责骂以及失去人身自由的恐惧、悲痛和绝望。字里行间流露出恐吓之下的惧怕和面对责骂的忍耐。因此，诗人用圈里的动物、离别江河的鱼、笼子里的鸟、草地上迷路的黄羊羔来比喻当时的心情，这比喻中显然流露出无奈的情绪。忍耐是他狱中生活唯一的选择，为了早日出狱，他唯有忍耐。正如藏传佛教文献中所道："愤怒一经控制，今世后世皆为安。"[2]

水中的鱼儿，
往来自由。
我愿化作水中动物
游向湖海。

窗外飞翔的，

---

[1] 达·那楚克道尔吉.达·那楚克道尔吉文集（蒙古文）[M].北京：民族出版社，1989：140—141.

[2] 宗喀巴大师.菩提道次第广论（蒙古文）[M].丹迥·冉纳班杂大师，等译.北京：民族出版社，2003：228.

鸟，多么幸福。

我愿化作一只小鸟，

与它一同玩耍。[1]

——《渴望自由》（1932年）

诗人不但忍耐，还对新政权抱以宽容的态度。狱中10篇诗作中从未出现愤怒、仇恨和抱怨，却流露有对美好事物的向往和对人生的渴望。这是宗教式的宽恕思想。诗人相信新政权，也相信生命的生机盎然。耐人寻味的是，诗人将苦难、痛苦视为感悟认识人生意义和人间冷暖的必行之道。如：

生在人世间，

经历种种为好。

狱中虽有多苦痛，

尝一尝有必要。[2]

——《感悟世间之道》（1932年）

据佛教的认识，世间原本是苦海、罪恶的场所，六道众生苦苦挣扎在漫无边际的苦海。诗人将狱中的痛苦视为对人生的一种磨炼，有必要接受这种苦难。

2. 厌世与求世

厌世、解脱人生、帮助六道众生渡过苦海乃为佛教的基本目的。如六字真言中就包含解脱六道众生的内容。嗡——消除天界的生死苦，嘛——消除非天界争斗之苦，呢——消除人间生老病死之苦，叭——消除畜生界劳役之苦，咪——消除饿鬼饥渴之苦，吽——消除冷热地狱之苦。解脱的目的是为了涅槃。佛教各派以涅槃为最终归宿。小乘佛教视世俗世界为"无常、苦、无我、不净"，

---

[1] 达·那楚克道尔吉. 达·那楚克道尔吉文集（蒙古文）[M]. 北京：民族出版社，1989：142—143.

[2] 达·那楚克道尔吉. 达·那楚克道尔吉文集（蒙古文）[M]. 北京：民族出版社，1989：153—154.

认为离开世俗世界，灰身灭智，不要再生，是解脱无常之苦的唯一出路。而大乘佛教却在肯定"无常、苦、无我、不净"的基础上，企图通过遁世达到"常、乐、我、净"。任继愈先生认为，"常"指"法身"，"乐"指"涅槃"，"我"指"佛身"，"净"指"佛法"，所以"常乐我净乃得名大涅槃也"[1]。

存在决定意识。在狱中饱受苦难、侮辱的诗人达·那楚克道尔吉，曾萌生过以结束生命来解脱现状的念头，他将这一思想波动如实记录在狱中诗篇。如：

失去自由时，
这世界毫无用处。
——《渴望自由》（1932年）

忍受囚禁时，
人间毫无留念。
——《思念情人》（1932年）

痛苦的监狱生活，
让我向往夭折路。

被监禁在牢狱时，
这世界毫无用处。
——《青春在苦闷》（1932年）[2]

上述诗行中浸透着诗人对生命、人生、自由的理解。无自由的生活不如一死，这是特殊环境中形成的一种价值判断。死亡意味着永恒的自由、绝对的自由，

---

[1] 任继愈.中国佛教史：第3卷[M].北京：中国社会科学出版社，1997：171.

[2] 达·那楚克道尔吉.达·那楚克道尔吉文集（蒙古文）[M].北京：北京民族出版社，1989：142—171.

是一种人生的解脱或涅槃。因此,诗人以毁灭肉体、解脱人生来达到永恒的自由。这是对生命、永恒自由的宗教式的理解。

  狱中的诗人,精神世界充满着矛盾,近乎达到崩溃的边缘。一面是解脱世界、厌倦人生,另一面则是向往人生、渴望世界。诗人清楚地表明了渴望世界、留恋人生的理由:

> 高贵的人体,
> 这世上不可复得。
> ——渴望自由(1932年)

> 每当思念情人,
> 真想出去见一面。
> ——《思念情人》(1932年)

> 少壮的我,
> 渴望世间的美好。
> ——《向往万物》(1932年)

> 想起自己的学识,
> 理应报答祖国。
> ——《青春的苦闷》(1932年)[1]

  尊贵人身、心爱之人、世界之美好、多恩的祖国,这4种因素成为狱中诗人留恋人生、渴望世界的渊缘。其中无不贯穿着对生命、人身意义和价值的理解。诗人在解脱与留恋、厌世与求世之间,感悟着生命、人生、社会和宇宙的存在。

---

[1] 达·那楚克道尔吉.达·那楚克道尔吉文集(蒙古文)[M].北京:北京民族出版社,1989:141-171.

三、现实与理想之间——艺术至境

一般来说,诗的艺术境界可分为3种,或者说诗歌能创建3种艺术世界,即现实世界、情感世界和无极世界。

(一)诗歌中的现实世界或现实元素

所谓诗歌中的现实世界或现实元素是指现实世界在诗歌中的再现,即诗歌中渗透的现实元素。诗歌中的现实世界是现实生活经过内化后具有审美色彩的艺术世界,即指诗歌中的现实痕迹、踪影和信息,而这些痕迹、踪影和信息是连接客观现实世界与艺术世界的纽带,如下图所示:

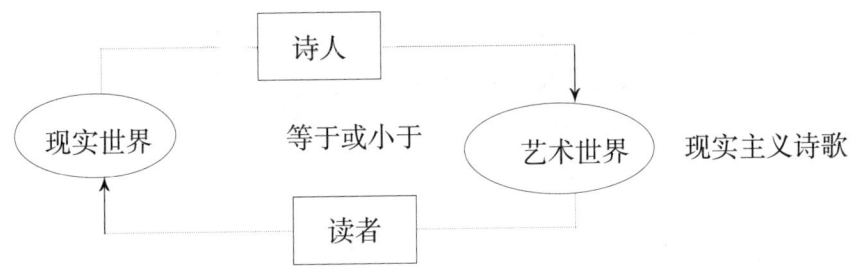

自然主义和现实主义诗歌中,客观现实世界往往等同于或小于艺术世界,而艺术世界往往等同于或大于客观现实世界,因为艺术世界中已经包含了诗人的主观因素。狱中诗《渴望自由》中,渗透着现实生活的痕迹、踪影和信息,我们可将其称作艺术世界中的现实元素,如监狱、枷锁、步兵、幼小身体、长矛、枪、枪机、世界、政府、故乡等。这些诗歌意象能从现实生活中找到,是艺术世界中的现实元素。这些现实元素如实地展现了当时的监狱状况,以及诗人的不幸遭遇和苦难。在这一点上客观现实世界与艺术世界近似或相同。

(二)诗歌中的情感世界或情元素

所谓诗歌中的情感世界或情感元,指的是诗人的情感在诗作中的再现,即诗歌中渗透的情感元素。诗歌中的情感世界是诗人情感或内心一经外化后具有审美色彩的艺术世界，即指诗歌中的情感痕迹、踪影和信息。这些痕迹、踪影和信息是连接现实世界、诗人内心与艺术世界的纽带，如下图所示：

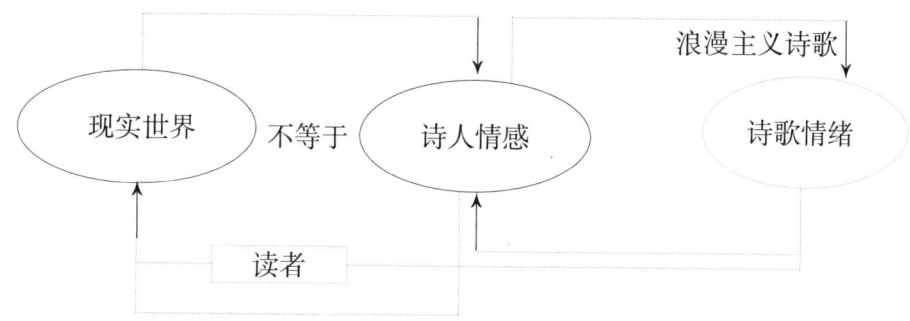

在浪漫主义诗歌中，现实世界已通过诗人化作了情感，又以文字形式加以外化，再现于艺术世界。这一过程（现实世界→诗人情感→艺术世界）中，在诗人主观情绪的作用下，那些已经改变或虚弱了的现实元素，经过重新组合而构建了诗歌情绪。在这从外到内，再从内到外的过程中，现实元素逐渐淡化，同时情感因素逐渐浓重起来。

《渴望自由》一诗中，由现实遭遇引发的悲观情绪无不浮现于字里行间，如监狱生活与自由理想间的矛盾所引发的悲哀，以及厌世与留恋人生的对立所产生的凄凉，还有残暴军人的责骂与幼小身心的恐惧所造成的惆怅，频频出现于诗作字里行间。这些情感元素或隐或显地展现了诗人内心世界、生存态度。而正是在这一点上，现实世界与艺术世界是不等同的。在艺术世界中，由于情感元素的加剧，往往导致两种可能的出现。一种是艺术世界大于现实世界或覆盖现实世界；另一种是艺术世界小于现实世界或被覆盖于现实世界。这种现象一般被称为积极浪漫主义和消极浪漫主义。

（三）诗歌中的无极世界或无极元素

所谓诗歌中的无极世界或无极元素，是指诗歌中诗人的无极、无界、无边的想象，终极关怀和哲理思考，也是诗人宇宙意识的体现。这种诗歌一般被称为玄学诗歌或哲理诗歌。由于诗人的终极关怀和对彼岸世界的憧憬，加之无边无际的想象，艺术世界被扩展到无边、无极，遂使诗人在无边无极中得以安宁和常乐。诗歌中的宇宙意识使诗歌世界和宇宙变为同质，诗人、诗歌世界和宇宙连为一体，如下图所示：

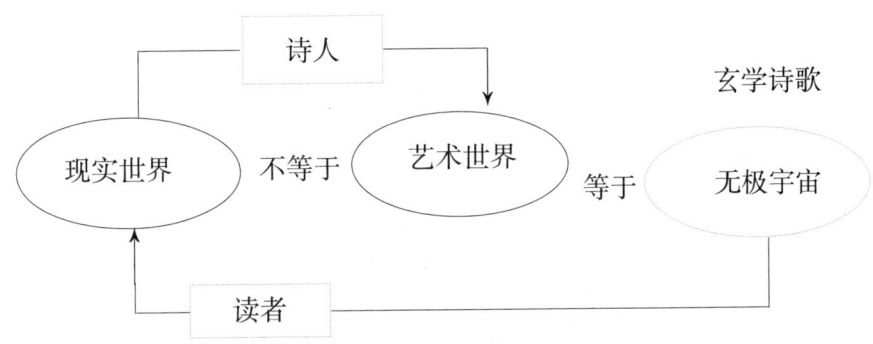

在现实世界中，时间为无极，空间为无极，是宇宙的常恒，因此，向着时间无极和空间无极延续的一切均能达到无极和常恒。那是灵魂的最高境界，凡人很难达到的境界，是一种绝对自由和灵魂的超脱，也是一切枷锁被摧毁的境界。这种自由和常乐的境界唯佛所获，因为佛能解脱世间，进入涅槃，从而达到灵魂的最高境界。

《渴望自由》一诗，抒发了人生理想、欲望的无际和常恒自由。因为人身为"有"所属，是"实"的范畴，灵魂为"无"所属，是"空"的范畴。"有"和"无"，"实"和"空"相辅相成，"有"的边界为"无"，"无"的边界为"有"。为人类在这"有"与"无"、"实"与"空"的轮回中生老病死。

现实与理想、灵魂与肉体的分裂为人生的悲剧。所有的悲剧作品几乎都围绕现实与理想、灵魂与肉体的分裂、矛盾、对立来展开故事。《渴望自由》正是描写了现实与理想、灵魂与肉体的分裂、矛盾和对立，从而营造了一个无极世界、宏达的意义场和艺术至境。现实与理想的对立、肉体与灵魂的抗争中诗人在思考人生、生命、存在和宇宙。诗人所向往的是自由、欢快、美好的世间和生命的常恒、无限的自由。这是诗人灵魂的归宿，是一种无边、无极、无限的宇宙；是一种宗教式的"无"和"空"，是人生的最高境界。同时，为诗人所痛恨的是那罪恶的牢笼、残暴的军人、长矛和上了膛的枪支。这些为诗人所痛恨的也正是诗人所处的现实，也是他肉体的存在方式。那是一种有限的场所，实实在在地看得到摸得着的现实，是一种"有"和"实"。因此，我们有理由说，《渴望自由》产生于现实与理想、肉体与灵魂的不协调和矛盾对抗中。当现实不能容纳理想、排斥理想，不能予以理想可存在的条件时，诗歌中自然要形成一种崇高、尊贵、悲壮的悲剧审美。其实《渴望自由》中所抒发的正是理想的毁灭，因这一理想来自于生命最基本的需求，所以对它的踩躏、毁灭、扼杀，颇具震撼力。

□蒙古文论文宣读于北京大学"经典解读达·纳楚克道尔基"国际学术研讨会，2006年12月10日，北京。

□蒙古文论文发表于《中国蒙古学》，2007年第4期。

□汉文论文发表于《内蒙古师范大学学报》，2008年第3期。

□蒙古文论文收录于陈岗龙、乌日斯嘎拉主编《经典解读达·纳楚克道尔基》，民族出版社，2009年。

文化领导权与诗人角色
——再读巴·布林贝赫的长诗《生命的礼花》

社会主义蒙古族诗歌的巅峰之作《生命的礼花》，首刊于《花的原野》（蒙古文文学期刊）杂志1959年第10期。1960年，内蒙古人民出版社以单行本的形式出版发行。1962年，丁师灏、陈乃雄等译成汉文，由作家出版社出版。在其出版说明中写道："巴·布林贝赫是蒙古族一位有才华的青年诗人，从一九五三年开始发表作品，他的诗歌吸收了内蒙古民间文学的营养，流露着浓郁的草原气息。"[1]作品发表后，深受读者喜爱，引起文学界的高度评价与赞誉。

一、文本意义结构：新秩序与新文化

众所周知，20世纪50年代被称为社会主义革命与建设时期，其时代主题为革命与建设。在文学领域全面推行规范化、制度化、一体化工程，进而民族文学逐步走向国家文学道路，国家主义取代了民族主义，文学成为时代的号角和党的歌喉。《生命的礼花》是为国庆十周年而创作的抒情长诗。由4章组成，每章均有标题，概括其主题思想。第一章的标题为"吃到了奶油，别忘了喝过奶水"，很显然奶油与奶水代表着富裕与贫瘠，诗人提醒着人们在富裕的年代勿忘贫瘠的过去。第二章的标题为"太阳升起了，绿叶舒展了"，其中太阳象征着党、光明和美好，绿叶象征着人民、生机和昌盛。诗人歌颂了共产党领导

---

[1] 巴·布林贝赫.生命的礼花[M].丁市灏,陈乃雄,等译.北京：作家出版社，1962：扉页.

下的农村牧区的变革和人民生活的改善。第三章的标题是"独木不成林,单人不成家",从标题看,本章反映的是团结、互助、互帮主题,作者通过典型事件、真实故事歌颂了蒙汉人民的友谊和团结。第四章的标题是"水有源,树有根",其中水和树是结果,源和根是起因,作者遵循从结果到起因的逻辑,讴歌了为人民群众给予幸福生活的党的关怀和恩泽。

在当时的社会主义政治、经济、文化建设中,诗人被收编为社会主义大本营中的一员,成为文艺战线上的号叫者。因此,抒情长诗《生命的礼花》具有浓郁的时代特色,自始至终流露着难以掩饰的喜悦、感激和赞美之情。

(一)时间观念——从否定到肯定

过去、现在与未来属于时间哲学的范畴,是衡量存在物的一种标尺。时间是无限的,永恒的,人类却只把握了无限永恒中的有限瞬间。诗人的诸多作品具有强烈的时间之感,对时间的感知、把握已经成为书写世界的哲学依据。诗人在过去、现在和未来3个时间范畴中毫不犹豫地肯定了现在,即现时。现时或者现在不仅是世界万物的一种存在方式,更是包含过去承载未来的瞬间,只有把握和支配内涵丰富的这一瞬间——现时(现在)——才能通幽博古,才能想象未来。

以否定过去的方式肯定现在,以把握现在的形式想象未来已经成为当时人们笃信的一种哲学理念和政治信仰。长诗中不仅对比了旧社会与新社会的巨大差异,而且还贯穿着以否定过去肯定现在的逻辑准则。例如:

  盛夏穿过皮袄的
  穷苦牧民们
  穿上崭新的袍子
  就会想起北京

  徒步赶往远路的

碎片与体系——蒙古文学学科史相关问题研究

> 清贫牧民们
> 跨上飞快的骏马
> 就会想起北京
>
> 住在破烂毡包的
> 薄衣牧民们
> 住进亮堂的暖屋
> 就会想起北京[1]

过去在炎热的夏天也穿着厚皮袄的牧民现在穿上了漂亮的蒙古袍,过去只有靠着双脚步行的牧民现在也跨上骏马驰骋了,过去住在透风落雨的蒙古包挨冻的牧民现在住进了亮堂的暖房等一系列描写中始终贯穿着以否定过去——旧社会的形式肯定现在——新社会的逻辑。当时完成的其他作品中也常出现在旧社会受苦受难的人们跨入新社会后当家做主的情景。如《女仆与仙女》(1957年)中描写了一个女人的两种生活、两种遭遇,旧社会的女仆人阿拉坦其其格如今成为一名纺织仙女[2]。诗人通过描写阿拉坦其其格的不同命运和遭遇,否定了旧社会,进而达到了肯定、赞美新社会的政治理想。

以否定过去的形式肯定现在,或者以肯定现在的方式否定过去是当时的一种政治信念,也是社会对诗歌创作的一种要求。它具有社会实践功能,鼓励、号召人民群众积极参与推翻旧体系,构建新秩序的伟大社会实践。

肯定现时,这一时间观念颠覆了蒙古人的生存观和世界观。逃避现时,追忆过去是蒙古人的一种生活态度。很长时间蒙古人一直逃避不堪入目的现时,而生活在远离的过去和渺茫的来世里。如蒙古族的神话、传说、史诗、本子故事、胡仁·乌力格尔等文本在价值取向上均反映了向往过去、美化过去、追忆

---

[1] 巴·布林贝赫. 生命的礼花 [M]// 巴·布林贝赫文集(2). 呼和浩特:内蒙古人民出版社,2003:112—113.

[2] 巴·布林贝赫. 女仆与仙女 [M]// 巴·布林贝赫文集(1). 呼和浩特:内蒙古人民出版社,2003:35—38.

过去的思想倾向。蒙古族的佛教文学则表现了对来世、彼岸世界的向往和憧憬。一种肯定隐藏了另一种否定。对过去和未来的肯定就隐藏了对现时的否定。从这种意义上讲，以巴·布林贝赫为首的老一代作家的时间观念不仅给当时的文坛带来了变革，也开辟了另一种生活态度和生存观念起到推波助澜作用。

把握现时，参与现时，改变现时是一种积极的生存态度。对时间的把握方面，长诗《生命的礼花》将现时延伸到过去和未来，建构了一个完整的时间体系，也就是说该长诗同时描写了3种时间，即苦难的过去、幸福的现在和美好的未来。

（二）政治信念——对社会新秩序的赞美

在社会主义革命与社会主义建设时期，诗人、作家有了诸多社会角色，如社会新秩序的捍卫者、宣传者、歌颂者、文艺战士等。这种严肃而高尚的文化领导权的干预之下，诗人、作家们只好与国家权力高度保持一致，以社会新秩序忠诚卫士的形象出现于作品中。长诗《生命的礼花》中的作者也是以社会新秩序的捍卫者、宣传者、歌颂者身份出场的，所以该作品是以歌颂为基调，以赞美——批判为书写模式而完成的，当然批判的目的在于歌颂。换言之，批判旧社会的所有丑恶是为了赞美新社会。这种好与坏，新与旧，红与黑，朋友与敌人、圣人与魔鬼的强烈对比写作已经成为社会主义文学的书写法则。

当时作家们所扮演的社会角色虽然说是提前赋予的政治身份，但他们却以不同的形式履行着同样的社会角色。诗人巴·布林贝赫以批判旧社会、旧制度，肯定新社会、新秩序，歌颂蒙汉民族人民的深厚友谊，书写模范人物的先进事迹，赞美社会主义建设的伟大成就，以讴歌共产党、毛主席的恩情为抒情主题进而服务于捍卫、巩固社会主义新制度的政治诉求。比如，该长诗以压迫、反抗、变革、幸福新生活、友谊互助、党的恩情、歌颂的顺序编排了内容，全文充分体现了诗人批判旧社会，歌颂新社会的主题思想。

（三）文化态度——新文化的认同

抒情长诗《生命的礼花》清晰地描写了内蒙古地区的文化变迁，即游牧文化的大变革——农村牧区的现代化建设进程。诗人所肯定、赞誉的是工业文明的传播及其带来的变革。因此,诗中出现了许多像工厂、钻井、半导体、电灯、歌剧院、学校、显微镜、拖拉机、轮船、电锯等蕴含着现代工业信息的意象。

从20世纪初开始内蒙古文化逐步走向多元化格局,形成了游牧文化、农耕文化、工业文化并存的局面。因此,文学作品中常出现牧民、农民、工人等形象。如《桥》(1963年)一诗中就出现带有不同文化气息的意象,运粮的大车、满载奶食的驼队、装着信件的邮车、轰鸣作响的收割机等[1]。该长诗不仅以游牧文明、农耕文明、工业文明为抒情对象,并把牧业文化、农耕文化、工业文化认定为内蒙古人民的生活方式和内蒙古文化的发展方向。

诗人虽然生长于游牧文化的环境中,但对多元文化的交融、渗透、融合采取了豁达、宽容、开放的态度,认为这不是传统文化的消亡,而是文化变迁的机遇,这种文化态度值得肯定。诗人以文学艺术的形式参与伟大的社会变革实践,积极地书写文化变迁中的内蒙古社会生活,不仅开启了工业文明、清理了道路,而且为推动内蒙古社会现代化进程起到了积极的作用。

二、文本审美特点:抒情模式与抒情风格

《生命的礼花》是社会主义蒙古族诗歌的巅峰之作。长诗不仅继承了蒙古族诗歌的艺术传统和审美经验,而且充分地体现了当时诗风和时代气魄。

(一)抒情模式

抒情模式是指诗人把握、处理抒情对象的策略和方法,也就是对人、事物、世界、情感等抒情对象进行艺术化处理的手段。在抒情模式方面,长诗《生命的礼花》继承了蒙古族诗歌传统中常见的对立统一,时间、地点的模糊化,人与自然合一等模式。

---

[1] 巴·布林贝赫.桥[M]// 巴·布林贝赫文集(1).呼和浩特:内蒙古人民出版社,2003:170—172.

对立统一模式。该长诗中常见将相互对立、相互矛盾的东西有机统一到一个整体中加以抒情的现象。这种抒情手法就称为对立统一模式。例如:

用脂肪包着的富人,
冬天也感觉温暖。
皮包骨头的穷人,
夏天也感觉寒冷。

吃腻了奶油的富人,
春天也很丰满。
奶水喝不饱的乞丐,
秋天也很枯瘦。[1]

上述诗句把相互对立的东西有机统一到整体中加以抒情。如脂肪包着的富人——皮包骨头的穷人,冬天——夏天,温暖——寒冷,吃腻了奶油的富人——奶水喝不饱的乞丐,春天——秋天,丰满——枯瘦,等等,这就是蒙古族诗歌传统中常见的对立统一的抒情模式。

时间、地点的模糊化。这一抒情模式常见于蒙古民间文学文本中。如形容时间的久远时,有"当大海还是沼泽的时候,当须弥山还是土丘的时候"[2],形容地域的宽广时,有"飞禽脱了三回羽毛,雄鹰换了三次翅膀才能到达的地方"[3],这种对时间、地点的模糊化处理手法给人带来无限的想象空间,进而加强文本的内在张力。这首长诗中形容战争持续时间的漫长和惨烈的状况时写道:

---

[1] 巴·布林贝赫.生命的礼花[M].丁师浩,陈乃雄,等译.北京:作家出版社,1962:78—79.

[2] 仁钦道尔吉.英雄希林嘎拉珠[M].哈尔滨:黑龙江人民出版社,1978:78.

[3] 却吉嘎瓦,桑布拉敖日布,陶·青柏.宝迪嘎拉布汗[M].北京:民族出版社,1990:34—35.

从红尘飞扬的时候,
战斗到煦风吹拂;
从烟雾笼罩的时候,
战斗到曙光降临。

从山顶灰白的时候,
战斗到黎明的到来;
从原野荒漠的时候,
战斗到系上柳巾。[1]

对战争持续时间的描写方面,诗人运用了蒙古民间文学中时间、地点概念的模糊化处理手法,以"从红尘飞扬的时候,战斗到煦风吹拂""从原野荒漠的时候,战斗到系上柳巾"的诗句生动、形象地表现了战争的漫长与残酷。这就是蒙古民间文学中经常运用的一种叙事或者抒情模式。对此该诗的作者曾在《蒙古英雄史诗的诗学》一书中说:"史诗对时间与地点的描写有着合一性、形象性之外还有模糊性。"[2]

人与自然的合一。大自然是文艺的永恒源泉。"被称为东方美学基本理念的天人合一、人与自然统一、主人与故乡融为一体的思想一直是蒙古族文学所描写的主要对象。对此也有两种表述方式,一为人与自然相互转化叙述,一为人与自然相互延续叙述。人与自然相互转化叙述保留了蒙古先民们的神话思维、自然崇拜的痕迹,以自然的拟人化叙述和人的自然化叙述来常出现于民间文本中。人与自然相互延续叙述保留了蒙古先民们的生命崇拜、拜物教的痕迹,以人是自然的延续叙述和自然是人的延续叙述来常出现于民间文本中。"[3]该长

---

[1] 巴·布林贝赫.生命的礼花[M].丁师浩,陈乃雄,等译.北京:作家出版社,1962:83.

[2] 巴·布林贝赫.蒙古族英雄史诗的诗学[M].呼和浩特:内蒙古教育出版社,1997:59.

[3] 满全.世间的美好、生命的意义和历史的留恋[J].金钥匙,2007(3).

诗中可见这种人与自然合一的抒情模式。

> 在流过汗水的地方，
> 泉水喷射着银花。
> 在洒过鲜血的地方，
> 海棠花争艳怒放！
>
> 胸脯卧过的地方，
> 嫩草正在葱绿成长。
> 破靴踩过的地方，
> 硬土正在松软湿润！[1]

这两段诗中描写的自然不仅是一个有生命力、有感知力的客体，更重要的是它成了人的延续。流过汗水的地方，泉水喷射着银花；洒过鲜血的地方，海棠花争艳怒放；胸脯卧过的地方，嫩草葱绿成长；破靴踩过的地方，硬土正在松软——这就是所谓的人与自然合一的抒情模式。

（二）抒情风格

抒情长诗《生命的礼花》中不仅迸发着热烈、奔放的情感还渗透着清新、典雅的文人气息。诗人曾说："将蒙古族英雄史诗的雄浑刚健与汉族格律诗的妙笔巧思相糅，把赞歌颂词的铺陈直叙与外国诗歌的自由抒情并用是我对诗歌艺术的审美追求。"[2] 所以在长诗中不仅有英雄史诗般的雄浑气魄、文人诗词的清新雅致，更不乏时代赋予的蓬勃朝气。

浓烈的情感。抒发情感是抒情诗的灵魂所在。诗人认为抒情诗的韵味、气魄、

---

[1] 巴·布林贝赫.生命的礼花[M].丁师浩,陈乃雄,等译.北京：作家出版社,1962：83—84.

[2] 巴·布林贝赫.我的追求[M]//巴·布林贝赫文集（3）.呼和浩特：内蒙古人民出版社,2003：298.

感染力在于热烈奔放的情感与激情澎湃的抒情之中。[1]所以这首长诗抒发的热烈奔放的情感不仅提高了诗歌的抒情性也赋予了诗歌浓烈的感染力。

假如要想知道
我歌唱的语言，
请数数天上的星星！

假若要想体会
我内心的激情，
请跳入熊熊的烈火！[2]

这种烈火般燃烧的情感、海水般澎湃的激情代表了当时蒙古族人民的共同社会情感。因此，诗人用天上的星星、熊熊的烈火来比喻当时的心情。

清新典雅的风格。20世纪50—70年代，在政治、社会、文化舞台上人民大众扮演了历史的主角。在当时的文化语境中人民群众是真、善、美的化身，是政治权力的符号，是一种富有最高权威的话语，因此，当时的文化艺术要满足这个最具权威群体的要求，并以他们的期待和标准统一、规范了文学艺术。这个统一、规范的行为就是人们所说的一体化工程。洪子诚教授认为一体化有3层含义。首先，它指的是文学的演化过程，一种文学形态，如何"演化"为绝对支配地位，甚至唯一的文学形态；其次，"一体化"指的是这一时期文学组织方式、生产方式的特征。再次，"一体化"又是这个时期文学形态的主要特征。这个特征，表现为题材、主题、艺术风格、方法等的趋同倾向。[3]毫无疑问，当时的内蒙古文坛也在浩浩荡荡地进行着这种一体化、规范化的工程。在这过

---

[1] 巴·布林贝赫.心声寻觅者的札记[M]//巴·布林贝赫文集（3）.呼和浩特：内蒙古人民出版社，2003：38.

[2] 巴·布林贝赫.生命的礼花[M].丁师浩，陈乃雄，等译.北京：作家出版社，1962：88.

[3] 洪子诚.问题与方法[M].上海：生活·读书·新知三联书店，2004：188.

程中知识分子作家们来到人民中间与他们一起唱起了欢庆的赞歌。

当时诗人虽然面对人民大众的喧嚣、张扬、狂欢而作诗,但他的诗作明显流露着知识分子特有的清新、典雅、凝练、理性气质。该长诗彰显着清新、灵巧、细腻的风韵,有别于人民大众那种欣喜激昂、欢呼喧腾的歌声。

文学是时代的镜子,每个时代有每个时代的文学。抒情长诗《生命的礼花》代表了社会主义蒙古族诗歌的顶峰,时代塑造了诗人,社会主义文化领导权既定了诗人角色。

□发表于《草原·文艺论坛》,2012年第1期。

发现之旅：精神地形与诗艺探险
——先锋诗人特·思沁的诗歌创作

特·思沁是蒙古语诗坛上的草原硬汉，是一位才华横溢、成绩卓著的先锋诗人，也是充满冒险精神的超现实主义诗人。20世纪80年代中叶开始，他一直推崇生命的硬度和厚度，推崇语言的神力和魔法，推崇意象的深度和奇异，推崇想象的极致和无边，创造出幽灵般的诗句，为我们开启了通往本真世界的一扇门。

特·思沁的独特来自于他的不可复制的精神气度和永不停息的艺术探索。在精神气度方面他更接近于俄罗斯大诗人拉·加姆扎托夫（Расул Гамзатович Гамзатов），在诗艺追求方面更接近于瑞典大诗人托马斯·特朗斯特罗姆（Tomas Transtromer）。

特·思沁是蒙古语诗坛上的一只雄鹰，一匹烈骏，一把亮剑。

一、诗歌：永无停息的一场战争

发现，或许是唯一的诗歌道德。对于特·思沁来说，诗歌创作首先是发现之旅，其后才是抵抗和改造的路径。发现——抵抗——改造，编织出了特·思沁的全部精神地形和思考逻辑。

（一）发现什么？

发现本真世界，发现语言之上、经验之外的元存在。诗人认为，日常面对的世界只不过是一种幻影,以华丽外套装扮的虚假词汇而已。诗人的职责是发现被日常语言所遮蔽、掩盖的宇宙万物的内在联系,发现万象背后的本质,发现熟悉世界的陌生地形,发现另一种表达方式,发现语言的神力和魔法。特·思沁的意义就在于此。如《诗歌的微笑》(2011年)一诗,是发现宇宙之源、万物之本、人生真谛的文本。密集的意象、极致的联想、自由的跳跃、另类的表达,让人深思冥想。那怎么发现本真世界呢?特·思沁提出了一个路径,在其《诗歌——神力》文章中指出,诗有神力,语言有魔法,诗人是通晓先世和来世的智者,是一种具有特殊直觉的人。这种判断虽然夸大其词,但蒙古文化熏陶之下生长的每个人都会相信诗人有灵气,诗人是萨满的延续和与天对话的人。随着印度佛教在藏蒙地区传播,藏蒙喇嘛僧侣接受了古印度诗歌观念,认为诗文是妙音天女的恩赐。这种观点广泛流传,并延续到今天。檀丁的《诗镜论》开篇就有"向圣者妙吉祥童子致敬。愿四面神颜面的,莲池中的天鹅女,极纯洁的妙音天,在我心中永栖息"之记载。这是具有宗教色彩的古老诗歌观念。五世达赖喇嘛在其《诗镜论》研究著作中把诗的定义描写成愉悦扬吉妈(yangjim_a)的妙音。藏族的 yangjim_a 或 yangjinqamu 就是古印度的赋予诗歌、赋予语言的神灵 saraswadi 或妙音天女。诸多佛教典籍记载了这样的一个传说。据说在远古的传说中清风吹过南海时,海里的无生命物都发出美妙声音,玉皇大帝恭听这种声音总是陶醉。久而久之诸多声音融为合声变成了妙音天女。这一传说表明了古代人对文艺娱乐功能的一种认识,音乐能陶醉玉皇大帝。蒙藏地区的喇嘛们供奉妙音天女,将其肖像描绘为犹如身倚莲花宝座,两手抚弄长柄琵琶的天女。从古至今,蒙古人一直信奉妙音天女。

(二)抵抗什么?

抵抗愚昧、邪恶、野蛮,抵抗看不见、摸不着的不安和危机。对于特·思沁来说,诗歌就是一场永无停息的战争。诗歌的战争便是灵魂的战争,智慧的战争,审美的战争。因此,诗歌是宗教和革命的另一种方式。有战争的地方必有敌人的存在。特·思沁在其诗歌作品中营造了战争的场景,并预设了敌人,对其进行批判和攻击。仔细阅读文本后，会发现隐蔽的不明敌人也有其具体指向，如"为了歼灭我，朋友们，招兵买马"（《被忘记，活着的敌人》），这里敌人是诗人的朋友，即愚昧之人；"诗歌的战争中我是一名勇士，向勇士开枪的历史是叛徒之手"（《诗歌的微笑》），这里敌人是历史，即落后的传统；"把外来者锁到门外"（《家乡之门》），"屏息时才发现，影子里，固然有潜伏的鬼"（《潜伏的鬼》），这里敌人是不明外来者，即西方工业文明。

愚昧之人、落后的传统、不明外来者（西方工业文明）是特·思沁诗歌中设计出来的3种敌人。敌人是勇士的对手，有了敌人就有抵抗。因此，特·思沁诗歌中出现了3种抵抗方式，换言之，出现了3种刀光剑影的较量场景，比如愚蠢与启蒙的较量，传统与革新的较量，消亡与拯救的较量。其中诗人扮演着勇士、智者和共同体灵魂的代言人，故土、自由的捍卫者，被流放的预言家角色。

  垃圾堆上
  细狗、臭味、腐烂的言辞
  四处飞扬
  我厌倦了野蛮、奸诈、虚幻的轮回
  打开了真正生活之门。

  消瘦踉跄的我
  其实地球的儿子
  战争依然是灵魂的较量啊。
  ——《独眼地球》（1988年）

诗作中的细狗、臭味、腐烂的言辞、野蛮、奸诈、虚幻的轮回均属于诗人批判、抵抗和征伐的对象。这场无烟的较量给诗人带来了两种结果，即精神的伤痛和灵魂的流放。诗人多次在其诗歌中描写了精神的伤痛和灵魂的流放。

精神地形与诗艺探险

昨夜伤痕累累

我无能治愈心中的伤痛

清澈的冲动

依然是纯真诗歌的光芒

我知道

我在诗歌的大锅中增添的是无尽的罪恶

——《黑色时光》（1988年）

斧头砍过

未落地的大理石

马群走过

未背反的一匹马

彻夜封火

未熄灭的一堆火

截断脚镣的

勇猛马蹄

承受流放的

精神忍耐

——《诗歌的岁月·我》（2006年）

在精神气度方面蒙古族诗人特·思沁和俄罗斯大诗人拉·加姆扎托夫具有相似之处，都认为诗歌是向所有腐烂的东西开火的血腥较量。诗人的精神伤痛和灵魂流放均来自于血腥较量。诗人在其诗歌作品中总是把诗人与勇士、诗歌与钢剑联系在一起进行刀光剑影的场景的描写。有了勇士必有敌人，有了钢剑必有血腥较量。

在仔细阅读特·思沁诗歌文本时，会发现诗人的伤痛来自于灵魂的流放。

在诗人的想象中诗歌是武器，诗人是勇士，但向勇士开枪的是腐烂的传统和愚蠢的共同体。腐烂的传统不接受勇士般的诗人，愚蠢的共同体容纳不了预言家般的诗人。

> 蒙古烈酒、人的祈祷、自然的碎片……
> 蟒蛇、野狼……六十度融合的
> 总数
> 留给未来的一场访谈
> 你们只读我的一半
> ——《独眼地球》（1988年）

误读、不理解、不接受导致诗人的灵魂流放，诗人成为在精神王国里被流放的预言家。诗人的被流放（文本中假设的情景）预示着勇士的缺席，勇士的缺席意味着智慧和精神的缺席，因此，世界变成了无头巨鸟，欲望之海。这就是先锋诗人特·思沁的精神地形。

枪打出头鸟。向勇士开枪的是腐烂的传统和愚蠢的人们，这是共同体的一场文化悲剧，令人深思。勇士与大众，知识分子与民众之间早已形成裂痕和隔阂，这一裂痕和隔阂清楚地反映在特·思沁的诗歌创作中。灵魂的流放导致精神的伤痛，诗人时而叩问灵魂，叩问罪恶，时而写出具有罪恶感的诗句。如《解除过错之药》（1988年）、《母亲，我还活着》（1989年）。但是一个问题是清楚的，那便是诗人拥有永不破灭的信念和勇气。

> 荆棘的路上所有门都是关闭的
> 严厉的审判前从未屈服
> 我心依旧向往
> 母亲的温馨摇篮曲
> ——《第二十一个太阳》（1988年）

虽然前行的路百般艰难，坎坷无处不在，但是诗人依旧淡定，以"路漫漫其修远兮，吾将上下而求索"的精神姿态接受现实的挑战和历史的审判。宗教般的堪忍态度，海纳百川的广阔胸怀，给诗人增添了大将风范和大气风骨。因此，诗人总是以向世界发出演说的智者姿态出现于文本中。走进世界尽头的人才会看到世界的暗淡和无奈。由于灵魂的流放，特·思沁的诗歌让人感受到隐隐约约的不安和恐惧；由于心灵的淡定，特·思沁的诗歌让人感受到永不熄灭的生命毅力，让人坚定和欣慰。

（三）改造什么？

改造宇宙万物的旧秩序，改变旧思想、旧理念。特·思沁是疯狂的诗人，为诗歌疯狂的人。在物欲横流、权力崇拜、精神匮乏、消费泛滥的年代很难找到为诗歌疯狂、为语言崇拜的人。当下的文化语境中纯诗（或纯文学）的存在具有悲剧色彩和英雄主义气概。无论时代怎么变化，捍卫世间的尊严、灵魂的尊贵、真理的光芒、道德的权威以及主流意识形态和主流价值观的依然是纯诗或纯文学。因此，当下社会环境中纯诗越来越担当着巫术的、治疗的、宗教的功能。

众所周知，蒙古族是能歌善舞的民族，诗歌是蒙古族全民最喜爱的文艺形式，也是普及率最高的艺术形式之一。蒙古族是具有诗意的民族，诗人辈出的民族。草原上的牧民张口就能来诗，个个都是即兴诗人。但以诗歌力量、语言魔法来改造世界、改变现有秩序的人不多，在20世纪以来的蒙古语诗坛上只有两个人对诗歌疯狂，达到人诗合一的境界，那就是即兴诗人查格德尔和先锋诗人特·思沁。

对于查格德尔来说，诗歌是生存方式，演说方式，也是战斗的武器。他用钢剑般的即兴诗来讽刺、揭露、鞭打半封建半殖民地社会的各种官僚，以诗人斗士的方式走遍了内蒙古各地。查格德尔本身就是一首情绪激昂的政治抒情诗，达到了人诗合一的境界，后人把他称为查格德尔疯子。

对于特·思沁来说，诗歌是生命的存在方式，诗人的演说方式，也是永不停息的一场战争，或一场革命，或一场起义和较量。这是一场有关发现与遮蔽、光明与黑暗、真实与虚假、崇高与庸俗、公正与邪恶、智慧与愚昧、收编与反收编、革新与守旧的战争。因此，诗人本身就是一首富有探索气度的先锋诗，达到了人诗合一的境界。

人诗合一，或许是诗歌的最高境界。诗歌必须追求境界。那么怎样才能达到人诗合一境界呢？诗人的行为和诗歌本体的魅力形成浑然一体才能达到人诗合一境界。在这里诗人和诗歌是融为一体的，诗歌的境界就是生命的境界，生命的追求就是诗歌的终极关怀。这一点上，查格德尔和特·思沁有同样的精神气度，都把诗歌当成生命的存在方式。

二、诗歌：密集意象群的联合体

有什么样的诗歌理念就有什么样的诗歌创作实践。综观世界现代诗歌史，毫无例外伟大的诗人就是伟大的诗歌理论家，没有独特的诗歌理念就没有独特的诗歌实践。特·思沁是创作经验和理论思考兼备的诗人和诗歌理论家，出版有诗集《母语的视觉》（1993年）和诗歌理论著作《诗苑春潮》（2003年）。诗写得不多，但诗意追求写得好，是诗歌创作的禁欲者，这方面与瑞典诗人托马斯·特朗斯特罗姆相同，他50年才写了两百首诗。

特·思沁是深度意象诗人，意象是其诗歌的核心理念，这方面有创作实践，也有理论阐释。他曾说："我诗的每一个句子都是一碗意象，越品越有韵味。"其诗歌的深度意象有3个特点，一是奇异关联，二是动感场景，三是深层暗示。所谓奇异关联，就指毫无相关的各种物象、元素、理念融入一个话语系统中，并让其发生关系，形成整合体，搭载诗人的思想和情感，给人留下难以磨灭的印象。"太阳是花脸狗""昨日是一桶灰烬""死亡——我的棉被""肉体是导演争辩的舞台""凝固的血是仇恨""蜘蛛般的微笑"等诸如此类的意象常出现于特·思沁的诗歌文本中。很显然，太阳与狗、昨日与灰烬、死亡与棉被、肉体与舞台、凝固的血与仇恨、蜘蛛与微笑等是在日常生活当中毫无相关的物

精神地形与诗艺探险

象或现象,但诗人笔下突然发生关联,成为散发意义的整合体,这就是特·思沁诗歌中的奇异关联。诗人给我们打开了被日常语言遮蔽的物象之间的内在联系。物象之间的奇异关联来自诗人的极致想象或深度发现。特·思沁在其《现代诗及其相关手法》(1986年)中列举了现代诗的10种表现手法。如意象、跳跃、暗示、多层次、移情、通感、余音或想象空间、颠倒和穿梭、神秘化、融合、象征等,并一一举例,对10种表现手法进行了精准阐释。这里把意象排在第一位,认为意象是现代诗歌的首要表现手法。有意象必有想象,想象是获得意象的过程,意象是想象所获的结果。

特·思沁是崇尚精神力量的诗人,其诗歌中塑造的意象不是静态和凝固的意象,而是充满动态感和运动感的意象。

在家与家之间
扭曲的、失明的、灰暗的……一群词语
来回穿梭

像政治一样生长的
细长的、短粗的、二合的……一帮元音
相互求婚
　　——《幼体》(2006年)

该诗塑造了动态场景,在诗人笔下就连扭曲的、失明的、灰暗的一群词语和细长的、短粗的、二合的一帮元音均获得了运动。动态是静态的对立面,是一种力量、运动和速度的展示。游牧民族自古以来崇尚力量和速度,认为力量是改变世界、平衡世界的主要元素,力量的失衡会导致悲剧。从某种意义上讲,蒙古文学是描写力量、描写英雄的文学。西方文学的悲剧主要在人性的破裂和欲望与理性的冲突中产生,但蒙古文学的悲剧主要在力量的失衡中产生。特·思沁有一篇文章,题目为《诗歌——神力》,谈论了诗歌的神力和语言的魔法。

这篇文章中"神力"有两层意义,其一诗歌是神的力量,其二诗歌是神赋予的魔力。当下也许很多人不相信世界上有什么神和魔力,诗歌就是语言的修饰艺术。但是对于蒙古人来说,语言是超经验、超自然的存在,蒙古人的语言崇拜源远流长,很多人依旧相信语言的神力和魔法,其主要例子为蒙古人的巫术、祷告和萨满。蒙古人的巫术、祷告和萨满均与语言崇拜和生命崇拜有关。

> 狐狸总是欺骗我
> 诱使我为其设网
> 它对我说只有在凌晨
> 才有奇异的故事发生
> 可它的托梦永远
> 只是半个残梦
>
> 它还说
> 我珍惜的颈项已经
> 钻进了你的网套
> 但是那一切
> 不过是狐狸
> 用尾巴讲出的故事
>
> 它华丽的毫毛上
> 悬挂着我的梦想
> 在漆黑的夜幕中
> 画出无形的图画
>
> 又过了很久很久
> 一位先哲教导我

精神地形与诗艺探险

狐狸的身体

常常是虚无的幻影

而它的头和尾巴

是划过夜空的流星

只有智慧的眼睛

才会找到

它那飘忽的灵魂

——《网》（2003年）

  意象诗总是以暗示、象征和隐喻来传递思想的光芒。《网》一诗以一连串密集的意象展示了"我"与"狐狸"之间的较量，但深层上作者暗示了现象与本质、虚影与真体、手段与结果、愚昧与智慧的内在联系。暗示，原本是心理学概念，指用含蓄、间接的方式对别人的心理和行为产生影响。暗示作用往往会使别人不自觉地按照一定的方式行动和思考，或者不加批判地接受一定的意见或信念。冯友兰在其《中国哲学简史》中曾说："富于暗示，而不是明晰得一览无遗，是一切中国艺术的理想，诗歌、绘画以及其他无不如此。" 所谓深层暗示，就是通过塑造场景或意象，给读者提供多重意义的可能。

  特·思沁不仅是深度意象诗人，也是意象研究专家。他曾研究过古今中外的诸多意象诗人、意象派诗作和相关理论著作。如《易经》《庄子》《文心雕龙》《沧浪诗话》《批判力的判断》以及杜甫、王安石、苏轼、休姆、艾兹拉·庞德、希尔达·杜利特尔、约翰·古尔德·弗莱契、爱米·罗厄尔、理查德·阿尔丁顿、F.S.弗林特、H.D.劳伦斯、T.S.艾略特、叶赛宁、巴勃罗·聂鲁达、尹湛纳希等。他认为，所谓意象，便是理性现实与感性情感的瞬间融合而创造出来的具有理性色彩的变异物象，这一新物象是具有暗示功能的放射体，能给读者提供无边的想象空间，即意象＝理性现实＋感性情感＝具有理性色彩的变异物象（缩小）＝放射体（放大）。这就是先锋诗人特·思沁的意象核心理念。有独特的意象理念，才有独特的意象诗。

深度意象、极致想象、自由跳跃、无边隐喻是他所追求的诗艺。仔细品读特·思沁其人其作,自然而然会想起隐喻大师瑞典诗人托马斯·特朗斯特罗姆,在诗艺追求方面两位诗人有惊人的相似之处。

特·思沁是蒙古语诗坛上的精神斗士,也是诗艺探险家。

□汉文论文宣读于中国作家协会主办的"内蒙古当代蒙古族诗人研讨会",2012年5月26日,北京。
□汉文论文发表于《草原·文艺论坛》,2014年第2期。
□蒙古文论文发表于《花的原野》,2013年第8期。

精神地形与诗艺探险

天、地、人：浑然一体的演说方式
——读西域诗人曾丽萍新作有感

近期赏读西域诗人曾丽萍的新作《时光，疾速划过和布克赛尔的黑夜》一组诗，颇有感触。她生活在荒凉、辽阔、沧桑和多元的西域，以凄美的文字书写着西域风光，表达着对生命、宇宙、万物的认知和迷恋。通读曾丽萍的诗歌不难发现，她的诗歌更多地表现着东方诗学的审美品格，其笔下天、地、人总是以浑然一体的方式进入诗歌空间，在瞬间与恒久、有限与无限、整体与碎片之间自然形成张力，给读者带来无限遐想。

如果说西方诗学建立在对立式逻辑之上的话，东方诗学应该是建立在统一式逻辑之上。西方诗学强调天人分裂，强调感性与理性，现象与本体，肉体与灵魂的分裂与对立，以探寻、表现、书写超越经验的理念世界——真理为其终极目标。这种预设的二元对立结构中，哲学家能获得理性、本体、灵魂世界的可能性，诗人获得感性、现象、肉体世界的可能性，由此一来使得西方学界中一直存在诗歌与哲学之争。柏拉图认为现象世界是虚幻世界，变化多端，具有欺骗性；本体世界是真实的世界，恒定不变，具有可靠性。艺术作品是模仿现象世界，现象世界是模仿本体世界，即理念世界或者真理。因此，在西方文学中常常看到分裂式、对立式、矛盾式结构的叙述，以人与自然、感性与理性、现象与本体、肉体与灵魂的分裂、对抗、对持中渲染悲剧意蕴。在其文化传统中自然逻辑、宇宙秩序、人性逻辑与社会秩序是截然不同的两支系统，自然之事归属于自然世界，人生之事归属于人性世界，不可替代，不可混淆。

东方诗学强调天人合一，强调感性与理性、现象与本体、肉体与灵魂的统一与和谐，以探寻、表现、书写天地人浑然一体的情感世界——人性为其终极目标。这种预设的多元一体结构中，哲学家就是文学家，文学家就是哲学家和思想家。因此，东方的哲学思想隐藏于文学文本中，文学文本既是情感的表达方式，又是对人生、万物、宇宙进行哲理思考的表达方式。比如，印度和蒙古的创世神话、民间故事、谚语、训谕诗等既是文学作品，又是哲学文本。东方人的逻辑中天道便是人道，人道便是天道，人是自然的延续，是宇宙的中心，自然是人的延续和补充。天人合一、万物共生是东方文艺的灵魂。在早期先民中广泛传播的拜物教、萨满教就表达着万物有灵，天地人共生共荣，浑然一体的理念和思想。

曾丽萍的诗歌功底、诗歌美学来自于古老的东方诗学，在其作品中天、地、人浑然一体，宇宙的辽阔与心灵的无边、天地的苍凉与灵魂的孤单、自然的景色与人生的困惑交融在一起，缔造出丰满、清秀、厚重的诗性世界，在西域诗坛上书写着关于女人和诗歌的传奇故事。

对于诗人来说，时刻面对着两种世界，一是模糊不清、混沌一片的内在世界，二是清晰可见、有条不紊的外在世界。诗人用智慧、灵感和语言，在模糊不清的内在世界与清晰可见的外在世界之间搭建相互沟通的渠道和途径，进而缔造内在世界与外在世界浑然一体、交融一片的艺术世界。从这种意义上讲，诗歌创作行为不仅是外在世界——宇宙万物的诗意性书写，更多的时候是内在世界——生命情感的诗意性表达方式。

> 一场不温不火的秋雨过后
> 秋天，就被早黄的白桦树高高地举在枝头
>
> 赛尔山深处的牧场一夜之间就变得单薄消瘦起来
> 大地，写满了辽阔的忧伤
>
> 一只雄鹰俯下身打量这渐渐荒芜的人间

忽地落在一根发白的拴马桩上，望了望远方
又振翅飞入云端

一间被转场牧人遗落的夏窝子
在远方，孤独地望着远方
　　——《在远方，遥望着远方》

这首诗虽然描写深秋景色，但是自然景色与诗人情感浑然一片，意蕴在景象中，景象在意蕴中，情在景中渲染，景在情中升华，自然形成清澈、安然、恬静、幽深的诗性世界，给人寥寥数笔，一切尽在其中的感觉。诗中描写的秋雨、白桦树、牧场、大地、雄鹰、夏窝子不仅是自然生成的物象，更重要的是诗人情感和生命体验的载体，或者诗人情感和生命体验的表达渠道。因此，诗人书写的动机不在于描写自然景色本身，而是要表达此时此刻的生命状态和生命味道——忧伤、孤单、期盼、眺望。对于曾丽萍来说，她的文字，她的诗歌就是她的生命密码和情感地标。

其实感悟世界、表达世界的方式可有一百种，一千种，但是具有独特艺术造诣、独特审美趣味、独特人格魅力、独特语言感悟的诗人、艺术家总是用与众不同的方式表达和书写宇宙万物，彰显着和而不同的价值趋向。通读西域诗人曾丽萍的诗歌，不难发现她是天地间独来独往的歌者，她的歌声优美而动听，她的灵魂独立而逍遥，她笔下的生命是孤单的，世间是苍凉的，时光是疾速的，人间是悲欢的，万物是和睦的，黑夜与白天是透明的，前世与今世是穿梭的，瞬间与恒久是多余的，清晰与隐约是虚构的，沉默与呐喊是相同的，相聚与惜别是命中注定的，一切的一切归根结底与生命状态有关。

那将要飞上云端的
是星空下关于准噶尔古城的一个秘密。
恍惚的。清晰的。

突然而至的。由来已久的。

短暂的。恒久的。

一个秘密。

——《那将要飞上云端的》

伟大的诗歌总是穿越时空疆域，获得永恒时空，抵达神话般的无边无际的世界。曾丽萍的诗歌中时间感和空间感是模糊的又是清晰的，瞬间与恒久，此地与他地，前世与今世，那一夜与那一世总是相互链接、相互转换、相互交融，形成浑然一体、混沌一片的童话世界。对时间感和空间感的巧妙处理方面曾丽萍的诗歌是成功的，她总是将描写的对象放置于无限延伸的时间和无边拓展的空间维度上予以渲染，赋予其恒性。对于时间概念和空间概念的模糊处理，是神话思维的典型表现。其实幽美的抒情诗就是一篇神秘的神话文本，成功的抒情诗和幽美的神话，对于时间概念和空间概念的模糊处理方面具有惊人的相似之处。对时间和空间的无限延伸，能够有效地扩展诗歌意义空间，诗歌将获得厚度与深度。

诗歌的深度与厚度来自于诗人生命感和生命体验的深度与厚度。坚持深度写作是曾丽萍一直以来默默追求的诗歌理想。

沉默，准噶尔古城在血色黄昏里沉默
沉默，是历史恒久不变的声音吗？

我分明听见风正在诉说昔日的辉煌
也分明听见风正在坍塌的城墙下哭泣

一条在夜色中隐约泛白的小路，指引着
我和你在黑夜里前行。一个城墙的缺口处
风，正在那里来来回回穿梭

精神地形与诗艺探险

远去的王朝,背影已越来越苍茫
黑暗中,我的长发和衣裙在风中起舞
此刻,你看不见我的眼睛,看不见
我散落一地的忧伤

那城墙内外连绵不绝的青青野草啊
是传说中大汗忠贞不渝的女人吧
温柔的深情的守候着苍老的城墙
年复一年,绿了又黄,黄了又绿
　　　　——《准噶尔古城》

　　沉默与喧嚣、昔日的辉煌与今日的破落、远去的王朝与忧伤的诗人、勇猛善战的大汗与忠贞不渝的女人,准噶尔古城不仅是一段历史的记忆,一座历史景观,对于诗人来说,它还承载着生命的尊严与高贵,信念的淡定与恒久,情感的真实与纯洁。一座古城,一段故事,永不抹去的一地忧伤,诗人在准噶尔古城墙下感受到的不仅是一段沉默的苍茫历史和逐渐远去的王朝背影,更多感受到的是生命的尊严与荣耀,灵魂的孤单与悲凉。在那浩瀚的宇宙中央短暂而缥缈的个体存在到底意味着什么,青山依旧,王朝远去,英名远扬,大汗离去。

一些词语在堆积,它们
需要一个温度,淬炼成诗句

一些浪花在堆积,它们
需要一个出口,汇聚成河流

一些星星在闪烁,它们

> 需要一片草原，凝结成晨露

和布克赛尔啊
在这静静的深夜
我隐隐约约捕捉到你深不可测的眼睛
　　　　　　——《隐约》

有限的时空融进无限的时空后才能获得恒性。恒性、意义、深度、厚重是曾丽萍诗歌的审美品格。从这个意义上讲，曾丽萍是属于理想主义诗人。很多人放弃理想、放弃深度、放弃意义、放弃恒久的当下，但她一直坚守诗歌的高贵、深度、理想，以此来抵制诗歌的媚俗、无聊、平庸，诠释着生命情感的完整性，宇宙万物的轮回性，世间人性的高贵性，历史文化的厚重性，天地人间的一体性。她的诗歌旋律是凄美的，又是唯美的；她的诗歌情感是清秀的，又是飘逸的，她的诗歌意境是清澈的，又是混沌的；她的诗歌意蕴是深沉的，又是厚重的。

曾丽萍，这位西域女诗人用凄美的文字表达着生命的旋律和灵魂的音符，在西域诗坛上书写着别具一格的诗歌传奇。

□发表于《塔城文艺》，2015 年第 1 期。
□发表于《奎屯文学》，2015 年第 1 期。
□发表于《准格尔文学》，2017 年第 1 期。

精神地形与诗艺探险

寻找勇士的玫瑰
——读额鲁特·珊丹大型系列散文诗《十月之印象》

蒙古族青年作家额鲁特·珊丹用激情四射、唯美飘逸、温情幽美的笔调，以寻找祖先、寻找勇士、寻找永恒的爱情为主题，为草原、大地及远去的岁月谱写出一部悲壮而忧伤的诗歌自传。这就是她的大型系列散文诗《十月之印象——献给蒙古勇士的108颗佛珠》。

《十月之印象》是一部鸿篇巨著，共108篇，每篇均有独立的标题，如《骏马》《我是神秘的女巫》《清晨的颂辞》《在佛祖的银器里诞生》《梦幻般的大地》《长调的天空》等。这部散文诗长卷，结构类似于蒙古英雄史诗，蒙古地区广泛流传的本子故事，或汉族章回小说的叙述结构。通读《十月之印象》，感触最深的还是文字背后所隐藏的无限安宁，乃至于真诚的灵魂之光和牧草一般年年萌芽的生命之力量。

一、古老与现在

过去、现在和未来属于时间哲学的范畴，也是存在的尺度之一。时间的无限轮回，即永恒。对于作家来说，时间的理解总是参与到作家对感悟世界、把握世界和表达世界的写作实践中。逃避现在、留恋过去，是游牧民族的生活常态。因此，与游牧生活相关的诸多作品均有对过去的向往和憧憬以及对过去的美化和神秘化的痕迹，如蒙古族的神话、传说、英雄史诗、胡仁乌力格尔（说唱故事）等。

古老的文明正面临消亡的危机。一种文化的消亡，包涵着一种生活方式、一种文明和一种信念的消亡。一种文明的消亡带来几代文化民众的悲伤，这种悲伤来自于灵魂深处。文明的冲突具有普世意义，当今世界的许多角落正发生着传统与现代的冲突。从20世纪80年代伊始，蒙古族作家关注传统与现代的冲突，涌现出大量描写乡土生活、草原往事、地域历史和文化以及寻找精神家园、追溯祖先记忆、塑造心灵乌托邦的作品。但其价值判断、审美取向有所不同。某些作品表达批判后的妥协主义，某些作品表达以传统的能量治愈现代性弊病的策略，某些作品表达以现代性的规则改造文化传统，某些作品表达现代性的蔓延是一种文化悲剧的思想，等等。

额鲁特·珊丹的作品，以不同视角和策略处理了传统与现代的冲突。整篇作品中反复出现古老的勇士和现在的"我"。作者强调的是，传统与现代的同质性和完美结合。文学作品就是通向天国的心灵圣塔，作品中的"我"虽然面对缥缈不定的命运、庸俗暗淡的岁月和喧嚣杂乱的日常琐碎，但内心却不断地描摹着永不褪色的古老草原和忠诚于圣主的勇士画卷。因此，在《十月之印象》中，古老与现在、传统与现代不是水火不容的冲突或矛盾，而是同质性的文化现象。现代是传统的延续，现在是过去的延续。作者更多看到的是，文化的交融、对话和交往。作者认为，文化的变迁，即从古老到现在，从传统到现代，是社会历史发展的必然逻辑结果，也是无法改变的文化现象。作者并不否认现代性的规则和范式，也安然接受和认同现实生活的游戏规则和操作程序，因此，表现出格外的安宁和坦然。这是一种很难到达的思想境界。在《十月之印象·你和你的双翼骐骝》中：

沉湎于我睡梦中的王！
你的奔腾之路在干净的浮尘之上。
你的双翼骐骝正涌动着九千层柔光。
在我心灵的牧野里，你带着神笔也无法描绘的丰润策马而来。

牧野无边。

让我安然,回归于温柔的一隅。

在最初的、神秘的、轻软的一隅间,安然地守望着你。

在此之前,我已关好帐门和天窗,濯清了尘世的污垢。

我已准备好,在小小的方寸间做一次跨越灵魂的远飞。

在很多作家的笔下,悲剧来自于肉体与灵魂的分裂、现实与理想的脱节,但额鲁特·珊丹的作品,超越肉体与灵魂、现实与理想的分裂,而在灵魂的深处、思想的高原精心地塑造着通向天国的心灵圣殿。作者能够抛弃或克制肉体之欲望和现实之喧嚣,这就是永远灿烂的诗歌精神,崇高无比的精神境界。因此,额鲁特·珊丹的安宁心态、坦然文字来自于超越孤独、超越悲伤的灵魂深处的一种宗教般的慨然心态。作者曾表示:"我柔弱而又刚烈的性情里,已被深深的悲剧意识所渗透,于是便有了哀而不伤、怨而不绝的文字。古老的文明,蕴藏着现代文明所无法比拟的大美,当我把自己陷入孤独的潭渊,我也从中获得了心灵的扩展。这一切,都来自于孤独所赐予我的反思。"精神孤独导致两种结果,一是绝望,二是反思。额鲁特·珊丹的作品属于第二者,反思现代性。在孤独、悲伤中流露出不可抹去的信念和不可战胜的力量。因此,通读《十月之印象》,时而遇到淡淡的悲伤,时而转入甜蜜的境界。

随着文化的变迁,草原失去了往日的平静,随着时光的推移,古老的传统、祖先的经验、淳朴的乡土文明、简约的原野生活、光芒的英雄主义、无可抵挡的信念失去了延续的土壤和空间,逐渐消亡于机器的轰鸣声中,但作者顽强地寻找着曾经的文明和曾经的岁月。她所寻找的记忆,虽然已被红尘世界拭去,或遮蔽,或被现代所遗忘,或边缘化,但诗人的思索和追寻不会因此而终结。因为,灵魂的高尚不会让她向世俗妥协。所以,在《十月之印象》中,作者常常带着道德的光环,以文化英雄的身份游走于诗行间,关注的是传统与现代、古老与现在的平衡点。

二、自然与人

大自然是蒙古文学的永恒主题。蒙古人自古崇拜大自然,崇尚万物有灵的思想。在蒙古民间文学、礼仪习俗中,常常出现苍天为父、大地为母的表述和天、人、地合一的观念。其中人为中心,天地是人的延续。比如,古老的萨满教把宇宙分为3层,即上界、中界和下界,上界为诸天神的所在处,中界为人类的所在处,下界为诸海神的所在处。在英雄史诗中英雄自由穿梭3界,有时飞入上界,有时穿入下界。遇到艰难或不可战胜的蟒古斯(敌人)时,上界的诸神或下界的诸海神会用神力来帮助英雄渡过难关。这就是以人为中心的宇宙观。例如:在17—19世纪诸多蒙古史典籍记载玉印的传说。成吉思汗出生7天以后,在海里的沙洲中间,有一只浅黑色的鸟落在棕黑色的石头上,它的头向太阳转动着鸣叫了3天。也速该把阿秃儿预感到,这鸟的鸣叫是个吉兆,于是他破开那块黑石头,只见一颗金印从中飞出,遂即升腾到天上去了。然后那块黑石头变得和从前一样完整无缺,那只鸟儿又和从前一样鸣叫不停。也速该又把石头破开,只见一颗银印从中飞出落入海中。那块石头又和从前一样完整无损,那只鸟又开始鸣叫不止。也速该再次把石头破开时,出现玉印。他把玉印拿回家,沐浴焚香,点燃明灯供奉。玉印属于成吉思汗,即皇帝权力的象征。金印和银印是玉印的延续,金印升腾到天上,银印落入海中,就象征皇帝权力延续到天与地。这就是天、人、地合一思想的另一种表述形式。

在蒙古民间文学中这种思想常常由两种话语系统来表述。其一,人演化为自然,自然演化为人,即自然的人化与人的自然化,这与先民们的神话思维、自然崇拜有关。其二,人是自然的延续,自然是人的延续,这与先民们的生命崇拜和拜物教有关。额鲁特·珊丹的作品继承了古老的文化传统,在《十月之印象》中,常常出现诗人与自然融为一体,大地的苦难与欢乐,疼痛与喜悦,乃至绝望与沸腾,都变成了美妙绝伦的声音,融入到字里行间,闪烁着无限的思想光芒。如《十月之印象·骏马》中,诗人曾表示:"我试图在漂泊与怀念之间,把自己站成一匹静止不动的骏马,或者是一片青碧如毡的草原,在伫立中寻找饱满的思绪。"本篇中,诗人与牧草、骏马、草原和宇宙融为一体。诗人感慨"栖身于草滩,把自己简洁成秋天的牧草"。诗人超越辉煌与失落、疾奔与守望、现实与向往的对立与冲突,寻找灵魂的安详。"我是一簇矮小的牧草,注定在鲜花丛中凋谢成泥。而你却犹如一道夺目的彩霞,烨染于天际,灼穿整个草原!"主人成为牧草,凋谢成泥,融进大地,骏马成为一道夺目的彩霞,烨染于天际。骏马变为符号,渐渐退出历史舞台,这就意味着一种古老文明的终结。

对于游牧民族来说,自然的法则就是人类的法则,常常自称为大地的主人、万物的朋友、自然的孩子。他们顺从自然的法则,领会生死轮回,追求与万物共存。因此,从不提倡征服自然、改造自然的主张。

三、勇士与玫瑰

勇士和爱情是大型系列散文诗《十月之印象》的主题。蒙古人自古以来就有崇尚英雄、歌颂英雄、谱写英雄的传统。因此,英雄文学为蒙古文学的主流。如神话传说中的神话英雄,英雄史诗中的史诗英雄,历史文学中的历史英雄,胡仁乌力格尔(说唱文学)中的侠义英雄,现代小说中的戈壁勇士,等等。

大型系列散文诗《十月之印象》中反复出现的勇士是一种象征符号。勇士代表着心中的王子,代表着曾经的草原、远去的岁月和永不褪色的历史记忆,或代表着逐渐消亡的原野文明、马背往事、旧时家园,或代表着完美的存在、燃烧的激情,或是祖先的象征,或是一种情感的幻觉。如《十月之印象·勇士》中:

黛夜来了又去,去了又来,而我却不知愁苦的滋味。
缘于一种倾听,我的耳力已经像猎人那般灵敏机警。
时间的旋涡里,有千万种蹄音在响。
他们的蹄音踏着大地的心脏,而你的蹄音却始终震颤着我的心房。

那是哪年哪月的蹄声呵!

我像一个朝佛的人,坐在山坡上。

我感受着你的存在,竟然忘记了吹响手中的蒙古筘箫。

  对勇士的思念、向往和等待,贯穿着整个文本,作者对蒙古勇士表达着无限的爱戴和眷恋。勇士的刚烈、忠诚、勇敢、本真体现着草原的性格,也是作者苦苦寻找的草原记忆。

  文本中频繁出现古老草原的画卷、风俗习惯和游牧生活的场景。如勇士总是处于远离家园征战途中,女人总是留在家园管理家禽,等待勇士的凯旋,这是游牧生活的常态。作者努力再现现代化潮流中逐渐消失的文化记忆,并以此来抵制文明的同质化,捍卫文化生态和地域文化。

沉湎于我睡梦中的王!

在你远离我的那些个日日夜夜里,仍有许多美妙的事物,需要我用双手来承接。

爱你的女人,放牧着自己的牛羊,坚守着自己的草原,从不知孤苦,更不知寂寞。

——《十月之印象·火热的游牧生活》

崇高的仪式,在受难中完成。

思想的甜泉,被深山中的修行者所获。

在宁静的黄昏里,我们厮守着种族的血液,必将历经宗教般的孤独。

泪水,从软弱者的眼睛里流出。

我们忧伤,但不会为孤独悲啼。

奔涌的溪流,林间小路,开阔的牧场。

精神地形与诗艺探险

盛乳的皮囊，羊皮筏子，錾花的奶桶。

我们从目光触及的事物中出发，用耳朵贴近大地，寻找祖先的声音。

我们沉默。

让真理说话，让祖先说话，让盛放历史的器皿说话。

让八百年前的奶桶开口说话，让奶桶中最清冽的一滴物质说话。

在太阳的金丝下，我们仰首，用眼睛寻找亲切的呼唤，用两颗聆听的心灵做答。

——《十月之印象·爱与责任》

作者虽然居住于欲望膨胀、道德堕落、物欲横流的现代城市，但内心总是向往古老的草原生活。作者慷慨激昂地呐喊着，爱你的女人，放牧着自己的牛羊，坚守着自己的草原，厮守着种族的血液，从不知孤苦，更不知寂寞。这是爱与责任的表现，是对勇士和草原以及祖先的宗教般的忠贞，因此，大型系列散文诗《十月之印象》中作者身份提升为坚守心灵家园、厮守种族血液的文化英雄。

在书写策略上，《十月之印象》采取勇士与女人、情感宣泄与文化记忆并列齐行的路径，在勇士的刚烈、忠诚中展现草原的豁达和本真，在女人的等待、向往中展现游牧生活的方方面面，这种书写策略值得肯定和赞誉。因为，勇士是草原的灵魂、情感是文化的生命。如没有勇士的草原就是失去灵魂的草原，没有情感的文化就是失去生命的文化。以往人们总是以小说形式展示民风民俗，很少有人以诗歌形式展示文化记忆，因此，这种书写策略就具有了开拓意义。

□发表于《文艺报》，2009 年 7 月 23 日。

□发表于《松原日报》，2009 年 7 月 29 日。

全民狂欢与群体检阅

全民狂欢：蒙古语网络文学新走向

从 2014 年起，我们团队一直承担着"内蒙古文学年度发展状况报告"（蒙古语文学）的撰写任务，其目的为以准确、可靠的统计数字和客观、科学的学理分析，澄清、总结内蒙古文学发展走向，为政府决策部门提供理论依据。目前已经以著作形式完成 3 年的发展报告。

本文基于 2014—2016 年"内蒙古文学年度发展状况报告"中的具体数据，客观地分析、总结蒙古语网络文学的新走向、新特点。

一、2014 年蒙古语网络文学基本情况

2014 年，我们团队把国内登记、注册、运营，并刊载文学作品的 19 家蒙古语门户网站以及国内外公开发行的 21 种蒙古语文学期刊、11 种蒙古语学术期刊纳入观测、研究范围，对其刊载的文学作品和文学评论进行统计和分析。具体数据如下：

2014 年蒙古语网络文学基本情况

诗歌	散文	短篇小说	文学评论	影视戏剧	报告文学	儿童文学	民间文学	中篇小说	总数
78178	10738	6076	1057	834	231	134	66	15	97329
80.3%	11.03%	6.2%	1.1%	0.9%	0.24%	0.14%	0.07%	0.02%	

19 家蒙古语门户网站全年刊载的网络文学作品共有 97329 篇，其中诗歌

78178篇（首），占总数的80.3%；散文10738篇，占总数的11.03%；短篇小说6076篇，占总数的6.2%；文学评论1057篇，占总数的1.1%；等等。

19家蒙古语门户网站中刊载文学作品最多的网站有：好来宝网站，90715篇，占总数的93%；成吉思网站，3492篇，占总数的3.5%；中国蒙古语新闻网，461篇，占总数的0.5%；等等。

2014年发表文学作品最多的网络写手有：孙额尔敦巴根，214篇，平均每天发表0.6篇作品；岗噶，145篇，平均每天发表0.4篇作品；瓦·阿古拉，130篇，平均每天发表0.35篇作品。

2014年蒙古语期刊文学作品情况

文学作品	原创作品	翻译作品	转写作品	总数
21种期刊	2052篇	155篇	55篇	2262篇
文学评论论文	古代文学	近代文学	现代文学	总数
32种期刊	75	43	250	368篇
文学作品及文学评论、研究论文				2630篇

2014年32种蒙古语期刊全年刊载的文学作品及文学评论、论文2630篇。

21种文学期刊（包括有文学栏目的综合性期刊）全年刊载的文学作品有2262篇，其中原创作品2052篇，占总数的91%，翻译作品155篇，占总数的8%，转写（从西里尔文转写回鹘蒙古文）作品55篇，占总数的1%。

32种期刊（其中21种为文学期刊，11种为学术期刊）全年刊载的文学评论、论文368篇。

小结：

（1）2014年内蒙古作家发表的文学作品、文学评论、文学研究论文共计99959篇，其中网络文学作品及文学评论97329篇，占总数的97%，期刊文学作品（纸质作品）2630篇，占总数的3%。

（2）2014年度内蒙古蒙古语文学创作中最活跃的创作队伍为网络写手，

文学创作最活跃的场所为网络空间，全年文学作品的97%为网络写手完成，并刊载于网络空间。

（3）蒙古语网络文学作品中最活跃的体裁为诗歌，占总数的80.3%；其次是散文、短篇小说和文学评论，分别占总数的11.03%、6.2%和1.1%。从体裁学角度看，诗歌、散文和文学评论为与日常生活、社会交流、生命感受最接近的文学样式，这一现象足够说明网络书写不仅是为了实现艺术理想而进行创作，还是为了满足表达欲望而进行创作的民间狂欢。比如孙额尔敦巴根、岗嘎、瓦·阿古拉等写手隔三岔五都有作品发表，是书写狂欢的表征。

（4）民间的文学评论也显示活跃势头，在各家网站上全年发表1057篇文学评论，远远超出纸质媒体上发表的文学评论368篇。

（5）19家蒙古语门户网站中刊载文学作品最多的网站为好来宝网站，全年刊载90715篇，占总数的93%。好来宝网站是民间创建的社交网络，有很多网络写手入住好来宝网站，开设个人博客，在个人博客界面上刊载作品，实现公共空间的表达欲望。

二、2015年蒙古语网络文学基本情况

2015年，我们团队把国内登记、注册、运营，并刊载文学作品的17家蒙古语门户网站以及国内外公开发行的21种蒙古语文学期刊、11种蒙古语学术期刊、10种蒙古语报刊纳入观测、研究范围，对其刊载的文学作品和文学评论进行了统计和分析。具体数据如下：

2015年蒙古语网络文学基本情况

诗歌	散文	短篇小说	文学评论	影视戏剧	报告文学	民间文学	儿童文学	中篇小说	长篇小说	总数
80316	11013	6213	1729	944	311	285	119	54	10	100994
79.55%	10.90%	6.15%	1.71%	0.93%	0.31%	0.28%	0.11%	0.05%	0.01%	

17家蒙古语门户网站全年刊载的网络文学作品有100994篇,其中诗歌80316篇(首),占总数的79.55%;散文11013篇,占总数的10.90%;短篇小说6213篇,占总数的6.15%;文学评论1729篇,占总数的1.71%;等等。

17家蒙古语门户网站中刊载文学作品最多的网站有:好来宝网站,94325篇,占总数的93%;成吉思网站,3571篇,占总数的3.5%;中国蒙古语新闻网,725篇,占总数的0.7%;等等。

2015年发表文学作品最多的网络写手有:呼门宝苏,364篇,平均每天发表1篇作品;吴达来,269篇,平均每天发表0.7篇作品;格·哈斯同嘎拉嘎,99篇,平均每天发表0.27篇作品。

2015年蒙古语期刊、报刊文学作品情况

文学作品	原创作品	翻译作品	转写作品	总数
21种期刊	1604篇	124篇	31篇	1759篇
10种报刊	1860篇	12篇	24篇	1896篇
32种期刊文学评论、研究论文				536篇
10种报刊文学评论、研究论文				70篇
32种期刊、10种报刊文学作品及文学评论、研究论文				4261篇

2015年32种蒙古语期刊、10种蒙古语报刊全年刊载的文学作品及文学评论、论文4261篇。

21种文学期刊(包括有文学栏目的综合性期刊)全年刊载的文学作品1759篇,其中原创作品1604篇,占总数的91%,翻译作品124篇,占总数的7%,转写(从西里尔文转写回鹘蒙古文)作品31篇,占总数的2%,等等。

32种期刊(其中21种为文学期刊、11种为学术期刊)全年刊载的文学评论、论文536篇。

10种蒙古语报刊全年刊载的文学作品1896篇,文学评论、研究论文70篇。

小结:

(1)2015年,内蒙古作家发表的文学作品、文学评论、文学研究论文

105255篇，其中网络文学作品100994篇，占总数的96%，期刊文学作品（纸质作品）4261篇，占总数的4%。

（2）2015年度内蒙古蒙古语文学创作中最活跃的创作队伍依然为网络写手，文学创作最活跃的场所也是网络空间，全年文学作品的96%为网络写手完成，并刊载于网络空间。

（3）蒙古语网络文学作品中最活跃的体裁为诗歌，占总数的79.55%；其次是散文、短篇小说和文学评论，分别占总数的10.90%、6.15%和1.71%，与2014年的数字相当。本年度发表网络作品最多的写手是呼门宝苏，共发表作品364篇，平均每天发表1篇作品；其次为吴达来，269篇，平均每天发表0.7篇；格·哈斯同嘎拉嘎，99篇，平均每天发表0.27篇作品。

（4）民间文学评论也很活跃，全年发表1729篇文学评论，远远超出纸质媒体上发表的文学评论606篇，与2014年相比较，数量有所上升。

（5）17家蒙古语门户网站中刊载文学作品最多的网站依然是好来宝网站，全年刊载94325篇作品，占总数的93%，与2014年持平。

三、2016年蒙古语网络文学基本情况

2016年，我们团队把国内登记、注册、运营，并刊载文学作品的16家蒙古语门户网站以及国内外公开发行的21种蒙古语文学期刊、11种蒙古语学术期刊、10种蒙古语报刊纳入观测、研究范围，对其刊载的文学作品和文学评论进行了统计和分析。具体数据如下：

2016年蒙古语网络文学基本情况

诗歌	散文	文学评论	儿童文学	短篇小说	民间文学	报告文学	影视戏剧	中篇小说	长篇小说	总数
11139	1715	1471	947	764	561	421	210	61	1	17290
64.43%	9.92%	8.51%	5.48%	4.42%	3.24%	2.43%	1.21%	0.35%	0.01%	

16家蒙古语门户网站全年刊载的文学作品有17290篇，其中诗歌11139篇（首），占总数的64.43%；散文1715篇，占总数的9.92%；文学评论1471篇，占总数的8.51%；儿童文学947篇，占总数的5.48%；短篇小说764篇，占总数的4.42%；等等。

16家蒙古语门户网站中刊载文学作品最多的网站有：好来宝网站，10754篇，占总数的62%；成吉思网站3453篇，占总数的20%；中国蒙古语新闻网，588篇，占总数的3.4%；等等。

2016年发表文学作品最多的网络写手有：特·额尔敦巴根280篇，平均每天发表0.8篇作品；吴达来，216篇，平均每天发表0.6篇作品；瓦·阿古拉，195篇，平均每天发表0.5篇作品。

2016年蒙古语期刊、报刊文学作品情况

文学作品	原创作品	翻译作品	转写作品	总数
21种期刊	1936篇	110篇	32篇	2078篇
10种报刊	1531篇	27篇	10篇	1568篇
32种期刊文学评论、研究论文				541篇
10种报刊文学评论、研究论文				107篇
32种期刊、10种报刊文学作品及文学评论、研究论文				4294篇

2016年32种蒙古语期刊、10种蒙古语报刊全年刊载的文学作品及文学评论、论文4294篇，与2015年持平。

21种文学期刊（包括有文学栏目的综合性期刊）全年刊载的文学作品2078篇，其中原创作品1936篇，占总数的93%，翻译作品110篇，占总数的5%，转写（从西里尔文转写回鹘蒙古文）作品32篇，占总数的2%，等等。

32种期刊（其中21种为文学期刊，11种为学术期刊）全年刊载的文学评论、论文541篇。

10种蒙古语报刊全年刊载的文学作品1568篇，文学评论、研究论文107篇。

全民狂欢与群体检阅

小结：

（1）2016年内蒙古作家发表的文学作品、文学评论、文学研究论文21584篇，其中网络文学作品17290篇，占总数的80%，期刊文学作品（纸质作品）4294篇，占总数的20%。

（2）2016年为蒙古语网络文学发生蜕变的年份，其特征：一是门户网站逐渐减少，从2014年的19家减少到2016年的16家。二是网络作品数量迅速减少，从2015年的100994篇作品减少至2016年的17290篇。三是各种文学体裁的比重有所变化，比如2014年和2015年诗歌占据比重为79.55%，2016年减少到64.43%；前两年的体裁排序为诗歌、散文、短篇小说、文学评论，到2016年变成诗歌、散文、文学评论和儿童文学。四是虽然网站的排序未变，但是刊载作品数量有所变化。如2014年和2015年好来宝网站刊载的作品均占总数的93%；成吉思网站均占总数的3.5%，但是2016年好来宝网站的作品数量迅速减少，比重从93%下滑至64.43%，成吉思网站的作品数量迅速增加，比重从3.5%上升至20%。

四、总结

（一）在数据层面上

1. 各类体裁的走势情况

蒙古语网络文学作品中最活跃的体裁为诗歌、散文、文学评论等篇幅精短的文章。从体裁学角度看，诗歌、散文、文学评论为与日常生活、社会交流、生命感受最近的文学样式，这一实例说明了一个问题，即网络书写不仅是为了实现艺术理想而进行创作，还是为了满足表达欲望而进行创作的民间狂欢。换言之，对于某些网络写手来说，网络书写业已成为其生活的一部分，成为其消遣、狂欢的方式。

2. 2016年为蒙古语网络文学发生蜕变的年份，其特征：一是门户网站逐渐减少，从2014年的19家减少到2016年的16家。二是网络作品数量迅速减少，从 2015 年的 100994 篇作品减少至 2016 年的 17290 篇。三是各种文学体裁的比重有所变化，如 2014 年和 2015 年诗歌占据比重约为 80%，2016 年减少到 64.43%；前两年的体裁排序为诗歌、散文、短篇小说、文学评论，到 2016 年变成诗歌、散文、文学评论和儿童文学。四是虽然网站的排序未变，但是刊载作品数量有所变化。如 2014 年和 2015 年好来宝网站刊载的作品均占总数的 93%；成吉思网站均占总数的 3.5%，但是 2016 年好来宝网站的作品数量迅速减少，比重从 93% 下滑至 62%，成吉思网站的作品数量迅速增加，比重从 3.5% 上升至 20%。

3. 近 20 家蒙古语门户网站中刊载文学作品最多的网站为好来宝网站。该网站是民间创建的社交网络，有很多网络写手入驻好来宝网站，开设个人博客，在个人博客界面上刊载作品，实现公共空间的表达欲望。

4. 蒙古语网络文学经历了几个发展节点，一是 1999 年，从 1999 年开始中国民族文学网登记运营，这是国内最早创建的少数民族文学网，其运营、服务语言为汉语。2000 年青城驿站网站开始运营，这是首个以宣传、传播蒙古文化为宗旨的网站，也是汉语网站。2004 年《花的原野》杂志创建了蒙汉双语服务的期刊网站，这是国内首个少数民族文学期刊网站，标志着蒙古语文学走进网络时代。紧跟其后有蒙古包网站（2003 年）、草原雄鹰网站（2004 年）、驿站（2007 年）等网站相继问世，给文学爱好者提供发表作品的平台。这一时期的蒙古语网络文学作品主要通过个人博客、留言板、论坛等网络空间刊载、传播。由于蒙古文信息处理技术尚未成熟，无法直接在网页上书写，只是利用辅助工具，把电脑上写好的作品转换成图片格式上传至互联网。二是 2008 年，对于蒙古语网络文学来说，2008 年是具有里程碑意义的年份，当年有蒙古文（WPS office 系统）书写功能的两大蒙古语门户网站——好来宝网站和中国蒙古语新闻网站开始运营，标志着蒙古语网络文学进入全民狂欢的时代。由于蒙古文信息处理技术的突破，带来了网络书写、评论、交流的便利，从 2008 年开始蒙古语网民的数量猛增，社交网站活跃起来。三是 2016 年，从 2016 年开始蒙古语网络文学作品数量迅速减少，网民和网络写手从固定社交网站转移至移动客户端——微信平台和微信群，从此移动客户端——手机文学兴起。2017年8月20日，最具影响力的蒙古语文学杂志《花的原野》电子期刊手机版上线运营，标志着蒙古语网络文学进入移动客户端文学时代。

（二）内容层面上

1. 打破文学生态，开创多元共生时代

互联网改变着人们的生存方式、生存空间和生存意义。"互联网+"早已成为各行各业的工作常态和战略思路。"互联网+蒙古语文学"，或者蒙古语网络文学如同一阵旋风一样一路狂飙，通过短短的十多年时间回笼全民，打破宁静，改变文坛格局，改写文学生态，带来口传文学、书面文学、网络文学三足鼎立或三分天下的蒙古语文坛格局，开创多元共生的文学新时代。

2. 激活民间热情，带来全民狂欢时代

数字化技术给人类带来了诸多可能性，其中最为重要的是塑造了虚拟存在，把现实压力下需要解压的人们带到虚拟世界，从此浮躁不安的心灵找到一种归宿。

虚拟存在是数字化技术的大手笔、大杰作，既有客观存在的属性，又有主观存在的属性，既有真实性，又有虚拟性。虚拟存在是从未有过的存在，是数字化技术创造出来的无限空间。这一存在不是现实世界的影子、模仿和映射，而是现实世界的再度编排，再度虚构，再度创造。虚拟存在是数字化空间，给文学爱好者，乃至全人类开辟了容量无限的虚拟世界，给人们提供了释放情怀的无限空间。从此带来了书写狂欢、阅读狂欢、辩论狂欢、批评狂欢、表达狂欢的全民狂欢时代。

从创作动机和创作冲动来讲，蒙古语网络文学创作可分为两种，一是为文学理想而书写，如朵冉珠拉、睦·浩斯巴雅尔、戈丽瓣等网络作家，他们的作品内容丰满、思想深刻、艺术精湛，在网民中影响甚广；二是为消遣狂欢而书写，如呼门宝苏、吴达来、瓦·阿古拉等网络写手，虽然他们的作品五花八门、杂乱无章，但是几乎每天都有作品发表，这应该是表达欲望和书写狂欢的表征。

值得一提的是，蒙古语网络文学不同于汉语网络文学，它与名利无关，也就是说创作蒙古语网络文学作品、书写蒙古语网络文学作品出不了名,赚不了钱,升不了官。诸多写手纯粹出自个人爱好、个人追求、个人狂欢、个人理想创作出大量作品，提供给网民，丰富了时代内容。

3. 重组话语权力，构建众声喧哗的时代

网络的普及重新分配话语权格局和场内场外布局，民间（草根、大众）获得话语权的同时，从场外进入场内，从台下走向台上，构建了众声喧哗的舞台。

通过技术手段民间获得话语权力，并从公共场外打入公共场内，从台下走向台上，在网民的狂欢、呐喊、沸腾中，其话语权无限膨胀，无限放大，无限强化，加剧了在民国时期蒙古语文坛上逐步形成的三大话语系统，即民间话语系统、知识分子话语系统和国家/民族话语系统，特别是民间话语系统和知识分子话语系统之间的对立、排斥和对抗局面，使启蒙思想遭遇到前所未有的困境和尴尬。近几年，在网络上进行的几次论战，足以表明民间话语系统和知识分子话语系统的分裂状况。

□宣读于中国少数民族网络文学会议暨2017·中国少数民族当代文学论坛，2017年8月24—27日，海拉尔。

全民狂欢与群体检阅

60 年的坚守：蒙古族当代作家群

根据 M.H. 艾布拉姆斯的论述，每一个艺术品总要涉及 4 个要点，即作品、艺术家、世界和欣赏者。文学系统中作家是第一要素，作家是文学作品的生产者。有了作家，才有文学、文学研究和与文学相关的事业。蒙古族是具有诗意的民族，崇尚文学的民族，蒙古族文人中出现了诸多著名作家，给世人留下了绚丽多彩的精神财富，如搠思吉斡节儿、伯颜、萨都拉、法式善、扎雅班第达·纳木海扎木苏、松巴堪布·耶喜班觉、莫日根葛根·罗桑丹毕坚赞、察哈尔格西·罗桑楚臣、丹津拉布杰、哈斯宝、尹湛纳希，等等。

中华人民共和国成立后，蒙古族文学迎来新纪元，得到全面发展。当初人们采用当代文学、新文学、革命文学、社会主义文学等术语来命名建国后的文学。随着社会历史的不断发展进步，蒙古族当代文学日益走向成熟和昌盛，业已形成庞大的作家群体。庞大的作家队伍的形成是蒙古族当代文学发展繁荣的重要标志之一。下面我们将从组织形式、文学体裁、创作语言、文化身份等视角，对蒙古族当代作家群进行分类评述。

一、组织形式：会员作家和非会员作家

会员制是作家组织的主要形式之一。根据组织形式可把内蒙古蒙古族作家分为会员作家与非会员作家。会员作家，指属于某个团体的作家，会员作家遵守所属团体或协会的相关章程。非会员作家，指不属于任何团体的作家。目前，蒙古族当代会员作家有 4 个不同等次或种类，即中国作家协会会员作家、内蒙

古自治区作家协会会员作家、盟市作家协会会员作家和旗县作家协会会员作家。

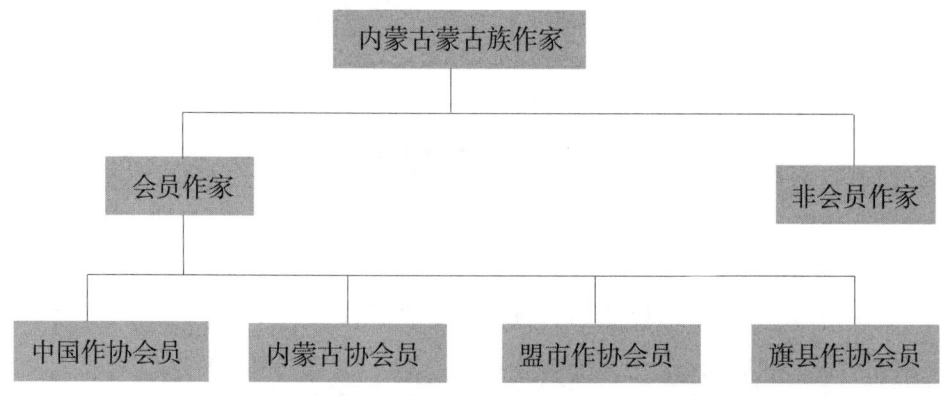

20世纪五六十年代，进入作家协会为很多作家的梦想和荣耀。当时会员作家或文艺工作者等称号是党和政府赋予的一种荣耀，富有政治色彩。因此，作家协会成为作家贡献和成绩的认可标准，进入作家协会，就意味着成为国有作家，党和人民认可的作家。随着改革开放的深入，人们的价值观、社会观、审美观发生蜕变，很多作家，特别是年轻一代的作家选择自由撰稿人的角色，逐渐淡化了入会诉求。

据最新统计数字，内蒙古作家协会会员作家1544人，其中蒙古族作家584人，占总数的38%；其他民族作家960人，占总数的62%。常住内蒙古的中国作家协会会员作家237人，其中蒙古族作家114人，占总数的48%；其他民族作家123人，占总数的52%。

数据所反映的意义：38%与48%

1. 中国作家协会会员作家的比例高于内蒙古作家协会会员作家的比例。

2. 蒙古族作家群中具有影响力的作家比例高于其他民族作家群中具有影响力的作家比例。

据最新统计数字，内蒙古人口总数为2413.73万人。其中蒙古族人口为421.1万人，占总人口的17.45%，其他民族人口为1992.63万人，占总人口的82.55%。其他民族人口中汉族人口为1870.3万人，占总人口的77.49%；其他少数民族人口为 94.7 万人，占总人口的 3.92%。

民族	蒙古族	其他民族	总数
总人口	421.1 万人	1992.63 万人	2413.73 万人
人口比例	17.45%	82.55%	
内蒙古作家协会会员作家人数	584 人	960 人	1544 人
人口与作家比例	14/100000	5/100000	
中国作家协会会员作家人数	114 人	123 人	237 人
人口与作家比例	30/1000000	8/1000000	

结论：

1. 每 10 万蒙古族人口中就有 14 名内蒙古作家协会会员作家。

2. 每 100 万蒙古族人口中就有 30 名中国作家协会会员作家。

3. 全国比例为每 100 万人口中有 0.076 名中国作家协会会员作家。

4. 内蒙古蒙古族人口与作家比例远远高于全国平均比例，这表明蒙古族是有诗意的民族，崇尚文学的民族，蒙古族文人中出现了诸多著名作家，业已形成庞大的作家群体。

二、文学体裁：创作型作家和研究型作家

广义的作家，包括创作型作家和研究型作家。创作型作家指以文学创作为目的的作家，如诗作家、小说作家、散文作家和戏剧影视文学作家。研究型作家就指以文学研究为目的的作家，如文学评论家、文学史家和文学理论家。

中华人民共和国成立后蒙古族文学得到全面发展，在文学诸多体裁领域中涌现出其代表作家及作品，业已形成完整的作家队伍，保持了文学生态的平衡

发展。如诗歌领域出现纳·赛音朝克图、巴·布林贝赫、其木德道尔吉、纳·赛西雅拉图、哈·丹毕扎拉桑、敖力玛苏荣、齐·莫尔根、乐·敖德斯尔、阿尔泰等代表诗人，小说领域出现阿·敖德斯尔、玛拉沁夫、葛日勒朝克图、扎拉嘎胡、莫·阿斯尔、齐·敖特根其木格、力格登、阿云嘎、乌崖戴、满都麦、布林特古斯、莫·哈斯巴根、巴图孟和、嘎·喜儒嘉措等代表作家，散文领域出现苏尔塔拉图、桑·舍力布、宝·福日来等代表作家，戏剧影视文学领域出现超克图纳仁、特·达木林、云照光等代表作家，文学评论领域出现贺·宝音巴图、塔木苏荣、哈日夫、策·吉尔嘎拉、苏尤格等评论家，文学史领域出现特·赛音巴雅尔、乌·苏古拉、巴·苏和等文学史家，文学理论领域出现吉尔嘎拉、巴·格日勒图、楚鲁、王·满特嘎等理论家。

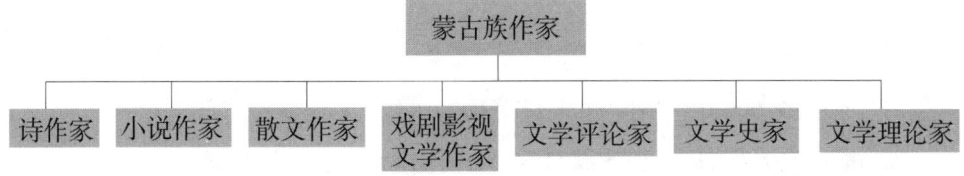

蒙古族当代文学 60 年发展中出现诸多优秀作家，他们带领团队书写了蒙古族当代文学绚丽多彩的画卷。如何评价作家的影响力是学术界面临的问题。作家影响力的评估有 3 种体系，即权力体系、民间体系和学科体系，对最具影响力的作家进行评述。权力体系，如政府奖、贡献奖等，权力体系表明国家机器和权力对作家的认可；民间体系，如人民作家、喜爱的作家等，民间体系表明民间（读者）对作家的认可；学科体系，如文学的奠基人、前锋作家等，学科体系表明学科对作家的认可。下面我们采用排列作家相关关键词的形式，说明蒙古族当代文学史上最具影响力的 6 名作家。

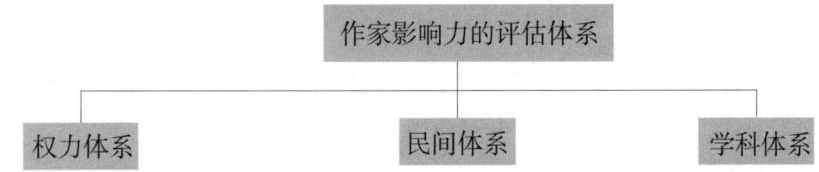

1. 最具影响力作家之一：纳·赛音朝克图

关键词：蒙古族当代文学的奠基人，人民的诗人——来自民间的荣誉，社会主义蒙古诗歌体系的缔造者，有留学经历——曾经赴日本和蒙古国留学，纳·赛音朝克图研究已成为独立的一门学问，等等。

2. 最具影响力作家之二：巴·布林贝赫

关键词：蒙古族当代文学的奠基人；最具创造力和才气的诗人——来自专家的评价；蒙古族当代诗歌史上创造了诸多第一，如意境学说、散文诗、抒情型叙事诗、自由抒情、巴·布林贝赫诗歌流派；蒙古文学学科带头人，蒙古文学学科的第一任博士生导师，培养诸多蒙古文学高级人才；蒙古诗学体系的缔造者，双语作家，学者诗人；巴·布林贝赫研究已成为独立的一门学问；等等。

3. 最具影响力作家之三：阿·敖德斯尔

关键词：蒙古族当代文学的奠基人；人民喜爱的作家——来自民间的荣誉；多产作家，作品被译成英、法、日、意等文字，多部作品入选中小学教科书；蒙古族当代小说体系的缔造者，现实主义精神的捍卫者，双语作家；鼓励扶助文学青年，如1996年设立敖德斯尔文学奖；等等。

4. 最具影响力作家之四：玛拉沁夫

关键词：蒙古族当代文学的奠基人；富有才气的作家——来自专家的评价；文学事业的组织者和领导者；草原流派的缔造者；非母语创作，民族文学传播途径的拓宽者；等等。

5. 最具影响力作家之五：特·赛音巴雅尔

关键词：文学事业的组织者和领导者，如倡议创建中国少数民族作家研究中心和中国少数民族文学馆；双语作家；富有责任心的优秀作家——来自专家的评价；文学史另一种书写路径的开创者，如三部文学史，从不同侧面强有力地提出多民族文学史概念，提倡多数与少数、中心与边缘的对话，对文学史界争夺话语发言权和完善文学史生态平衡等方面具有积极意义；等等。

6. 最具影响力作家之六：巴·格日勒图

关键词：蒙古族文学理论学科的奠基人；蒙古文学学科带头人，博士生博导，培养诸多蒙古文学高级人才；蒙古文学理论体系的缔造者；学者作家，双语作家；等等。

三、创作语言：母语作家、非母语作家、双语作家和多语作家

以创作语言分类，可把蒙古族当代作家分为母语作家、非母语作家、双语作家和多语作家等。由于历史、政治、文化等原因，很多作家采用非母语，或双语，或多语进行文学创作，丰富了民族文学宝库。

1. 母语作家：如阿尔泰。母语作家群为蒙古族当代作家队伍的主力军，代表着蒙古族文学创作的最高水准。

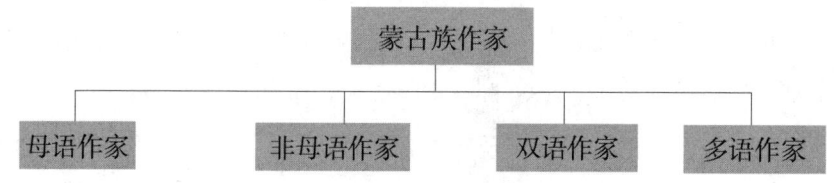

2. 非母语作家：如扎拉嘎胡。非母语作家是民族经验和想象力的非母语环境中的叙述者，有利于民族文学的传播，是通向全国文坛的一种途径。

3. 双语作家：如阿云嘎。双语创作为蒙古文学的悠久传统和宝贵经验，如诸多蒙古高僧喇嘛均会用蒙、藏文字进行创作。双语作家的最大优势在于自由穿梭在两种语言之间，赢得母语和非母语读者的青睐。双语创作为当今政治、经济和文化环境中最适合的创作方式。

4. 多语作家：如青年一代作家。某些青年作家用蒙、汉、日、英、俄等文字进行文学创作和文学研究。多语作家的出现表明了蒙古族青年一代作家的文化修养和创作实力，也是通向世界文坛的一种途径。

四、文化身份：知识分子作家和非知识分子作家

以作家文化身份分类，可把蒙古族当代作家分为知识分子作家和非知识分子作家两类。蒙古语里的知识分子（segegeden）有很多种含义，如有文化的人、有知识的人、文人、读书之人、精神劳动者、智者，等等。按国家人事部门的规定，具有大专或大专以上学历者均在知识分子范围。

蒙古族当代作家群中有诸多知识分子作家，他们代表着蒙古族书面文学的悠久传统和创作水准。蒙古族书面文学传统就是蒙古族文人的写作传统。在社会变革和文化变迁中，蒙古族文人的处世方式、生存意义随时代变迁而有所不同。贵族方式，指黄金家族以及元明清的王公子孙；喇嘛方式，指寺庙里的喇嘛僧侣；知识分子方式，指现代文人。来自不同社会环境、不同文化语境、不同生活阅历的文人用汗水和辛勤劳动谱写了蒙古族作家文学史，塑造了蒙古族书面文学的传统。

纵观民族历史，由三大社会变革和三大文化变迁改变了整个民族的历史命运、生存方式、生活信念以及民族文学的发展道路。

其一，蒙古帝国的建立。蒙古帝国的建立及频繁持续的侵略战争，把原始游牧部落推出人类历史舞台，从此草原部落接受、鉴赏、学习诸多外域文化，逐步打造出了民族文化。文学界里形成了贵族作家群及贵族文学，如《蒙古秘史》的作者、罗布桑丹津、萨囊彻辰、忽必烈、图帖睦尔、妥欢帖睦尔、爱猷识理达腊、伯颜、泰不华、聂镛、月鲁不花、萨都拉、奈曼、法式善、尹湛纳希等。贵族作家用蒙、汉两种文字进行文学创作，徘徊在朝廷梦想与百姓关怀之间，描写政治风云和宫廷生活的千姿百态以及关注民间社会，极大地丰富了蒙古族作家文学。

其二，佛教的传播。藏传佛教使尚武民族变成了虔诚的佛教信徒，从而逐渐形成了政教一体的权力体系和寺庙文化。文学界里出现了喇嘛作家群及喇嘛文学，如搠思吉斡节儿、松巴堪布、罗桑丹毕坚赞、丹津热杰、罗桑坡来、耶

喜丹津旺坚等。喇嘛作家用蒙、藏两种文字进行文学翻译和文学写作，蹒跚在宗教信仰与世俗欲望之间，追求深奥、空灵、神秘世界和来世，描绘彼岸世界，宣扬佛教信念，极大地发展了蒙古族作家文学。

其三，民主革命的胜利。民主革命的发生和胜利使落后愚昧的民族踏上了现代文明的广阔道路，获得了自由、平等、幸福和民主。文学界里崛起了知识分子作家群及知识分子文学，如赛春阿、卜和克什克、贺兴格、哈达、宝音德力格尔、额尔德木特古斯以及玛拉沁夫、阿·敖德斯尔、巴·布林贝赫、其木德道尔吉、葛日乐朝克图等当代作家。知识分子作家用蒙、汉两种文字进行文学创作，在现代文明与传统文明之间扮演着狂欢、挣扎、喧嚣之角色。寻觅、维护个体生命的意义、尊严、价值，创造出具有现代精神的文学神话，极大地丰富和发展了蒙古族作家文学。

蒙古族现当代知识分子文学就是蒙古族古近代贵族文学和喇嘛文学的继承和发展，其代表着蒙古族书面正统。值得关注的是蒙古族年轻一代作家越来越学者化，具有本科、硕士和博士学历的作家越来越多。

非知识分子作家，就指基层的牧民、农民和工人作家。非知识分子作家虽然处于边缘地带，但它是蒙古族文学的最具活力的创作队伍，担负着文学的普及和文学的民间运动。

五、蒙古族作家相关的几种关键词

业余时间与英雄情结：内蒙古蒙古族作家均属于业余作家，因为，在内蒙古社会结构中没有作家之类的工作岗位。因此，作家的创作只能在业余时间进行。业余作家用业余时间书写着内蒙古文学史、思想史和情感史。在这个意义上，蒙古族作家是最具魅力的人群，也是最有英雄情结的人群。

悲剧色彩与道德光环：由于经费紧缺，出版社、杂志社无法兑现稿酬，诸多母语作家正在经历着无稿酬时代。值得赞誉的是蒙古族作家数量并未因无稿酬而减少，反而增加了许多。在这个意义上，蒙古族作家具有悲剧色彩和道德光环。

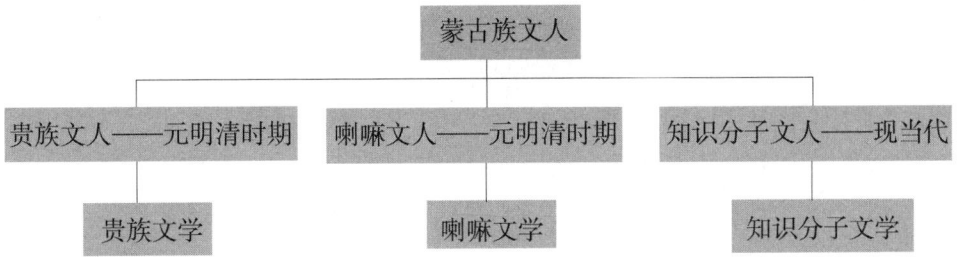

个体兴趣与荣耀：对于母语作家来说，创作不能改善生存条件，也与做官、评职称、日常工作量无关。但很多人依然加入作家行列，成为民族的代言人。对于母语作家来说，写作不是生存的方式，而是以兴趣、荣耀和责任来进行写作。因此，他们的写作是一种坚守、一种信念，是一种灵魂的写作。

□宣读于新中国少数民族文学60年全国学术研讨会，2009年9月16日，呼和浩特。

□发表于《金秋》，2009年第1期。

草原的故事或故事的草原
——以《花的原野》杂志60年小说为中心

作为蒙古文学百花园的《花的原野》（曾以《内蒙古文艺》《革命文艺》之名出刊）杂志创刊已有60年了。60年漫漫岁月，《花的原野》杂志为广大读者提供了丰富的精神食粮，繁荣发展民族文化，培养出许许多多的作家。

《花的原野》60年是当代蒙古族文学60年的缩影。它是国内蒙古族文学的权威刊物，对其进行研究、总结，对民族文学研究和人文精神建设有着至关重要的作用。本文将围绕小说作品谈谈自己的看法。

一、小说概况

1955年，《花的原野》（当时称为《内蒙古文艺》）杂志创刊。是年共编辑出版6期，首期刊登了13篇作品，其中：

诗歌、好来宝、歌词——7篇；

话剧——2篇；

评论——1篇；

民间文学——1篇；

通知（创刊词、征稿启事）——2篇。

以13篇作品拉开帷幕的第1期《花的原野》没有刊登小说作品。这符合当时蒙古族文学的实际情况。从蒙古语书面文学体裁发展史角度看，诗歌、散文比起剧本、小说，总保持着强势姿态。蒙古族有着悠久的民间故事传统，当遭遇小说这一文学新样式时不难看出其犹豫不前的状态。因此，自尹湛纳希到阿·敖德斯尔、玛拉沁夫，都没能产生影响力巨大的小说作品和小说家。

从第2期开始，《花的原野》杂志发表了些零星的小说作品。例如：

《我女儿的对》（短篇小说）——钢普日布，1955年第2期；

《和爱人》（短篇小说）——玛拉沁夫，1955年第3期；

《那本账谁都会算》（短篇小说）——斯仁维扎布，1955年第4期；

《最后的会面》（短篇小说）——钢普日布，1955年第5期。

可以看出，在诗歌、散文、小说、剧本等4种体裁中，小说的发展较滞后，20世纪50年代在《花的原野》杂志上发表的作品已经证明了这一点。但是，60年漫长的历程中小说作品不断涌现，小说作家队伍逐渐发展壮大。据统计：

1955—1964年，共97期，279篇小说作品；

1965—1974年，共17期，42篇小说作品；

1975—1984年，共99期，416篇小说作品；

1985—1994年，共120期，743篇小说作品；

1995—2004年，共120期，607篇小说作品；

2005——2015年，共126期，698篇小说作品。

《花的原野》杂志从1955年第1期到2015年第6期共编辑出版579期，发表小说作品2785篇，受到了读者的好评。平均每年46.42篇作品，每期4.8篇作品。60年里，有893位小说作家在《花的原野》杂志上发表过小说作品。这是《花的原野》杂志较稳定的小说作家队伍。其中，发表小说作品15篇以上的作家有阿·敖德斯尔、玛格斯尔扎布、阿云嘎、满都麦、特·布和、达·巴图纳松（根据其发表的作品数量，由多至少顺序排列）等。

《花的原野》杂志除了发表母语创作的小说作品外，还发表小说译著或者从西里尔文转写的小说作品，为母语读者提供了外国和其他民族的优秀作品。其中，蒙古国作家作品42篇，汉族作家作品59篇，其他国家作家作品28篇，翻译、转写的小说作品共129篇，平均每年2.15篇。

《花的原野》杂志除了在专栏，如《短篇小说》《小说作品》《小说散文》

等刊登小说作品外，还结合大奖赛、笔会、地方作品专栏等，先后开设60多期不定期专栏，刊登小说作品。

二、作家队伍

中华人民共和国成立之前，内蒙古蒙古语小说作家队伍还尚未形成。少数作家为数不多的作品，比如仁钦浩日劳的《在苦难中挣扎的故事》、额尔德木特古斯的《新路》、额尔敦巴特尔的《戈壁沙漠之花》等作品代表了现代内蒙古蒙古语小说的水平。很显然，有着悠久民间文学传统的蒙古族当遭遇从西方渗透进来的文学新样式——现代小说时，还是难以割舍民间文学传统。

中华人民共和国成立后，内蒙古蒙古语小说进入了繁荣发展的黄金时期。其显著的标志就是庞大的小说作家队伍的形成。这里我们不能忽略作为首家蒙古语文学刊物《花的原野》所做出的贡献。

据统计，《花的原野》杂志60年（1955—2015）共编辑出版579期，为广大读者提供了893位作家的2785篇小说作品。对只有几百万人口的中国蒙古族来说，能够涌现出千余名较成熟的小说作家，真可谓神奇的文化景象。

《花的原野》杂志小说作家队伍自20世纪50年代开始形成，逐渐成熟壮大。这些作家可分为老、中、青三代。

老一辈作家——20世纪50—70年代在《花的原野》杂志上积极发表作品，在蒙古语小说文坛上涌现出的人们。这些人里有钢普日布、斯仁维扎布、斯仁那木吉拉、阿·敖德斯尔、玛拉沁夫、巴·特古斯、哈斯巴拉、乌云巴图、玛格斯尔扎布、齐·敖特根其木格、色·毕力格图、特·达木林、葛日乐朝克图、嘎·却木斯仁、伊德新、萨仁道尔吉、乌兰巴干、布仁朝克图、沃·苏伊拉、安柯钦夫、巴·格日勒图、特·布和、特·沃日坤、莫·博彦、莫·阿斯尔、巴德巴、高·却拉布杰、仁钦道尔吉等。当时《花的原野》杂志还积极翻译发表用汉文创作的蒙古族作家小说作品。这些人以辛勤的汗水为当代蒙古语小说奠定了基础。这些人当中（如阿·敖德斯尔、玛拉沁夫、葛日乐朝克图）有当代蒙古文学的奠基人，也有闻名世界的小说大家，是他们把内蒙古小说推向了世界。

老一辈作家，可称之为当代蒙古语小说奠基人的一代。当时他们主要以社会主义现实主义、革命理想主义的手法描写新生活，积极完成了文学的政治宣传功能。因此，老一辈作家是国家代言人（或政治代言人）、谱写国家神话（或政治神话）的人。因受时代氛围的影响，当时他们将作家的角色视为革命者或战士。

4位巨匠——阿·敖德斯尔、葛日乐朝克图、莫·阿斯尔、巴德巴，他们被称为当代蒙古语小说的巨匠。因为他们一生都在关心《花的原野》杂志和蒙古语小说创作，为当代蒙古语小说的发展、壮大和质量的提高做出杰出的贡献。阿·敖德斯尔流畅而优雅的叙述，葛日乐朝克图锐利而幽默的语言，莫·阿斯尔遒劲而灵巧的故事构思，巴德巴浓郁而浑厚的科尔沁风味已成为蒙古语小说的传统。

中年一代作家——20世纪七八十年代在《花的原野》杂志上积极发表作品，在蒙古语小说文坛上涌现出的人们。其中有力格登、阿云嘎、莫·哈斯巴根、布仁特古斯、满都麦、巴图孟和、阿尤尔扎纳、博·照日格图、乌力吉布林、苏日塔拉图、布和德力格尔、乌雅泰、苏荣巴图、特木尔巴根、赛音巴雅尔、布和特木勒、沙·占布拉扎布、索德那木、苏布道、乌·苏米雅、白音达来、敖·宝音乌力吉、额敦桑布、特·博彦、嘎·希儒嘉措、巴图苏和、陶·秦白、阿拉坦巴根、阿日滨、斯·纳存布和、斯·巴特、格日勒图、色·敖特根巴雅尔、扎·贺西格图、阿拉坦格日勒、萨仁高娃、高阿拉塔、日·朝克毕力格等。他们同老一辈作家一道为蒙古语小说质量的升华和提高贡献了力量。

中年一代作家，可称之为当代蒙古语小说的先锋一代。因为，他们踊跃试用源自西方的现代主义、后现代主义的手法，拓宽了蒙古语小说的表述可能性。中年一代作家是民族的代言人，是谱写民族寓言的人。因深受自由开放氛围的影响，当时他们将作家角色视为文化英雄或者是精神拯救者。

九杰——力格登、阿云嘎、莫·哈斯巴根、布仁特古斯、满都麦、巴图孟和、阿尤尔扎纳、博·照日格图、乌力吉布林，他们被称为当代蒙古语小说的"九杰"。

他们长期坚持不懈地探索小说艺术，不断地向新领域进军，将精品力作发表在《花的原野》杂志。力格登的幽默风格，阿云嘎的戈壁高原氛围，莫·哈斯巴根的风趣故事，布仁特古斯的蔚为大观的气魄，满都麦朴实无华的叙述，巴图孟和厚重的笔墨，阿尤尔扎纳开放朴素的语言，博·照日格图精美准确的描写，乌力吉布林的魔幻色彩为当代蒙古语小说增添了9种风采。

青年一代作家——20世纪90年代及21世纪在《花的原野》杂志上积极发表作品，在蒙古语小说文坛上涌现出的人们。其中有白金声、乌顺包都嘎、吉·清河乐、白芙蓉、特·布和毕力格、昂格图、扎拉尔泰·孟和陶克陶、沙·布和、普·乌云毕力格、陶拉、斯·额尔敦其木格、吉儒穆图、额尔敦陶格陶、杭锦那顺乌力吉、策·格根其木格、扎·哈达、伊·秀兰、查干鲁斯、敖·娜日格乐、莫·浩斯巴雅尔、乌日勒奇等。他们和老一辈作家、中年一代作家一起唱响着当代蒙古语小说的大合唱。

青年一代作家，可称之为新生的一代。他们继承了老一辈和中年一代作家们开创的小说艺术传统，同时向世界小说艺术积极学习，描写生活、社会、世界的多种可能性，进一步加深了蒙古语小说的娱乐性。青年一代作家是自我代言人，是叙述个人化故事的人。因深受社会文化氛围的影响，他们将作家的角色视为撰稿人或者是产品生产者。

10个新锐作家——白金声、白芙蓉、乌顺包都嘎、吉·清河乐、特·布和毕力格、昂格图、普·乌云毕力格、扎·哈达、陶拉、敖·娜日格乐，他们可称为当代蒙古语小说新锐作家。他们兴趣盎然，不断地积极创作，逐渐被读者欣赏。他们任重而道远。

三代作家的艺术精神可归纳为政治使命、艺术探索和娱乐。进一步说，如果老一辈作家认为小说艺术服务于巩固政治使命和社会体系的宣传，那么中年一代作家就是将小说艺术从政治压力下解放出来，并视为一种艺术形式，探求其表述的可能性。新生代的青年作家们不再对小说艺术的社会性、艺术性感兴趣，而是注重其娱乐性和鉴赏性，视小说艺术为一种消费。这与《花的原野》杂志蒙古语小说创作60年历程中走过的3个时期——文学的革命时代或文学政治化时代（20世纪50—70年代）、文学经典时代或文学理想化时代（20世纪80年代）、文学大众化时代或文学消费化时代（20世纪90年代及21世纪）——息息相关。

文学革命时代，20世纪50—70年代的作家们往往热衷于小说创作的政治性，注重其教育作用，把自我设想为革命战士，书写国家神话（政治神话）。文学经典时代，20世纪80年代的作家们往往热衷于小说创作的艺术性，以探索其表述可能性为艺术追求，同时把自我设想为文化英雄，构建民族寓言。文学大众化时代，20世纪90年代及21世纪作家们热衷于小说创作的消费性，崇尚其娱乐性和阅读性的同时把自我设想为产品生产者，叙述个人化故事。

三、着重描写的几种基本题材

纵观《花的原野》杂志60年的小说作品，《阿力玛斯之歌》《桑如布一家》《愠火》《蒙古贞阿爸》《元火》《白骨岩》《狼坝》等很多精品力作向世界展示了蒙古语小说的创作水平。

作家们将笔触伸向社会生活的广阔领域，以小地方的大故事，展示世界的种种可能性，以小说形式积极参与构建文化信念、文化软实力的宏伟工程。

在60年历程中，作家们热衷关心的主题也许是数以万计，难以总结，但是着重描写的那几个题材却是很明确的。

工业文明。20世纪之初，内蒙古作家遭遇工业文明。不同时期的作家以不同视角描绘从西方渗透而来的工业文明，对其表示不同的态度。其中，具有炫耀、赞美、肯定、妥协、批判倾向的作品也都在《花的原野》杂志上发表过。

对于蒙古人来说，工业文明是以文明的另一种形式侵入的工业文化及其生存状态、价值观和法则。一方面它是一个"福音"，带来了生活的便利；另一方面它是一个"噩梦"，带走了生活的宁静。因此，作家们以既炫耀又否定、既赞美又批判、既踌躇彷徨又妥协认可的复杂态度描写工业文明。当工业化、现代化、城市化成为历史发展的必然要求时，作家们不得不表态肯定、接受，同时对传统文化及其生存方式的消失也表达出自己无限彷徨、忧愁、留恋之情。

对作家们来说，现代化是构建者也是毁灭者。它给蒙古人带来新技术、新生活、新规范的同时，也毁掉了蒙古人的原生态文化、原生态生活及原生态秩序。因此，作家们围绕构建与毁灭、新与旧、革新与传承，创作出许多的故事，多种题材盛行。

爱情。爱情是文学的永恒题材。但不同时代的作家以不同取向描写爱情。爱情是自两个个体生命之需所产生的行为，所以爱情具有自然性和社会性、感官性与理性。

20世纪50—70年代的作家描写家庭及爱情生活时，极力突出其社会性、理性和政治性，结合社会主义革命和建设来叙述。因此形成了"牧马青年＋牧羊姑娘或是革命＋爱情"的结构模式。虽然表述的是生命的本色在斗争（生产斗争与阶级斗争）中得到绽放，但忽略了其自然性、原始性和冲动性。

到了20世纪80年代，作家们以多种可能性叙述爱情故事。比如在责任与爱情、理想与爱情、伦理与爱情等多种矛盾冲突中描绘爱情故事。更多的作家描写与伦理、社会规范相冲突或跨越伦理界限的爱情、欲望，以其悲剧来展现道德惩罚。

生存权。生存权是生命的存在、延续之需所产生的人的基本权利之一。在不同时代、不同文化环境里它的表现形式亦不同。

20世纪50—70年代，生存权的前提是政治权利、生产权利，因此，当时的作家们描写的是阶级斗争（革命人与反革命分子间的斗争）和生产斗争（人与自然的斗争），以此反映革命阶级想要维护生存权利，必须打垮反革命分子，或叙述人们要想维护生存权利，必须战胜自然。

20世纪80年代伊始，对生存权利故事的叙述有了多种想象。比如，描写人与人的矛盾、人与社会的矛盾、人与自然的矛盾，以此反映个人生存、家庭生存、共同体生存和人类生存所面临的种种威胁。因此，《花的原野》杂志上发表了诸多保护尊严、保护伦理、保护社会规范、保护文化、保护生态等题材的作品。

总结起来，工业文明、爱情、生存权是在《花的原野》杂志上着重描写发表的 3 个基本题材。其实，这关乎 20 世纪蒙古族所面临的三大问题——社会的发展、家庭的维系、个人的生存。只有个人生存得到保障，家庭才能得以稳定。只有家庭稳定，社会才能发展。

□包海峰 / 译
□汉文论文发表于《文艺报》，2015 年 11 月 18 日。
□蒙古文论文发表于《花的原野》，2015 年第 12 期。
□蒙古文论文宣读于"纪念《花的原野》创刊 60 周年座谈会"，2016 年 1 月 22 日，呼和浩特。

21世纪初蒙古文中篇小说主题论

21世纪以来,自然与生态、爱情与生命、社会与现代化成为关注的焦点,也逐渐成为新视域下蒙古文中篇小说主题的追求与深化。

一、自然与生态的聚焦

21世纪初,蒙古文中篇小说体现出一种关怀情结——对当今政治、经济、文化体系中草原生态、自然环境的保护意识。

现代化的进程、资本的急速积累、干旱和气候的变化无常,导致草原生态的极度恶化。21世纪初蒙古文中篇小说对于草原生态的破坏、自然恶化的威胁给予了高度关注,如果说20世纪八九十年代的蒙古族作家对上述主题已经有了表现的欲望,却只停留在对客观现实的描写和再现上,那么21世纪初的中篇小说已经对导致现象的原因提出了追问,创作主题也在这种追问中不断得到升华。

(一)主体的堕落与生态的恶化

天人合一是蒙古族的古老意识,渗透在蒙古族的传统习俗、信仰、禁忌文化中。苍天祭祀、山水崇拜、祭敖包等充分体现了蒙古人在大自然面前的敬畏、依托、合一的精神气质。

把生态恶化的原因归咎于主体的堕落,是敬畏和热爱大自然传统的延续,有着深厚的文化根源,从而也具有较大的接受性。娜仁高娃的《吉雅台的眼睛》叙述的是主体的堕落造成自然破坏的故事。作者把主人公吉雅台有意安排成蒙古黄金家族的后裔，通过其高贵的身世表现一种文化传统或思想，英雄主义或贵族意识。而他的村民却不在乎什么传统，他们为了蝇头小利企图把家乡给卖了，因而村主任和村民之间产生了激烈的矛盾。

全文贯穿着因主体的精神堕落而导致破坏自然、生态恶化的观念。吉雅台因为用神水洗过眼睛，有了魔力，能够看见过去和未来。当他观看未来时看见了狂沙飞舞、人类被淹没的景象，使他产生了恐惧——精神的堕落给人类带来的恐惧。吉雅台和村民之间的矛盾是相互对立的两种生存观念。一方面代表的是对草原生态的保护和延续，另一方面代表的是对生态的破坏和恶化，因此这里的人物性格已经具有更深刻的象征意味。

阿尤尔扎那的《密密胡杨林》描写的是主体精神堕落造成家庭破坏，和谐受损，更使自然环境遭到极大损坏的故事。作品中的关布来老人是幸福、和谐的使者，是生态的保护者。家犬班布尔是老人的朋友和助手，而妻子德吉德玛、儿子班迪乎却是金钱的奴隶。妻儿的所作所为代表着主体的堕落，堕落导致家庭幸福的破坏，和谐生活的破坏，生态的破坏。作者认为造成主体堕落的原因是肮脏的金钱交易和淫荡无度的糜烂生活，作品描写主人堕落得连家犬都不如，可见作者表现出的绝望和憎恨。

白芙蓉的《晨露》表现的是生态、自然的损坏与反损坏主题。邵根嘎查的阿古达木是靠卖家乡而发不义之财的嘎查长。他不仅把水库低价租赁给自己的关系户，而且荒废良田，弄得家乡沙石乱飞，荒漠连野。作品中的西都日古、阿古拉、通嘎等人是邵根草原生态的保护者。小说的结尾通嘎决定把亲哥哥阿古达木送上法庭，把保护生态提升到了法律的高度。作品里个人利益和集体利益，嘎查长的权威和家乡人民的正义斗争相互冲突，使得作品氛围极其沉重。作品着重描写了权力导致的种种危害，从而达到了较高的审美层次。

（二）外部力量的损害与生态的恶化

一些作品把自然的破坏和生态的恶化归咎于来自某种外部的力量。譬如白音达来的《人·骆驼·狼》，讲述了外乡人对当地安宁、和谐的生活和生态环境的破坏。

彩霞是个乞讨女，来到当地与牧人苏荣结为一家，但她生活不检点，与六儿、有钱人巴尔哈等都有了关系。为了把巴尔哈的家产据为己有，声称儿子普尔杰是巴尔哈的，而她死时留下的遗物表明普尔杰是六儿的儿子。因此，普尔杰并不明白自己到底是谁的儿子，而对于普尔杰的妻子美丽来说，有钱人都是她的父亲，她还和村主任苏荣关系暧昧。后来六儿找彩霞来到这里却念出了挖地毛发大财的歪经，从而导致普尔杰为保护自然环境和六儿、美丽间展开一场斗争。

文中普尔杰是个耿直的当地人，他以保护家乡的大好自然为自己的神圣使命。而六儿、美丽等是外乡人，他们不仅被描绘成生态的破坏者，而且是另一种价值观的体现者，传统价值体系的破坏者。所举小说展现的画面是，外部的力量不仅要占据当地人的生活资源，而且要改变他们的人生观、价值观，从根本上改变这里的生存环境，使之成为另一种样子。

自然与生态是 21 世纪初蒙古文中篇小说的热门话题。蒙古族作家不仅生动描绘出自然的破坏给人们带来的危害和恐惧，而且努力从根本上寻找造成危害和恐惧的原因，企图寻找缓解和阻挡的途径，从而使蒙古族生态主题小说进入一个新的阶段——表现造成危害的原因，阻挡造成危害的行为。

二、爱情与生命的思考

爱情与生命是 20 世纪内蒙古文学的基本主题之一。而在不同时代的语境下，爱情与生命主题又有不同的表现形态。三四十年代主要表现的是在传统力量压力下被侮辱与损害的爱和情，而五六十年代是在革命、劳动、社会主义建设语境下的朝气蓬勃、大公无私和无限风光。80 年代以来爱情与生命主题有了多维度存在的可能。在道德、利益、欲望、责任等的多维冲突中表现生命的意义和本质是进入 21 世纪以来文学创作的明丽追求。这是社会转型期人们审美追求、价值观念多元化的直接表现。

（一）道德和欲望

道德是人的行为规范，它的合理性来自于传统价值观，因此难以突破和破坏。破坏者要受到社会力量的谴责。

阅读21世纪初蒙古文中篇小说，不时会遇到描写道德与欲望冲突的作品，多数作者坚持的是欲望屈服于道德的叙事模式。如魄·乌云毕力格《大河孤帆直》描写了年轻寡妇"我"遭受的种种挫折、排挤、悲伤、诱惑心跳、真心情爱等。"我"虽然爱上了公司经理"萨"，但严格控制自己，始终没有做出有悖于道德规范的行为。作品中的"我"被描绘成闪烁着道德光芒的英雄人物。田丽丽的《梦境》塑造了喷射道德光芒的少女苏曼的形象。苏曼追求完美的爱，当她被月眉夺去心爱的人苏和之后，仍然相信世界上会有永恒的爱，因此整整等了十年。苏曼克服人世间所有诱惑、威逼、表白，吹灭欲念之火，一心等待过去的爱。苏曼的等待得到了公共道德的肯定，她的形象具有探索生命本意、生活意义的价值。

在赞美道德的同时，创作者们对物欲、情欲、权欲给予了无情的抨击。可以说这是内蒙古文学创作的一种人文主义倾向。魄·乌云毕力格《白开水与苦咖啡》描写了因为情欲的决堤造成安宁生活被破坏的故事。森吉德玛是个心地善良的少妇，她把一切都献给了平常的家庭生活，但他的爱人乌日根达来却和性情淫荡的套特玛相好了，从而造成家庭的不和睦，文章末尾乌、套二人变成吸毒鬼，作者用自己的叙述给了他们惩罚，表现了作者批判不良生活作风的创作倾向。

欲望可能损坏宁静的生活，被损害的生活也可以得到修补。这是21世纪初蒙古文中篇小说的一种独特的主题创作倾向。仁·朝格毕力格的《胡思图婚礼》是典型的例子。小说描写了红格尔和吉如和的悲欢故事。被情欲左右的吉如和承受不住邻居少女的诱惑做出有悖于道德准则的事情，红格尔发现之后强忍心灵的疼痛，原谅和包容了吉如和，等待他的醒悟，文章的结尾，破镜重圆，两人重归于好。

宁静的生活有可能受到冲击，创伤的生活也可以得到补救。这是作者提倡的人生观，在某种程度上表现了社会转型期的多元化价值观倾向，与此同时不得不让人联想，作者是否在原谅欲望造成的错误，给予它存在的权力。

（二）责任和情感

人物面临责任和情感的二重困惑——人物克服情感，选择责任——人物最终获得承认，这就是通过责任和情感的冲突塑造人物的叙事模式。

21世纪初，蒙古文中篇小说中的一些作品表现了情感和责任的冲突，并通过冲突塑造人物，表达了作者的思想感情。乌力吉布林的《唯一的白沙》通过富家小姐斯日吉玛和穷苦牧马人套克套乎的爱情故事展示了责任与情感的冲突。斯日吉玛美丽绝世、出身高贵，身边追随者排成一连，她却偏偏爱上了老实本分的牧马人套克套乎。而一次晚宴过后套克套乎却失踪了，斯日吉玛克服嘲笑、孤独、诱惑，一心等待套克套乎的回来。这是一种责任感，也是真挚的爱，责任和情感在斯日吉玛身上完美地结合。然而作品结尾却令读者叹息。斯日吉玛等来的套克套乎变成一具骷髅，斯日吉玛精神失常。这是令人心碎的悲剧。作者表现的是，责任虽然给人带来道德力量的光芒，但有些责任却以幸福和生命为代价。此主题对于传统道德观念有某些颠覆性。作者对责任和情感的冲突模式进行改造，在情感和责任的结合中展开叙述。这是叙事模式的创造性改变。在这一改变中作者对责任和情感的完美结合进行颠覆——给主人公悲剧性结局，这也许是作者有关生命意义的另一种解读，即对破坏生命意义的责任和情爱的质疑。

莫·哈斯巴根的《枣骝》是令人伤心涕零的爱情故事。贝勒旗王爷的小妾萨日来，在一次宴会上认识了鄂尔多斯盟的协理陶都并相爱。王爷把萨日来送给满族诺彦之后她想尽办法，历经艰险终于到达了陶都身边。两年后，陶都的叔叔为了争权夺利揭露了萨日来的秘密，为的是干掉陶都，萨日来无奈离开陶都潜逃。作品充满责任和情感的冲突。萨日来抛弃权贵和陶都相爱是违背责任选择情感，这也许受到道德的批判，但是值得理解并同情的。为了陶都而选择离他而去是克服情感选择责任，这个选择又让她成为富有道德光芒的人，却加剧了悲剧色彩。作者通过对不同条件下萨日来的不同选择的描写，探索不同处境中的人性和生命的意义。

三、社会与现代化的关注

21世纪初，蒙古文中篇小说在继续关怀社会现代化时，视野集中在城市化、市场化和人性的没落、文化的缺失等主题上。这与20世纪八九十年代主要描写现代化主体的改革题材是有区别的。

（一）城市化和市场化

数量繁多的叙述农牧民进城做生意的故事中，作者们主要展示的是农牧民受骗上当、遭受侮辱、毛毛躁躁、被欺受压的故事。市场世界是按着另一种价值规律旋转的世界，它的准则是利益。这个规则跟蒙古人的传统价值观难以接轨，因此在市场竞争中蒙古人往往遭到失败。

沙·布和的《敖包小路》描写的是宝音朝克图、乌兰进城做生意的故事。在令人眼花缭乱的社会生活中遭受接二连三的挫折，宝音朝克图连命都丢了。

阿云嘎的《吉祥饭店》描写丢失草场，无奈之下进城开饭馆的牧人的故事。牧人阿拉坦大理在乡政府所在地开了一家小饭馆，起初为了支持农牧民自主创业，乡政府领导都到这里进餐，但一次对从省里来的厅级领导的接待改变了情况，领导决定到有"山珍海味"的饭店就餐，邻家用巧妙的方法拿出了"山珍海味"，从此他的生意全让邻家给占了……

受骗、上当、挣扎、衰落是进城牧人较难逃脱的结果，这是创作者们普遍宣扬的主题。这都是因为不适应市场规则造成的悲剧。作品在告诉人们市场之竞争、商场之险恶的同时，要求人们尽快适应新秩序，适应市场规则，否则就会被时代、被社会淘汰。

（二）人性的没落和文化的丢失

随着社会现代化的进程而产生的人性的没落、文化的缺失也是21世纪初蒙古族小说家们着力表现的主题之一。斯·巴特尔的《独羽乌鸦》提出了贫穷落后的农村怎样实现现代化的沉重话题。作者以知识分子的立场，从城市文明视角写阿吉拜村，作者描绘的重点不是现代文明和社会现代化本身，而是在实现现代化过程中出现的缺憾。现代化的春风吹进阿吉拜村时，人们并未接受它的富裕和文明的光芒，却领略了它的消极、懒惰、危害。这是作者批评的焦点。

作者在小说中反复引用了尼采的"上帝死了"，暗示阿吉拜村的人们已经丧失了心灵的"上帝"，阿吉拜村的上帝就是他们的心灵世界和对未来的信心，但他们把它全丢了，"上帝死了"，他们没有心灵，只有肉欲的追求。这是现代社会中人性的没落。

博·照日格图的《猎夫和他的猎犬》展示了因为社会变化造成的狩猎文化的消失。小说并没有陈述狩猎文化消失的原因，但字里行间透露出的是农业化、城市化导致的狩猎文明的丢失。作品开头的情景是文琴道布村民走出家门看见的是满山遍野的庄稼地，曾经的猎场被田地吞噬了，狩猎已经完全不可能。作品表现了文明的更迭、社会的迈步导致某些传统的丧失和消亡。

21世纪初蒙古文中篇小说在生态、生存、社会、文化等方面都表现了深刻的思考，为蒙古文文学主题的深化、升华完成了可贵的一笔，迈出了可贵的一步。但在有些方面仍然显得不够成熟，不尽如人意。主要表现如下：

1. 观念置前：预先定好某种观念或思想，再根据观念和思想编造故事、安排情节，导致作品呆板、粗糙、笨拙、概念化。

2. 流行观念的复写：把一般性思想或流行的观念插入不同故事、情节中，缺乏思想深度和创新性。

3. 艺术探索不力：21世纪初蒙古文中篇小说在表现手法方面没有多少新的探索，在这方面明显逊色于20世纪80年代的小说创作。

我们要清楚——艺术创作的可贵在于不断探索创新。

□额尔敦哈达 / 译
□蒙古文论文发表于《哲里木文艺》，2008 年第 3 期。
□汉文论文发表于《民族文学》（汉文版），2009 年第 7 期。

想象的世界与多彩的叙述

大众立场、文化底蕴、丰满叙述
——解读阿云嘎长篇小说《满巴扎仓》

阿云嘎长篇小说《满巴扎仓》(发表于《潮洛濛》蒙古文文学季刊,2012年第1期,哈森译)发表后在读者当中引起强烈反响,掀起了一场阅读热潮。仔细掂量该小说后,不难发现在情节设计、故事编排、叙述路线方面均有所突破,不同于其以往的《僧俗人间》(1999)、《有声的戈壁》(2001)、《拓跋力微》(2008)等长篇小说。作者有意尝试情节通俗化、故事复杂化和叙述丰满化路线,给读者讲述了错综复杂、眼花缭乱、跌宕起伏、惊心动魄、扣人心弦、充满传奇色彩的故事。

故事是小说的永恒追求,好故事会赢得读者群的广泛青睐。对于百姓来说,文学阅读依然是消闲、娱乐、养性的方式,谁迎合读者趣味谁就会赢得市场。

从长篇小说《满巴扎仓》看,阿云嘎正在调整创作方向和立场。此前的阿云嘎小说创作一直坚守知识精英文学创作路子,追求意义、深度、永恒,以知识精英的立场关照共同体、关怀人类、社会、生命所面临的共同问题,书写自我思考,试图建构属于自己的文学王国。如《大漠歌》(1985)、《有声的戈壁》(2001)、《狼坝》(2004)、《燃烧的水》(2007)等作品中作者虽然讲故事,但是其意不在于故事,而是故事背后的寓意。很显然对于内蒙古作家来说,批判、启蒙的现代性任务尚未完成,现代性神话尚未破灭,很多作家依旧奔波在通向现代性神话的路上。

求变、革新、突破是每位作家每时每刻面临的课题。特别是对成熟、定型风格的作家来说,超越、突破、求变是很难攻破的瓶颈或"诅咒"。让人惊叹不已的是，阿云嘎在其小说创作道路上悄悄地进行着调整和改道，迎合读者的口味，从知识精英文学立场转向大众通俗文学立场，并获得成功。长篇小说《满巴扎仓》始终遵循雅俗共融、雅俗兼顾、雅俗互补的创作方向，在通俗的外壳中囊括精深思想，在悬疑故事中贯穿敏锐思考，进而使文本效果达到了雅俗共赏的境地。从作者立场、文本结构、读者期待等方面来说，长篇小说《满巴扎仓》都显现大众化、通俗化、世俗化、趣味化趋势。作者不仅是思考者，更多的时候是以故事讲述者身份出现于文本中，操控着故事走向。

从精英文学立场转向通俗文学立场，从知识分子立场转向大众民间立场，意味着作者的文学观念正在发生变化，其背后有深刻的社会文化原因。如市民社会的形成，消费主义的兴起，大众文化的崛起，文学娱乐功能的回归，文学市场的商业化，通俗文学的中心化等诸多元素发挥着作用。在以往的通俗文学研究中学界有几个误区，那就是严肃文学是正统的文学，通俗文学是非正统的文学；雅文学是高级别的文学，俗文学是低级别的文学；精英文学是正宗文学；主流文学，大众文学是非正宗文学、非主流文学。其实不然，严肃文学与通俗文学，雅文学与俗文学，精英文学与大众文学虽然各有特征，各有其道，但这绝不是优质与劣质、高级与低级、中心与边缘的问题。在很长的历史阶段，民间文学、通俗文学一直与百姓审美准则、情感世界最贴近，以百姓喜闻乐见的文学样式而流传下来的，如《江格尔》《格斯尔》《西游记》《水浒传》《三国演义》等。从近几年热播的《笑傲江湖》《啼笑因缘》《金粉世家》《武林外史》等电视剧也可以看出，人民大众依然需要喜闻乐见的通俗文艺作品。从文化学视角观察，通俗文化或通俗文学，大众文化或大众文学背后隐藏着消解知识精英所构建的现代性神话的能量和企图。

长篇小说《满巴扎仓》的文本结构几乎包含了通俗小说的所有要素和特征。比如蒙古族民间文学中有一个母题叫"寻宝母题"，主人公经历千辛万苦，冲破重重阻碍，一丝不苟地寻找传说中的"宝"，最后虽然得到"宝"，但是"宝"不属于贪心之人。这种"寻宝故事"广泛流行于蒙古地区。该小说的故事轮廓相似于蒙古民间文学中的"寻宝故事"，小说讲述了寻找秘方药典的故事，朝廷、旗扎萨克贝勒府和民间人士都寻找神秘的秘方药典,最后虽然找到秘方药典,但是那部药典不属于贪念之人,而变成了人类共同拥有的遗产。寻宝故事也是世界范围内广泛流行的一种故事类型,也有多部影片,如《国家宝藏》《夺宝奇兵》《古墓丽影》《寻宝假期》等大片都讲述了寻宝故事。

宫廷阴谋是蒙古族本子故事和胡仁·乌力格尔中常出现的情节,是与权力之争有关的情节。《满巴扎仓》也描写了鄂尔多斯右翼中旗扎萨克贝勒府的阴谋和权力之争。十年前,旗扎萨克贝勒府兄弟之间上演了一场争夺旗扎萨克贝勒诺彦位子的骨肉相残的悲剧。这场宫廷较量中哥哥败给了其弟,就挂了个东协理之名,搬出官邸隐居乡下。兄弟俩从此结下了永不和解的仇怨。十年后,旗贝勒诺彦夫人乌仁陶古斯和东协理夫人苏布道达丽同时患上了不孕之症,在小说中这样写道:"现在他们的较量依然在继续,但较量的内容似乎有了一些变化。他们之间的较量,现在已经从争权夺势转化成了生儿子的竞赛。然而,乌仁陶古斯、苏布道达丽两个哈屯自嫁到贝勒府以来,别说是孩子,连耗子都没能生下。因而,旗扎萨克诺彦顶冠上的红宝石顶戴今后由谁继承,已经成为一个巨大的悬念。要是乌仁陶古斯、苏布道达丽她俩的哪一个生了儿子,那孩子肯定无疑就是未来的旗扎萨克诺彦。意识到这一点的兄弟俩真是焦急万分,两个哈屯也很努力,两家的夫妇为了生个儿子,都在全力以赴。"这场争夺权力风波中两个女人付出了伦理、道德乃至生命的代价。

小说故事框架类似于悬疑小说故事模式。比如出现神秘的秘方药典,各方寻找,相互争斗,公开神秘的秘方药典。作者将故事从电闪雷鸣、暴雨如注的深夜,一位年轻美貌的姑娘骑马疾驰到满巴扎仓寺院,绑架名医喇嘛旺丹讲起,围绕各方寻找秘方药典的情节展开故事,塑造扎仓堪布、楚勒德木、拉布柱日、金巴、旺丹、更登、耶奇勒、苏德巴、潮洛蒙、达林台、棋手、桑布、苏布道达丽、乌仁陶古斯、诺日吉玛、次仁朵丽玛等性格迥异、个性鲜活的各阶层人物形象,反映了19世纪末鄂尔多斯高原错综复杂的社会生活。书中讲到元上都被烧,妥欢贴木尔北上应昌后,一部药典从上都大火中被抢救出来,辗转一番到了鄂尔多斯。那部药典起初被保管在民间,后来被移送至满巴扎仓保管。那部药典的保管非常严密,只有满巴扎仓的住持堪布才知晓它的存放处。但是,上一代住持突然暴病而去世,没来得及给下一代住持交代那部药典在何处。就这样,满巴扎仓有了一个天大的谜,引起了从内到外形形色色之人的贪念和猜测。传说秘方药典神奇无比,能治愈百病,谁拥有神奇药典谁就找到了生命的保护神。因此,从朝廷、旗贝勒府、寺院至民间江湖都被卷入到一场寻找药典的生死搏斗中。故事跌宕起伏,复杂多变,一波未平,一波又起,能高度吸引读者的好奇心和阅读兴趣。最后,满巴扎仓堪布公布了秘方药典,从此那部药典不再是秘方药典,变成了大家共有的珍贵遗产,也平息了宫廷、寺院、民间的无止境博弈。

除此之外,《满巴扎仓》中还能看到武侠小说中的江湖好汉,言情小说中的痴男怨女,以及小说的故事性、娱乐性、趣味性等通俗小说的要素和特征。但也不乏精英文学的元素,比如丰满叙述、象征隐喻、文化景观、人性思考、永恒的追求等。

从人类学意义上讲,小说家是文化的记录者和诠释者,可以说,一部优秀长篇小说是民族文化的百科全书。长篇小说的宏大场面、全景式叙事能足够展示民族文化的诸多场景和社会生活的各个角落,从物质生活到精神世界。某一篇小说所囊括的文化信息量越多,就越丰满,越有意蕴和厚重感。

阿云嘎是有意识地发现民族文化、挖掘民族文化、展现民族文化的作家,其小说如同陈年老酒,越品越淳厚。鄂尔多斯是阿云嘎的故乡,也是蒙古族文学版图上的重镇。古老、神奇的鄂尔多斯高原以浓厚的文化积淀和无尽的魅力哺育了诸多文学才子,造就了蒙古族文学的亮丽风景线。对于阿云嘎来说,鄂尔多斯高原是永远讲不完的故事,永远挖掘不完的文化宝藏,其小说很多故事均来自于鄂尔多斯高原。

仔细品读阿云嘎小说时会发现,他笔下的鄂尔多斯高原不仅是单纯的地理图景和故事发生的场所,更重要的是一种文化基因和叙事风格。像海明威迷恋波涛汹涌的大海,福克纳迷恋约克纳帕塔法,莫言迷恋朴素坚硬的高密大地一样,阿云嘎迷恋鄂尔多斯高原,高原的气候、习性、风格早已融进了他的血液和灵魂深处,无意间影响着小说叙述。大海、约克纳帕塔法、高密大地、鄂尔多斯高原在文学意义上已经成为一种文化符号，一种象征和寓言，也成为作家的精神密码和文学地标。

长篇小说《满巴扎仓》以19世纪末鄂尔多斯社会生活为背景，讲述了与秘方药典相关的故事。小说丰满而厚重，有浓郁的文化氛围。戈壁、草原、寺院、官邸、牧区、马群、秘方药典、蒙古草药、蒙古象棋以及简单的游牧生计、简朴的寺院生活都向读者强烈地传达着地域文化信号。浓郁的文化氛围和鲜明的地域文化色彩使小说内容趋于丰满、独特和厚重，提升了整部小说的趣味性和感染力。在阿云嘎笔下，文化具象、文化景观、文化氛围不是为了记录而记录的文化记忆，也不是为了展示而展示出来的文化场景，而是整部小说的有机组成部分，是故事、人物、意义、结构中的血液和基因，并带有象征意蕴。比如，秘方药典是民族传统文化的符号，为了保护秘方药典很多人付出了生命的代价。在作者看来，这些付出生命代价的无名英雄们，为了保护秘方药典毫不犹豫地选择死亡，虽然崇高无比有些悲壮，让人无比敬佩，但是这些人深陷于文化保守主义的深潭中，无法自拔。作家阿云嘎是文化开放主义者，他的很多小说就讲述了文化变迁中的深层纠葛。比如，1985年发表的小说《大漠歌》也是触及文化保守主义与文化开放主义之间的冲突和纠葛，对于某个文化共同体来说，坚守与开拓同样重要。本篇小说中作者另辟蹊径，为保护传统文化开了新药方。作者认为，从元朝皇宫大火中抢救出来的药典当然是神圣而神秘，它象征着民族文化传统。但是药典的神圣和神秘不是来自于药典本身，而是长期以来少数特权者拥有该药典，赋予神圣而神秘的色彩。故事结尾，满巴扎仓堪布揭开秘方药典神秘面纱，将其内容公布于众。扎仓堪布说："药典是救助病痛者的一种书籍。不管对帝王还是对平民，不管对哪一个族群，都是有益的东西。因而，这部药典不仅仅是满巴扎仓的珍贵遗产，也不仅仅是蒙古族的珍贵遗产，它更是人类共同的珍贵遗产。为什么要争它？不是应该一起分享和保护才对吗？"这番话是扎仓堪布对清兵头目说的。这部药典里渗透了硝烟、血泪、仇恨和恩怨，保护它的最好办法就是把它公开。很显然，小说流露出的是文化开放主义姿态。整部小说所构建的意义之塔虽然在故事结尾处轰然倒塌，带来反讽之意蕴，但在文化开放主义向度上小说意义得到提升,达到更高的思想境界。践行开放才是作者心目中的文化精神。

小说中的蒙古象棋也是一种文化符号,棋盘是角斗、较量的场所,棋盘是红尘世界的象征。小说采用双重叙述路线,从故事开头到结尾,几拨人在争夺秘方药典,有两个人在暗地下棋,有时几天几夜连续下棋,不分胜负。其中的一个人是扎仓堪布,另一个人的身份不明。对于寺院的最高掌权者扎仓堪布来说,棋盘就是人间风尘,棋盘上的阴谋、较量和角斗就是人世间的阴谋、较量和角斗。故事临近结尾时才交代了那个棋艺高手的身份,他是清政府官员。在棋盘上扎仓堪布和朝廷官员进行着生死较量,在现实生活中保护秘方药典的势力和争夺秘方药典的势力进行着生死博弈。这种双重叙述路线互相烘托,互相暗示,形成了张力空间,使小说文本趋于丰满和深刻。

阿云嘎是善用象征手法的作家,常常用自然场景、人文景观的描写来渲染、烘托故事情节和意义取向。小说开头这样描写道:"百余年前,鄂尔多斯是一个雨水丰沛的地方。就说故事开头的那天吧,白天本来还是一个大晴天,到了下午人们就看到那个叫乌仁都西的山顶上布满乌云。起初,云在那里不移不动的,夕阳西下的时候却翻卷而来。人们知道暴风雨就要来了。于是,放牧的人们尽早把畜群往家赶,留在家里的人们抓紧把牛粪柴火往家搬,去相亲家瞧病的满巴扎仓的喇嘛们趁雨还没下,也往寺院快马加鞭,草原上呈现了一片慌忙的景象。就这样,到了晚上暴风雨惊天动地地降临了。刚开始的时候,乌仁都西山顶不断闪电雷鸣,没多久转到东边有名的黑龙贵峡谷口,再从位于高山深处的奇异石头棋盘上狂飙而过后向满巴扎仓袭来。瓢泼大雨没有停息的样子,满巴扎仓四周闪电不断,一直持续到深夜。"这段描述,不仅仅是自然景观的描写,而是蕴含了整篇作品的文化氛围、叙事基调和故事走向。从这段描述中我们可以读出很多信息,如变化多端的高原气候、牧人和满巴们的日常生活、暴雨席卷满巴扎仓,还有高山深处的奇异石头棋盘等。高原气候变化多端,难以预测,时而晴空万里,时而电闪雷鸣,时而暴雨倾盆。小说中描写闪电、暴雨的场景居多,很多重要事情都发生在电闪雷鸣、暴雨倾盆的极端环境中,以此来塑造紧张突变的叙述氛围,同时暗示了故事发生地满巴扎仓和故事走向。满巴扎仓是一座医学寺院,看起来一切有条不紊,秩序井然,安详静谧,但其实满巴扎仓暗藏玄机,深不可测,是无止境的深潭。其原因为一场宫廷风波毫无征兆地席卷了满巴扎仓,就像自然暴雨席卷满巴扎仓一样,满巴扎仓无法逃脱这场惊天动地的宫廷阴谋和较量,为此很多人付出了生命的代价。

其实长篇小说就是一部民族文化百科全书。通过《满巴扎仓》可以看出,19世纪末鄂尔多斯高原上的社会生活全景,从宫廷到民间,从喇嘛到俗人的形形色色的生活场景,富有地域文化氛围。藏传佛教传入蒙古地区后出现了多座满巴扎仓。满巴,藏语,意为医生;扎仓,藏语,意为学院或者研究院。蒙医是从寺院教育转向高校教育的一门传统医学。建国之前,很多蒙古名医都是从满巴扎仓走出来的喇嘛。随着藏传佛教的传播,寺院成为文化活动场所,并逐渐形成了寺院文化圈。因为藏传佛教中有五明学,是喇嘛僧侣们的必修课,即声明、因明、内明、医方明、工巧明等。所谓医方明,就是医学、药学、咒法之学问。小说中描写的楚勒德木、金巴、旺丹、更登均是远近闻名的名医,拉布柱日是药学专家。这座医学寺院很特殊,云集远近闻名的医学高手,这里供奉的不是观音菩萨而是药王佛,从这里散发的不是桑烟和香火,而是蒙药藏药的芳香。从题材学角度看,本篇小说是首部与蒙医有关的长篇小说,在当下全球化语境中挖掘、开发、消费、保护民族文化资源方面也有启示意义。

总之,长篇小说《满巴扎仓》在情节设计、故事编排、叙述路线方面有意尝试情节通俗化、故事复杂化和叙述丰满化路线,给读者讲述了错综复杂、跌宕起伏、惊心动魄,充满传奇色彩的故事。

□汉文论文以《鄂尔多斯高原上的生命护佑者之歌》为题目,发表于《文艺报》,2013年12月4日。

□汉文论文发表于《草原·文艺论坛》,2014年第3期。

□蒙古文论文发表于《金钥匙》,2014年第3期。

□蒙古文论文发表于《内蒙古日报》,2014年3月10日。

崛起的代价与文化的力量

著名作家阿云嘎所创作的历史长篇小说《拓跋力微》（汉文版，2008年），讲述了遥远鲜卑时代的一位伟人的悲欢故事。小说主人公是北魏始祖神元皇帝拓跋力微。

鲜卑族的发祥地是今大兴安岭北部，内蒙古呼伦贝尔市鄂伦春自治旗一带。那里的山在当时叫"大鲜卑山"，鲜卑族因此而得名。《魏书·序纪》中有："国有大鲜卑山，因以为号"的记载。

早在2世纪中叶，鲜卑族崛起于亚洲的东方，这个强悍的游牧民族，以铁马金戈之势闯入了中国的历史舞台。他们先统一了长城以北的广袤草原、大漠，建立了魏国（史学家们称为北魏），定居于盛乐城（位于今内蒙古和林格尔县境内），随后挥戈扩土，于439年统一了中国北方。该部小说讲述了北魏开国皇帝拓跋力微的传奇故事。

据史料记载，拓跋力微（174—278）系拓跋鲜卑酋长诘汾的儿子，他的身世颇具神话色彩，相传是诘汾与天女所生。《魏书·序纪》中记载了这样的一个传说："圣武帝（指拓跋力微父亲诘汾——引者）尝数万骑田于山泽，歘见辎軿自天而下。既至，见美妇人……帝异而问之，对曰：'我，天女也，受命相偶。'遂同寝宿。且，请还，曰：'明年周时，复回此处。'……及期，帝至先所田处，果复相见。天女以所生男授帝曰：'此君之子也，善养之视。子孙相承，当世为帝王……子即始祖也。'"史学家或文学家们记录帝王、贤人、君主、勇士的丰功伟绩时常常运用这种神圣化和神秘化叙述来证明他们的非凡身份，其实这是祖先崇拜的另一种表现形式。比如，蒙古地区广为流传的阿兰

想象的世界与多彩的叙述

果火的传说。《元史·本纪第一》中讲道:"……既而夫亡,阿兰寡居,夜寝帐中,梦白光自天窗中入,化为金色神人,来趋卧榻。阿兰惊觉,遂有娠,产一子,即孛端义儿也。"

诘汾去世后,力微继其位,时在220年,力微46岁。小说故事以对话、回忆的形式从力微继位开始展开。拓跋力微继位之后,带领部众完成了拓跋鲜卑第二次南下的使命,驻扎到今内蒙古固阳、达茂旗一带。拓跋部所属的西部鲜卑内乱,相互攻伐,部众离散,因此,力微投靠没鹿回部酋长窦宾。窦宾赏识力微,欲分封国土之半予力微,力微不接受,窦宾因此将女儿嫁给力微。《魏书·序纪》中记载了这一事实。"宾……将分国之半,以奉始祖(指拓跋力微——引者),始祖不受,乃进其爱女。"力微又请求率领所部北居长川。所谓长川指今内蒙古兴和县一带。十数年后,因治理有方,旧有部众都来归附。253年,窦宾去世后,其子阴谋作乱,力微杀之。《魏书·皇后列传》中记载:"宾卒,速候(指窦宾之子——引者)等欲因帝会丧为变……帝闻之……以佩刀杀后,驰使告速候等,言后暴崩。速候等惊走来赴,因执而杀之。"其后,吞并其部众,各酋长首领皆服从力微,当时力微的势力"控弦之士二十余万"。不久,再南迁至盛乐,召集诸部酋长,远近莫不畏服。为了搞好邻邦的关系,派长子拓跋沙漠汗入曹魏国为质子。因沙漠汗抛弃鲜卑传统引起拓跋力微的不满,遭遇杀害。278年,拓跋力微在盛乐城去世,史载其享年104岁。次子拓跋悉鹿继立。

小说在古老质朴的自然景观和神秘多彩的历史场景中再现了一代伟人拓跋力微的传奇而血性的一生。作者一方面描写拓跋力微的传奇、荣耀、高尚和惊心动魄的英雄壮举,另一方面讲述了他的残忍、悲痛、阴谋和无奈。因此,小说文本中的拓跋力微是有血有肉、爱恨情仇交织的丰富饱满的艺术形象。他是一代伟人,但有残忍血性的一面;他是铁面无私,但也有情意缠绵;他是崇高无瑕的化身,但有时无可奈何选择阴谋诡计。在小说中写道:"一个首领所面对的,是一个无情的世界,稍不留神就会掉进万丈深渊,粉身碎骨,似乎这个世界上的每一个人都变成了首领的敌人,对首领充满敌意,包括你最要好的朋友,也有可能背叛你。"在权力的顶峰上往往荣耀与恐惧、智慧与手段、崇高与卑鄙并存。

作者通过古老而遥远的鲜卑时代的那些事和那些人，表达了对权力、人性、生存、文化力量的深刻思考。为了寻找新的生存空间，拓跋力微酋长不得不带领部落跋山涉水，永不停息地迁徙。在迁徙中生死，在迁徙中寻找生存，在迁徙中走向崛起，这就是小说中所讲述的拓跋部落的生活场景。"一望无际的草原，望不到头尾的长阵在那里像一条巨大而笨拙的蟒蛇缓慢蠕动着前进。这是由数都数不清的男女老幼、兵丁、畜群和车帐等组成的长阵，是拓跋力微属下的整个部族。"对游牧部族来说，人生就是永不停止的行走，在行走中繁衍生息，长路漫漫，永无尽头。因此，游牧文化是动态文化，行走的文化，活态的文化。

在迁徙问题上部落内部始终存在分歧，某些人坚持继续南下，某些人坚持返回深山密林，即鲜卑山。这一分歧涉及拓跋鲜卑的命运和未来。小说围绕迁徙与反迁徙、分与合的矛盾，展开了故事。小说主人公拓跋力微坚持南下，对他来说，南下就是走向崛起，走向辉煌。但是拓跋力微万万没想到的是，走向崛起即走向灭亡。作品中有如下一段对话："我宁肯要不发达的真正鲜卑，也不愿意看到发达了的鲜卑变种。""将来会出现一个不会打猎、不会摔跤、不会骑马的鲜卑，但那叫鲜卑吗？""你带领拓跋鲜卑南下是走向灭亡。"这是反对迁徙的筑如和浩斯的话。这些简单的话语中包含着深刻的道理，一个部落、一个民族要走向崛起、走向兴旺的真正目的何在？以部落的变种，或被强势文化融化为目的的崛起和兴旺有何意义？这是该部小说所提出来的文化选择和文化冲突问题，具有现实价值。但鲜卑部落选择了走向崛起、走向兴旺的道路。这是非常可怕、非常危险的选择。

拓跋力微不顾诸多分支头领、亲朋好友的反对，铁心南下，因此付出了惨痛的代价。这个代价包括两个方面，即家族悲剧和部落悲剧，诸如拓跋力微杀害了亲哥哥西部鲜卑蒲头、妻子嘎洛、长子沙漠汗、忠诚将领筑如，以及促进了整个部落的消亡，等等。这就是崛起的代价，辉煌背后的残酷，也是该部小说力图渲染的思想倾向。

作者思考的是，在多元文化世界里一个弱小的部落要走向崛起，要走向兴旺，必定付出惨痛的代价，通向崛起、通向兴旺的道路漫长而坎坷，但所有的崛起不一定都带来永恒的兴旺，某些崛起就走向灭亡或以抛弃传统文化和生活方式为前提。拓跋力微虽然占领了北方草原的半壁江山，进驻繁华的盛乐城，建立了国家，但勇猛、善战的鲜卑，以狩猎、放牧为生的鲜卑已经走向没落。因此，该部小说所讲述的不仅是胜利者的故事，也是失败者的经历，拓跋力微用武力和智慧统一了北方草原，建立强大的北魏朝，同时把整个拓跋部落推向了消亡的边缘，这就是小说的意义所在。作者认为，崛起和没落、胜利与失败、荣耀与凄凉总会纠葛在一起。

另一方面，该小说给我们提供了文化学意义上的思考线索和可能。换言之，拓跋部落的南迁、吞没北方草原、靠近中原的过程中始终伴随着不同文明、不同文化和不同生活方式的碰撞和融合。在不同文明和不同文化的碰撞、冲突中往往强势文化兼并、收编弱势文化，这就是文化的力量，无处不在、不可抵挡的文化力量。

小说还在叙事结构的设计、叙事视角的转换、草原风光、古老民风民俗的再现，英雄崇拜、女性崇拜和狩猎、游牧生活以及原始战争的描写上均达到了赏心悦目的地步，让人震撼。

□发表于《文艺报》，2008年10月30日。

向往与苦难：人类恒定的故事

什么是人类恒定拥有的东西？肯定不是权力、荣耀或者江山，向往和苦难才是人类恒定拥有的东西，这也许是人类的宿命。有了向往必有苦难，有了苦难必有超越苦难的向往。

蒙古族作家利格登先生的长篇小说《馒头巴特尔历险记》就以简单、通俗的形式讲述了欲望与苦难的故事。

几乎世界上的所有民族都拥有英雄历险这一古老的故事模式，因为这一故事模式演绎着人类的生长故事。比如，希腊神话、荷马史诗、印度史诗、蒙古史诗均讲述英雄历险故事。

从某种意义上讲，英雄历险是一种神话原型，也是一种文学母题。虽然传统意义上的神话英雄已经死去，但是英雄的记忆、英雄的想象、英雄的叙述延续至今，不同作家以不同方式介入塑造英雄、赞美英雄的创作行列，书写着千面英雄的万般传奇。如《汤姆索亚历险记》（美国）、《丁丁历险记》（比利时）、《罗宾逊漂流记》（英国）、《高卢英雄历险记》（法国）、《哈利·波特》（英国）、《哈克贝里·芬历险记》（美国）等。

美国学者约瑟夫·坎贝尔从数以万计的东西方故事中，概括出"分离——传授奥秘——归来"的相对稳定的故事模型，并认为神话中英雄冒险的标准道路乃是成年仪式所代表的公式扩大，这种公式可以称为单一神话的核心单元。

蒙古族是崇拜英雄的民族，蒙古文学的一部分是英雄的赞歌，蒙古人千年绝唱了英雄赞歌。一般情况下，所谓故事就是指英雄的故事。英雄的故事就是讲述英雄与敌人的搏斗故事，或者英雄历险故事。

随着社会变革、文化变迁，英雄故事的故事结束形式发生了变化。从故事结束形式看，不同年代的蒙古族艺人，对英雄的想象有所不同。从胜利者到失败者，从失败者到普通人，意味着蒙古文学的审美转型和蒙古文化的变迁。

从英雄的不同遭遇和不同结果中可以看出现代文明的规范无法容纳传统意义上的英雄，现代社会和文明的规范终结了对传统英雄的想象，或者文明的规范破坏了传统英雄赖以生存的土壤。因此，传统英雄早已退出了历史舞台，取而代之的是文化英雄、精神英雄，或者革命英雄、真理探险者、正义人士和模范人物等。

在现实生活中虽然文明的规范终结了传统英雄，但是想象世界中的英雄赞歌依然延续至今。利格登先生的长篇小说《馒头巴特尔历险记》继承了蒙古文学传统，以简单、通俗的成年仪式形式书写了馒头巴特尔的生长故事，其故事结构可以分成3段情节。

一、分离或者出发

英雄的分离或者出发意味着英雄冒险历程的开始。英雄从日常生活、亲人、朋友，或者故乡出发，进入一个神奇、惊险、恐怖、艰难、不可预测的境地。这就是"冒险的召唤"。对于"冒险的召唤"，蒙古文学有两种处理方式，一是英雄肩负着诸神，或者家乡、亲人、安达的寄托和期盼，开始冒险征程，如蒙古英雄史诗、叙事民歌等。二是英雄被迫、无奈、别无选择，或者被抛弃以后开始冒险征程，如本子故事、孤儿故事等。

利格登先生的长篇小说《馒头巴特尔历险记》中的主人公馒头巴特尔是被拐卖离开家乡，进入险恶、艰难的境地，属于第二类情况。从熟悉的生活圈走出进入陌生的生活圈，从宁静平安的牧区走向喧嚣险恶的城市，从亲朋好友离开闯入黑社会团体，这就是馒头巴特尔冒险旅程的开端。

二、接受考验或者得到保护

接受考验情节是英雄历险故事中最精彩部分。主人公从离开日常世界进入神奇、惊险、恐怖、不可预测境地后，那些难以置信、不可确定、无法承受的灾难，或者考验接踵而来。比如英雄史诗中主人公与12头莽古斯、毒蛇，或者超自然力量进行生死搏斗。

利格登先生的长篇小说《馒头巴特尔历险记》中的主人公馒头巴特尔曾经遭遇黑社会团体的万般折磨，如同穿越恶魔世界一样，经历了难以置信的种种灾难。这就是人类的生长仪式，凡人变成英雄，或者变成神的仪式。接受考验环节全程伴随苦难和痛苦，有的时候主人公象征性地死亡，这意味着生长、重生的经历是痛苦的、烦恼的、不确定的、不可预测的过程，未知世界是严峻的、艰难的、不可估量的盲区。

很多故事中主人公接受考验阶段都看见主人公的保护者或帮助者。比如，英雄史诗中主人公无法打败莽古斯，或者主人公的冒险旅程无法延续时必将出现天神、女神或者朋友、陌生人等保护、帮助主人公渡过难关，让主人公走向胜利。这种命运善意的保护力量有时来自现实世界，有时来自幻想世界和超自然体。命运善意的保护力量的假设出自于天堂安宁、天下太平的艺术乌托邦。从艺术目的论看，不管什么朝代、什么环境里演唱出来的英雄赞歌都服务于确保天堂的安宁和天下的太平，安宁才是人类追求的最高境界。因此世界各国艺术家着力宣扬的英雄打败恶魔、正义终结邪恶、善意教化恶意的思想，来自于艺术家们的天堂安宁、天下太平的艺术乌托邦。

利格登先生的长篇小说《馒头巴特尔历险记》中主人公馒头巴特尔接受考验的时候就出现命运善意的保护力量——蓬松、巴雅斯古朗、诗人老板、蒜头鼻子警察、玛喜叔叔等，帮助、救援、保护主人公渡过难关，让他逃出恶魔世界。这也意味着人类生长仪式需要诸神的呵护，诸神呵护下人类才能完成生长、重生旅程。

三、胜利或者归来

胜利或者归来意味着英雄获得重生，象征着生长旅程的结束。主人公虽然从陌生的生活圈退回到熟悉的生活圈，从惊险、恐怖、艰难、神奇的境地回归到安详、平静、温暖、日常的世界，但是出发时的主人公与归来时的主人公判若两人，出发时的凡人、毛头孩子经历无数磨难，变成了光彩照人的英雄，或者变成万能之神。

获得鲜花、掌声、奖赏，或者高规格迎接仪式，这是对凯旋英雄的一种加冕。给英雄加冕，是一种隐喻，象征着主人公已经获得重生，获得了神的不朽和神性的顿悟。

利格登先生的长篇小说《馒头巴特尔历险记》中的主人公馒头巴特尔带着历险的成果——友谊、感恩、感动、奖赏、成长经验回归故乡，重新开始了新生活。

利格登先生巧妙利用广泛普及的英雄历险故事模式，讲述了21世纪八九十年代在内蒙古地区发生的故事，赢得广大读者的喜爱。这是经典或精品作品走向大众群体的一种有效途径。深刻、恒定、复杂的思想借助平常、简单、通俗的形式才能走向大众群体，人民大众才能接受所谓经典。很多好莱坞主流大片都借助简单、通俗形式，如英雄历险模式，宣扬正义，终结邪恶思想。

□发表于《草原·文艺论坛》，2015年第2期。
□发表于《文艺报》，2015年6月24日。

权力想象、文化传统、外乡人
——历史长篇小说《阴山殇》的文化解读

草原实力派作家孟和撰写的历史题材长篇小说《阴山殇》（内蒙古人民出版社，蒙古文，2007 年），以乌拉特西公旗草原的历史、社会和自然为背景，以权力、暴力、欲望为叙述主线，通过塑造不同阶层人物形象，反映了权力、道德、社会秩序的崩溃以及战乱带来的灾难与恐惧。

一、权力的想象

乌拉特西公旗（即乌拉特前旗），是乌拉特三公旗中的一个。清朝顺治五年（1648 年）初封谔班为扎萨克镇国公，诏世袭罔替。乌拉特西公旗境内山川清秀，牧草丰美，出产名贵药材和稀有野生动物。但是由于上层人物之间明争暗斗，给广大牧民带来了无穷的灾难。特别到了 20 世纪 30 年代中期，斗争更加尖锐。《阴山殇》就反映了乌拉特西公旗的这一段社会历史。

公府内乱、王权之争为长篇小说《阴山殇》的叙述主线，作者不但围绕宫廷权力之争设计安排了小说情节，而且对权力予以了深刻思考。

小说中所描写的乌拉特西公旗权力结构为：

想象的世界与多彩的叙述

乌拉特西公旗行政组织图

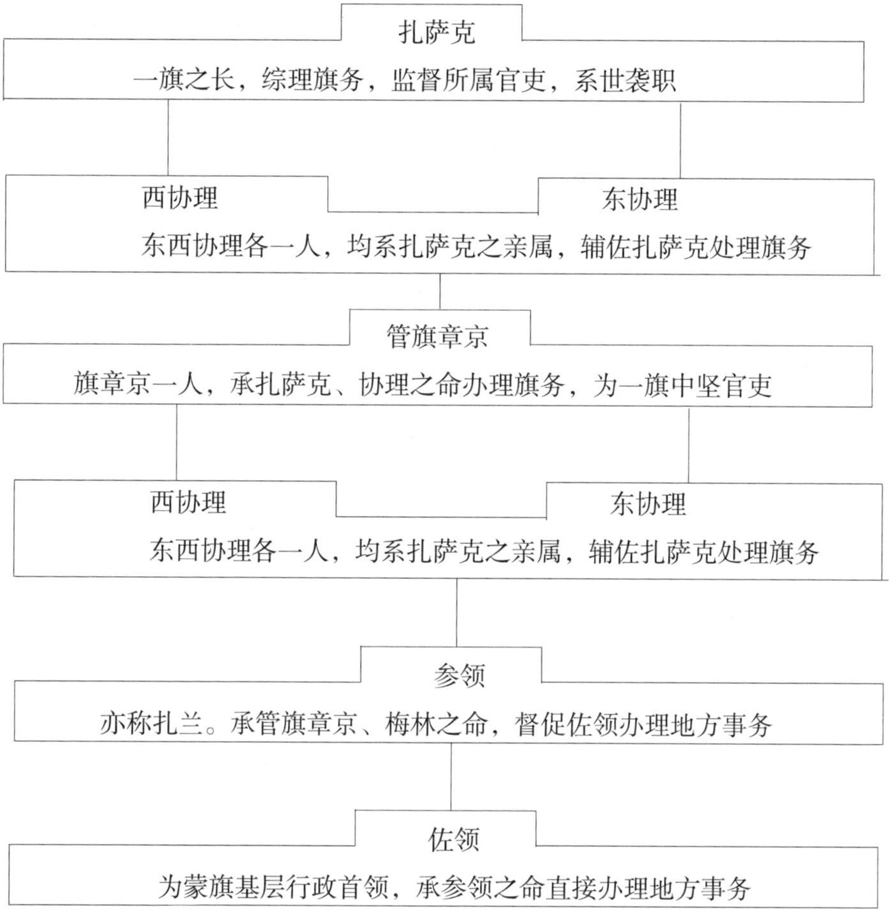

```
                        扎萨克
        一旗之长，综理旗务，监督所属官吏，系世袭职
              │                    │
           西协理                 东协理
        东西协理各一人，均系扎萨克之亲属，辅佐扎萨克处理旗务
                      │
                   管旗章京
        旗章京一人，承扎萨克、协理之命办理旗务，为一旗中坚官吏
              │                    │
           西协理                 东协理
        东西协理各一人，均系扎萨克之亲属，辅佐扎萨克处理旗务
                      │
                    参领
        亦称扎兰。承管旗章京、梅林之命，督促佐领办理地方事务
                      │
                    佐领
        为蒙旗基层行政首领，承参领之命直接办理地方事务
```

1. 权力是一种诱惑

该部小说中所描写的主人公均为权力而进行殊死搏斗，对于他们而言，权力是一种不可阻挡的诱惑，这是叙述者对权力的一种想象。例如，乌拉特西公旗扎萨克石拉布多尔吉、公庙子大喇嘛达格丹、东协理额尔登格、福晋瑟尔古玛、军官朝克巴特尔与乌力吉仓等。据历史记载，乌拉特西公旗第十五任扎萨克王为贺喜格德力格尔，清朝光绪八年（1882年）袭扎萨克王位，中华民国15年（1926年）卒。继位扎萨克王的是石拉布多尔吉，是前扎萨克贺喜格德力格尔之弟，

中华民国 17 年（1928 年）袭，中华民国 26 年（1937 年）卒。[1]

该部小说中所塑造的扎萨克石拉布多尔吉的形象是基于历史人物第十六任扎萨克塑造出来的艺术形象。达格丹喇嘛形象也有其原型，据历史记载，当时乌拉特西公旗公庙子有个名叫依西达格丹的喇嘛，他是扎萨克王的亲属，曾争夺王位而发动叛变。东协理额尔登格形象的原型来自东协理额尔贺多尔吉，其汉名额宝斋。小说中所描写的关于东协理额尔登格的故事均符合历史事实。福晋瑟尔古玛的原型是赫赫有名的末代女王奇俊峰，其蒙古名色福勒玛，乳名平格。末代女王奇俊峰的传奇故事，家喻户晓，1940 年，蒋介石曾召见抗日女英雄奇俊峰，任命其为乌拉特前旗防守司令部中将司令。军官朝克巴特尔形象的原型来自历史人物郝游龙，其蒙古名陶克陶胡巴特尔，绰号油葫芦。历史上的郝游龙是乌拉特西公旗西协理三令豹之子，是抢劫民财、奸淫妇女、无恶不作的兵痞流氓。他杀害抗日女英雄奇俊峰，制造了震惊全国的血案。

2. 权力是一种阴谋

小说作家把宫廷权力之争描写成阴谋的较量，所谓掌权者就是阴谋家。例如，石拉布多尔吉原是公庙子的喇嘛，当扎萨克贺喜格德力格尔亡故后，因无子嗣承袭，由东协理额尔登格谋划，让石拉布多尔吉还俗继位。石拉布多尔吉扎萨克病故后，由西协理夫人玛瑙巴德玛谋划，让福晋瑟尔古玛夺取乌拉特西公旗军政大权，成为护理扎萨克。在照达宝梅林、额尔登格东协理、玛瑙巴德玛夫人的阴谋之下，朝克巴特尔杀害福晋瑟尔古玛夺走了乌拉特西公旗军政大权。该部小说中，照达宝梅林、额尔登格东协理、玛瑙巴德玛夫人均以阴谋家身份出现，导演了公府权力之争的悲剧。

3. 权力是一种暴力

叙述者运用大量笔墨来描写因权力之争引起的战乱场面和男人们的血腥较量。这是该部小说中所描述的权力之争的一种表现形式——暴力。所谓暴力就

---

[1] 包国忠. 内蒙古近现代扎萨克王公名录 [G]. 中国人民政治协商会议内蒙古自治区委员会文史资料委员会. 内蒙古近现代王公录：第 32 辑. 呼和浩特：内部资料，1988：215.

是力量的较量，蒙古语的暴力（hucurheglel），其词根为力（hucu），因此蒙古语的暴力相当于破坏、毁灭、捣毁、恐惧之意。叙述者着重描述了权力之争下的暴力场面以及其带来的恐惧和毁灭。

4.权力是一种恐惧

长篇小说《阴山殇》，一方面描写权力的光芒闪耀、尊贵威猛；另一方面揭露了尊贵、威猛、灿烂的权力背后被隐藏的恐惧、阴谋和罪恶。叙述者认为，权力的提升无法保证生活的安宁和生命的尊严，反而制造恐惧和危险，给生命带来无可抗拒的威胁。这种关于权力的想象贯穿着整个文本。例如，乌拉特西公旗权力顶峰上的扎萨克石拉布多尔吉的病故，护理扎萨克瑟尔古玛福晋和小阿哥阿拉坦敖其尔的惨遭杀害，等等。这些事例足以表明权力顶峰并不安全，权力越大恐惧越大，生命财产越不安全。

总结：权力的想象＝诱惑＋阴谋＋暴力＋恐惧。

二、本子故事的几种主题

以侠义勇士、权力之争和宫廷骚乱为叙述对象的故事古已有之。例如，蒙古地区广为流传的本子故事。本子故事是胡尔齐故事的一种，胡尔即胡琴，胡尔齐即拉胡琴的艺人。所谓胡尔齐故事，意即拉胡琴的艺人说唱的故事，是指艺人自拉自唱自说的故事。[1]在题材方面，本子故事说唱的是内地故事，包括内地历朝的战争故事，忠奸相斗的故事，神魔斗法故事，公安故事等。

本子故事中常见的几种基本主题为：

奸臣相互勾结争夺权力；

忠臣或侠义勇士被陷害，或者征战；

忠臣或侠义勇士镇压叛乱；

皇后生太子；

---

[1] 扎拉嘎.比较文学——文学平行本质的比较研究[M].呼和浩特：内蒙古教育出版社，2002：131.

皇帝死亡或陷害；

太子逃亡；

招兵买马准备征战，或者得到侠义勇士的帮助；

夺回皇权。

这些主题，在不同故事中以不同顺序来叙述。在该部小说中很容易找到本子故事的上述主题。

1. 官吏夺权

例如，东协理额尔登格、梅林照达宝和军官朝克巴特尔相互勾结，不择手段地夺取乌拉特西公旗军政大权，等等。

2. 福晋生阿哥

例如，其其格和瑟尔古玛。阿哥是未来的扎萨克，是王位合法的继承人，因此，石拉布多尔吉的爱妾们想方设法生阿哥是理所当然之事。爱妾其其格，为了生阿哥将采用"借种生子"方法，与东协理额尔登格之子满楚日嘎私通。据历史记载，石拉布多尔吉扎萨克确有名叫其其格的爱妾，与东协理之子曼头曾有过私通之事，被发现后侧室其其格不堪忍受便吞金而亡。

瑟尔古玛福晋为了保护宫廷中的地位，与玛瑙巴德玛勾结，秘密收养了一个私生子。对于福晋生子之事，小说中所叙述的故事和历史真实有所区别，为了提升艺术效果，作者采用了本子故事中的皇后生太子母题。

3. 镇压叛变

例如，西协理明安宝等忠臣借助外来兵力镇压了达格丹喇嘛、额尔登格和巴图巴雅尔拉等人发动的叛变。据历史记载，石拉布多尔吉继位后，便大权独揽，独断专行，引起东协理额宝斋的忌恨。另外，公庙子大喇嘛依西达格丹原想将自己的侄子巴图巴雅尔扶上扎萨克宝座，但未能如愿，因此，也把石拉布多尔吉视作眼中钉、肉中刺。此外，梅力更庙活佛因石拉布多尔吉违反惯例向梅力更庙征税而与石拉布多尔吉闹翻。正当此时，又发生了东协理额宝斋之子曼头与石拉布多尔吉爱妾其其格私通之事。这样各种矛盾纠在一起，斗争日趋恶化。双方便各自寻找靠山。额宝斋投靠了德王的百灵庙蒙政会，石拉布多尔吉投向绥远省政府主席傅作义和阎锡山驻后套的屯垦督办兼包头市城防司令王精国。在这些后台怂恿、支持下，双方兵戎相见，先后持续了两年之久的武装斗争。1934年冬，额宝斋战败，石拉布多尔吉将其家产全部没收。1936年农历五月初，额宝斋联合公庙依西达格丹喇嘛，用德王派来的兵力再次向石拉布多尔吉发动进攻。石拉布多尔吉则到归绥市向傅作义主席求援，傅作义派驻在包头和五原的两团兵力支援，经过激战，德王的部队向后山退却，依西达格丹阵亡，额宝斋隐居在百灵庙、归绥等地。[1]

4. 公王离世

乌拉特西公旗统治阶级内部互相仇杀的闹剧虽然暂时告结，但扎萨克石拉布多尔吉屡遭惊慌，身心折磨，一病不起，不久在公府死去。

5. 阿哥逃亡

为了躲避战乱，保存实力，想要得到外来兵力的支持，福晋瑟尔古玛带着阿哥阿拉坦敖其尔逃亡到杭哈台（地名）。小说中所叙述的逃亡故事有其历史依据，但作者根据小说思想内容予以艺术加工。

6. 夺回王权

由于国内时态的变化，外来军队陆续撤走之后，福晋瑟尔古玛带着阿哥阿拉坦敖其尔从杭哈台回到公府，举行盛大的继位仪式，把小阿哥扶上乌拉特西公旗王位宝座。

本子故事主题与小说情节对比表

本子故事主题	小说情节	完成者
奸臣相互勾结争夺权力	官吏夺权	东协理额尔登格等
皇后生太子	福晋生阿哥	其其格、瑟尔古玛
忠臣或侠义勇士镇压叛乱	镇压叛变	西协理明安宝等
皇帝死亡或陷害	公王离世	石拉布多尔吉

---

[1] 卓力克. 从福晋到护理扎萨克——忆二姐奇俊峰 [G]// 中国人民政治协商会议内蒙古自治区委员会文史资料委员会. 内蒙古近现代王公录：第32辑. 呼和浩特：内部资料，1988：106.

太子逃亡	阿哥逃亡	阿拉坦敖其尔
夺回皇位	夺回王权	阿拉坦敖其尔

三、英雄史诗的几种母题

长篇小说《阴山殇》在反映宫廷矛盾的同时也触及平民生活，即小说描写了上层阶级矛盾从宫廷延续到平民社会，给平民带来无尽灾难的事实。例如，草原好汉、普通农牧民、寺庙喇嘛、小商贩、城市民众和各路土匪都参与了宫廷权力之争。西方学者葛兰西（Antonio Gramsci）提出了"完全国家"（integral state）的概念，即国家＝政治社会＋市民社会。[1]该部小说的内容涉及乌拉特西公旗上层社会的矛盾和下层社会的苦难，即政治社会和市民社会，其中草原好汉（sili-yin saiin er_e）的故事耐人寻味，具有魅力。草原好汉形象是蒙古英雄史诗中的可汗或英雄形象的延续或变体。

小说中所塑造的好汉形象与蒙古英雄史诗中所叙述的可汗或英雄形象具有相同之处。例如：

1. 英雄的出生

英雄出生于父亲离弃之时，或者在父亲失踪或死亡之时出生的主题是蒙古英雄史诗的传统主题。例如，在卫拉特广为流传的英雄史诗《彻力根查干汗》（cherig-vn chgan han）中，英雄出生于父亲征战、母亲被蟒古思夺走之时。瓦尔特·海西希认为，英雄出生时没有父亲的母题是对当时蒙古连绵不断的战争、打猎和旅行商队状况的一种反映。[2]该部小说中草原好汉昂沁扎布出生于父亲失踪之时。好汉昂沁扎布形象虽然属于虚构的艺术形象，但从乌拉特西公旗历史人物中能找到其原型，即与末代女王奇俊峰自幼青梅竹马、爱恋至深的达旗衙门管旗章京的那森巴雅尔之子奇安庆和乌拉特前旗防守司令部中校参谋主任

---

[1] 安东尼奥·葛兰西．狱中札记[M]．北京：人民出版社，1983：222．

[2] 瓦尔特·海西希．1478年明朝中文小说中的蒙古英雄史诗母题[J]．东方文学研究通讯，2005（1）．

李隽卿。

2. 英雄与骏马

英雄、骏马和蟒古思是蒙古英雄史诗的三大艺术形象。在蒙古英雄史诗中，英雄与骏马的关系密不可分，英雄是骏马的主人，骏马为英雄的朋友、伴侣和帮助者。史诗演唱者们往往把骏马描述成神马，带有神话色彩。因此，蒙古英雄史诗中所描述的骏马具有神的智慧、人的灵气和牲畜的体魄。该部小说中英雄与骏马的颂歌常常出现，好汉匹配好马，这种观念贯穿于文本始终。

3. 孤儿

在蒙古英雄史诗和英雄故事中，命中注定成为超凡的英雄的主人公在童年时代都是以孤儿的形象出现，并受迫害、遭贫困、流离失所。英雄的弃儿童年是学本领、锻炼意志的必要阶段。例如，《江格尔》《格斯尔》以及《蒙古秘史》中，都有英雄弃儿童年的记载。在汉族地区家喻户晓的历险故事《花关索传》中，小关索在灯会上与母亲走散，被一个姓索的员外带回家，索家收他为养子，起名小索，索家供小索上学，对他珍爱有加，视同已出。索家早年曾答应一个道长，将一个儿子送给他做徒弟，但当道长来索家要人时，他们将收养的关索交给道长，留下了亲生儿子。关索被道长带到在山中隐居的地方，并在那里接受兵法、道德和医术的训练。

《阴山殇》中，主人公昂沁扎布的童年经历类似于英雄故事中的孤儿，他出生之前父亲被乱军抓走。神枪手敖其尔巴图的童年在寺庙里度过，遭遇艰难，师从高僧图布丹培莱，接受严酷的兵法、射箭和枪炮训练。

4. 求婚

在蒙古民间故事、英雄史诗中有程式化的求婚母题，即英雄前往迎接未婚妻时遇到阻碍或者考验，英雄借助智慧、势力和魔法，或者外界的帮助，打败对手或冲破种种阻碍，接走未婚妻。

《阴山殇》中也有类似的求婚情节，例如，草原好汉阿古兰夫的求婚经历类似于蒙古英雄史诗中所叙述的求婚母题。

5. 结义

结义主题是蒙古英雄史诗最重要的基本主题。有学者曾建议，把描写英雄结义的史诗同婚姻型史诗和征战型史诗并列起来，视为蒙古英雄史诗的三大类型，纳·赛西雅拉图主编的《蒙古文学史》中提出过这样的主张。[1]

在英雄史诗中，英雄的结义一般经过一场惊心动魄的较量。《阴山殇》叙述了草原好汉昂沁扎布、张楚布和那木吉拉的结拜兄弟过程以及昂沁扎布和满楚日嘎的结义经历。

四、外乡人的谋生方式

外乡人（xari nutur-un xümün），即外来人，是蒙古文学的传统主题之一。在不同历史阶段,不同文化背景下形成的文本中对外乡人的身份判断有所不同。例如，入侵者形象、流浪者形象、解救者形象、增援者形象、掠夺者形象和领导者形象等。

该部小说塑造了诸多外乡人形象，其谋生方式为：

1. 流浪的方式

例如，王韶文、占布拉、赵宝楞和二黑眼等。他们从内地流浪到乌拉特草原，在这里扎根生息。蒙古语中有"čaračin"一词，意为从一个地方流浪到另一个地方的人。流浪的方式带有偶然性和自然性，由于战争、自然灾害或者生活压力，某些人被迫流离失所，流浪、乞讨到他乡，与当地人一起生产劳动，久而久之融入到当地生活环境中，成为当地社会的一员。

融合的过程 = 扎根→抢占草场→掠夺财富→成为地主或地霸。

生命的终极目标 = 追求利益 + 掠夺财富。

获得财富的方式 = 开垦种田 + 开矿淘金 + 掠夺土民。

2. 委派的方式

例如，阿格王诺延，他是乌兰察布会盟委派到乌拉特西公旗的临时军政长

---

[1] 纳·赛西雅拉图. 蒙古文学史[M]. 沈阳：辽宁民族出版社，1995：127.

官。小说中所描写的阿格王诺延是一位贪官，在寻找阴山森林深处的宝藏时，从山崖摔死。委派的方式属于政府行为，被派来的人得到权力的保护，并代表政府履行权利和义务。

委派的过程＝行贿→任命长官→压迫百姓→掠夺财富。

3. 入侵的方式

例如，小说中所描写的各种军队和各路土匪。文本中描写道：外来乱军和土匪，入侵到乌拉特草原作恶不断，明目张胆地杀人放火，抢占耕地和牧场，给当地百姓带来了灾难和恐惧。入侵的方式带有暴力性和组织性。

入侵的过程＝组织→征战→掠夺→屠杀。

总结：外乡人的谋生方式＝流浪的方式＋委派的方式＋入侵的方式。

五、外乡人的身份判断

外乡人代表着不同的生活方式、不同的文化精神和不同的价值观念，因此，外乡人与当地人之间具有诸多不同之处。小说中，叙述者对外乡人身份予以判断。

1. 生态的破坏者

外乡，这一文化身份决定了他们的生活方式和对待大自然的态度。《阴山殇》中所描写的外乡人，大多数是从内地流浪、委派，或者以入侵方式进入到乌拉特草原的汉民和来历不明的占领军。这些外来人从小受农耕文化熏陶，并接受了以农耕文化为基础的价值观，因此，诸如生活方式、伦理道德、宗教习俗、价值观和生态观等方面有别于当地人。这就是该部小说所描写的文化差异。

游牧文化所持的基本价值观＝崇尚自然＋人与自然合一＋自然的法则即人的法则。因此，倡导克己自制，与自然和谐共处，过一种简单朴实的生活，这是游牧文化的传统价值观，是牧民的生活逻辑。牧人所居住的蒙古包反映了这种简单朴实，与自然和谐的生活方式。唐纳德·沃斯特（Donald Worster）在他的《生态思想史》一书中，把这种生态观称之为"田园式的生态学。"[1]

---

[1] 鲁枢元. 生态批评的空间 [M]. 上海：华东师范大学出版社，2000：7.

农耕文化所持的基本价值观＝崇尚人的力量＋征服自然＋自然的法则与人的法则各不相同。因此，强调要通过人的力量和智慧治理自然，让大自然更好地服务于人类社会，这是农耕文化的传统价值观，是农民的生活逻辑。农民所居住的土瓦房反映了这种征服自然、开采自然资源的生活逻辑。唐纳德·沃斯特（Donald Worster）在他的《生态思想史》一书中，把这种生态观称为"帝国式的生态学。"

小说中，叙述者把外乡人描写成自然生态的破坏者，由于他们的开荒种田、开矿淘金、伐木和狩猎活动导致阴山生态的恶化。例如，地主王韶文勾结政府，抢占草场，开荒种大烟，伐木开石矿，破坏了草原生态。外来入侵的各种军队，如小说中所描写的黑军、黄军和紫军，为了寻找传说中的宝藏破坏了阴山生态，甚至打死了当地牧民崇拜的山水神蟒蛇。

2. 命运的掌控者

小说叙述者认为，在权力之争、上层矛盾和宫廷骚乱中外乡人扮演着重要角色，发挥着决定性作用。外乡人是乌拉特草原命运的掌控者、乌拉特宫廷历史的缔造者。例如，石拉布多尔吉萨克借助外来兵力镇压了东协理额尔登格、达格丹喇嘛、巴图巴雅尔等人发动的叛乱，捍卫了乌拉特西公旗政权。照达宝、额尔登格等人在外部势力的怂恿、支持下，赶走瑟尔古玛福晋和阿拉坦敖其尔阿哥，夺取乌拉特西公旗政权，回复了官职。因此，在外乡人的控制下，当时的乌拉特西公旗政治和社会带有殖民色彩。

□蒙古文论文宣读于"孟和长篇小说《阴山觞》研讨会"，2007年9月18日。
□蒙古文论文发表于《金钥匙》，2008年第2期。
□汉文论文刊发于《阴山学刊》，2008年第3期。
□蒙古文论文收录于仁钦道尔吉主编《嬗变与演进——改革开放三十年蒙文文艺评论选》，内蒙古人民出版社，2009年。

命运的轮回与身份的焦虑
——长篇小说《伊敏河静静地流》的一种解读

《伊敏河静静地流》是达斡尔作家额尔敦扎布先生的汉语长篇小说,由作家出版社于 2015 年 12 月出版发行。

这部小说通过描写伊敏河畔上的敖拉家族的离奇故事,给人展示了作者对命运、身份、秩序的思考。故事复杂多变,情节曲折,带有悲凉、凄惨的元素,给读者留下深刻影响。

一、命运——不可琢磨的诅咒

命运,到底何物?很难说清楚,是一种学理层面的哲学问题。汉语中的"命运"是由"命+运"组合而成,其意义相近。其中"命"为定数,是不可变的存在,"运"为变数,是可变的存在。

"命"在天界,"运"在人间,这是一种对命运的广泛而古老的认知。为了辩护人类行为的合理性和合法性,先人们抛出所谓"天命论"和"宿命论",运用其解释不能改变的过去和无法掌控的未来。

定数与变数、不可变与可变、天界与人间,这是充满张力、富有想象力的叙述空间。因此,古今中外浩如烟海的文学作品都津津乐道地讲述与命运抗争、与命运搏斗、与命运冲突的严肃故事。可以说,命运抗争故事是世界文学的永恒主题之一,其中最为经典、广为流传的是"俄狄浦斯故事"。故事中讲:

俄府浦斯是希腊神话中英雄忒拜王拉伊俄斯和王后伊俄斯特的儿子。神谕说:"国王的儿子将要杀父娶母。"所以孩子一出生就被扔到山上,但被救活,并长大了。一次,他失手打死一个老人,这正是他的生父。后来,他来到忒拜,为当地人除去人面狮身怪兽,被拥戴为忒拜王,并娶了前王的妻子——正是他的生母。注定的命运还是实现了。母亲悲愤自杀,他也弄瞎了双眼,最后死在雅典附近复仇女神的圣林里。

"俄狄浦斯故事"是希腊神话中最为经典、最为精彩的故事,是世界文学中"与命运抗争故事"的原型。该故事把"命运"设定为神的指令,不可改变的元存在。换言之,命运是预设的人生轨道,不可撼动,命运是天意或者诸神的指令,不可怀疑。因此,对命运搏斗、对命运抗争是无知和徒劳,永不实现。该故事中描述的是一种对立式结构,即神与人的对立或者天与人对立,这便是一种伟大的结构,结构产生意义。

额尔敦扎布先生的长篇小说《伊敏河静静地流》也是一部讲述关于与命运抗争的故事。其中主人公吉娜和阿荣最具代表性。作品中母女俩都沦落于命运的魔掌和诅咒,但其各自命运有所不同。例如,吉娜的命运是略带偶然性和第一次性,而阿荣的命运是略带必然性和第二次性,吉娜的命运是带有时间的直线元素,而阿荣的命运是带有时间的轮回元素。

作者通过描写命运的轮回性和重复性,试图表达对生命、人生乃至宇宙万物的认知和看法。也就是说,生命、人生乃至宇宙万物均在各自的轨道上轮回旋转。年复一年,千年不变,轮回是宇宙万物的恒定主题。宇宙轮回理念来自于佛教,其背后有一种豁达、忍耐、宽恕、包容的宗教主义,不必仇恨、不必急躁,一切均在轮回中。

额尔敦扎布先生的长篇小说《伊敏河静静地流》也描述了一种对立结构,但不是神与人的对立,也不是天与人的对立,而是秩序与人的对立或者社会与人的对立。这便是西方文学与东方文学在如何设定天、地、人这三大元素方面的不同之处。西方文学作品经常在人与天地的对立和分裂式结构中描写人物和事件乃至宇宙万物,探寻经验之外的真理。东方文学作品经常在人与社会的对立、分裂式结构中描写人物和事件,探寻经验之内的人性。

在吉娜和阿荣的命运设计方面,该小说与曹禺的《雷雨》有一定的相似之处,侍萍的命运也是略带偶然性和第一次性以及带有时间的直线元素,而四凤的命运是略带必然性和第二次性以及带有时间的轮回元素。她们母女俩也是人与社会的对立式结构中对命运进行抗争。因此,长篇小说《伊敏河静静地流》已经具备批判精神。

二、身份——隐形的社会结构

额尔敦扎布先生的长篇小说《伊敏河静静地流》着力描写的另一种主题是身份的焦虑。众所周知,身份(identity)是社会学和文化学命题,具有复杂的道德伦理内涵。在西方文学作品中最具典型的身份描写小说理应是法国雨果的长篇小说《悲惨世界》,该小说中的主人公土伦苦役犯冉·阿让(Jean Valjean)的艰难、坎坷的一生。冉·阿让一生中所发生的一切磨难均与他的苦役犯身份有关。对冉·阿让来说,苦役犯身份是无法摆脱的诅咒和魔掌,他用一生的苦难和坎坷经历来抵消、终结强加给他的苦役犯身份。所以,冉·阿让在身份焦虑过程状态中度过了一生。

身份是预先设定的社会隐形结构,某些情况下自主获得以及自主改变,叫作自致性身份;某些情况下自然获得以及无法改变,叫作先赋性身份,某些情况下外部强加以及很难改变,叫作强制性身份。

身份是具有文化色彩的隐形结构,也是一种文化表象和符号。该部小说中的主人公吉娜的社会身份属于强制性身份,是外部力量强加的结果,很难改变。也就是说,吉娜和名门贵族子弟的封建包办婚姻,使吉娜有意或无意间有了另一种社会标签或社会身份,即名门贵族的一员。在身份社会中身份是一种责任,一种通行证,一种行为规范和道德规范。换句话说,某个人得到某个身份后某些事儿可以做，某些事儿不可以做，某些事儿可以想，某些事儿不可以想，有一种隐形的监督力、无形的约束力牢固地绑架了社会成员，这就是身份效应。

该部小说的另一位主人公阿荣的社会身份是属于先赋性身份，无法改变的身份。也就是说，阿荣降生于名门贵族家庭，就有了名门贵族的身份。但是吉娜和阿荣对贵族身份的认知和看法有所区别。在小说中吉娜始终在身份焦虑状态中度过人生，而是阿荣始终在身份认同状态中终结人生。

身份焦虑和身份认同是两种心理状态和两种生存方式。因此，不难看出，该部小说中有两种叙述路线，一是身份焦虑的叙述路线，另一是身份认同的叙述路线。两位主人公的结局虽然均有浓厚的悲剧色彩，但悲剧形态有所不同。吉娜的悲剧命运来自于强制性身份，强制性必定带来怀疑和反抗，反抗必将带来希望。所以，吉娜不可能也没必要以生命的代价来洗掉身份的烙印，只能在痛苦、焦灼、苦闷中度过余生，这才合情合理，合乎世道。但是阿荣不同，阿荣的身份是属于先赋性身份，是有生之年不可改变的基因烙印，她认同了这一身份，并为此骄傲。所以，阿荣只能以终结生命的方式，告别身份的绑架和身份的诅咒。

身份是社会的隐形结构，虽然看不见、摸不着，但其监督力和约束力是无处不在、无孔不入，不容忽视。因为，顽强而顽固的文化传统和道德规范支撑着身份制度的延续性。传统是何物？是一种规范，一种秩序，也是一种权力体系。从这种意义上讲，额尔敦扎布先生的长篇小说《伊敏河静静地流》是属于一部文化小说，其批判矛头指向于文化体系，或者族群社会的权力系统。

贵族血统或者贵族身份是该部小说中始终贯穿的一条红线。有人认同、拥护、崇拜贵族身份或者贵族血统，有人怀疑、焦虑、背叛贵族身份或者贵族血统。该部小说着力痛诉几千年延续下来的身份制度及其传统，并表达了解构、终结、颠覆这种传统的愿望。

众所周知，传统是庞然大物，是一种权力系统，那么怎么终结、解构、颠覆强有力的传统呢？该部小说试图以内省方式来解决上千年流传下来的贵族传统。所谓内省方式，就指苏醒、醒悟起来的文化民众的自觉修复、改变，或终结自己赖以生存的文化传统。所以，也可以用"和平演变"这一词来形容内省方式。和平演变的内省方式对应的是暴力演变的外控方式。

小说尾声中如何确定小圆圆的身份成了一大问题。作者怎么处理这一问题，直接影响整部小说的价值取向。小圆圆的血缘身份复杂。户口本上圆圆是拉勃仁的儿子（养子），但是圆圆是穷苦人家朝鲁的后裔，血统上圆圆是公子哥铁木尔的儿子，属于贵族子弟，但由吉娜一手养大。这一复杂身份后法律法规与传统文化，高贵血统与平民身份，家族权力与情感纠葛拧成一团，很难分清。这就是如何修复、改变或终结族群社会的传统问题，大家商讨一番，最终同意吉娜的意见，把小圆圆的身份确定为"牧民"。这一处理方式，完全表明了作者的意图，那就是传统可以修复、篡改，或者可以终结。

作者通过描写吉娜不幸的一生回答了人类面临的问题，那就是向往幸福是人类的本质，但是通向幸福的道路充满坎坷和泥泞，这也许是长篇小说《伊敏河静静地流》的深层含义吧。

□宣读于"长篇小说《伊敏河静静地流》研讨会"，2016 年 5 月 13 日，呼和浩特。

阳光草原的诗意表达
——读巴·那顺乌日图散文集《来自阳光草原的祝福》有感

通读巴·那顺乌日图散文集《来自阳光草原的祝福》后颇有感触,概括起来即飘逸、阳光、诗意。飘逸,指的是其散文创作所追求的审美境界和艺术风格;阳光,指的是其散文创作的书写视角和情感温度;诗意,指的是其散文创作的表达方式和语言特色。

一、飘逸散文

巴·那顺乌日图的散文犹如绽放的玫瑰,芳香飞扬;犹如清爽的春风,蠢蠢欲动;犹如绚丽的珍珠,闪闪发光;犹如一汪秋水,含情脉脉——这便是通读其散文集《来自阳光草原的祝福》的总体感觉。他曾在《多彩的风景线》一文中提出了"飘逸的散文"这一概念。飘逸,也许是巴·那顺乌日图散文创作所追求的艺术风格和审美境界。晚唐诗人、诗论家司空图(837—908)在其《二十四诗品》中曾描述过"飘逸"这一风格。他说:"落落欲往,矫矫不群。缑山之鹤,华顶之云。高人画中,令色氤氲。御风蓬叶,泛彼无垠。如不可执,如将有闻。识者已领,期之愈分。"飘逸,是一种意趣高远、潇洒自如、清静无为、一尘不染的唯美境界,也是一种风雅超凡、闲逸绝俗、冲淡柔美的艺术风尚。宋代诗论家严羽曾用"飘逸"和"沉郁"来评论李白和杜甫诗歌风格,他说:"子美不能为太白之飘逸,太白不能为子美之沉郁。"可见,"飘逸"是李白诗歌的主要风格。

蒙古族文学历来追求明亮、朴素、豪迈的风格和境界。随着蒙汉文学艺术交流的加深,从19世纪开始飘逸、含蓄、典雅、柔美逐渐成为内蒙古东部区诗歌创作的审美追求,其中尹湛纳希的诗歌最具代表性。此后的漫长岁月中,在汉文诗的影响下形成的飘逸、含蓄、典雅、柔美等审美传统在蒙古族文坛上若隐若现,时而复出、时而消散,未能称霸主流,很多时候也带着浓郁的功利主义色彩和个人嗜好痕迹。

在阅读巴·那顺乌日图散文时会发现,他的散文创作一直追求飘逸、柔美、典雅的唯美境界,给人带来至善至美的空灵、清秀、高贵、超凡之感。众所周知,汉诗中的飘逸风格来自于老庄哲学。其中有两个基本概念,即"有"和"无"。藏传佛教也讲"有的境界"和"无的境界"。超越"有"的界限,才能抵达"无"的境界。因此,飘逸境界就是存在于有形世界之上的无形世界,是弦外之音,韵外之致。

巴·那顺乌日图所追求的"飘逸散文",或者散文的飘逸境界,也略带西方的唯美主义倾向和纯诗、纯散文色彩。从这番意义上讲,巴·那顺乌日图的散文创作给蒙古族散文园地带来了与众不同的审美经验和艺术风尚。

二、阳光草原

该散文集的令人惊叹之处是对草原、对世间万物的理想化、诗意化和乌托邦式的想象。仔细琢磨不难发现,《来自阳光草原的祝福》这一书名恰到好处、恰如其分地体现了散文集内容和作者的书写视角、人生态度和情感温度。从散文集的内容编排、意义结构看,全书收录了106篇文章,分为"家园情愫""草原之恋""祖国之爱""民族抒怀""文化思虑""远域情思""异国之旅""人物采英""文坛写意""亲情素描""生活絮语""文艺随笔"等12部分。其内容涉猎草原风光、草原生活、草原城镇、草原人文,以及草原作家视域中的异域风光、异域人文风俗等。这些内容及主题均与草原经验、草原视角有关。该散文集提出了一个耐人寻味、令人深思的概念——"阳光草原"。这一概念值得关注，它具有浓厚的人文内涵和诗意意蕴。从抒情者层面看，"阳光草原"这一命名表达了作者的草原想象、草原情结和草原情怀。也就是说作者的想象和判断中这片草原不是灰暗的，而是阳光的；不是凄凉突兀的，而是生机盎然的，不是冷酷无情的；而是温暖豪放的。从抒情视角层面看，"阳光草原"这一命名表达了作者的发现世界和表现世界和书写世界的一种方式。文本中作者与草原融为一体，一方面"草原"成为作者的灵魂、情感、思想的发源地，另一方面"草原"成为感悟世间万物、表达世间万物的一种视角和方式。因此，从"阳光草原"这一命名中可以看出作者的积极向上、乐观和善、温暖美好的情感温度。从社会思想层面看，"阳光草原"这一命名表达着草原人民的社会认同感、制度认同感和政治认同感，同时传递着社会正能量。前几年媒体名人白岩松、纳森组织、策划、实施了"思想草原"系列活动，并出版《思想草原——文化之旅系列讲座活动丛书》（远方出版社，2010年）3辑，其中最令人瞩目的是"思想草原"这一概念的提出。"思想草原"也是一种阐释草原、解读草原、想象草原的方式。

世间万物是客观存在的，但是作家笔下的世间万物是异彩纷呈、万般风流的。对客观世界的主观化处理，是写作的自由和想象的自由。也就是说所谓作家，就是客观世界和主观世界之间来回奔跑的思考者。不同作家有不同的洞察世界、表达世界的视角和方式。从《来自阳光草原的祝福》这一散文集所表达的内容看，作家巴·那顺乌日图先生总是以阳光的、积极的、温和的、柔美的视角介入观察事物、发现事物、表达事物，从而缔造出温馨、幽美、阳光和乐观的诗意世界，以此来抵抗日常生活中的冰冷、丑恶、灰暗和悲凉的一面。众所周知，巴·那顺乌日图先生是记者出身的作家，生活在社会大转型、文化大变迁的时代，每天都面对着错综复杂、冷暖交错、喜怒哀乐并存的社会生活。特别是20世纪80年代开始，随着现代化、全球化、工业化进程的加快，传统文化与现代文化、游牧文化与工业文化的冲突和矛盾日益凸显，进而导致传统文化、传统生活方式和传统价值观的日渐退场。传统文化的日渐消亡，是一种极其悲壮的文化现象。很多民族作家拿起手中的笔，在猛烈抨击和揭露现代化、全球化、工业化带来的负面影响的同时，对传统文化的消亡唱出了悲壮凄凉的挽歌。对于前工业社会来说，现代化是双刃剑，一方面它是一个"福音"，带来了生活的便利；另一方面它是一个"噩梦"，带走了生活的宁静。其实这种大转型、大变迁带来的影响比战争还深刻。

但是巴·那顺乌日图先生的散文触及现代化、工业化、城镇化题材时，另辟蹊径，以优雅、柔美、温馨的笔调，书写着不同文化、不同文明的和睦对话和交流，塑造出多元文化共存共荣的文化景观。很显然，作者关心的不是不同文明的冲突和矛盾，而是冲突和矛盾背后的对话和交流。因此，他笔下的草原城市，如通辽、霍林郭勒、乌兰浩特、锡林郭勒、呼和浩特均描述为和谐、瑰丽、幸福、宁静、安康的家园，如同蒙古英雄史诗中的"宝木巴"家园。对话、交流、求同存异是不可逆转的时代潮流，现代化是世界各国竞相选择的发展道路，也是人类历史发展的必然方向。对于游牧文化来说，现代化不是选择与抛弃的问题，而是如何适应现代化、改造现代化的问题。巴·那顺乌日图先生以散文形式介入不同文化、不同文明的对话与交流实践，有力地传递着和谐共荣的时代主旋律。《中庸》里讲"致中和，天地位焉，万物育焉"。和谐，是人类共同追求的最高精神境界，也是一种思考方式和实践原则。

三、诗意表达

一方水土养育一方文化。蒙古族是最具诗意性的民族，它的语言、文化、思维、生活方式均充满着理想色彩和诗意韵味。比如，蒙古人相信诗有神力，语言有魔法；相信诗人有灵气，是萨满的延续，是与天对话的人。英雄史诗《江格尔》中塑造了一种理想王国，名叫宝木巴。宝木巴是诗意性栖居地，清风徐徐，细雨蒙蒙，盛夏常驻，没有严冬，金秋长在，没有寒春，死亡无存，人人长命，永远保持着25岁的容颜，没有贫困，永远富饶，没有动乱，永远安宁。这是蒙古人心中的宝木巴，是理想王国。游牧文化是蒙古族的本体文化，其核心精神为崇尚自然和崇尚自由。

游牧文化是具有诗意性的文化，其生产生活的诸多环节都夹杂着文学元素，并出现了与其相关的独特文学样式，如呔咕歌、宴歌、祭词、祝词、赞词、箴言、训谕诗、叙事民歌、胡仁乌力格尔等。蒙古人自古以来崇尚万物有灵，敬畏自然，崇拜语言魔力的部落，其部分文学作品不是给人创作的，而是给万物创作的，如呔咕歌、祭词、祝词、赞词的接收对象不是人，而是自然的万物。给自然万物创作出浩如烟海般的文学作品，并以口传形式保留下来的民族在当今世界上实属罕见。

理想主义色彩和诗意表达是蒙古族文学的主流传统，后来现实主义潮流的涌入，冲淡了蒙古文学中的理想色彩和诗意意蕴。巴·那顺乌日图先生的散文继承了蒙古族文学中的理想主义色彩和诗意表达传统，并应用得淋漓尽致。主要表现在抒情化、唯美化和拟人化等方面。

抒情化，这是巴·那顺乌日图散文的一大特点。散文集《来自阳光草原的祝福》所收录的106篇文章，虽然题材迥异，有的描写自然风景、城市风貌，有的描写名胜古迹、人物事件，有的描写历史文化、文坛逸事等，但均流露出浓厚的抒情色彩。因此，从表现手法分类，这些散文均归于抒情散文范畴，某些作品已经超越散文范畴，具备了抒情散文诗的要素。从这种意义上讲，巴·那顺乌日图是抒情存在的发现者，也是诗意存在的坚守者。

唯美化，对世间万物的唯美化处理是其散文的另一特点。从作品语言到内容设计均洋溢着唯美主义色彩。王国维曾说："可信者不可爱，可爱者不可信。"拒绝叙述性，推崇抒情性，超越目的性，抵达非目的性，遮蔽丑陋低俗，表现至善至美，以幽美之文字构建纯美之诗意世界，这是唯美主义文学所追求的艺术境界。该散文集或多或少具备了此类特点。为何作者总是以唯美视角介入书写对象呢？这也许与作者的记者身份和人生态度有关。在蒙古族作家群中巴·那顺乌日图先生是最具"乌托邦情结"或"宝木巴情结"的散文作家。他以诗意、味美视角介入当下现实生活，把这个时代的美好、温馨、和谐、快乐的一面表现出来，见证了伟大时代的步伐，留下了一份心灵资产。

拟人化，既是一种修辞方法，也是一种思考方式。巴·那顺乌日图散文多处使用拟人化手法，拉近主体与客体的距离，传递着亲近感。作者虽然描写大地、山川、河流、城镇、街道、楼宇等无生命客体，但是他的笔下这些无生命的意象均有生命体温和情感温度。这也许与蒙古人自古以来一直推崇的万物有灵观念有关。

十几年前曾经读过叶舒宪先生主编的《文学与疗法》（社会科学文献出版社，1999年）一书，该书主要讨论了文学的心理治疗功能。在阅读《来自阳光草原的祝福》时，想起了文学的治疗功能。他的散文犹如绽放的玫瑰，芳香飞扬；犹如清爽的春风，蠢蠢欲动；犹如绚丽的珍珠，闪闪发光；犹如一汪秋水，含情脉脉。他以幽美文字构建出来的美轮美奂、至善至美、诗情画意的空灵、味美、飘逸境界肯定会带来心灵的安慰和灵魂的升华。

□宣读于"巴·那顺乌日图新书研讨会"，2015年2月4日
□发表于《内蒙古文化影视艺术》，2015年第1期。
□发表于《草原》，2015年11期。

混沌的魅力

首先祝贺肖亦农先生获得鲁迅文学奖。这是内蒙古文学界值得纪念的一件好事。众所周知，鲁迅文学奖是体制内奖项，内蒙古文学界需要这种奖项。其实近几年内蒙古文坛，特别是母语创作硕果累累，出现诸多好作品，但是好作品不一定都能获奖，与此相反，获奖的也不一定都是好作品，包括诺贝尔文学奖。

今天我们讨论的《毛乌素绿色传奇》的确是上等作品，既有文化品格，又有诗性气派；既有哲理思考，又有现实观照；既有散文化的表述，又有小说化的情节；既有碎片化的叙述，又有整体性的考量。这些不同的审美元素、不同的表达路径、不同的叙述风尚混杂在一起，就形成混沌的文本世界。

混沌，或者混浊，固有美学名词。曹丕在其《典论·论文》中曾说："文以气为主，气之清浊有体，不可力强而致。"蒙古族美学术语中有一个词叫"eriyen rowa"，直译"多彩组合美"，也有人曾经撰写著作专门讨论过多彩组合美。

从文本结构看，《毛乌素绿色传奇》属于多声部的混沌文本，多种元素的无规则联合就形成混沌的文本。混沌文本的盛行有深厚的文化背景。后现代时代的悄然降临，无规则、无中心、非主流、乱象、碎片、平面、混沌、混搭、混合、兼容悄然成为大众社会追捧的时尚文化，或者风靡一时的流行文化。不能否认这些时尚文化或流行文化正在改变着世界万物的原有秩序和结构，如碎片化替代着整体化，快感代替着反思，乱象代替着正统，混沌代替着纯正，联合行动代替着孤单行为，网状结构代替着直线结构，兼容代替着单一，复杂代替着简单等。

在文学领域碎片化写作、混沌叙事、复杂表达正有意或者无意地影响着诸多作家的书写行为。《毛乌素绿色传奇》这一作品在结构设计、内容编排、叙事策略方面都流露出混沌美学，表现在以下方面。

一、结构设计：网状式结构

《毛乌素绿色传奇》这部作品在结构设计方面采用了开放性网状式结构，以线条或路径连接不同叙事点或叙事场域，这一结构设计不得不让人联想到互联网的信息搜索模式。众所周知，互联网的信息搜索就采用了网状式模式，信息与信息之间、资料与资料之间、叙述点与叙述点之间的链接方式就是网状形式，这一模式的特点就是找到一个起点后逐一找到下一个点。这种网状式结构不同于线性结构，也不同于轮回式结构和螺旋式结构，它能给读者带来浩瀚无比、无边无际的感觉。因为网状式结构中只有起点，没有终点，如同迷宫，在平面上来回穿梭，很难找到出口。

《毛乌素绿色传奇》这部作品的正文由 5 章 25 节组成，仔细阅读后不难发现这 25 个节均叙述互不相干的内容，形成了 25 个相对独立的叙述点或叙述场域。这 25 个叙述点之间不是密不可分、相互依存的关系，而是相对独立的松散关系。但是这种相对独立的松散联合体当中也可以找到相互串联的路径。比如第一章的 5 个部分，即毛乌素，黄河与无定河；我的毛乌素沙漠往事一；我的毛乌素沙漠往事二；内罗毕行动计划和中国·内蒙古乌审召；沙漠上真的羊吃羊了吗；钱学森与宝日勒岱等，均叙述不同时间、不同地点发生的互不相干的事件，但是这些相对独立、相对松散的内容以某些人、某件事情或某段故事、某个地点串联起来，给读者呈现了毛乌素沙漠的全景式记忆。有人把这种网状式结构称之为互联网思维，不知肖亦农先生与互联网有何结缘，但可以看出互联网思维方式已经扩散全球，成为当代人的一种思考方式。

二、内容编排：碎片的联合

在内容的选择、提炼、编排方面，作者采用了碎片化写作方式，将不同时间、不同地点发生的故事和事情串起来展现给读者。随着后现代社会的降临，人类所控的时间逐渐趋于碎片化，某段时间里人们做着互不相干的不同事情已经成为人类生活的常态。这说明现代化这个巨无霸机器已经把人类所控的时间和生活切割成无数碎片，从此人类在不同碎片上过着不同内容和不同方式的生活。

生活形式的巨变早已反映到文学创作中，进而悄然兴起了碎片化写作。碎片化写作虽然迎合了现代人的生活节奏和审美趣味，但它的平面化美学抹掉了文本的深度和厚度。这是碎片化写作的先天性不足。换言之，以平面替代深刻，以碎片替代整体，以瞬时替代恒久，以快感替代反思，以边缘代替中心，是碎片化写作的策略和美学准则。

可贵的是本文作者选择碎片化叙述路线的同时，在碎片中寻找张力，在平面中寻找厚度，在琐碎性中寻找整体性，使文本更加丰满，更加复杂，更加深刻。那么这种文本张力、文本的思想空间从何而来？仔细阅读《毛乌素绿色传奇》后不难发现，作者从二元对立结构中寻找文本张力和思想空间，使作品趋于饱满和厚重。二元对立结构是最简单，也是最深刻的思维模式，不能小看二元对立模式，其实所有意义都在二元对立结构中产生，因为二元对立结构是宇宙的结构，物种的结构。

在《毛乌素绿色传奇》这部作品中处处看到二元对立叙述，比如毛乌素沙漠的过去与现在、前世与今生，沙漠与绿洲，真实与灵动，土著人与外来人，科学家与牧民，祖先与子孙，人类与沙漠，乌审召与内罗毕，传统与现代，虚构与非虚构，客观与主观，政府与民间，死亡与生存，等等。这种二元对立叙述，打开了文本的张力空间，给人带来无限的遐想，使作品趋于饱满和厚重。因此，《毛乌素绿色传奇》这一作品，虽然是碎片的整理与编排，但克制了平面化和轻飘化，成为沉甸甸的精品。如果说，碎片化叙述路线为该作品提供了包罗万象、兼容一切的可能性，那么二元对立叙述路线为该作品提供了通向饱满、厚重、恒久的路径。

如果有人问，这部25万字的作品，如何囊括了来自不同渠道的有关毛乌素沙漠的全部记忆和全部信息，并制造阅读快感，达到了一定的美学高度？答案肯定是作者采用了混合碎片化叙述路线和二元对立叙述路线，实现了琐碎中抵达深刻，瞬间中抵达恒久，兼容中抵达厚重。果然肖亦农先生是名副其实的叙述高手，把难处理的题材写出落花流水、绚丽夺目的文本。其实做本作品的题材是有难度的，但作者竟然把歌功颂德的新闻报道题材写成丰满厚重，具有文化品格和诗性气派，又有可读性的纪实作品，并拿下鲁迅文学奖，真不可思议，创造了内蒙古文学的奇迹。

三、叙述策略：超文类表现手法

在体裁学维度上《毛乌素绿色传奇》这一作品应该属于游记体报告文学范畴，但表现手法上不拘泥于游记散文和报告文学的表现手法，而采用了超文类或者跨体裁表现手法，以混合运用多种文体的表现手法，提升了文本的表现力。所以，《毛乌素绿色传奇》这一作品中既有散文的记录，又有小说的情节；既有诗意的表达，又有戏剧的冲突；既有神话传说的理想光芒，又有纪实文学的真实写照；既有民歌歌谣的点缀，又有科学论证的数据；既有历史人物的史学追索，又有现实生活的传闻报道；既有文字书写，又有图片展示。总而言之，在表现手法上，作者广泛采用不同文体的表现手法，使之提升了作品的表现力，激发了读者的阅读快感。

游记体报告文学《毛乌素绿色传奇》，从结构设计到内容编排，从表现手法到表达意义，均流露着复杂、丰满之美，我们把它称为混沌之美或混沌美学。如果把美学体系简单地分为阳刚之美和阴柔之美的话，混沌之美应该属于第三类，既包含阳刚之美，又包括囊括阴柔之美。其实混沌美学、混合方法在当下政治、经济、军事、文化领域已经广泛扩散，正成为思考问题、解决争端的有力方式。

比如，在政治上的组合拳反制，军事上的联合行动，经济上的多元共生，文化上的对话协商都在不同层面表露着混沌逻辑。或许我们生活的这个世界本身就是杂乱无章，乱象丛生，混沌一片。

混沌，就是指成分的复杂。混沌给人带来浩瀚无际、强大无比、丰满无限、复杂无极的感慨。

□宣读于"《毛乌素绿色传奇》荣获鲁迅文学奖座谈会"，2014年9月25日，呼和浩特。

□发表于《草原·文艺论坛》，2014年第4期。

想象的世界与多彩的叙述

蒙古族文学：草原经验的诗意性表达
——苗族诗人南往耶访谈蒙古族诗人、学者满全

采访人：南往耶，苗族，《雷公山诗刊》主编
受访人：满全，蒙古族，内蒙古师范大学蒙古学学院博士、教授、副院长
来源：《雷公山诗刊》，2015年5月。

南往耶：据说诸多蒙古族青年诗人都是母语写作者，同时多数精通汉语，并可以进行双语创作，这在当下文化语境里是相当难能可贵的。我想问的是，在您看来，"母语思维"对诗歌创作有哪些意义？

满全：万物共生、百花齐放，世界才能绚烂夺目。语言是通向宇宙万物的一扇门，有了语言人类才能把握、思考、认识宇宙万物。在古老的《摩奴法典》中把语言描述为女神，《圣经》中有上帝恩赐万物之名的记载。海德格尔曾经说道："语言是存在的家园"，其意就是语言和存在是等同的。一个人掌握了多少种语言，有多少词汇量就等同于对宇宙万物的认知程度。从某种意义上讲，母语是我的宗教，我的家园，我的存在方式，这种认同感不是虚骄恃气、虚无来潮。自古以来，蒙古人崇拜语言，相信语言有神力，语言有魔法，语言能创造一切，也能摧毁一切。因此，很多蒙古人寡言少语，平静如水。外国朋友都认为蒙古族是安静的民族，不爱表达的民族。

其实蒙古文学的很多体裁样式均与这种对语言的古老认知有关。比如浩如烟海的祭词、祝词、赞词等都与语言神力、语言魔法有关。对于蒙古族诗人来说，

母语不仅是认知世界、表达世界的方式,更是改造世界的方式。

母语和民族语言不是等同的。有些人的母语非其民族语言。现代社会给人们提供了使用多种语言的可能性,多种语言意味着人们拥有多种思考方式和多种文明世界。但是对我来说,母语是长生天恩赐的语言,是母亲教给我的语言,如同我灵魂的空气,离开它我就会窒息。

对于每个诗人来说,母语才能表达独特感受、细微情感和深层世界。我曾经说过:"只有母语才能抵达心灵的彼岸。"语言不仅是信息交流的工具,更重要的是民族文化、民族情感的载体,是个体生命的家园。诗歌是语言的舞蹈,语言有灵魂和生命感。可以翻译语言躯体,但不能翻译语言灵魂,可以翻译语言意蕴,但不能翻译语言气韵。失去母语,意味着诗人失去了通往本真世界的最有效的路径。

南往耶:蒙古族及其文化是我非常敬重的,而真正意义上的"蒙古族文学"更是我所敬重的。就我目前所知道的,阿尔泰先生作为老前辈,可能是蒙古族文学(诗歌领域)的一面旗帜或者说是符号,但他没有被广大读者所知道,而同样是蒙古族的席慕蓉先生却广为人知。这是什么原因,与使用蒙古族文字和汉语文字的创作有无关系?又与翻译和推广有无关系?

满全:每一种文明都值得敬重。不同文明意味着世界、万物的多重可能性,并给人类带来不同经验和不同途径。求同存异,和谐共生才是世道。

文学是什么?必须有很多人来喝彩吗?广为人知的作家才是伟大的作家吗?其实不然,某种东西包含有利可图的时候,肯定被功利主义者所利用。抛开名和利,人才获得自由,活得自在,死得坦然。佛教鼓励众生放弃欲望,追求超脱。文学首先是个体生命的表达方式和个体生命的存在方式,无须有人来鼓掌和喝彩。对于母语(指蒙古语)作家来说,文学不是谋生的手段,也不是发财、做官的途径,而是一种信念,一种责任,或者一种爱好。

阿尔泰和席慕蓉的确是蒙古族文学的一面旗帜,是本人非常尊敬、非常爱

想象的世界与多彩的叙述

戴的文学前辈。阿尔泰有阿尔泰的存在价值和意义指向，席慕蓉有席慕蓉的存在价值和意义指向，在当今文化格局中同样重要。阿尔泰是母语诗人，他以豪迈、奔放、质朴的方式演唱着草原的传奇和生命的故事，在母语世界里无人不知、无人不晓。阿尔泰先生的意义在于传承、保护和坚守，他的作品是草原经验的地域性（指少数人的语言世界）表达。席慕蓉是非母语（非本民族语言）诗人，她以伤感、细腻、唯美的方式吟唱着草原的眷恋和时间的无奈，在非母语世界里无人不知、无人不晓。席慕蓉女士的意义在于革新、扩散和开放，她的作品是都市经验的世界性（指多数人的语言世界）表达。

　　受众的多与少，当然跟创作语言有关，但是与文学的存在价值无关。清朝时期，蒙古族文坛上曾经出现两位文学巨匠，即尹湛纳希和法式善。尹湛纳希是蒙古语作家，他的意义在于民族文化的传承，法式善是汉语作家，他的意义在于民族文化的传播。当时尹湛纳希的知名度远远不如法式善，但现在法式善的知名度远远不如尹湛纳希。此一时彼一时，知名的不一定是永恒的，永恒的不一定是知名的。

　　特别指出的是，蒙古语属于阿尔泰语系的黏着语，是具有节奏感、音乐性的语言，蒙古语诗歌的第一要素便是韵律，并且特别讲究语言的节奏和音乐性，无节奏不成诗歌。因此，不便翻译，一翻译就破坏蒙古语的节奏和音乐性，诗歌将会失去魅力。

　　南往耶：接上面的话题。今天的蒙古族诗人在中国诗歌界，真正能拥有广大读者或者被广大汉语圈读者所熟知的，都不是土生土长的蒙古族诗人，而是那些远离蒙古族文化圈且仅仅是蒙古族身份的诗人，这些诗人大多没有深刻体会蒙古族文化，他们的写作都是"汉语思维"写作。这个现象，是否影响蒙古族诗歌的发展？又或者会不会对土生土长的蒙古族诗人带来感情上的伤害？

　　满全：蒙古族文学有独特的一面，从蒙元时期开始，在蒙古族文学圈里一直存在相互补充、相互影响、相互促进的两股创作势力，即母语创作群体和非母语创作群体，文人创作队伍与民间创作队伍。这两股创作势力不是对抗的，而是互补的；不是对立的，而是互动的。

由于生活环境所迫有一群诗人从小游离于民族文化圈，不能用民族语言来表达。某些诗人的作品中很难找到民族文化元素，这是不争的事实。一部分民族诗人用非母语创作是一件好事，可以提倡，但是全体民族诗人都用非母语创作是一件坏事，不可以提倡。世间万物都有其度，突破度，好事就变成坏事。真理的背面是邪恶。

文学是语言的艺术，非母语作品永远代替不了母语作品的存在理由，同样母语作品也永远代替不了非母语作品的存在理由。因此，谈不上伤害，更多的是带来荣耀和鼓励。

南往耶：您在2009年发表的《六十年的坚守——论蒙古族当代作家群》一文里，简单介绍了蒙古族当代文学史上最具影响力的6名作家：纳·赛音朝克图、巴·布林贝赫、阿·敖德斯尔、玛拉沁夫、特·赛音巴雅尔、巴·格日勒图。这6位作家中，我目前只阅读了玛拉沁夫的大量小说作品，由于时间和视野所限，其他人的还没有机会阅读。他们在内蒙古被公认为蒙古族当代文学奠基人或领军人物及文学事业的组织者与领导者，这些人里，哪些人还健在，他们现在还进行创作吗？这些人中，有谁对您的文学创作产生过影响或者是您比较关注的？而与他们相对应而言，年轻一代蒙古族作家里，哪些人是您认为将来能代表蒙古族文学的主要力量？

满全：记得有篇文章中曾提过蒙古族当代文坛上最具影响力的6名作家（包括文学理论家、文学史家）。那怎么判断、评价作家影响力呢？应该以3种评价体系来论英雄，一是权力体系的认可度，主要表现于政府机构所颁发的各类奖项和荣誉称号等，权力体系的认可度表明国家权力对作家的评价。二是民间体系的认可度，主要表现于作品发行量、读者口碑、作品反响等，民间体系的认可度表明民间（读者）对作家的评价。三是学术体系的认可度，主要表现于评论家批评、文学史地位、学术界影响等,学术体系的认可度表明学术界对作家的评价。根据上述3种评价体系,本人推出最具影响力的6位作家,其中玛拉沁夫、巴·格日勒图、特·赛音巴雅尔先生还在辛勤劳作、笔耕不息。

作为晚辈,本人非常敬仰、珍惜、关注前辈们留给后人的文学遗产,他们用毕生的才华、智慧和汗水开创了蒙古族当代文学新纪元。其中对纳·赛音朝克图、巴·布林贝赫、巴·格日勒图先生的作品进行专题研究,发表过数十篇学术论文。如果把文坛比喻成思想的战场,目前在蒙古族文坛上四代作家并肩作战,以不同的立场、不同的视角讲述着草原故事。不敢断言哪些人将来会代表蒙古族文学的主力和水平,但能够代表一个时代文学水准的作家,必将是具备大才气、大勤奋、大情怀的人。

南往耶:我想知道,蒙古族现在的年轻作者人数多吗?他们的创作如何?他们的作品是否还关注和体现蒙古族文化?

满全:蒙古族是最具诗意性的民族,这话一点儿都不夸张,遇到3个牧人其中必有诗人,其生产生活的诸多环节都夹杂着文学元素,草原上的牧人张口就来诗,个个都是即兴诗人,文学成为生产生活的一部分。

随着数字化时代的降临,蒙古族进入了全民写作时代。去年本人主持完成内蒙古自治区文学艺术界联合会委托项目《内蒙古文学发展状况年度报告:2014年》(蒙古文),根据项目团队提供的数字,2014年度内蒙古籍作家刊发、出版的蒙古文作品已达10万余篇(部),对于只有几百万人口的民族来说,这个数字是惊人的。这些作品的大部分是由年轻作家完成的。可以用史无前例来形容年轻作家的创作欲望和态势。比如呼伦贝尔市的一位年轻牧人用十多年的时间创作5000多首(篇)诗,锡林郭勒盟的一个牧区嘎查(村)出版好几部长篇小说,很多牧民自筹经费举办全国性或全区性的诗歌那达慕等都是常见现象。

年轻的牧民作家们均用母语来书写牧人生活,具有浓郁的草原气息和草原气派。

南往耶：查询相关资料得知，您教授的课程有蒙古文学批评史、蒙古文学研究、蒙古文论经典作品导读、中国文学批评史、蒙古族现当代文学研究、文艺学美学批评方法论，而研究方向是：蒙古文学、文艺学、民族文化。那么，您是否对蒙古文诗歌现状进行跟踪和研究？您觉得内蒙古自治区和蒙古国的诗歌有无区别？这两个地区的文学交流如何，有无相互影响？另外，兼谈蒙古国现代文学奠基人达·纳楚克道尔基的文学给您的印象？

满全：本人是蒙古文学的读者、传播者、研究者，也是参与者。曾出版十来部专著，发表二百来篇学术论文和评论文章，略知一二。蒙古国诗歌与内蒙古诗歌交流频繁，推崇蒙古国诗人、诗作在内蒙古大有人在，特别是牧区诗人。虽然蒙古国和内蒙古使用的文字不同，但语言文化是血脉相连。

蒙古国诗歌追求抒情、豪放、自然、淳朴，如同奔跑的野马，飘飘洒洒，内蒙古诗歌追求厚重、深度、精雕、细琢，如同规训的猎鹰，刚烈内敛。蒙古国诗歌多受西方诗歌与文化传统的影响，从诗歌语言到思想内容、审美品格均流露出游牧文化气息，内蒙古诗歌多受汉语诗歌与文化传统的影响，从诗歌语言到思想内容、审美品格或多或少流露着游牧和农耕文化气息。

蒙古国著名诗人、现代文学奠基人达·纳楚克道尔基是少有的文学天才，上帝仅给他31年的短暂光影，但是他还给上帝永恒的文学帝国。他那豪放、质朴、自然的诗风，征服了无数的文学青年。在我心目中达·纳楚克道尔基是一座群山之巅，像俄罗斯的普希金、印度的泰戈尔、爱尔兰的叶芝、英国的托马斯·艾略特、智利的巴勃罗·聂鲁达、墨西哥的奥克塔维奥·帕斯、美国的惠特曼一样伟大的诗人。

南往耶：今天我所说的"民族文学"是狭义的"民族文学"，而不是广义的"民族文学"。这里的"民族文学"偏重于指向能够体现和表达民族文化、民族情绪、民族思维的文学。我们今天的中国诗歌，无论是哪个民族的诗人，写出来的东西，大都只表达了个性或个人性，而没有民族性，于是也像是外国诗

想象的世界与多彩的叙述

人写的作品。当然，个性或个人性自然也是我们所需要的，并且是向来就这样，但"民族性写作"在当代的缺失应该值得我们警惕与反思（或者，从来就没有自觉的"民族性写作"），您觉得呢？而蒙古族诗人（或作家）在这方面的状态如何？

满全：您所倡导的"民族性写作"早在20世纪80年代，在蒙古语文学界以"问题，或者危机"形式浮出水面。众所周知，随着工业化、现代化、全球化进程的加剧，从20世纪80年代开始，同质化、一体化、普世化、标准化现象日益凸显。为了保护、捍卫在全球化潮流中的在场姿态和在场声音，诸多民族作家拿起手中的笔，书写民族文化、挖掘民族文化、重塑民族文化，以文学文本形式参与社会转型和文化变迁进程，表达着不同文明的不同价值观、审美观和人生经验。因此，文化批判、文化启蒙、文化留恋已经成为新时期蒙古语诗坛上最耀眼的一抹云霞。在洪水般的全球化潮流面前，民族诗人将自己设定为捍卫、保护、坚守民族文化的孤单英雄，在牧民读者眼里民族诗人变成了具有道德光环的文化英雄。20世纪90年代开始，在内蒙古地区兴起的消费主义、大众文化和高新技术深深地影响了诗歌创作、读者群体和诗歌处境。资本、媒体和技术，已经成为支配社会生活及生命意义的元素，并逐渐决定着大众的审美价值及精神趋向。诗歌与高新技术联手，出现了摄影诗歌、电视诗歌、广播诗歌、网络诗歌和手机诗歌等新类型，进而改变了写作、传播、欣赏和评价方式。因此，民族文学与媒体、网络以及高新技术的联合是时代的要求。

要保持"民族性写作"，在全球化、同质化潮流中发出民族共同体的在场声音，民族文学必须弘扬民族文化精神、讲述民族生活故事、表达民族审美品格。如果失去民族语言文字、生产生活方式，很难坚守"民族性写作"。

南往耶：在我身边，真正生长、流传苗族文化的偏僻山野，苗族同胞的老一辈人因为没有接受系统的文化教育，不知道自己民族文化的重要性而不自觉地去重视苗族文化的保护和建设，而年轻一代的苗族人大多到城里面打工或读书念大学，被主流文化洗脑了之后，在悄无声息中"背叛"了自己的母语文化，已经对苗族文化知之甚少而忽略、鄙视自己的民族文化。在您的身边，蒙古族人对自己的蒙古族文化的态度是怎样的？在当下的文化语境里，就您看来，蒙古族文化是否开始被丢失？

满全：这是世界性的问题。全球化、现代化、工业化进程导致世界性的一体化、同质化、普世化潮流。汉族文化也面临着此类问题，我曾经去过日本，日本传统文化也面临着此类问题。现代化、工业化、城镇化是社会发展的必然趋势，对于民族文化来说，现代化是双刃剑，一方面它是一个"福音"，带来了生活的便利；另一方面它是一个"噩梦"，带走了生活的安静。如果你选择现代化，必须放弃某些传统；如果你排斥现代化，必将被现代文明抛弃。保留、传承、改造是民族地区走向现代化的有效途径。某些东西必须保留，比如民族历史、民族语言文字，不能丢失或篡改；某些东西必须继承，比如价值观、审美观，可以篡改，但不能丢失；某些东西必须改造，比如落后的生产生活方式和技术性的东西，比如服饰、饮食、居住，可以改造，但保留特征。

以现代化手段改造民族文化，以民族化形式改造现代文化，是民族地区奔向现代化的必经之路。举个例子：传统蒙古服饰很难满足现代人的审美需求，但是改造后的蒙古服饰成为现代人的时尚；传统蒙餐很难进入城市人的餐桌，但是改造过的蒙餐也被人们所接受；用毡子、木棍搭建的传统蒙古包很难适应现代人的生活需求，但是用水泥、钢筋搭建的蒙古包式建筑林立在城市各个角落。这就是与时俱进，是现代文明的民族化和民族文化的现代化结果。

南往耶：我认为"世界文学"必须是建立在"民族文学"的基础上，您认为将来还会存在狭义的民族文学（即体现民族文化的文学）吗？

满全：其实世界文化格局中两种元素、两种势力、两种倾向依然存在，那就是一体化与多样化，全球化与地域化，同质化与反同质化，我们看到一体化、全球化、同质化倾向的同时，也必须看到多样化、地域化和反同质化倾向。

民族文学扎根于民族文化土壤，无土壤的树林必将枯萎。在现代化潮流中哪个民族能够成功地保留、继承、改造民族文化，使这一民族的文学书写延续下去。无其他办法。如果将来的某一天，世界变成一家，所有人住着同一房子，穿着同一服饰，吃着同一饭菜，用着同一语言，读着同一文学，那便是人类的悲剧，我看不会产生这样的悲剧，我相信人类的智慧。

南往耶：汉族作家姜戎的长篇小说《狼图腾》，由法国导演让·雅克·阿诺执导拍摄成电影，2015年2月上映后引发热议。很多人由此认为狼是蒙古族的图腾。近日，我发现有人撰文认为，因为"每个民族都会异化侵略者"，因此该文作者说："我认为'狼图腾'的说法并不起源于蒙古，而是源于中原人对蒙古入侵者的记忆。在中原人眼中，当年的蒙古大军就像一群恶狼扑来。小说和影片中也做了这样的表述，说明当年蒙古人以区区十几万骑兵横扫欧亚大陆，是因为他们能够像群狼一样作战。于是下意识的，《狼图腾》的作者就这样理解了蒙古人和狼之间的故事。这也正契合了对蒙元大军还心有余悸的异族读者心理，于是一呼百应，全世界的读者都拍案叫绝，恍然大悟，蒙古军队真是像极了狼群啊！"作者的观点是，狼不是蒙古族的图腾。作为蒙古族儿女，您认为是这样吗？

满全：该文观点建立在想象之上，无须予以讨论。从本土文化立场看，这部小说，或者电影讲述了外来人故事。其故事结构特简单，如外族人来到草原——帮助本地人的生产生活——外族人离开草原。这是常见的故事模式，比如英雄史诗中外来者以掠夺者的名义入侵草原，掠夺牲畜、草场和女人；革命题材小说中外来者以解放者的名义进入草原，开展革命工作；知青小说中外来者以帮扶者名义下乡草原，开展生产运动；生态主题小说中外来者以开发者名义踏入草原，建工厂掠夺资源；等等。由于外来人与本土人的价值观、审美观、信仰观截然不同而发生诸多冲突和有趣故事。影片以3种矛盾为主线，即外来人与本土人的矛盾，人与狼的矛盾，领导与牧民的矛盾来讲述故事。

至于蒙古族有无狼图腾，属于学术问题，学术问题以学术方式来解决，必须用可靠证据说话，不能乱来。本人曾经撰写一篇学术论文《蒙古文学中的狼及其相关叙述》，发表在《内蒙古社会科学》（蒙古文版）2011年2期。该文以大量例子、证据论述了蒙古人与狼的关系。据我观察，不同历史时期、不同蒙古部落对狼的认识和想象有所不同。早期蒙古民间文学、民俗当中也零星出现过崇拜狼的有关故事和习俗，这也许基于恐惧心理，因为狼是凶猛的动物。还有巴尔速德（barsvd）部落中流传的一个故事曾讲述巴尔速德部落祖先是狼和鹿的儿子，这一故事最接近图腾学说。后来的历史文献、口传记忆、作家文学中把狼描述为英雄、敌人之符号的作品居多。狼是神灵的符号，狼是英雄的符号，狼是敌人的符号，这或许是蒙古人对狼的全部想象。特别指出的是，狼崇拜不等于狼图腾，某些部落的只言片语故事不能代表整体民族的普遍认知，也不能混淆先民的想象与现代人的感受。

南往耶：我没有发现您对"狼图腾问题"的相关文章，但我在多兰的文章《〈狼图腾〉争论的反思：真正写出草原精神和游牧文明价值是蒙古族作家的责任》看到这样一段话："只有具有世界眼光并深谙自己民族文化的作家才能创作出既被世界接受又受到本民族尊重的作品。而这两者在大多数蒙古族作家身上是分开的，有的蒙古族作家汉语写作水平很高，但是对自己本民族文化和母语并不十分了解，因此他们写出来的作品虽然受到汉语读者群的高度评价，但是并不得到本民族同胞的认可。"对此，我也深有同感。最近我对"民族性写作"的关注，其实就是多兰先生这段话里的关注。我想，我对"民族性写作"的理解，正如多兰说的，就是呼唤真正具有"世界文学高度"和"本土文化深度"的作品。在今天全球化的语境里，提出或重视"民族性写作"是否重要？

满全：全球化潮流带来的同质化进程正在加剧，国家之间、民族之间、地域之间、人与人之间的差异性、不同性日益模糊起来，技术逻辑改变着我们的生活。

文学写作永远改变不了历史潮流，但是文学写作会表达改变历史潮流的必要性。其实全球性与本土性、世界性与地域性、共性与个性、普世性与民族性之间有对立的一面，也有统一的一面，从中寻求适合民族文化发展道路，理应是"民族性写作"要回答的问题。

本人一贯提倡"立足本土，走向世界"是民族文学发展之道。这一观点也符合您所提倡的"民族性写作"。文学的品格来自于文化的品格。挖掘本土文化，书写民族记忆，创作出具有草原气息和草原气派的文学作品，理应是内蒙古文学的发展方向。对于内蒙古作家和内蒙古文学来说，草原、骏马、猎犬、羊群、现代牧人、现代草原城镇不仅是一种符号、一种风景或一种记忆，同时也是蒙古文学的精神密码、美学品格和创作地标。草原的广阔、豁达、朴素、刚劲、简约、开放是草原文学所追求的美学品格。草原气息和草原气派或许是内蒙古文学给国家文学和世界文学殿堂增添的美丽彩带。世界文学经验也证明了这一点，立足本土，才能走向世界，比如海明威、福克纳、加西亚·马尔克斯、莫言等享誉世界文坛的伟大作家一生孜孜不倦地挖掘本土文化，展示本土风俗人情，讲述小地方的大故事，赢得了世界各国读者的喜爱和尊重。地域特色和本土文化融进作家的灵魂和血液之中，成为生命基因、美学品格和叙述风格的时候，这位作家已经走得很远。

南往耶：回到第一个问题。我和哈森的交流中，就民族诗歌创作话题，我们多次提到"母语思维"，而您说："只有母语才能抵达心灵的彼岸。"在今天全球化的语境下，我对自己提出了"民族性写作"的创作方向要求，并试图唤醒部分很有民族感情或将来会被唤醒的作家去有意识地往这方面多关注一下甚至身体力行。在您看来，就具有本民族语言的少数民族作家而言，"母语思维"对"民族性写作"是否重要？二者之间的相通之处甚至是交融之处在哪里？

满全：同一问题在不同环境中有不同指向。在文学创作中民族性的表现形式有多种，比如创作语言、思想内容、结构形式、人物设置、价值判断等诸多方面都可以体现民族性。曾经有人指出，语言是民族性的第一元素，这观点有一定的道理。但语言不是唯一元素。假如失去第一元素，您的民族性肯定不健全。民族性融入您的血液和灵魂，成为您的生命基因、美学品格和处世状态的时候，您的写作已经抵达"世界文学高度"和"本土文化深度"。

南往耶：在中国，所谓全球化，就目前阶段，其实不过是西化，我们扮演的是一个受众的角色。当我们的生活方式、文化情绪、民族思维都全球化后，我们该怎样来自省、更新、创建以及保守我们的诗歌（文学）？有没有这个必要？蒙古族诗人在这方面有没有相应的反应？

满全：这一问题在蒙古族文学界讨论许久，诸多作家以不同故事回应所谓全球化、现代化问题。本人也曾经写过一篇学术论文《现代化想象与知识分子写作》，发表于《内蒙古师范大学学报》（蒙古文版）2006年3期，专门考察民族作家对现代化、全球化的态度。内蒙古社会遭到现代化改造，可以追溯到1902年，以喀喇沁亲王贡桑诺尔布的社会改革为标志。在百余年的现代化改造道路上，不同时期的民族作家对现代化的态度有所不同，概括起来四个词，向往、歌颂、批判、认同。

有生命力的文化不会在全球化潮流中消失。唤起民众的文化自信，激活民族文化生命力乃是各民族面临的问题。我一直认为，保留、传承、改造是民族地区走向现代化的有效途径。以现代化手段改造民族文化，以民族化形式改造现代文化，希望大家一起演奏乡土文明与现代文明、田园牧歌与工业神话相互交融的多声部狂想曲。

南往耶："民族性写作"并不是呼唤"爱国者写作"（或曰民族主义写作）。我们发现，实际上，今天我们的民族性写作已经不容乐观。在全球化语境下来考量我们的写作，我们很容易发现，中国作家的写作是"中国化"写作，而没

想象的世界与多彩的叙述

有真正意义上的中国各个民族的民族性写作。这个问题是否需要解决？解决的途径或下场大概会是什么？

满全：您所提倡的"民族性写作"，设定语境的不同会出现不同指向。每个作家均有民族属性，那么每个作家的写作自然而然带有民族性。但是您所关注的"民族性写作"的指向好像是远离本民族语言文化，认同其他民族语言文化的那些作家，把那些作家拉回到本民族文学阵营，让他们书写本民族经验，这样理解是否准确。

蒙古族作家阵营中有两支队伍，母语（蒙古语）作家队伍和非母语（非本民族语言）作家队伍，其中非母语作家的具体情况也有所不同，某些作家用非本民族语言书写本民族生活，如玛拉沁夫、扎拉嘎胡、郭雪波等，某些作家用非本民族语言书写非本民族生活，如萧乾、李准等。由于生长环境和求学经历导致某些作家只能用非本民族语言来表达非本民族经验。您所担心的是越来越多的少数民族作家放弃母语创作，踏入汉语创作行列。这一现象在蒙古族文学中自古以来就存在，但在全球化潮流下呈现愈演愈烈之势。文学是个体劳动，个人爱好，不能干预、强迫作家的选择，但是可以提倡、鼓励、号召、唤起您所倡导的真正意义上的"民族性写作"。

南往耶：最后，谈一下您自己吧。我读过您的《勇士的草原》《阿斯哈图》《大雁的传说——致席慕蓉》等诗，这些诗歌大气磅礴，我从中感受到您对蒙古族文化的深深热爱。未来的世界是未知的，但我们能知道的就是全球化早已来临。作为土生土长的蒙古族儿女，草原对您来说意味着什么？那片土地及其文化血脉和文化传统对您的文学创作有没有影响，有哪些影响？

满全：草原、文化、母语是我的宗教，这些东西早已融入到我的灵魂和血液，成为生命的密码和基因。我深深地热爱着这片土地和这片土地上的一切，这片土地上的一草一木、一滴水、一片云都与我的生命有关。这片土地给予我一切

337

的一切，包括生命、语言、文化、生存法则、处世态度、文学激情和创作灵感。我的所有文学作品都与这片土地息息相关。

虽然不是热血沸腾、心潮澎湃的年龄，但是触及我的蒙古草原、蒙古文化、蒙古语时必将热血沸腾、心潮澎湃。很多时候我是悲观主义者，但是提到蒙古草原、蒙古文化、蒙古语的时候我是乐观主义者。我深深地知道全球化、现代化夺走了草原的宁静，草原失去了昔日的辉煌。未来世界变幻莫测，无法预知，但是我相信伟大的文化必有伟大的生命力，你的胸怀能装进世界万物的时候，世界万物才能装进你的一切。

每种文明必有其生存法则和延续秘诀。草原文明所创造的崇尚自然、践行开放、恪守信义、简约朴素、自由进取、包容和谐等文化精神不会也不可能被人类文明抛弃。相信明天有阳光。

最后以一段文学独白来结束访谈吧。

很多时候文学依然是灵魂的独白，是与权力、低俗、无知抗衡的精神帝国。文学的厚度来自于生命的厚度，虽然文学的孤单与温暖改变不了苍茫世界，但我相信来自于生命深处的光芒和呐喊，因此，很多年一直坚守着信念的高尚和大地的尊严及其痛楚。

阳光、海水和碧绿的草地，我还在路上，寻找传说中的美丽草原。

□汉文文章发表于《雷公山诗刊》，2015年5月。
□蒙古文文章发表于《金钥匙》，2015年第6期。
□汉文文章以《草原经验的诗意性表达——关于蒙古族文学的对话》为题目，发表于《草原·文艺论坛》，2017年第2期。